El último juego

J. D. Barker

El último juego

Traducción de Julio Hermoso

DESTINO

Título original: *A Caller's Game*

Ediciones Destino, un sello editorial de Editorial Planeta, S. A.
Avda. Diagonal, 662-664, 08034 Barcelona (España)
www.edestino.es
www.planetadelibros.com

Adaptación de la cubierta: Booket / Área Editorial Grupo Planeta
Fotografía de la cubierta: © Platon Yurich
Primera edición en Colección Booket: mayo de 2023
Primera edición en esta presentación: junio de 2025

Depósito legal: B. 8.716-2025
ISBN: 978-84-233-6793-1
Impreso en España

Biografía

J. D. Barker despertó una gran expectación dentro del género con su primera novela, *Forsaken*, nominada a diversos premios, entre ellos el Bram Stoker. *El Cuarto Mono*, la primera entrega de la serie protagonizada por el asesino en serie el Cuarto Mono, obtuvo un impresionante éxito de crítica y lectores en todos los países en los que fue publicada. *La quinta víctima* y *La sexta trampa* completan la trilogía. Es también autor de *El último juego* y *A puerta cerrada* y coautor, junto con James Patterson, de *Los crímenes de la carretera*. J. D. Barker vive en New Hampshire con su familia.

Voy a darte a elegir

Para Thad McAlister, que nos ha dejado
antes de tiempo

I

Jordan

—¡Venga ya, no me jodas! —Jordan Briggs estampó la palma de la mano sobre el claxon del coche y sacó el dedo corazón por el techo solar abierto de su Audi R8. Se había visto obligada a clavar los frenos, y se le partió el tacón del zapato en el instante en que fue a mover el pie de nuevo al acelerador—. ¡Son mis Louboutin favoritos, cabrón de mierda!

En respuesta, un brazo musculoso salió por la ventanilla del camión de la basura y le enseñó el dedo con un leve balanceo.

—¿A quién le gritas, Jordie?

Jordan tomó nota mentalmente del número de teléfono que figuraba en la parte de atrás del camión, debajo de la pegatina que rezaba «¿Qué tal conduzco?».

—¡Maldito basurero! El tío se ha incorporado a la Cuarenta y nueve desde Madison sin ceder el paso y se ha quedado tan pancho. Es que no ha frenado siquiera. Joder, que casi me arranca el frontal del Audi.

Se quitó el zapato, examinó el tacón roto y lo tiró a la alfombrilla del asiento del acompañante.

—¿Vas conduciendo? Pero ¿por qué vas conduciendo tú? Mierda, espera..., ¿todavía vas por Madison? ¡Que entramos en antena en seis minutos!

—Me marcho luego a los Hamptons, en cuanto terminemos, y me ha parecido una tontería llamar al chófer para que viniera a casa a recogerme y después tener que volver otra vez hasta Connecticut para coger mi coche particular al cabo de unas horas.

—Frank siempre te trae puntual.

—Que le den a Frank.

El tráfico avanzó un metro y medio y se volvió a detener. El conductor del camión de la basura completó su invasión del espacio circulatorio de Jordan y estuvo a punto de rozarse contra un SUV Lincoln que estaba en el carril adyacente. Seguro que iba con el móvil. Todo el mundo iba con el móvil. Para qué vas a prestar atención a lo que haces mientras circulas por Nueva York. Los coches prácticamente se conducen solos.

Capullo.

Jordan bajó la mirada a la radio del coche, una molesta costumbre que no se veía capaz de evitar cada vez que tenía a alguien en el manos libres.

—Billy, escribe esto en la pizarra: hashtag 22022022.

—Vale. ¿Qué es?

—Y esto también. —Recitó del tirón el número de teléfono de la pegatina del camión.

—Lo tengo. Oye, no me habías dicho que iba a venir tu marido, y hoy están pintando tu despacho. He tenido que meterlo en la sala verde con el senador Moretti.

—Exmarido. Y no te lo había dicho porque no lo sabía. ¿Te ha dicho qué quiere?

—A mí nadie me cuenta nada, eso ya lo sabes —respondió Billy—. Se ha traído a Charlotte.

—¿A Charlotte? La niña debería estar preparándose para marcharse al colegio.

Él debería estar preparándola para el colegio.

Charlotte ya había faltado demasiados días a clase tal y como estaban las cosas. No podía permitirse que su hija repitiera sexto curso: ¿qué imagen daría eso? La prensa se iba a poner las botas.

—Por favor, dime que ya estás cerca —rogó Billy por los altavoces del coche.

Había avanzado por lo menos dos metros y medio en el último minuto. Menudo progreso.

El reloj decía que faltaban cuatro minutos para las seis.

—Ya veo el edificio desde aquí —respondió ella.

Y lo veía, casi dos manzanas más allá, con una pantalla en lo alto, iluminada con el resplandeciente logotipo de SiriusXM.

Jordan volvió a tocar el claxon. Le pareció lo suyo.

Avanzó otro metro.

¡Vamos! Claxon.

Billy suspiró.

—En *The Today Show* tienen a Meghan Trainor esta mañana.

—¿En serio?

—Por eso las colas en el Rockefeller Center. Es el último de sus conciertos de verano.

—¿Todo este tráfico es por Meghan Trainor?

—Podría ser peor. Al menos no tienen a Ed Sheeran.

—¿Y por qué no tenemos nosotros a Ed Sheeran? No quiero hablar con otro senador, y menos justo antes del fin de semana. Tío, los políticos me cortan mucho el rollo.

—Lo han programado directamente desde las oficinas corporativas. Creo que es amigo de Greenstein, o tal vez de Goldblatt.

Jordan chasqueó la lengua y avanzó otro medio metro.

—¿Ahora nos dedicamos a programarles entrevistas a los amigos de nuestras oficinas corporativas? Te pago para que impidas ese tipo de cosas, Billy. Te pago para que me traigas invitados como Ed Sheeran.

—¿Quieres que llame a *The Today Show* y que haga que Meghan Trainor se pase por aquí cuando termine con ellos? Tengo el número de su representante por ahí, en algún sitio. Seguro que te la puedo conseguir.

—Billy, yo no me acuesto en una cama que acaba de deshacer otro.

El tráfico a su izquierda se estaba moviendo. ¿Por qué su carril no avanzaba? Podía meter el morro del coche a saco, pero iba a tener que echarse a la derecha otra vez en cuestión de una manzana.

¿Merecía la pena?

A lo mejor...

A lo mejor.

Jordan se agarró al volante, deslizó el pie al acelerador y...

Un autobús se acercó por la izquierda y se detuvo. Le cortó el paso.

Maldita sea.

Demasiado tarde.

Billy debía de tener el micrófono del teléfono tapado. Aún podía oírlo, pero la voz sonaba amortiguada. Sonaba como si estuviera gritándole a alguien. Volvió un instante después.

—Jordie, necesitamos un plan alternativo. No vas a llegar a tiempo.

—Sí voy a llegar.

El reloj marcaba las seis menos tres minutos.

No iba a llegar.

El autobús a su lado llevaba un cartel publicitario de su programa en el lateral. A TODO TRAPO CON JORDAN BRIGGS en unas letras enormes de más de medio metro con una foto promocional que le habían hecho más o menos en la misma época un año antes. Odiaba esa foto. Odiaba todas las fotos promocionales: ella continuaba envejeciendo, y las fotos no. Pero no solo eso, sino que además alguien las pasaba siempre por alguna clase de filtro mágico de Photoshop estilo Barbie de Malibú que le daba un aspecto prácticamente perfecto. Ella no era así. Era como verse reflejada en un espejo desde el que una mejor versión de ti misma te miraba desafiante y se reía de ti.

Menos de dos minutos para las seis y más de una manzana y media para llegar. El tráfico estaba ahora completamente parado.

Alguien del autobús la reconoció y se puso a llamarla a gritos.

Jordan subió su ventanilla y se ocultó tras el cristal tintado. También cerró el techo solar. Lo último que necesitaba ahora era que alguien le lanzase un batido de espinacas al interior del coche.

—Si vinieras con Frank —le dijo Billy—, te dejaría bajarte ahí mismo, y podrías venir a pata.

—Pero no voy con Frank, ¿verdad, Billy? —replicó Jordan con sequedad.

Entonces se le ocurrió una idea.

Qué va, no podía hacer eso.

Aun así lo hizo.

Antes de que le diese tiempo de cambiar de opinión, Jordan tiró del freno de mano, apagó el motor, puso las luces de emergencia y se bajó del coche.

—¡Billy, envíame a alguien al vestíbulo con unos auriculares con micro! —gritó mientras se arrancaba el otro tacón y lo tiraba dentro, junto con el primero, el que se había roto.

Billy dijo algo más, pero Jordan lo dejó con la palabra en la boca, cerró de un portazo, echó a correr hacia la acera con un brazo estirado hacia atrás y apretó el botón del cierre con el mando a distancia de las llaves.

El Audi emitió un pitido.

2
Cole

El agente Cole Hundley de la Policía de Nueva York se quedó boquiabierto mirando a la mujer del coche de delante. Vio cómo se bajaba en plena calle Cuarenta y nueve, cerraba el Audi y salía corriendo por la acera después de dejar el coche en plena calzada, en medio de un atasco, bloqueándole el paso a su coche patrulla y Dios sabe a cuántos más detrás de él.

¡Pero qué narices...!

En serio, acababa de verlo.

Había sucedido justo así.

Además, estaba bastante seguro de haberla visto quitarse los zapatos, porque claro, ya puestos...

Extendió la mano y le dio un toque al botón de la sirena, que emitió tres pitidos muy sonoros.

Cuando la mujer volvió la cabeza, Cole se imaginó que se detendría en seco, que tal vez le pondría una especie de sonrisa avergonzada de disculpa y se subiría otra vez al coche, lo típico que hace la gente cuando la policía te pilla en bragas. Pero ¿qué hizo ella? Sonrió, le saludó y se largó calle abajo con los pies descalzos.

Supuso que se trataría de un coche robado. Esto podría explicarlo —era un buen coche—, pero la mujer no tenía pinta de ser alguien que roba un coche para darse una vuelta, no así vestida. Aun descalza, aquel atuendo decía a gritos que tenía dinero. Además, había cerrado el coche. Digamos que la mayoría de los ladrones de coches no tenían las llaves a mano, precisamente. Rara vez cerraban un vehículo antes de abandonarlo. Y desde luego que no ponían las luces de emergencia. Esa mujer había abandonado su propio coche, en medio de la calle Cuarenta y nueve, en plena hora punta.

Y corría rápido. Ya estaba a media manzana de distancia, con la elegancia y las formas de una velocista entrenada.

Eran muchas las veces que Cole se había replanteado sus opciones en la vida en los doce años transcurridos desde que entró en el cuerpo. Por norma, lo que había de por medio eran las balas que le habían disparado, a veces cuchillos. Le habían mordido en dos ocasiones y solo una de ellas había sido un perro. En ambas tuvieron que pincharle. A otra gente le gustaba escupir. Esa no era una buena forma de arrancar el día, ni de cerrarlo. La agresividad verbal no escaseaba nunca. Una vez le atacó una mujer que solo llevaba puesto un trozo de papel de aluminio sujeto con cinta de embalar y que insistía en que Times Square era una compleja pista de aterrizaje que habían construido unos extraterrestres. Sería lógico sorprenderse al ver que una mujer deja tirado un coche de cien mil dólares en plena calle y se larga corriendo, pero no: en Nueva York eso significaba que era martes.

Cole echó el freno de mano, encendió las luces de color azul y rojo y, con una respiración profunda, se bajó del coche y salió tras ella.

Al pasar junto al autobús sintió que las cámaras de varios móviles dejaban de enfocar a la mujer para enfocarlo a él. Pasó por delante del Audi aparcado y llegó a la acera entre el caprichoso estruendo de pitidos de claxon que sonaban por todas partes a su alrededor.

Paradójicamente, de todas las cámaras que estaban grabando aquel instante en particular, la única que no funcionaba de manera fiable era el cacharro de dos mil dólares que llevaba sujeto al uniforme.

3
Jordan

Jordan cruzó la Sexta con el semáforo en rojo. Tampoco es que tuviera mucha importancia, el tráfico no se movía en ninguna dirección. Y desde luego no era la única —quizá otra decena de personas cruzaban la calle tan tranquilas a la vez que ella, sin apartar los ojos del móvil, ajenas a todo y a todos los que las rodeaban—, pero Jordan, al menos, iba prestando atención. Que el tráfico rodado no se moviera lo más mínimo no era impedimento para que varios de los taxistas de alrededor tocaran el claxon; como si vivieran para esa mierda, como si estuvieran cumpliendo con una especie de cuota diaria de pitidos. Ella no quería vivir en un Nueva York sin pitidos: eran la melodía de su gente.

Ya había recorrido media manzana tras dejar atrás la Sexta, prácticamente en el edificio de SiriusXM, cuando cayó en la cuenta de que se había dejado el móvil enchufado al salpicadero del coche. No podía hacer mucho al respecto, ya no. Tampoco podía hacer mucho con respecto al policía que iba detrás de ella, más allá de mantenerlo a distancia. Qué maravilloso era el concepto de la negación verosímil, y estaba bastante segura de que podría encontrar el modo de escapar de todo aquello si no volvía a cruzar una mirada con él, fuera lo que resultara ser ese «todo aquello». Ahora tenía problemas mucho mayores.

Con la cabeza baja, Jordan se abrió camino entre el

inevitable muro de turistas que hacían fotos en el exterior del edificio 1221 Avenue of the Americas y consiguió acceder al vestíbulo antes de que ninguno de ellos tuviera tiempo de reconocerla. Aquello era un milagro, pero entonces se vio atrapada ante el mostrador de seguridad en la multitud aún más densa que avanzaba despacio por los detectores de metales. Una de esas malditas visitas guiadas estaba generando un cuello de botella. Los verdaderos neoyorquinos no llevan ropa ni complementos luciendo el «NY» ni sienten la necesidad de sacar dos mil fotografías de un vestíbulo.

El gran reloj sobre los ascensores decía que eran las 5:59:22. Disponía de menos de cuarenta segundos.

Jordan se llevó a la boca las manos ahuecadas y gritó:

—¡Qué fuerte! ¡Un poli le acaba de pegar un puñetazo a Howard Stern en la calle!

Ya te digo si funcionó.

Olvidado el vestíbulo, el grupo se dio la vuelta y corrió hacia la salida como una horda de amas de casa de clase media ante las puertas del Walmart en el Black Friday.

Jordan rodeó a la muchedumbre por el exterior, se abrió paso a empujones entre varios ejecutivos a los que no conocía y consiguió ponerse la primera sin perder velocidad.

—¡Vengo con prisa, Bobby!

El guardia de seguridad alzó la mirada y se le pusieron los ojos como platos al verla pasar corriendo por el detector de metales y disparar la alarma.

—¡Jordie, tienes que...!

No alcanzó a oír el resto.

Se deslizó por el suelo de mármol, llegó a los ascensores y pulsó los seis botones.

Allí no estaba Billy.

¿Dónde demonios está Billy?

Retrocedió y volvió a pulsar los seis botones.

El reloj que tenía encima marcaba las 6:00:02.

Mierda.

Mierda.

Mierda.

Sonó la campanilla del tercer ascensor por la izquierda y se abrieron las puertas. Salió una chica con una melena rosa que le llegaba por los hombros y una camiseta de *A todo trapo con Jordan Briggs* que se quedó con la típica cara del ciervo que está a punto de tragarse el parachoques. En una mano llevaba unos auriculares Bose inalámbricos con micro y en la otra un móvil.

Jordan no la reconoció.

—¡Hola!

La chica espabiló, sonrió y arrancó hacia ella tan tranquila y despreocupada. Para qué vas a correr. Tampoco es que te vaya la vida en ello. Eso, bonita, tú tómate tu tiempo. A ver si te vas a herniar.

Putos becarios.

Era como si le llevasen una nueva hornada cada hora, y ni uno solo valía para nada.

Jordan corrió hacia ella, le arrebató los auriculares y se los puso. Oyó los últimos compases de su sintonía de apertura en los cascos.

La becaria le ofreció el móvil.

—Billy me ha pedido que le saque una foto a la pizarra por si ust...

Jordan agarró el móvil y se metió de un salto en el ascensor, pulsó el botón de la planta cuarenta y tres con tal fuerza que creyó haber oído cómo se partía el plástico. Le lanzó sus llaves a la Chica del Pelo Rosa.

—¡Ve a por mi coche a la Cuarenta y nueve antes de que alguien me lo robe!

Mientras se cerraban las puertas del ascensor, durante un segundo vio al policía. Estaba ante el mostrador de seguridad, mirándola a ella fijamente.

Jordan oyó la voz de Billy por encima del sonido de la música en sus auriculares.

—¿Estás ahí, Jordie?

—Hombre de poca fe, señor Glueck. ¿Cuándo he faltado yo al trabajo?

—Controla esa respiración. Suenas como si te acabaras de tirar a un luchador de artes marciales.

—Acabo de llegar corriendo, dos manzanas. ¿Qué sabrás tú cómo suena cuando echas un polvo?

—Ah, pues sí que he pasado por eso —dijo Billy—. Se parece mucho al sonido de la tarjeta de crédito cuando llegas al límite, y después viene cuando te señalan con el dedo y se ríen, y luego un ratito de acurrucarte abrazado antes de que se abra la puerta del coche y uno de los dos tenga que marcharse.

Jordan observó la pantalla del ascensor. Piso veintiuno y subiendo.

—¿Qué tal el volumen?

—Estamos bien —respondió Billy—. Goldblatt quiere hablar contigo sobre lo de tomarte el día libre mañana.

—Que le den a Jules. Aquí no decide él.

—Estamos dentro en cinco, cuatro, tres...

Billy guardó silencio.

Jordan bajó la mirada a la fotografía de la pizarra en la pantalla del móvil de la Chica del Pelo Rosa.

La música terminó.

Cerró los ojos un instante, respiró hondo por la nariz, retuvo el aire y lo soltó por la boca con un soplido muy suave y controlado con los labios.

Se produjo un cambio sutil en el sonido cuando se activó su micrófono y empezó a hablar.

—Quiero que todos ustedes tomen nota de un número —dijo Jordan con una voz tranquila, relajante—. Va a ser el primero de los dos números que les voy a dar hoy. He conocido a un hombre hace un rato. No es el tipo de hombre que se ofrece a llevarte la compra cuando vas haciendo malabarismos con las bolsas ni el tipo de tío que te abriría la puerta y te cedería el paso, y desde luego que no es el tipo de tío que te cedería su abrigo cuando ve que estás pasando un poco de frío. Este era el tipo de tío que te dice que te quites de en medio cuando está viendo el partido en la tele; el tipo que se tira un pedo en el autobús o se rasca los bajos a dos manos mientras hace cola en las cajas del súper a plena vista de cualquiera que tenga la desgracia de posar la mirada en el espacio que él ocupa. Para este ser, el concepto del cuidado del vello corporal es algo tan desconocido como lo es un traje de baño para un esquimal. Lo más probable es que mi nuevo amigo piense que la galantería es una tienda en alguna zona de Nueva Jersey. Sí, ese es el tío al que he conocido. Y, como fiel representante de su especie, ha tenido la amabilidad de darme su número de teléfono. No se lo he pedido, pero él lo ha plantado ahí sin más. Por todas las mencionadas razones, él ha dado por hecho que yo iba a querer llamarlo, tal vez llegar a conocerlo mejor. Por simple comodidad vamos a llamarlo Stan, porque menudo aire de Stan tenía.

Sonó la campanilla del ascensor, y las puertas se abrieron en la planta cuarenta y tres. Jordan se vio mirando de frente a la misma fotografía promocional del autobús de antes: su propio rostro que la observaba con una sonrisita desde un póster lo bastante grande como para cubrir la mitad de la pared de detrás del gran mostrador de roble de la recepcionista. Salió al pasillo, giró a la izquierda y arrancó hacia su estudio.

La gente que abarrotaba el vestíbulo se apartó para dejarla pasar. Varios le sonrieron y asintieron con la cabeza. Otros miraron para otro lado. Sabían de sobra que no debían ni siquiera intentar hablar con ella cuando llevaba los auriculares puestos. No eran nuevos por allí, que se diga.

—Todos saben que en el fondo poseo el encanto de una chica sureña —dijo Jordan con un deje de sarcasmo y exagerando un acento que no había tenido nunca, en realidad, ya que nació a las afueras de Cleveland—, así que le he aceptado el número con un alegre «Ay, caballero, no hacía falta la molestia» y he seguido con mis ocupaciones matinales contando los minutos que faltaban hasta poder llamar a mi nuevo galán, mi príncipe azul, mi encantador Stan. Y claro, siendo del sur, tengo mis arrebatos de timidez. Los que me escuchan de manera habitual quizá piensen que no es así, pero sí, los tengo. Cuando un tío me da su número de teléfono, me convierto en esa chica de trece años que era en mis primeros cursos de instituto, torpe, con mi reluciente aparato en los dientes y un acné que parecía competir con mis pecas por ocupar el mayor espacio posible en mi piel. Ya se imaginan, pensando cosas como: ¿se habrá sentido atraído por estas gafas de culo de vaso o habrá sido por mi pecho tan sumamente plano? A lo mejor ha sido mi capacidad para utilizar el participio en clase de Lengua o esa manera tan grácil que tengo de no rozar ni el aro en dos de cada tres tiros a canasta en clase de Gimnasia. Porque no podía haber sido mi personalidad. Ningún tío hablaba conmigo por aquel entonces, así que no me conocían, no realmente. Yo era una sombra, un fantasma, una mosca que pasaba desapercibida en una pared y que tan solo trataba de cruzar zumbando por la vida sin llevarse un manotazo. Nunca fui esa chica a la que los Stan deseaban, no por entonces. O quizá sí me deseaban, pero yo malinterpretaba las señales. No lo sé, cuesta decirlo. Como la mayoría de los hombres, los Stan no siempre se las arreglan para ser claros y directos a la hora de decirle a una chica «hola, ¿qué tal?». A veces evitan la cuestión. Se dedican a darle alguna vuelta que otra. Mi Stan, esa mole de hombre al que he conocido esta mañana, ha elegido el viejo truco de cortarme el paso en la Cuarenta y nueve como su modo de entrar en mi vida. No es que sea el planteamiento más sutil, ni de lejos. Me ha metido el morro justo delante y me ha restregado su enorme camión por la cara. Es evidente que las normas del amor están por encima de las normas de tráfico en el universo de Stan, y ¿no tenemos todos, acaso, la inmensa fortuna de vivir en el mundo de Stan?

»Sí, lo entiendo, es difícil eso de conocer gente. Supongo que cortarme el paso en un atasco podría haber sido su forma de tirarme de las coletas o de pegarme un empujón en la fiesta de apertura del curso: todos somos tímidos a nuestra propia y particular manera. Oye, al menos tengo que reconocerle que ha intentado superar esa gran muralla de cohibición para decirme "hola", pero no puedo evitar preguntarme, ¿de verdad era necesario portarse como un imbécil? ¿Era ese el mejor truco que tenía guardado en las profundas entrañas de su mágico sombrero?

Jordan dobló la esquina, entró en la pequeña sala de descanso y fue directa en busca de la cafetera. Se sirvió una taza —café solo—, dio un paso a un lado hasta la máquina de café expreso y le añadió un par de chorreones. Cerró los ojos, inspiró el maravilloso aroma, ese olor celestial de la cafeína, dulce y divino elixir. Qué ganas de probarlo, solo un sorbito, pero sabía que no podía, no cuando estaba en el aire. Es de primero de radio.

Se llevó la taza de vuelta al pasillo, lo volvió a oler y giró a la derecha, hacia su estudio en la otra punta.

—Puedo perdonar a alguno de estos Stans. De verdad que sí. Como decía, es complicado eso de conocer gente. En el mundo en el que vivimos hoy en día tienes que ser creativo. No podemos salir con alguien del trabajo, ya no. Tú pregúntales a Bill y a Monica. Han pasado veinte años y la gente sigue hablando del famoso pulido de sable y del «vestido que no se ha de limpiar jamás» como si su pequeño drama hubiera sido cosa de ayer mismo. Antes, las relaciones en el lugar de trabajo solían ser la norma, y tiene su lógica, ¿no? Nos pasamos una buena parte del día en la oficina con la misma gente, y se intima. Ves lo mejor y lo peor de ellos; ¡la de porquerías que tienen en su cubículo, por el amor de Dios! Si eres capaz de ver más allá de las figuritas de *La guerra de las galaxias*, las estatuillas de *My Little Pony* y los calendarios de frases de *Garfield* y encuentras el objeto de tu amor, ¿no debería estar permitido que hagas algo al respecto? ¿Tan malo es pasar tres minutillos celestiales sobre la fotocopiadora con ese alguien tan especial de Contabilidad para romper la monotonía de un miércoles? Pues sí, claro que sí, señor. En el mundo en el que vivimos hoy en día lo es, sin la menor duda. Demonios, en mi caso, que soy algo así como la jefa, si quisiera conocer en sentido bíblico a uno de mis compañeros de trabajo, tocaría hacer papeleos y asistir a teleconferencias con esa buena gente del departamento de Legal antes de poder ofrecerle al chico siquiera una sonrisa. Me la juego a que hay alguna clase de vídeo que tendríamos que ver primero a solas y después juntos, probablemente bajo la supervisión de algún adulto. No es fácil ser un guarrillo..., ya no. No para los chicos ni las chicas jóvenes, y tampoco para los que se sitúen en las categorías intermedias. Si hoy en día quieres salir con alguien, te toca ser creativo. Tienes que cortarle el paso en medio de un atasco, ¿verdad, Stan? Así es como se hace. Le birlas la cartera en la cola de Starbucks y te ofreces a pagarle el *latte* en cuanto se percata de que su tarjeta de crédito anda en paradero desconocido. Te haces pasar por su conductor de Uber y le cierras el seguro para niños hasta que acceda a ir al cine y a algo más contigo. Te pones la capucha de la sudadera, la sigues por una acera oscura y le dices algo gracioso como «¿Tienes una pila de nueve voltios? Es que la táser se me ha quedado sin batería».

»Y claro, siempre te quedan las aplicaciones de citas: Tinder, Grinder, Trinquer, Zumber o Chinguer; hoy en día puedes satisfacer cualquier tipo de vicio con solo deslizar el dedito por la pantalla. No sé ustedes, pero a mí nunca me ha llenado ese tipo concreto de relaciones. Tal vez a Stan tampoco. Tal vez por eso se dedica a cortarles el paso a las damas solteras al volante. Quizá no sea una manera tan descabellada de competir por la atención de una dama en 2020.

Jordan entró en su despacho. Los plásticos de los pintores forraban las paredes y cubrían la mayor parte del mobiliario. Tenía el correo apilado en una silla cerca de la puerta. Echó un vistazo rápido al montoncito, encontró la carta que estaba esperando y se la guardó en el bolsillo, agradecida por que no la hubiese abierto nadie de su plantilla.

Cruzó el pasillo y le lanzó una mirada a Billy a través del cristal. La sólida puerta insonorizada de su estudio estaba diseñada para que se abriese sin obstáculos al salir, pero el acceso desde el exterior se bloqueaba de manera automática para impedir que alguien entrara sin previo aviso y alterase el programa. Oyó el sutil clic cuando se liberó el cierre magnético y empujó la puerta para entrar en la sala.

Billy Glueck la miró y asintió con la cabeza desde la pecera de cristal de producción, a su izquierda, y señaló el gran monitor LCD de la pared: 5.300.049 oyentes en aquel momento. Dios, le encantaba la radio por satélite, con sus estadísticas en tiempo real.

Jordan se acomodó en su silla, una Herman Miller de seis mil dólares. Dejó el café en el escritorio que tenía delante, volvió a olisquear el vapor y sonrió.

—Así que estoy entre dos aguas. ¿Llamo a este tío o lo rechazo? Como la chica sureña y encantadora que soy, ¿le perdono la torpeza y le dejo mirar debajo de mis enaguas? Llevo toda la mañana cambiando de opinión y, francamente, no me decido, así que les voy a pedir a ustedes que me hagan un favor. Cojan un papel y escriban lo siguiente.

Jordan miró hacia la gran pizarra blanca junto a su escritorio con todos los puntos de los que iba a hablar ese día y encontró el número de teléfono que había visto en la parte de atrás del camión de la basura.

—Quiero que todos y cada uno de ustedes llamen a Stan en mi nombre al 212-555-6717, extensión 304, y lo tanteen por mí; confío en ustedes. Ayúdenme a determinar si es mi hombre ideal aunque hayamos empezado fatal, o si he dado en el clavo con mi primera impresión y resulta que es un neandertal que busca el amor donde no corresponde. Me muero de ganas por ver qué deciden ustedes. Cuento con su ayuda para tomar la decisión correcta... y volvemos enseguida.

En la pecera Billy mantuvo en alto el dedo índice, hizo una brevísima pausa y dijo:

—... y... estamos fuera. —Alzó la mirada hacia Jordan—. ¿Llevabas aparato en los dientes cuando eras niña?

—Qué va, todo eso era una chorrada como un piano.

—Eres una bruja insensible, lo sabes, ¿verdad?

Jordan rodeó el café con las manos, se lo llevó a los labios y se detuvo en seco al acordarse de su hija.

Mierda, ¿por qué se la ha traído Nick?

De nuevo dejó el café en la mesa, vio cómo chapoteaba por el interior de la taza y se levantó de un salto.

—¡Ahora mismo vuelvo!

—Solo tienes dos...

No oyó el resto, ya había salido por la puerta.

4
Cole

El agente de policía Cole Hundley permaneció unos segundos en el ascensor cuando se abrieron las puertas, aunque estaba bastante seguro de que no se había equivocado de piso. Después de abrirse camino a empujones entre una muchedumbre en el recibidor del edificio, de hablar con varios guardias de seguridad para que le permitieran pasar —por mucho que insistían en que les dejara a ellos su arma antes de entrar— y después de ver a aquella loca —la que había abandonado su coche en la Cuarenta y nueve— en el fugaz instante en que la mujer desaparecía en un ascensor en el vestíbulo, se quedó mirando cómo la pantalla iba marcando el paso de un piso tras otro. El ascensor se detuvo en las plantas cuarenta y tres, cuarenta y cinco y cincuenta y dos antes de volver a descender por fin hacia el vestíbulo. Había pulsado los tres botones plenamente convencido de que le iba a tocar subir hasta arriba del todo sin llegar a verle el pelo a la mujer y volver a bajar, pero cuando se abrieron las puertas se encontró con una imagen monumental de la Loca, que lo miraba desde la pared opuesta del pasillo. Debajo de ella decía *A todo trapo con Jordan Briggs*, seguido de «De lunes a viernes de 6:00 a 10:00 de la mañana». Aquella monstruosidad estaba bañada en la luz de los focos led que había en el techo.

Las puertas del ascensor comenzaron a cerrarse, y

Cole extendió la mano para activar el sensor que las mantenía abiertas.

—¿En qué puedo ayudarle?

Aquello procedía de una mujer de cuarenta y muchos años que lucía unas gafas de montura roja y una chaqueta a juego sobre una blusa blanca, sentada detrás de un mostrador grande de recepción justo debajo de la fotografía desproporcionada de la Loca. La gente bullía pasillo arriba y pasillo abajo, y alguien parloteaba demasiado alto por los altavoces que había por las paredes. Algo sobre un tipo llamado Stan.

—¿Me puede pulsar el botón del vestíbulo? —dijo un repartidor de UPS que entró empujando un carrito junto a Cole y se acomodó en el rincón del fondo del ascensor.

Al ver que Cole no pulsaba el botón, el hombre lo rodeó con el brazo y lo pulsó él mismo al tiempo que mascullaba un «Gracias, agente» para el cuello de su camisa antes de reclinarse y ponerse a teclear algo en su tableta. Un segundo después volvió a alzar la mirada.

—¿Le importa? Está bloqueando la puerta. Tengo trabajo que hacer.

Los neoyorquinos, que son como un rayo de sol por la mañana.

Cole salió y cruzó hasta el mostrador de recepción. La puerta del ascensor se cerró a su espalda.

La mujer de rojo le ofreció una de esas sonrisas nerviosas que suele poner la gente ante un policía, esa que dice «Estoy aquí para ayudarle siempre que no venga usted a por mí». Justo esa cara que se les quedaba durante un rato demasiado largo mientras iban repasando todas las malas obras que habían cometido últimamente y se preguntaban si alguna de ellas era lo bastante seria como para hacer acudir a la policía.

—Vengo a ver a Jordan Briggs —dijo Cole.

No pudo evitar alzar de nuevo la mirada al póster.

Por cómo habían tomado la foto, daba la impresión de que la Loca estaba mirándolo a él, observándolo allí de pie. La mujer tenía una mano en la cadera y la otra en el costado, la cabeza un tanto ladeada a la izquierda con una sonrisa inquisitiva en los labios.

—La señora Briggs está en directo. ¿Tiene usted una cita?

Cole hizo un gesto negativo con la cabeza.

—¿Ha habido algún accidente?

—No que yo sepa. Todavía no.

Aquello pareció dejarla confundida.

A la espalda de Cole sonó la campanilla del segundo ascensor y se abrió la puerta. Un hombre de aspecto enjuto con un traje gris salió de su interior, saludó a la recepcionista con un gesto seco de la barbilla y se apresuró por el pasillo a la izquierda.

Cole lo observó unos segundos y, acto seguido, se inclinó sobre el mostrador. No era un hombre muy corpulento, pero sabía que, cuando hacía aquello, en especial de uniforme, solía dejar descolocada a la gente.

—Tengo que hablar con ella, ahora.

—Bueno... —La mujer dejó la frase en el aire.

Al fondo del pasillo la Loca salió por una sólida puerta de roble con un ventanuco en el centro. Parecía un poco aturullada.

—¡Jordan! —gritó el hombre de gris, cuyo paso ligero se convirtió prácticamente en un trotecillo hacia ella.

—Ahora no, Jules; estoy en pleno programa. —Arrancó para alejarse aún más por el pasillo.

—No puedes dar números de teléfono en antena! —vociferó él a su espalda—. ¿Cuántas veces vamos a tener que hablar sobre esto?

—¡Ninguna, Jules! Lo tenemos que comentar cero veces, exactamente —respondió ella volviendo la cabeza por encima del hombro.

Cole vio que la mujer aligeraba el ritmo. Parecía dirigirse hacia una sala que había al fondo. Echó a correr tras ella a toda velocidad.

—¡Oiga, no puede pasar por ahí! —le gritó la recepcionista a su espalda—. ¡Jordie! ¡Oiga, señor!

El hombre de gris había acortado la distancia a menos de dos metros.

—A lo mejor debería preparar una reunión para que te sientes con los del equipo de Legal. Fue divertido la última vez, ¿verdad? Todos comentando las innumerables veces que nos has jodido en antena durante el último año contable y las implicaciones financieras de dichas jodiendas, ¿eh? Hagámoslo de nuevo.

—Tienes razón, Jules. He sido una niña mala y deberían castigarme.

—Necesito una hoja de cálculo para llevar la cuenta de todos los problemas que creas.

—¿Qué tal un gráfico circular con forma de tarta? Esos me encantan. Son preciosos.

—No tiene gracia, Jordie.

—No lo pretendo, Jules. Tú haz tu trabajo, y yo haré el mío.

—Mi trabajo es asegurarme de que tú haces el tuyo sin acabar con todos nuestros empleos.

—¡Señora Briggs! —la llamó Cole a voces.

La Loca se dio la vuelta y le miró. En caso de que sintiera la más mínima sorpresa al ver que un agente de policía se acercaba corriendo por el pasillo, no dio ninguna muestra de ello. Le mostró el dedo índice en alto a Cole y volvió a fulminar con la mirada al hombre de gris.

—¿Por qué estamos aceptando que nos programen entrevistas desde los despachos? No estoy aquí para respaldar los planes políticos de Greenstein ni para colaborar para que sus amiguetes salgan elegidos.

—El senador es un amigo del programa.

La Loca puso una sonrisita de suficiencia.

—El senador es un capullo. Un pintamonas con encefalograma plano y un peluquín cutre y pegajoso por culpa de los restos del bronceado de bote.

El hombre trajeado miró nervioso hacia la habitación que había a su espalda.

—¡Por Dios, Jordie, baja la voz!

—Tú ponlo conmigo en antena, que le voy a hacer quedar como un puto payaso.

—Tú lo vas a entrevistar y vas a jugar limpio, o acabaremos teniendo otra reunión sobre eso también.

Cole carraspeó.

La Loca le miró, se dio la vuelta, empujó la puerta a su espalda y entró. El letrero que había en la puerta decía: SALA VERDE DE JORDAN BRIGGS.

El hombre de gris soltó un juramento para el cuello de su camisa y, al darse la vuelta, vio a Cole por primera vez.

—Por Dios bendito, ¿qué más ha hecho?

—La lista va en aumento —respondió Cole, que fue detrás de ella al interior de la sala.

La vio en el rincón opuesto, abrazando a una niña. Junto a ellas había un hombre que sostenía una mochila rosa en una mano y hundía la otra en el bolsillo. Había otro tipo sentado en un sofá de cuero negro en el extremo opuesto de la sala, tomándose un café y hablando por el móvil. El senador Moretti. Lo reconoció de la televisión.

Cole se encontraba entre la Loca y la puerta. No se iba a marchar de allí.

—Señora Briggs, tenemos que hablar sobre su coche.

Ella lo miró con cara de perplejidad.

—¿Qué le pasa a mi coche?

—Lo ha dejado en medio de la calle.

—No, señor.

—Sí, señora.

Alargó el brazo con el que rodeaba a la niña y presionó el botón de un teléfono que había en una mesita junto a un sillón reclinable de cuero.

—¿Sí?

—Sarah, soy Jordie. Dime dónde está mi coche en este preciso instante.

—¿Tu coche?

—Sí, el vehículo con el que he venido hoy a trabajar.

—Está en el garaje. Trixie le ha dejado las llaves a Billy.

—Gracias, Sarah. —La Loca sonrió a Cole—. Misterio resuelto.

Cole no estaba de humor para aquello, ni mucho menos.

—Hay una grabación de vídeo, señora Briggs. Llevo una cámara en el salpicadero. Ha detenido el vehículo en mitad de la calle Cuarenta y nueve, se ha bajado, lo ha cerrado y se ha marchado corriendo.

—Mamá, ¿vas a ir a la cárcel? —preguntó la niña.

La Loca hizo un mohín y abrazó con más fuerza a la cría.

—¿Va usted a detenerme delante de mi hija, agente?

—Eso me traumatizaría —dijo la niña—. Estoy en una edad muy impresionable y altamente susceptible a las imágenes negativas de la sociedad.

Sonó una voz en un altavoz en la pared, que dijo:

—Jordie, entras en quince segundos.

La Loca besó a la niña en la cabeza.

—Espérame aquí, ¿vale, Charlotte?

La niña asintió.

La Loca se incorporó de nuevo.

—No te vayas —le dijo al hombre que sostenía la mochila—. Deja eso en mi despacho y espera aquí. —De camino a la puerta le dio una palmada en el pecho a Cole—. Usted, sin embargo, sí se puede marchar. Gracias por su vigilancia.

¿Gracias por su vigilancia?

Cole se dio la vuelta, pero la mujer ya había salido y regresaba corriendo por el pasillo.

5
Jordan

—Por Dios, Jordie, si vas a apurar tanto, llévate el inalámbrico —dijo Billy cuando Jordan se dejó caer en su silla.

Se llevó rápidamente a los labios la taza de café tibio, se lo bebió de un trago y sostuvo la taza en alto, sobre la cabeza. Un becario agarró la taza y desapareció por la puerta para rellenarla mientras Billy iniciaba la cuenta atrás por los auriculares.

En su escritorio se encendió la luz roja del indicador que decía EN EL AIRE.

—Creo que he tenido un pequeño desliz —dijo Jordan al micrófono—. Me he encontrado con mi jefe en el pasillo, y le ha faltado tiempo para indicarme que es posible que Stan no quiera que le llamen cinco millones de personas esta mañana. Lo entiendo, supongo. No sé qué tipo de tarifa tiene en el móvil ni qué tal tiene la agenda para hoy. Tampoco queremos abrumar a este hombre. Así que háganme un favor: si tenían pensado llamarle, no lo hagan por el momento. En lugar de eso, llamen a nuestra centralita y pregunten por Jules Goldblatt, nuestro subdirector de programación. Ha tenido la deferencia de ofrecerse para tomar nota de sus nombres y datos de contacto y pasárselos él a Stan. Hemos pensado que así Stan podrá escoger devolver la llamada a quien él quiera. Sin presión. Jules es un gran jugador de equipo, siempre dispuesto a sacrificarse por todos nosotros, qué tío.

Había tres monitores sobre la mesa de Jordan. El primero correspondía a un ordenador conectado a internet, el segundo mostraba una lista de los llamantes en espera, por su nombre, y el tercer monitor contenía una ventana de chat que le permitía comunicarse con Billy y con otros miembros del personal mientras estaba en antena. Los tres se controlaban con un solo conjunto de teclado y ratón con un conmutador, de manera que no tuviese la necesidad de llenar de aparatos su espacio de trabajo. Odiaba tenerlo abarrotado. Apareció un mensaje en el tercer monitor.

BILLY: Jules te va a echar.

Ella tecleó rápidamente:

JORDAN: Se acaba de comprar un Jaguar F-Type, no va a echar a su gallina de los huevos de oro.

BILLY: Todas las líneas llenas. Ve con Crystal en la 2.

—Crystal, estás en antena.

—¿Estoy?

Jordan miró a Billy con el ceño fruncido a través de la ventana y chasqueó los dedos tres veces en el aire. Por encima de la cabeza.

Billy se encogió de hombros y le puso una sonrisa a modo de disculpa.

Necesitaba energía, vitalidad. No se puede pretender despertar al mundo hablando con gente que aún tiene una mano sobre el botón de la alarma del despertador mientras con la otra hojea un catálogo de ataúdes.

—Sí, Crystal. Cuando llamas a un programa de radio y te dejan en espera durante diez minutos escuchando la publicidad, es más que probable que acabes saliendo en antena cuando el locutor regrese. Así es como funciona esto. Justo como lo imaginó Marconi.

—Sentía curiosidad por saber si viste anoche el debate.

—No me fastidies, no. No me van los debates. Antes que ver un debate prefiero escuchar en bucle una versión instrumental de los grandes éxitos de los Backstreet Boys mientras me clavan mondadientes bajo las uñas. Por favor, dime que tú no te quedaste viendo esa memez hasta el final.

—Es que hay demasiados entre los que elegir.

—¿Quién es tu favorito?

—Me gusta Borton, el de Iowa.

—¿Es ese más bien bajito, con los ojillos brillantes de ratoncito, al que le gusta llevar pajarita?

—Me parece guapo.

Jordan echó un vistazo al segundo monitor, el que mostraba la lista de oyentes en espera.

Línea 1: Stan (quiere disculparse)

Línea 2: Crystal (en antena)

Línea 3: Stan (este dice que salió contigo en el instituto)

Línea 4: Bernie (quiere jugar a algo)

Línea 5: Stan (voz femenina; dice que los mejores «Stan» son mujeres)

Dejó escapar un suspiro; no tenía nada claro que le gustara el rumbo que estaba tomando aquella mañana.

—¿Te importa que te haga una pregunta personal, Crystal?

—No, adelante.

—¿Qué edad tienes?

—Setenta y seis.

—Vaya, setenta y seis y no has perdido aún la esperanza. Bendita seas.

—Es bueno tener esperanza.

Regresó el becario con su café y lo dejó con suavidad sobre la mesa. Jordan tiró de él para acercárselo y lo olió.

El intenso aroma del torrefacto le llenó los orificios nasales, y el vapor le envolvió la cara. Le haría el amor a aquella taza si no fuese ilegal en Nueva York.

—Cuando estaba en séptimo, en el colegio, celebramos unas elecciones entre los alumnos, y Bobby Corbin se presentaba a delegado de clase contra Lisa Almond. Bobby tenía chapitas y pósteres y, maldita sea, era guapísimo. El pelo oscuro peinado hacia atrás y una sonrisa que hacía que me temblaran las rodillitas que tenía entonces. Pero no solo a mí. Todas las chicas se derretían por él. No es que fuese un Zac Efron ni un Jesse Metcalfe, pero sí que podría haber salido en la portada de la revista *Teenbeat*. En la *Tiger Beat* no, pero en la *Teenbeat* sí, esa se la concedo. Tenía ese algo especial que conseguía que asintieras con la cabeza dijera lo que dijese sobre cualquier tema. Se dedicó a tantear a Lisa con rodeos durante los dos primeros debates. Hay que reconocerle el mérito a ella por aguantar ahí: yo habría salido disparada y me habría escondido en una taquilla, bajo las gradas o algo por estilo, especialmente después del segundo debate. Los niños se ponían a corear «Bobby, Bobby, Bobby» cada vez que Lisa abría la boca para decir algo. No tenía ninguna posibilidad de ganar. Eso pensábamos nosotros, al menos. Durante el tercer y último debate, ella se sacó un as de la manga. Sus padres tenían una empresa de máquinas expendedoras, las distribuían por toda la ciudad, y Lisa prometió que, si ganaba, su padre pondría máquinas de refrescos y de golosinas en el colegio. No solo en la cafetería, no: por todo el colegio. Jamás estaríamos a más de unos pasos de una chocolatina Snickers. Con eso se ganó mi voto; me encantaba el chocolate. Y al parecer yo no fui la única, porque cuando se celebró la votación, Lisa se lo llevó de calle. Participé en el recuento de las papeletas: ganó Lisa con una proporción de cinco a uno sobre Bobby Corbin. No estuvo reñido siquiera. Ah, estábamos todos emocionadísimos. Lisa tenía un plano del colegio, y podíamos ver dónde iba a ir cada máquina, qué zona de las taquillas iba a ser la mejor el año siguiente. Nos había dicho que su padre fijaría el precio en veinticinco centavos, mucho más barato que en la tienda. Qué buenos tiempos. Entonces pasó un mes, y otro mes más. Después un tercero, y allí no había máquinas. El cuarto mes, y nada. Ninguna máquina expendedora. Resulta que Lisa nunca recibió el visto bueno de la dirección para su «Proyecto Subidón de Azúcar». Al mirar atrás ni siquiera tengo claro que sus padres accediesen. Sí sé que fue un tema candente en una de las reuniones de los profesores con los padres, y ni uno solo de los adultos estaba a favor. Es más, algunos de ellos acudieron apretando los puños y preparados para la pelea. Yo conocía bastante bien a la pequeña Lisa, y estoy segura de que no nos mintió a propósito; simplemente no nos contó toda la verdad. Estoy segura de que hay una diferencia en alguna parte, si lo observas con verdadero detenimiento, pero lo cierto es que, cuando tienes doce años, a ti te da lo mismo, lo que tú quieres son las puñeteras chucherías. Pero ¿sabes lo que te digo? Que Lisa fue el mejor político de los dos. Nos tenía calados, algo no muy distinto de todos esos que subieron al escenario en el debate de anoche.

Jordan acercó la mano al teclado y abrió una ventana de búsqueda en el primer monitor.

—Entonces te parece guapo, ¿eh? Ese tal Borton. ¿Hace que se le enciendan los ánimos a la abuela? ¿Cómo se llamaba ese hombre? ¿Brett? ¿Seth? Algo así, ¿verdad?

—Rhett. Rhett Borton.

—Sí, claro que sí. —Tecleó el nombre, y la pantalla se llenó de fotografías promocionales. Era un gnomo. Un gnomo con pajarita y unos dientes demasiado blancos que lucía en una sonrisa demasiado exagerada—. Dime una cosa, Crystal: en tus setenta y seis años de vida ¿ha habido algún político que haya cumplido una promesa de campaña? Una sola vez. Aunque sea una bobada.

Antes de que Crystal pudiera responder, Jordan añadió:

—Nos ponen delante la zanahoria de las máquinas expendedoras, nos muestran el caramelo, nos dicen exactamente lo que queremos oír, y el cumplimiento es nulo, cero responsabilidad. Ellos nunca tienen la culpa. Siempre les falta tiempo para señalar al que se interpone en su camino, pero jamás aceptan la responsabilidad. Me encantaría que todo cargo electo firmase una lista de sus promesas electorales en la misma mañana en que toma posesión de su cargo, y si no son capaces de ponerle la marquita de «hecho» a todas y cada una de ellas en ese último día en que recogen las cosas de su mesa y meten en una caja sus reconocimientos, sus adornitos y sus fotos de esa familia que exhiben como un trofeo, tendrían que perder el derecho a su sueldo. Se trata de crear alguna forma de que rindan cuentas con el fin de ponerles coto a sus promesas. Pero no va a pasar nunca, porque los políticos suelen ser abogados, y los abogados son escoria, y lo único que le importa a cualquiera de ellos es forrarse los bolsillos. No te dejes engañar por una pajarita, Crystal. Ese tío no es mejor que los demás.

Jordan cortó la llamada y echó otro vistazo al segundo monitor.

Línea 1: Stan (quiere disculparse)
Línea 2: Crystal (en antena)
Línea 3: Stan (este dice que salió contigo en el instituto)
Línea 4: Bernie (quiere jugar a algo)
Línea 5: Harry el Sintecho

La Stan femenina había colgado. Harry era un oyente habitual, pero no se sentía preparada aún para hablar con él. Jordan abrió la línea 4.

—Hola, Bernie. ¿Qué tipo de juego tienes para mí?

6
Cole

—¿Es siempre así? —le dijo Cole al hombre que sostenía la mochila rosa.

Era unos pocos años mayor que el policía, quizá en los cuarenta y pocos, con el pelo castaño claro y los ojos de color marrón oscuro. Parecía cansado, como si no hubiese dormido mucho. Alborotó el pelo a la niña.

—¿Qué te parece, Char? ¿Tu madre es siempre así?

La niña volvió la mirada desde el hombre hacia Cole y se apoyó en el primero.

—Creo que no debemos responder a ninguna de sus preguntas sin que esté presente un abogado.

Cole no pudo evitar una sonrisa. Se acercó a la cría.

—¿Cuántos años tienes?

—Once.

—Está claro que eres hija de tu madre.

Aquello pareció confundirla.

—¿De quién iba a ser hija, si no?

—¿No tienes clase hoy?

Ella alzó la mirada hacia el hombre que tenía a su lado.

—¿Me puede detener a mí también, papá? ¿Por pasar de ir a clase? No quiero ir a la cárcel. Ni siquiera con mamá.

—Creo que te refieres a «hacer novillos», Char —dijo su padre—. Es más probable que me detenga a mí por eso.

Le tendió la mano a Cole.

—Soy Nick Briggs, el marid... el exmarido de Jordie... desde hace un mes. —Puso una débil sonrisa—. Aún estoy tratando de acostumbrarme a ello.

Cole le estrechó la mano.

—Lo lamento.

Nick le tapó los oídos a la niña.

—No lo lamente. Me siento como si un médico me hubiera extirpado un tumor enorme del culo y me hubiera dado el alta, libre de cáncer.

—Eso es asqueroso, papá.

Volvió a alborotarle el pelo a la niña.

—Tu mamá es la mejor madre del mundo, y yo tuve la fortuna de estar con ella —dijo mientras miraba a Cole con los ojos muy abiertos, negándolo con la cabeza y pasándose un cuchillo imaginario por el cuello con la mano libre—. Se suponía que Charlotte iba a pasar el fin de semana conmigo, pero me ha surgido una urgencia en el trabajo y hemos tenido que hacer un cambio de planes de última hora.

—¡Me voy a los Hamptons!

—Con los deberes que tienes para hoy y para mañana —añadió su padre, que le apretó el hombro—, y que vas a hacer cada día antes de pisar la playa.

—A lo mejor prefiero la cárcel —refunfuñó ella con un mohín.

La radio que Cole llevaba en el hombro emitió un chirrido. Alzó la mano y presionó el botón para transmitir.

—Aquí 5839, adelante.

—Nos informan de que su coche patrulla está abandonado en plena calle Cuarenta y nueve. ¿Ha hecho una parada? No lo ha comunicado por radio.

Mierda.

—Una colisión menor por alcance, pero ya está todo despejado.

—Gaff no le va sacar de Tráfico si se dedica a abandonar el coche patrulla en la calle. Aunque esté cerca, tiene que informarnos por radio.

—Entendido.

No merecía la pena romperse la cabeza por esto. Cole se despidió rápidamente de Nick Briggs y de su hija y salió corriendo por la puerta hacia el ascensor. Ya llevaba dos semanas en Tráfico, aún le quedaba otra, y desde luego que no quería cagarla. La operadora de Control tenía razón, Gaff no dudaría en sumarle otro mes a su condena si le daba la oportunidad, y Cole quería volver a Homicidios.

Cuando empujó las puertas del edificio y volvió a salir a la acera, se encontró con que el tráfico apenas se había movido. Sabía que no lo iba a hacer, no hasta que terminase el programa de *The Today Show* y volviesen a abrir la manzana. Ya había pasado por lo mismo varias veces a la semana durante el verano.

Se subió al coche patrulla y cerró la puerta. Apagó las luces de emergencia rojas y azules.

Detrás de él un taxi había tratado de esquivar centímetro a centímetro su parachoques para pasar al carril de la izquierda y ahora se hallaba entre ambos carriles sin tener adónde ir. Allí no se movía nadie.

Unos cuantos coches más adelante, a la izquierda, había un autobús con un anuncio gigante de la Loca en un lateral. La misma fotografía de arriba, en el edificio de SiriusXM.

Cole recorrió el volante con los dedos. De izquierda a derecha. De derecha a izquierda. Podía encender la sirena y abrirse paso para salir de allí, pero ¿qué sentido tenía eso? ¿Avanzar una o dos manzanas más y poner unas multas de aparcamiento? Mejor quedarse allí sentado.

Sacó el móvil y se descargó la aplicación de SiriusXM, pulsó en el botón de PRUEBA GRATIS e introdujo su dirección de correo electrónico.

Documentándose.

Estaba documentándose en su puesto de trabajo. Eso hacía.

Solo mientras esperaba.

La apagaría en cuanto se despejara el tráfico.

Escribió «Jordan Briggs» en el cuadro de búsqueda y surgieron tres canales bajo el encabezado *A tope con Jordan Briggs*: EN DIRECTO, REPETIR EL PROGRAMA DE AYER e HISTÓRICO. Pulsó EN DIRECTO. Un instante después sonó la voz de la mujer por los altavoces de su móvil.

—... no te dejes engañar por una pajarita, Crystal. Ese tío no es mejor que los demás.

Un par de clics después Cole ya tenía conectado su móvil por Bluetooth a los altavoces del coche patrulla.

La voz de Jordan Briggs llenó el vehículo:

—Hola, Bernie. ¿Qué tipo de juego tienes para mí?

7
Jordan

Jordan puso los ojos en blanco al ver que no respondía.

—¿Estás ahí, Bernie, o te me has quedado dormido?

Se oyeron varios ruidos extraños en la línea, como si se le hubiese caído el teléfono, y después la voz de un hombre. Acento del Medio Oeste, treinta y tantos probablemente. Después de una década en antena, a Jordan se le daba muy bien asociar las voces a una edad, un grupo demográfico y étnico. Vamos, que casi era capaz de acertar el color del pelo de su interlocutor.

—Disculpa, estoy aquí —respondió él—. Estaba buscando el café, y había desconectado el sonido.

—¿Se te ha perdido el café?

—Estoy de visita en casa de unos amigos y es muy temprano, me he levantado antes que ellos. Estoy rebuscando por la cocina y tratando de no hacer ruido para no despertar a nadie. Aquí las paredes son de papel.

—¿Desde dónde llamas?

—Desde su cocina, ya te lo he dicho.

—No te hagas el listillo, Bernie.

—Perdona, estoy en Brooklyn, en la Séptima Avenida, cerca de Prospect Park.

—¿Y dónde está tu verdadero hogar?

—Ah, pues en ningún sitio en particular. Nunca se me ha dado bien lo de echar raíces.

—¿Cómo te ganas la vida?

—Conducía un camión, pero he estado de baja desde que me lesioné.

—Lamento oírlo.

Jordan se recostó en la silla, se puso más cómoda. Aquel hombre estaba ralentizando un poco el ritmo, pero eso funcionaba a veces. Su instinto le decía que siguiera con él y, con el paso de los años, Jordan había aprendido a confiar en su instinto. Billy, por otro lado, estaba en el tercer monitor, inquietándose por momentos.

BILLY: Tu primo el de los cereales nos ha puesto la pachorra por las nubes. Métele caña o pasa a otra cosa.

—¿Cuándo te lesionaste?

Bernie hizo una pausa. Jordan se lo imaginó contando el tiempo con los dedos.

—Pues hoy hace siete años, curiosamente.

—¿Llevas siete años de baja?

Bernie se rio, una risa suave.

—¿Te parece divertido? —inquirió ella.

—Llevo mucho tiempo escuchándote, Jordan. Te conozco. Lo que me estás preguntando en realidad es si llevo cerca de una década viviendo a costa del Estado, ¿verdad?

Allá vamos.

—Ah, no te preocupes, que ya llegaremos a eso, pero antes siento verdadera curiosidad. Me gustaría saberlo: ¿qué fue exactamente lo que te ocurrió?

—Mierda.

—¿Qué pasa?

—Me he cortado en el dedo.

—¿Te has cortado en el dedo preparando el café?

—La cocina de mis amigos es un lugar peligroso.

—Eso parece.

Bernie carraspeó.

—No he dormido mucho esta noche. Lo cierto es que ya no duermo bien, pero esta noche ha sido especialmente dura para mí, con todos esos pensamientos dándome vueltas en la cabeza y compitiendo por mi atención. Tú ya sabes cómo es eso, ¿verdad? Cuando uno es incapaz de desconectar el cerebro.

Jordan soltó un bufido.

—Todas esas voces que te hablan a la vez, diciéndote lo que tienes que hacer. Entre chillidos y alaridos. ¿Es eso lo que está pasando, Bernie? Me han dicho que se puede impedir que te lleguen esas voces si te pones un gorrito de papel de aluminio.

—Madre mía, eres capaz de decir cualquier cosa con tal de oír el sonido de tu propia voz, ¿no es así? Debes de adorar el sonido de tu voz.

—Es que tengo una voz sexy —ronroneó Jordan.

—Apostaría a que tú también tienes bastante lío en la cabeza —respondió Bernie—. Creo que si me pusiera a mirar en tu armario de las medicinas, encontraría un montón de pastillas de las que te dejan fuera de combate: Stilnox, gominolas de Trankimazin, quizá una botella de Jameson en la mesita de noche para mantenerte calentita en la cama ahora que tu marido ya no está ahí.

La ruptura de Jordan con Nick no era ni mucho menos un secreto. Fue como si la prensa del corazón se percatase de los problemas de su matrimonio antes incluso de que ellos percibiesen las señales. El bombardeo de aquellas imágenes tan poco favorecedoras de ambos paseando por Central Park con más de un metro de separación y cara de enfado. Incluso en los mejores días los *paparazzi* se las arreglaban para sacarles al menos una o dos de esas fotos tan poco favorecedoras. Jamás los pillaban sonriendo o cogidos de la mano; siempre con el ceño fruncido o mirando para otro lado. Ella se había ido acostumbrando a aquellos ataques implacables, pero Nick no. Él mordía el anzuelo. Dejaba que lo achicharraran. Aquello había sido parte del problema. De uno de los problemas. De uno de los muchos problemas. La revista *Page Six*, en concreto, aprovechaba cada oportunidad para hacer reportajes sobre su vida personal con titulares disparatados con tal de provocarla, conscientes de que se pondría a despotricar en antena y ellos venderían ejemplares. El otoño pasado comenzaron a publicar fotografías con Charlotte, y esa fue la gota que colmó el vaso de Nick. Él podía seguir con su vida mientras la prensa lanzaba ataques personales contra Jordan, e incluso había tolerado los que lo incluían a él, pero cuando la prensa decidió que su hija era un objetivo legítimo, él dijo «se acabó». Le dio un ridículo ultimátum a Jordan y presentó una demanda de divorcio una semana más tarde, cuando ella dejó bien claro que no iba a abandonar su carrera profesional.

Nada de esto hacía que resultara menos raro para ella que un desconocido mencionara su ruptura por teléfono, en antena.

Que te jodan, Bernie. No pinches a la bestia.

—Y ¿qué me dices de ti, Bernie? ¿Hay una señora de Bernie? ¿Has conseguido echarle a alguien el lazo para que te acompañe en la fría noche, o pagas a alguien por horas para que se acurruque contigo?

Él guardó silencio. Pero no colgó. Jordan podía oír su respiración.

Venga, chaval, entra al trapo. Muerde el anzuelo, ahí, tan reluciente. Cuéntame algo.

—No hay nadie más. Estoy solo. ¿Es eso lo que deseabas oír?

Bingo.

—Por supuesto que no, Bernie. Yo no deseo nada que no sea lo mejor para ti. Nadie debería estar solo.

Él dejó escapar una carcajada suave.

—Hace mucho tiempo que te escucho, Jordan, ¿se te ha olvidado? Sé que no te importo una mierda. Lo único que te importa a ti son tus niveles de audiencia. Quieres que yo me abra, que te cuente algo personal, que te dé algo que puedas explotar. Algo como que tengo sobrepeso, a lo mejor. Tal vez que bebo demasiado o que no quiero saber nada del resto del mundo. Yo te doy algo, y tú tiras de eso como si fuera el hilo suelto de un jersey. Vas a seguir tirando, desbaratándolo, desarmándome pieza a pieza. Te has forjado una carrera a base de ir minando a la gente poquito a poco, pero de forma implacable. No voy a permitir que me hagas eso a mí.

—Suenas muy resentido, Bernie.

Se oyó un ding lejano, como si un microondas hubiera terminado su tarea.

—Claro, hablemos de eso. Estoy resentido.

—¿Qué te hizo estar así? ¿Fue el accidente?

—Quizá fuera siempre así.

—No lo creo —repuso Jordan—. Es más, me parece que en algún momento serías todo lo contrario. Me da la sensación de que eras el típico optimista sempiterno hasta ese accidente que mencionas, entonces te lesionaste, perdiste el trabajo, la autoestima, te echaste encima unos kilitos, empezaste a beber y ahora eres este Bernie. Ese fue el día en que echaste de casa a Bernie el Alegre y te convertiste en Bernie el Resentido. ¿Voy bien encaminada?

Él no respondió.

De manera intencionada Jordan dejó que el silencio se extendiera, lo dejó crecer igual que se espesa una sopa en una llama caliente y azulada.

Se oyó una fuerte detonación en la línea, del lado de Bernie, seguida de un golpe ruidoso.

Jordan miró a Billy, en la pecera, que se encogió de hombros sin más.

—¿Qué te estás preparando de desayuno exactamente, Bernie?

Otra detonación fuerte seguida de tres golpes secos y rápidos. Sonó como si se le hubiera caído el teléfono.

Después, nada.

Silencio.

El sonido de unos grillos surgió en los auriculares de Jordan.

Jordan fulminó a Billy con la mirada y le hizo un gesto negativo con la cabeza.

En el tercer monitor Billy escribió:

> BILLY: Sin efectos de sonido. Lo pillo.
>
> JORDAN: Deja que se mantenga el silencio.
>
> BILLY: No tengo muy claro adónde quieres ir a parar con este tío.

Jordan tampoco lo tenía muy claro.

Bernie debía de haber recogido el teléfono. Cesaron los ruidos, se oyó el sonido de alguien arrastrando los pies y él volvió a ponerse al teléfono.

—Disculpa todo esto.

—¿Qué ha pasado?

—Uno de mis amigos se ha despertado y me ha dado un susto. Ya estoy de vuelta.

—¿Cuánta gente hay ahí contigo?

Bernie no respondió esta vez. Al principio no. Cuando lo hizo, habló en voz más baja. Hizo caso omiso de la pregunta de Jordan y le planteó él otra:

—¿Alguna vez te has despertado en plena noche y te has preguntado si todo había terminado, si ese era el día en que ibas a morir?

—Un poco morboso, ¿no?

—No es morboso. Es ley de vida. El reloj corre desde el preciso instante en que nacemos. Vamos pasando por la vida: la infancia, vamos creciendo, conseguimos un trabajo, formamos una familia, unos llegan a viejos y otros no; y mientras tanto el reloj sigue corriendo. A veces te llevas un buen susto, algo que te recuerda ese reloj, tu reloj personal: tal vez un cáncer, la muerte de algún amigo, ya sabes a qué me refiero. Ese toque de atención que te recuerda que eres mortal y que se te puede abrir el suelo bajo los pies en cualquier momento. Creo que la mayoría de la gente no se percata de lo frágil que es la vida en realidad. Cuando nos levantamos por la mañana nos preparamos el desayuno y salimos a trabajar, sin duda nos imaginamos que volveremos a casa por la noche: a cenar, quizá ver una película con algún ser querido antes de irnos a la cama y otra vez igual. Otro día más y vuelta a empezar. Solo unos pocos a lo largo de la historia han comenzado el día sabiendo con certeza que no iban a estar aquí ya para ver el final de la jornada: terroristas suicidas, condenados a muerte..., la lista es muy corta. No puedo evitar preguntarme si esas pocas personas lo encuentran reconfortante, como si fuera un alivio, saber que se acabó, que hoy es el día en que voy a morir. Pueden vaciar la cuenta del banco, mandar a la mierda al imbécil de su vecino, hacer lo que les dé la gana, conscientes de que mañana no estarán aquí para hacer frente a las consecuencias. Eso tiene que ser igual que quitarte de encima el mayor peso que llevas sobre los hombros, ¿verdad?

Jordan frunció las cejas.

—Bernie, ¿te estás fumando un canuto? Tiene toda la pinta de ser el típico tema del que uno hablaría después de meterse un chute del Especial de Augie recién traído de México. O quizá esa movida hidropónica medicinal que venden en Colorado.

—No, estoy completamente sobrio ahora mismo. No consumo drogas.

—¿Tenemos que preocuparnos con que vayas a intentar hacerte algo?

—Solo estoy de charla.

—Porque suena como si pudieras hacerte daño de alguna manera.

—No tengo intención de hacerme nada.

—Pero ¿te estás preguntando si vas a llegar vivo a esta noche?

—Yo no he dicho eso.

Jordan frunció el ceño.

—Desde luego que sí.

—Te encanta hablar, pero no sabes escuchar —respondió Bernie—. Estás demasiado centrada en tu siguiente frase. No te tomas tiempo para asimilar lo que acabas de oír, para escuchar.

BILLY: Pirado.

—Te he preguntado si tú te has despertado alguna vez en plena noche y te has planteado si se ha acabado todo, si ese es el día en que tú vas a morir. Y si lo fuera, si pudieras estar absolutamente segura de que lo es, ¿cómo vivirías el resto del día?

—¿Me estás amenazando, Bernie? Creía que éramos amigos.

—No, por supuesto que no. Como te he dicho, tan solo estoy de charla.

Jordan suspiró.

—Mira, me estoy aburriendo, y a mí no me va el aburrimiento. —Dejó el dedo suspendido sobre el botón para desconectar y estudió la lista de oyentes en el segundo monitor.

—Con tanta charla, casi nos hemos olvidado del juego —dijo Bernie con voz tenue—. ¿No quieres jugar conmigo?

BILLY: Veinte segundos para publi.

—Vale, Bernie, voy a morder el anzuelo —aceptó Jordan—. ¿De qué va tu juego?

—Es muy sencillo, la verdad. Voy a darte a elegir, y quiero que me digas cuál de las dos opciones te gusta más.

—Eso no tiene mucha pinta de ser ningún juego.

—Creo que te va a parecer fascinante.

—Se nos echa encima la publicidad, así que cuéntamelo rapidito.

—Muy bien, vamos allá —dijo Bernie—. En cuanto al transporte público en Nueva York, ¿prefieres un Uber o un taxi?

Jordan elevó la mirada al techo.

—¿En serio?

—Como turista aquí, en tu ciudad, me gustaría saberlo. Tu opinión significa mucho para mí.

BILLY: Diez segundos.

—Ya me has oído hablar sobre esto en otras ocasiones —respondió Jordan—. Uber tira los precios por debajo de las tarifas locales para hacerse con el negocio. Esos precios no son sostenibles, y pretenden mantenerlos el tiempo necesario para obligar a los taxistas a cerrar. Apoyo al Sindicato Nacional de Trabajadores del Taxi, e insto a mis oyentes a que hagan lo mismo. Nadie que se considere un verdadero neoyorquino se subiría a un Uber ni muerto: dañan la economía local. Solo un turista utiliza un Uber. Ahí tienes mi respuesta: cogería un taxi antes que un Uber.

Bernie no dijo nada.

—¿He ganado?

Sonó un leve clic cuando Bernie colgó el aparato. Jordan advirtió que el hombre había llamado desde un teléfono fijo. No conocía a nadie que aún tuviera uno de esos.

8

Jordan

Entró la sintonía de Jordan, y pasaron a publicidad. Presionó un botón para silenciar su micro, se recostó en la silla y miró a Billy, que estaba en su pecera.

—Lo siento, he pensado que esto nos iba a llevar a alguna parte.

—Tendrías que haber tirado por todas las llamadas de los «Stan». —Chasqueó los dedos tres veces—. Disparos rápidos, vamos tumbándolos uno detrás de otro.

—Nick me ha traído a Charlotte. Se suponía que este fin de semana le tocaba a él.

Billy revolvió unos papeles.

—Regla número uno cuando te ves metida en una batalla por la custodia de tu única hija: no empieces a contarle a la gente que no quieres pasar tiempo con la niña.

—Tú no eres la gente, eres Billy —respondió ella—. Y tampoco se trata de que no quiera pasar tiempo con Charlotte, me encanta estar con ella; es que tenía planes, solo eso.

Una sonrisa astuta le curvó los labios.

—Planes, ¿eh? Supongo que no le puedes pedir a tu hija que espere en el vestíbulo mientras tú te zumbas a un...

—No ese tipo de planes —le interrumpió Jordan, que se mordió el interior del carrillo—. Voy a cenar con mi madre.

—¿Y Charlotte no puede ver a la abuela?

—Charlotte no conoce a su abuela.

—¿Cómo es posible? ¿Cuántos años tiene, doce, trece?

—Once. —Tomó un sorbo de café y picoteó el bagel que alguien le había dejado en la mesa—. Llevo quince años sin ver a mi madre.

—¿Por su culpa, o por la tuya? —preguntó Billy.

—Sí.

—No es que sea una respuesta muy precisa.

—No pretendía serlo.

Billy iba leyendo mientras hablaba con ella y marcó dos elementos de una lista en su portapapeles.

—Cero premios a la madre del año en tu familia, ¿eh?

Jules Goldblatt llamó a la puerta del estudio con el rostro cargado de furia apretado contra el cristal.

Billy pulsó el interruptor para dejarle entrar.

Su cara de pocos amigos no hizo sino empeorar cuando vio a Jordan.

—¿Te das cuenta de que tenemos la centralita saturada ahora mismo y que los de informática me van a tener que dar una nueva extensión?

—Pero ya nadie va a llamar directamente a Stan. —Jordan sonrió—. ¿Qué te parece mi capacidad para resolver los problemas al vuelo, eh? ¡Una buena palmadita en la espalda para ti, por tu ayuda!

De alguna manera su rostro se las arregló para enrojecerse aún más.

—No te vas a tomar el día libre mañana.

Jordan ladeó la cabeza.

—¿Ah, no? Estoy bastante segura de que sí. —Alzó la mirada hacia Billy—. ¿Qué tenemos en la agenda para mañana?

Billy dejó un portapapeles, cogió otro y pasó una página.

—Según dice el horario, tú no vienes mañana, y tenemos un resumen de momentos estelares con las mejores actuaciones musicales en el programa. Tenemos a Paul Simon, a Jon Bon Jovi haciendo versiones de los Beatles, a los chicos de Imagine Dragons cantando *a capella*... Lo estoy deseando. Llevo semanas esperando este programa.

—Semanas —remarcó Jordan con un ademán de la barbilla dirigido a Goldblatt.

Goldblatt hizo un gesto negativo con la cabeza.

—No hemos emitido un solo corte promocional anunciando eso.

—Bueno, ¿y de quién es la culpa? Eres tú quien debería meter los cortes promocionales, ¿no? Parece que se te ha escapado una oportunidad.

—No lo has comunicado como es debido. ¿Acaso lo saben los de Marketing?

—Nadie me ha preguntado.

—Mantener informado al equipo forma parte de tu trabajo.

—De eso nada. —Jordan lo negó con la cabeza—. Mi trabajo es hablar en antena. El resto es trabajo de otra persona. Es probable que tú seas el responsable de esa persona, y esa persona está haciendo un trabajo de pena, lo cual te deja mal a ti. Lamento profundamente ver cómo te metes en un lío por la incompetencia de otros. Me duele de corazón. Me deja helada, como cuando esos cazadores matan a Lassie delante de Timmy en esos dibujos animados tan antiguos.

—Eso era en *Bambi* —mascullé Goldblatt.

—Por supuesto, *Bambi*.

—Señor Goldblatt —dijo Billy—, Jordan se puede tirar así todo el día. Conseguirá que le entre jaqueca. Hace mucho tiempo que aprendí que es mejor retirarse lentamente y dar gracias a Dios de que no haya nadie aquí para verlo.

Goldblatt estaba diciendo que no con la cabeza. Su mirada se volvió a posar en Jordan.

—Quiero al senador en antena a continuación.

—Sí, en un rato.

—A continuación.

—Vale, en un rato, entendido. Tengo que hablar con mi hija.

Jordan apartó a Goldblatt para pasar y salió por la puerta. Se encontró a Charlotte en la sala verde, mordisqueando un dónut de una de las bandejas de cortesía.

—Ay, cielo, no te comas eso, que lleva ahí un mes por lo menos.

En el sofá del rincón el senador alzó la mirada de su plato. Se había preparado una especie de bocadillo con las dos mitades de un bagel, queso y alguna clase de fiambre. Tal vez salami.

Jordan le miró y le guiñó un ojo.

El senador frunció el ceño, bajó la mirada al plato y lo dejó en la mesita del rincón.

—¿Por qué quería detenerte el policía? —le preguntó Charlotte.

Jordan la abrazó.

—Ah, pues yo creo que se ha enterado de que había por aquí una niña tan guapa que superaba los límites legales, y ha venido a ponerle fin a semejante situación.

Charlotte entrecerró los ojos y apoyó el peso de su cuerpo sobre el pie izquierdo.

—Madre, estás desviando la conversación.

—Así que «madre», ¿eh?

—Sí.

—¿Se ha marchado tu padre?

—Tenía que hacer pis.

—Ya he terminado de hacer pis —dijo Nick desde la puerta.

Jordan le lanzó una mirada y volvió a sonreír a Charlotte.

—¿Puedes irte a recepción con Sarah unos minutos para que yo pueda hablar con tu padre?

—¿Vas a pegarle?

—Podría.

Charlotte se lo pensó un instante.

—Vale, pero en la cara no. Me gusta la cara de papá. —De camino hacia la puerta la niña levantó la mano y le dio unas palmadas en la espalda a su padre—. Buena suerte, señor Briggs.

Cuando la niña se marchó, Nick dejó escapar un suspiro.

—Ya sé que no te he avisado con tiempo, Jordie, pero no tengo opción. He de estar en Boston esta tarde. Volveré en cuanto pueda. Mañana por la noche como mucho.

—Ya sabes lo que tengo mañana por la noche.

—Llévate a Charlotte. Se merece conocer a su abuela.

—Su abuela no se merece conocerla a ella —contraatacó Jordan.

—Han pasado quince años.

—Ni loca.

—¿Y una niñera? —sugirió Nick.

—Sí, claro, un viernes por la noche en los Hamptons. Tendría más posibilidades de negociar una tregua entre Israel y Palestina.

Nick se metió las manos en los bolsillos.

—Pues... bueno, es que no sé qué decirte.

—Pues dime que vas a cancelar tu chorrada de viaje y que te vas a organizar para cumplir con tus responsabilidades como un niño grande.

—No puedo hacer eso.

—¿Qué hay en Boston que es tan importante?

Nick no respondió.

Jordan sintió que se le enrojecía la cara.

—Esta es la mierda de padre que eres.

—Eso no es justo.

—La vida no es justa.

Se oyó la voz de Billy por el intercomunicador.

—Jordie, entras en treinta segundos.

Jordan lo fulminó con la mirada durante al menos diez segundos de los treinta que le quedaban. Acto seguido se sacó del bolsillo el sobre que antes había recogido de su mesa, se lo plantó a Nick en el pecho y salió airada de la sala.

9
Cole

—Señora, por favor, vuelva a meterse en el coche.

Cole estaba haciendo todo lo posible por mantener la calma, de verdad que sí, pero aquella mujer no le estaba poniendo las cosas fáciles. El agente se encontraba de pie en la calle Cuarenta y nueve, unos cinco vehículos por delante de su coche patrulla. Al conductor de un Prius se le había resbalado el pie del freno y había colisionado por detrás con el Lexus de la mujer. No podía ir a más de dos o tres kilómetros por hora. Apenas había recorrido medio metro.

—¡Le ha dado a mi coche por detrás! —le gritó la mujer.

—No hay daños —explicó Cole por cuarta vez—. La mayoría de los parachoques están diseñados para absorber impactos de hasta ocho kilómetros por hora sin abollarse. El otro conductor no iba lo bastante rápido. Tiene que volver a su vehículo.

La mujer llevaba el pelo teñido de un horrible tono anaranjado, y se le veía más de un centímetro y medio de raíces grises. Cole intentaba no mirarla de forma descarada, pero no dejaba de sorprenderse dirigiendo los ojos hacia esa zona de su cabeza.

La banda que acompañaba a Meghan Trainor estaba calentando ya en algún lugar más adelante. Cole oía el sonido amplificado del bombo de una batería, y cada golpe alimentaba el dolor de cabeza que le iba aumentando detrás de los ojos.

El hombre que le había dado el golpe a la mujer se hallaba de pie a su lado, sin saber muy bien qué hacer. Ya le había ofrecido los datos de su seguro, y la mujer los había rechazado y había insistido en que Cole le pusiera una multa. Si la Policía de Nueva York multara a todo aquel que rozase al coche de delante en un atasco, todos los agentes tendrían coches patrulla nuevecitos y se les habrían agotado los talonarios de multas.

Cielo santo, ya estaba empezando a pensar como un policía de Tráfico. Tenía que volver a Homicidios. Los muertos no se quejaban ni le decían lo que debía hacer, eso seguro.

Cole forzó una sonrisa.

—A ver qué le parece esto: yo le pongo una advertencia al conductor, y si alguna vez lo vuelve a hacer el juez lo enviará directo a la prisión de Rikers. Son muy duros con los reincidentes.

En algún lugar por detrás de su coche patrulla alguien tocó el claxon y lo hizo sonar durante cerca de diez segundos, se detuvo durante una mínima pausa y volvió a hacerlo. ¿Por qué demonios hacía eso la gente? El atasco no iba a desaparecer por las buenas.

—Quiero que le ponga una multa —insistió la mujer—. Una multa considerable.

El hombre que le había dado el golpe echó las manos al aire y comenzó a alejarse.

—Decida usted lo que quiera. Estaré en mi coche.

Sonó el móvil de Cole, que levantó un dedo, dio la espalda a los dos conductores y se lo sacó del bolsillo. Era su compañero, Garrett Tresler. Cogió la llamada.

—Hola, ¿qué ocurre?

—Me acaban de pasar un doble homicidio en Brooklyn. Mujer de treinta y tantos. Apuñalada. El marido muerto de una paliza según el agente de uniforme en el escenario. Ahora mismo estoy yendo para allá. ¿Te puedes escapar, o te tienen pillado jugando a los parquímetros?

Detrás de él, el hombre y la mujer continuaban discutiendo. Los pitidos de los vehículos atronaban por todas partes. Alguien estaba afinando una guitarra eléctrica. Se alejó unos metros más, puso varios coches de distancia y se apretó el móvil contra el oído.

—Gaff no va a dejar que me libre tan pronto, ni de coña. Me queda otra semana.

—Eres idiota. Deberías haber mantenido la boca cerrada.

—Pensé que iba a ser más comprensivo.

—¿Sobre su hija? Te puedes hacer el tonto cuanto te dé la gana. Todos sabemos que es mejor no liarla con la familia Gaff.

Por delante, un camión grúa entró muy despacio en la Cuarenta y nueve desde la Quinta y se detuvo junto a un coche patrulla aparcado en la acera. Un policía corpulento estaba dirigiendo a los demás vehículos para que lo rodearan. Tenía pinta de que estaban intentando recoger un Chevy último modelo que había sufrido un calentón y se había parado. Cuando vio a Cole, le gritó:

—¡Eh, novato, ¿por qué no me traes un café?!

Cole le dio la espalda y echó a andar en dirección opuesta. Su coche patrulla continuaba detenido en el atasco, con las luces de emergencia encendidas: las había vuelto a encender al bajarse. Se había alejado de su vehículo más de lo que pensaba. El taxi aún estaba tratando de esquivar su parachoques. Había avanzado prácticamente un metro en los últimos diez minutos. Le dio al pasajero otro minuto más antes de que decidiera dar por terminada la carrera y bajarse para seguir a pie.

—Podrías llamar tú a Gaff, a lo mejor —dijo Cole—. Dile que me necesitas en este caso.

—¿Y arriesgarme a que se lo dé a otro? Ni loco —respondió Tresler—. Pasa del tráfico sin más, no se va a enterar.

Ah, sí que se va a enterar. Tiene ojos en todas partes.

—Como me pille haciendo eso, es capaz de endosarme otro mes aquí.

En algún lugar cercano al Rockefeller Center sonó una fuerte detonación. Cole sintió que el asfalto se sacudía.

—¿Qué demonios ha sido eso? —preguntó Tresler.

—Supongo que en *The Morning Show* lanzan fuegos artificiales. Están preparando un concierto de Meghan Trainor.

Tresler se echó a reír.

—Venga ya, tío, de servicio en Tráfico ¿y te toca escuchar esa mierda? En serio, espero que la tía mereciese la pena.

Otra detonación.

Esta parecía más cercana. Más fuerte, sin duda.

Cole vio una fina columna de humo negro a unas tres manzanas al este. Creyó oír un grito.

—Eh... Oye, luego te llamo. —Colgó y se volvió a meter el teléfono en el bolsillo.

Una tercera explosión. Nada de pirotecnia. Era una explosión.

Muy cerca.

De repente el mundo entero se quedó en absoluto silencio.

La gente se detuvo en las aceras, todos boquiabiertos y mirando a su alrededor, tratando de localizar el origen del sonido. Varias personas se agacharon en el suelo. Otras se cobijaron en las entradas de algunos comercios y en los huecos de las fachadas de los edificios de alrededor.

Cole se llevó la mano a la radio en el hombro.

—Control, aquí 5839. Tengo un posible 10-80 cerca del Rockefeller Center, cambio.

—Recibido. Permanezca a la escucha.

El policía corpulento en la distancia también tenía la mano en la radio y los ojos clavados en la columna de humo, cada vez más grande.

Cole localizó otra que se elevaba a su espalda, a unas cinco manzanas de distancia.

¿La primera?

Volvió a pulsar el botón para hablar.

—Control, aquí 5839. Creo que tenemos varios 10-80.

Un instante después:

—Recibido.

Se dio la vuelta y echó a correr hacia su coche patrulla.

Estaba a unos seis metros de distancia cuando el taxi que seguía atrapado detrás de su coche estalló en una gigantesca bola de fuego. El chasis despegó del pavimento como un resorte y permaneció suspendido en el aire durante un imposible lapso de un segundo antes de volver a caer al suelo y aplastar el maletero de su coche. Cole vio aquello durante una décima de segundo antes de que la onda expansiva lo golpeara de lleno y lo lanzara volando de espaldas. Se estampó contra el guardabarros de la furgoneta blanca de un fontanero, y la fuerza del golpe fue tal que sintió que un dolor eléctrico le subía por la espalda y le descendía por el brazo derecho; acto seguido cayó al suelo como un fardo, justo antes de que estallara otro taxi a menos de treinta metros de distancia.

10
Jordan

Jordan estudió la pizarra un instante y se acercó a su micrófono.

—Antes he mencionado que hoy tenía dos números para ustedes. El primero era el teléfono de Stan, al que ya no nos permiten llamar, así que no le llamen, nadie, nunca. El segundo es este, y quiero que lo anoten. Les doy un momento para ir a buscar un boli. —Hizo una pausa y chasqueó la lengua varias veces—. ¿Listos? Es hashtag 22022022. Apúntenlo donde sea. Apúntenselo en todas partes. En serio, quiero que se lo aprendan de memoria y lo compartan con todo aquel a quien conozcan, porque podría ser el número más importante de toda la historia de los números. —Alzó la mirada hacia Billy, en su pecera—. Oye, Billy...

Billy odiaba entrar con ella en antena. Prefería ser el mago que pulsa los botones y acciona las palancas tras la cortina, el que crea la magia de aquella porquería de programita de cuatro horas seguidas. Odiaba hablar en público, y la idea de que ese público fuera del tamaño del de Jordan lo aterrorizaba. De manera que, cada vez que Jordan lo ponía en aquel aprieto y le obligaba a entrar en directo, la cara se le volvía de un verde que solo él era capaz de adoptar, y su mirada la fulminaba con el ardor de un millar de soles. Extendió la mano a su izquierda y presionó el botón que activaba su micrófono.

—¿Sí, Jordan?

En su tercer monitor apareció un texto:

BILLY: ¡Cabrona!

—Tú fuiste a la universidad, ¿no es cierto? —dijo ella.

—Sí. Fui a la magnífica Facultad de Radiodifusión de Dayton, en el maravilloso estado de Ohio.

—¿Y te sacaste el título?

—Claro, al final sí.

—¿Y ahora trabajas en el campo que elegiste?

Billy entrecerró los párpados, no sabía muy bien adónde pretendía ir a parar.

—Estoy empezando a pensar que tendría que haberle hecho caso a mi madre y haber sido dentista, pero sí, trabajo en radiodifusión, mi campo de estudio.

—En tu primer día de facultad, ¿tuviste tu charla de orientación?

—Sí.

—Estoy bastante segura de que conozco el aspecto que tenía eso —dijo Jordan—. Un montón de exalumnos de instituto de mirada sumisa, perdidos y atemorizados, la mayoría de ellos lejos de casa por primera vez, subiendo todos las escaleras hacia algún gran salón o un auditorio en el campus, conducidos y espoleados hacia las puertas como terneros inocentes camino del matadero. Dieciocho añitos, adultos en términos legales, pero en realidad un montón de críos que buscan alguna clase de guía en los verdaderos adultos, ¿verdad?

Billy asintió.

Jordan frunció el ceño y señaló su micrófono.

Billy puso los ojos en blanco y se acercó al suyo.

—Sí. Justo así.

—Seguro que todos los pasillos camino del auditorio tenían mesas de punta a punta, exactamente igual que en el primer día de cualquier universidad en todo el país. Ahí teníais a las fraternidades de alumnos, todos los grupos estudiantiles tratando de reclutar a nuevos miembros, pero eso ya se da por hecho, así que ¿quién más había allí? ¿Quién ocupaba la mayor parte de aquellas mesas?

—Las compañías de las tarjetas de crédito —afirmó Billy de plano—. Todas ellas: Visa, MasterCard, Discover, tarjetas de carburantes, de grandes superficies, de tiendas de internet...

—¿Cuántas solicitaste tú?

Billy soltó un bufido.

—Puf, todas.

Jordan ladeó la cabeza.

—¿Y eso fue antes o después de la charla que te dio la universidad sobre el endeudamiento y las prácticas predatorias de los prestamistas?

—¿Perdón? —Parecía confundido.

—Ya sabes, cuando te explicaron cómo funcionan los intereses y sus tasas compuestas, los costes anuales y la capacidad de endeudamiento, cómo lo uno afecta a lo otro y cómo te va a resultar imposible librarte de ello durante el resto de tu vida, como si fuera un herpes. Ya sabes, la charla en la que te enseñaron todo eso tan básico antes de que firmaras en la línea de puntos.

—¿En tu universidad hicieron eso?

—No —respondió Jordan.

—En la mía tampoco. Yo firmé, y ya había alcanzado el límite de prácticamente todas ellas antes del final del primer semestre. Me dijeron que, si me hacía falta, podría cubrir el saldo con dinero del préstamo que me habían concedido para pagar los estudios, porque el tipo de interés sería mejor. Recuerdo que alguien me contó eso, pero no pude sacar lo suficiente. Un par de semanas más tarde ya había llegado al límite otra vez. Un asco. Terminé currando a tiempo parcial en un sitio que se llamaba La Casa del Filete. Menudo tugurio.

—¿Utilizaste el crédito de los estudios para pagar el alojamiento?

Billy se encogió de hombros.

—Lo que pude.

Jordan movió un par de hojas de papel que tenía sobre la mesa. Le encantaba el sonido que producía eso.

—Para dejarlo claro: entonces, nadie de la universidad te aleccionó sobre los riesgos de ir acumulando deuda en las tarjetas de crédito. Pero claro, supongo que eso tampoco es responsabilidad de las universidades, aunque permitieran el acceso al campus a esos prestamistas o incluso les cobraran por montar allí su tenderete aquel día. Supongo que es mucho pedir que protejan a nuestros hijos ante ese tipo de cosas, que les den alguna clase de advertencia. Al fin y al cabo habíais ido allí a estudiar Radiodifusión, no economía. Ibais allí a adquirir una competencia concreta... con su coste..., que ellos cobraban. Y en ultimísima instancia, estoy segura de que te explicaron que iban a aplicar sus tasas a la deuda de tu crédito de estudios, que se irían cargando e irían aumentando. Los intereses aplicables ahí..., ese tipo de cosas, ¿verdad?

—Ah, no.

—¿No te contaron que, con independencia de tu situación en el futuro, consiguieras o no un trabajo en tu campo elegido, o, demonios, consiguieras o no un trabajo cualquiera, tendrías que devolver no solo hasta el último céntimo que te habían prestado para pagar a la universidad, sino también los intereses de esa deuda, y que pasara lo que pasase con tu vida, aunque cayeses en la peor de las crisis financieras, no te ibas a librar de ello, ni siquiera declarándote insolvente?

—No.

—¿Cuánta deuda acumulaste para la universidad?

Billy se lo pensó un segundo.

—¿Con el crédito para los estudios, las tarjetas y todo lo demás?

—Sí, claro.

—Algo más de ciento veinte mil dólares.

—¿Con qué edad?

—Me gradué a los veintiuno.

Jordan hizo una pausa brevísima.

—Estoy segura de que la universidad te ayudó a encontrar un trabajo después de graduarte, con tal de que pudieras devolver todo eso, ¿no?

Billy se echó a reír al oírlo.

—De eso nada. Ellos habían cobrado ya. Les dio igual lo que fuese de mí después de eso.

—Pero ellos te aceptaron en su programa de estudios. Te impusieron todas esas tasas. Seguro que no lo habrían hecho si no estuvieran convencidos de que ibas a conseguir un trabajo en tu campo y podrías devolverle todo el dinero a todo el mundo, ¿no?

—Todos mis créditos estaban en periodo de carencia hasta el día de mi graduación. Me giraron la primera letra unas dos semanas más tarde.

—De modo que te dejaron en la puerta de la calle con un título en una mano y un montón de deudas en la otra, y así te enviaron al mundo. ¿Tenías coche? ¿Un lugar donde vivir?

—Tenía una montaña de deudas y estaba en paro. No había forma de que pudiera conseguir esas cosas. Volví a casa, a vivir con mi madre.

—¿Y crees que tu experiencia es única? —le preguntó Jordan.

Billy dijo que no con la cabeza.

—Les ha pasado exactamente lo mismo a todos mis conocidos.

Jordan echó un vistazo al segundo monitor, el que mostraba la lista de los oyentes en espera:

Línea 1: Robin (debe 200.000)

Línea 2: Tobin (no puede comprarse coche ni casa)

Línea 3: Stan (este dice que salió contigo en el instituto - sigue esperando)

Línea 4: Lance (pasó de la universidad, no quería endeudarse)

Línea 5: Amanda (trabajó de *stripper* para no pedir créditos)

Jordan dejó que el silencio se extendiera un poco más, y dijo entonces:

—Yo tengo un título en Ciencias de la Comunicación por la Universidad de Stanford que me costó una maldita fortuna en préstamos, becas y propinas de camarera, y ¿sabes lo que te digo? Que no sirve para nada, joder. Yo ya decía chorradas antes de ir a la universidad, y ahora me dedico a decir chorradas. Lo único que ha cambiado es que el banco pone el cazo todos los meses para cobrarte la usura. Hace unos años traté de cancelar la deuda, y no me dejaron. Llamé para quejarme y, después de veinte minutos de contestadores automáticos, conseguí por fin hablar con una persona incapaz de pensar por sí misma. Lo único que sabía hacer era leer respuestas preestablecidas en la pantalla de su ordenador. Logré que me pasaran con una supervisora, y me dijo que no podía cancelar por adelantado más de tres meses. Cada una de mis letras tiene algo así como un ochenta por ciento de intereses y un veinte por ciento de principal. Están ganando conmigo una pequeña fortuna. Lo último que quieren es que les pague todo de golpe, eso sería un mal negocio. Me devolvieron mi cheque y dijeron que no podía pagar más de dos meses a la vez..., supongo que eso de los tres meses era un error. Todo me pareció un montón de burdas mentiras. Renuncié a intentar hablar con una persona de carne y hueso que me lo explicara. Así que volví a extenderles su cheque cada mes, uno detrás de otro. Anoche les extendí su cheque una vez más, y estaba a punto de echarlo al correo cuando se me ocurrió una idea.

—Oh, oh —dijo Billy.

—Decidí: que se jodan. Estoy harta de que me sangren.

—No tenemos elección.

—Lo que tenemos es que somos muchos, Billy, y la única manera de que se solucione este problema es siendo muchos. El Gobierno no nos lo va a solucionar. Tenemos que hacerlo nosotros —dijo Jordan—. Este año, más de cuarenta y cinco millones de personas deben un total de un billón y medio de dólares en préstamos de estudios. Prácticamente todos los hogares estadounidenses tienen una deuda en la tarjeta de crédito, una media de 8.284 dólares. Un total de 13,51 billones. Parte de esa deuda es fruto de la estupidez, pero una buena porción es una deuda generada por estudiantes universitarios como tú y como yo que no tenían ni idea de nada cuando las facultades y los prestamistas les pusieron delante su caramelito en el campus. Esto nos lleva de vuelta a mi número original, el número más importante de toda la historia de los números: hashtag 22022022. Significa «libertad».

Jordan carraspeó para aclararse la garganta.

—Nosotros, el pueblo de los Estados Unidos de América, declaramos el día 22 de febrero de 2022 como el Día Nacional de la Condonación de los Préstamos de Estudios y los Créditos Predatorios. En ese día, y durante todos los días siguientes, no haremos frente a más pagos que correspondan a préstamos de estudios existentes ni suscribiremos ninguno más. Si es usted un prestamista, tómese la libertad de quedarse con los billones de dólares que ya le hemos pagado en concepto de intereses y utilícelos para saldar las deudas de los préstamos. En caso de que inicie alguna clase de actividad para el cobro, nosotros, el pueblo estadounidense, boicotearemos su entidad. Si es usted un banco, esto significa que cancelaremos todas nuestras cuentas y créditos de su entidad y jamás volveremos a contratar nada con usted. De ser usted el Gobierno federal, si trata de poner en marcha alguna clase de campaña de cobro, nosotros, el pueblo estadounidense, no volveremos a pagar impuestos.

A Billy se le habían abierto los ojos como platos.

—Es imposible que permitan que suceda algo así.

—Si todos nosotros nos plantamos el 22022022, si nos ponemos de acuerdo para hacerlo, no tendrán elección. Tendrán que dejar que ocurra y enfrentarse a las consecuencias, que podrían ser catastróficas para el sistema financiero, o pueden ponerse a buscar una solución antes de esa fecha. En lo que a mí respecta, el reloj está corriendo: hashtag 22 02 2022 es el Día Nacional de la Condonación de los Préstamos de Estudios y los Créditos Predatorios. Tiene que ser así, lo pone en mi calendario.

Jordan oyó una fuerte detonación.

Lo primero que se le pasó por la cabeza fue: *No es posible: estoy en un estudio insonorizado*. Entonces oyó otra, más cerca que la primera. La taza se sacudió sobre su mesa y se formaron unas ondas en el café.

11
Cole

Un pitido.

En la cabeza de Cole no había más que ese pitido estridente.

Cuando abrió los ojos vio de manera fugaz un incendio y un denso humo negro antes de que se le llenaran de un polvo áspero y un calor seco y los tuviese que volver a cerrar con fuerza.

Estaba en el asfalto, y lo cierto era que no recordaba cómo había llegado hasta allí. Hizo el esfuerzo consciente de mover las piernas. Se puso en pie entre temblores y tambaleos, estuvo a punto de caerse de nuevo y se apoyó en la furgoneta que tenía a su espalda.

El pitido se fue desvaneciendo y lo sustituyeron los gritos, los chillidos y el ruido atronador de decenas de bocinazos: algunos fijos, otros en las secuencias aleatorias que generaban los conductores al aporrear el volante.

Entonces recordó las explosiones, el humo distante y también el que había allí mismo. Explosiones por doquier.

Cole se rodeó la cara con el brazo y respiró en el hueco del codo para que la camisa pudiera filtrar el aire. Se forzó a abrir otra vez los ojos, apenas una rendija, lo justo.

La gente corría.

Corría por todas partes. En todas las direcciones.

No sabía muy bien hacia dónde iban. Había fuego allá donde mirase. Además del taxi que había estallado detrás de su coche patrulla, había otros dos en su manzana. Recordó los dos que había visto antes de eso, cerca del Rockefeller Center.

—5839. Responda, 5839.

Cole no estaba seguro de cuánto tiempo llevaban llamándolo. La voz de Control acababa de aparecer de manera gradual, surgida de la nada, y se convirtió en otro más de todos aquellos sonidos tan caóticos.

Se llevó la mano al micrófono en el hombro y presionó el botón para hablar.

—Aquí 5839, le recibo.

Su propia voz le sonaba a un millón de kilómetros de distancia.

—¿Tiene los 10-80 en su visual?

Estaba de pie en medio de los putos 10-80.

—Sí, los tengo en mi visual.

—Tenemos tres en la Cuarenta y nueve entre la Quinta y la Sexta, dos más en la Cuarenta y siete, uno en la Sexta con la Cuarenta y ocho, todos en las inmediaciones del Rockefeller Center. ¿Tiene alguno más del que informar?

Cole intentó sumar el total que hacían, pero su cerebro no estaba por la labor. Se sentía como si alguien le hubiese envuelto la cabeza con una banda de cuero y la estuviera apretando.

—Control, ¿eran seis en total? —Se le resbaló el dedo del botón de la radio. Volvió a agarrar el micrófono—. ¿Seis taxis?

—Afirmativo. ¿Tiene alguno más del que informar?

Intentó mirar entre el humo y el hollín suspendido en el aire. Era como si lo tuviese por todas partes a su alrededor. La gente se bajaba de los coches. Echaba a correr sin más. No sabía muy bien adónde iban. Lejos de allí. El aire parecía caliente.

—¿5839?

Cole se obligó a concentrarse. Cogió aire, aunque eso le hizo toser.

—Puedo confirmar los tres de la Cuarenta y nueve. Tengo una imagen directa. De los demás solo tengo humo en mi visual, pero no estoy lo bastante cerca como para valorar los daños. Mi coche patrulla está completamente destrozado, no me puedo desplazar. —Se volvió hacia la Quinta, localizó el camión grúa, pero no había ni rastro del policía corpulento de antes—. Necesito ayuda aquí, creo que estoy solo.

—Recibido. Tenemos ambulancias y refuerzos en camino.

Un millar de personas gritaba un poco más lejos, manzana abajo, en el Rockefeller Center, y cuando Cole miró se percató de que muchos de ellos iban corriendo hacia él. Con un concierto que iba a empezar en poco más de una hora en *The Today Show*, la plaza entera estaba abarrotada, y al menos dos de las explosiones se habían producido en aquella dirección. Sin embargo, la gente de esa manzana iba corriendo hacia allí porque tres taxis acababan de saltar por los aires ahí mismo. Con las otras explosiones al este y al oeste, Cole estaba acorralado. No tenía adónde ir. Todo el tráfico estaba retenido antes de las explosiones. Ahora no se iba a mover nada.

Cole echó a andar hacia su coche, hacia el taxi que tenía detrás, pero no pudo acercarse más de seis metros. El calor era excesivo. Era imposible que el conductor siguiera con vida. Si hubiera sobrevivido a la primera deflagración, el fuego y el humo ya habrían acabado con él.

Aun así se fue aproximando muy poco a poco, con la cabeza vuelta hacia un lado para protegerse del calor y los ojos entornados en un par de ranuras. Aún había decenas de personas metidas en sus coches, muy probablemente en estado de shock o sin saber qué hacer. Tres carriles llenos de vehículos. Su coche patrulla estaba ardiendo bajo los restos del taxi y podría estallar en cualquier momento; podría reventar cualquiera de los demás coches.

Cole comenzó a abrir la puerta de los coches al azar, diciéndoles a sus ocupantes que se refugiaran en los edificios, sacando a la gente a rastras cuando esta se negaba a moverse. Obligándolos a llegar a la acera.

Localizó los restos de los otros dos taxis: uno manzana arriba, el otro manzana abajo, y no habían salido mejor parados que el primero. Eran dos bolas de fuego cuyos conductores y ocupantes tenían que estar muertos por fuerza.

Extendió la mano hacia la puerta corredera de un monovolumen y la abrió de un tirón. Un golden retriever le ladró y se le echó encima de un salto. Patinó al tratar de correr sobre el asfalto, se volvió hacia la puerta abierta y volvió a ladrar a los ocupantes, una mujer y su hija adolescente. Las dos tenían los ojos clavados en Cole.

—¡Tienen que salir de aquí las dos! ¡Hasta que se apaguen esos incendios esto no es seguro!

Ambas vestían una camiseta de Meghan Trainor. Las dos continuaban mirándolo fijamente.

El perro ladró.

De alguna manera aquello las hizo espabilar. La madre tiró del freno de mano y comenzó a bajarse, volvió a alargar el brazo hacia el interior para parar el motor y quitar las llaves. Salieron del monovolumen a toda prisa y, con el perro en los talones, corrieron hacia una multitud de gente que se agolpaba debajo de la marquesina de un Starbucks.

Cole siguió avanzando entre los coches del atasco. Alcanzaba a oír unas sirenas distantes, pero los vehículos de emergencias no tendrían forma de llegar hasta allí. Incluso las aceras estaban bloqueadas por furgonetas y demás abandonados, gente que después de intentar salir de allí y atascarse había dejado tirado lo que fuese que estuvieran conduciendo para salir por piernas. Incluso había una furgoneta de UPS con la puerta lateral abierta y las luces de emergencia encendidas.

Cole ya había vaciado una decena de vehículos más cuando localizó otro taxi, este en el carril más a la izquierda, cuatro coches más allá. El conductor seguía al volante. Cole se acercó por detrás y golpeó en el maletero con la palma de la mano.

—¡Tiene que bajarse del coche!

El conductor levantó la cabeza de sopetón y vio a Cole en el retrovisor.

¿Está hablando por el móvil?

En efecto.

Un móvil apretado con fuerza contra la oreja.

Cole rodeó rápidamente la parte de atrás del coche y se dirigió hacia la puerta del conductor. Cuando alargó el brazo hacia la manecilla, el taxista activó los seguros de las puertas.

—¿Qué demonios...? —Cole golpeó con el puño contra la ventanilla—. ¡Salga del coche!

El hombre miró a Cole, hizo un gesto negativo con la cabeza y continuó con su llamada.

Cole volvió a golpear la ventanilla.

—¡Oiga!

El conductor parecía de Oriente Próximo, de cincuenta y tantos, probablemente. Llevaba fotos de su familia sujetas en el parasol, junto a la licencia. Dijo algo más al teléfono, hizo una pausa y miró a Cole. Tenía la frente y el pecho de la camisa cubiertos de sudor, los ojos desorbitados. Extendió la mano hasta un botón bajo el salpicadero, a la izquierda del volante, y lo presionó.

Se abrió el maletero del taxi.

El taxista volvió a mirar a Cole y agitó la cabeza hacia atrás para señalar hacia el maletero. Seguía con el teléfono en la oreja.

Cole fue a la parte de atrás del coche y miró en el interior.

La bomba estaba encajada en el centro de la rueda de repuesto: una pila de explosivos plásticos bajo unos componentes electrónicos y una maraña de cables, todos ellos de color blanco.

12
Cole

Cole no sabía con exactitud qué era lo que tenía delante. Allí no había lucecitas que parpadearan ni tampoco había ninguna pantallita digital con una cuenta atrás como en las películas. Aquello no tenía partes móviles. No había antenas. No sabía si la placa electrónica era un temporizador o un receptor, pero lo que sí era inconfundible era el C-4 que había debajo de aquella mezcla compacta de componentes electrónicos.

Cole estaba conteniendo la respiración con la garganta bloqueada; se recordó que tenía que volver a respirar y se puso a toser en cuanto el aire caliente y el humo le llenaron los pulmones.

—¡Quiere hablar con usted!

El conductor había bajado la ventanilla y tenía el brazo fuera con el móvil agarrado entre los dedos de la mano temblorosa.

Cole llevó la mano al botón del micrófono de su radio y dudó.

¿Cuál es el maldito código para una bomba sin detonar?

—Aquí 5839, tengo un 996A en la Cuarenta y nueve..., cerca de las otras. Cambio.

No hubo respuesta.

—¡Que quiere hablar con usted ahora! —gritó el conductor mientras agitaba el teléfono.

Cole volvió a enviar el mensaje. Todavía nada. No

quería apartarse de la bomba. Como si el hecho de separarse de ella pudiera hacerla detonar. Con gente corriendo por todas partes no podía arriesgarse a que alguien metiera la mano en el maletero, la toquetease y, tal vez, la detonara.

—¡Agente!

Cole bajó con suavidad el portón del maletero, lo justo para que se cerrara, pero no tanto como para que se enganchase en el cierre. Hasta donde él sabía, eso podía detonar la bomba. Rodeó el coche y cogió el móvil del conductor.

—¡Qué! —gritó al aparato.

—Esa no es una manera agradable de coger el teléfono. —Era una voz masculina, sin ningún deje ni acento claro—. ¿Con quién hablo? ¿Cómo se llama?

—Cole. ¿Quién es usted?

—Querrá decir «agente Cole». Agente Cole... ¿qué más?

—Hundley. Del departamento de Homicidios de la Policía de Nueva York.

—¿De Homicidios? ¿De uniforme? Qué interesante. Es usted rápido, eso se lo reconozco. Hace apenas unos minutos que he matado a esa gente.

Cole conocía aquella voz.

—¿Bernie?

—Ah, es usted oyente de Jordan Briggs..., ¡fantástico! Eso nos va a ahorrar tiempo. Por el bien de nuestro amigo Omar, cada segundo es importantísimo, así que tengo la seguridad de que él le agradecerá que no me vea obligado a perder unos minutos tan valiosos explicándoselo.

—¿Explicándome qué?

—El juego, detective. Porque es usted detective, ¿no es así? No tengo más remedio que suponer que eso del uniforme es solo alguna clase de anomalía. Algo temporal, a buen seguro. Ha dicho usted que es de Homicidios, no que era o que «estaba hasta hace poco» en Homicidios. Pero, veamos, ¿qué significa eso exactamente? ¿Lo están castigando por algo, agente Cole Hundley de Homicidios de la Policía de Nueva York? ¿Lo han degradado a Tráfico por alguna indiscreción? En mi opinión, el funcionamiento interno de la Policía de Nueva York es un verdadero desastre. Ahí hay más política y más teatro que en la mayoría de las telenovelas. Quizá cuando tengamos más tiempo para charlar me pueda contar con pelos y señales qué hizo para acabar pasándose el día de servicio en Tráfico.

A Cole le costaba oírlo con todo aquel ruido. Se apretó el móvil un poco más contra la oreja y comenzó a mirar lentamente hacia las ventanas de los edificios de alrededor.

—¿Me está observando ahora mismo? ¿Cómo sabe que voy de uniforme?

—Ahora mismo tiene cosas mucho más importantes por las que preocuparse, agente Hundley. Le sugiero que se centre en el problema que tiene entre manos. Imagino que Omar preferirá que no se distraiga. Estoy seguro de que toda esa gente que pasa corriendo tan cerca de usted preferirá que concentre toda su atención, como si fuera un láser. ¿Se ve capaz de eso?

—Dígame cómo se desactiva la bomba.

—Usted no cuenta con las herramientas ni con la formación adecuada. Tal vez debería llamar a alguien que sí la tenga, ¿no? Creo haberle interrumpido mientras se encontraba usted comunicando su hallazgo, ¿no es verdad? ¿Un 996... A? Según dice en internet, eso significa «artefacto sin detonar» o «amenaza de bomba», ¿es correcto? Adelante, haga su llamada. —Se detuvo un solo segundo y suspiró—. Ay, espere un momento, que no pueden llegar hasta usted. El tráfico está fatal esta mañana en su pequeña porción de la Gran Manzana. Peor que de costumbre. Eso lo sitúa a usted como la única persona que separa a nuestro amigo Omar de esa bomba. Como detective de Homicidios de servicio en Tráfico, es obvio que es usted un empleado con una buena diversidad de aptitudes. ¿No pasaría también una temporadita en la brigada de Artificieros por casualidad, no? Porque si no, las cosas no pintan muy bien para Omar.

El conductor no apartaba la mirada de él, con la frente húmeda de sudor.

Cole fue a agarrar la manecilla de la puerta del taxi y entonces recordó que Omar la había bloqueado. Gesticuló con los labios las palabras: «Salga del coche. ¡Corra!».

Omar le dijo que no con la cabeza.

Cole tiró de la manecilla de la puerta, la sacudió varias veces.

A saber cómo, pero Omar se las arregló para que los ojos se le agrandaran aún más. Meneó la cabeza en un enérgico gesto negativo.

—Creo que el buen hombre está tratando de decirle que no se puede levantar del asiento. Antes de que usted se uniera a la conversación me he tomado unos instantes para explicarle con exactitud por qué no puede hacerlo. Dado que varios de sus amigos y compañeros de trabajo han encontrado su final mientras yo le explicaba el particular aprieto en el que se halla, Omar se ha sentido inclinado a creerme. ¿Ve usted que tiene un pie en el pedal del freno?

Cole bajó la mirada al hueco para los pies del lado del conductor del taxi. Lo cierto era que Omar tenía ambos pies sobre el pedal del freno.

—Sí.

—La bomba de su maletero está conectada con las luces de freno por medio de un tipo muy particular de interruptor. Al activarse la bomba, cosa que he hecho yo de forma remota, el artefacto ha permanecido a la espera de que Omar utilizara el freno. La presión sobre el pedal ha abierto un circuito y, en caso de que levante el pie del pedal, el circuito se cerrará y..., bueno..., tanto a Omar como a todos los que se encuentren en sus proximidades les sucederá algo malo, incluido usted. Ya sé lo que está pensando, así que déjeme que sea yo quien lo diga antes de que usted lo haga: en el interior del asiento del conductor hay un sensor de presión conectado con el sistema que hace saltar el airbag. Está diseñado para determinar si hay alguien en el asiento o no. Yo me he adelantado y también he conectado la bomba a ese sensor. Soy así: siempre tiendo a dar más de lo necesario. Si Omar intenta bajarse del coche, la bomba estallará. Mientras permanezca en su asiento con el pie en el freno, todo irá bien. Sé lo suficiente sobre Omar para contarle que es un hombre capaz de esfuerzos titánicos en el trabajo. Ya se ha pasado no menos de treinta horas seguidas en ese asiento en otras ocasiones. Está acostumbrado a tirarse mucho tiempo ahí. No creo que tenga usted que preocuparse por que se vaya a levantar. Aunque, es su estado actual, tal vez no esté tan alerta. La gente reacciona de forma tan distinta al estrés... Supongo que tendremos que esperar a ver. Y es aquí donde la cosa se pone interesante. ¿Ve la camioneta de UPS en la acera? Esa que han dejado ahí tirada de cualquier manera.

Cole ya se había fijado en ella. Dos ruedas subidas en la acera, las luces de emergencia puestas.

—La veo.

—El conductor de esa camioneta está ahora mismo dentro del edificio de SiriusXM, entregando un paquete dirigido a la planta cuarenta y tres. La de Jordan Briggs. Dentro de ese paquete hay otra bomba, de un tamaño parecido a la de Omar, pero con un diseño y un alcance distintos. Esa bomba está diseñada para estallar en el instante en que se abra la caja. Algo muy simple. Aparte de una generosa cantidad de C-4, también he llenado el paquete con centenares de bolas de acero, rodamientos. Si estalla, dudo mucho que sobreviva nadie en esa planta. —Hizo una pausa por un segundo. Sonó como si se le hubiera caído algo pesado. Cuando regresó fue como si le faltara el aliento—. Tiene una elección ante usted, agente Cole Hundley. Y es una elección muy simple. Puede permanecer justo en el sitio donde está y cogerle la manita a Omar hasta que el pie se le resbale del freno, o puede intentar llegar hasta esa otra bomba antes de que alguien abra la caja. Imagino que podría tratar de llamar a alguien, pero creo que le va a costar conseguir un teléfono que tenga línea, al menos en un ratito. Ahora mismo todo el mundo está llamando sin parar y todo eso. Las radios también están dando guerra, pero me parece que eso ya lo sabe. En los próximos minutos creo que podrá tener una única certeza en la vida: que una de esas dos bombas va a estallar en breve. Cuál de las dos lo haga depende por completo de usted. Ya le he explicado las normas a Omar. Qué hombre tan comprensivo. Bienvenido al juego, agente.

Bernie colgó.

Antes de que Cole pudiera decir nada, Omar exclamó:

—¡Váyase! ¡Busque ayuda!

13
Jordan

El rostro de Billy había palidecido.

—¿Vamos a continuar emitiendo?

—Ya te digo si vamos a continuar emitiendo —respondió Jordan con un bufido.

Los dos se hallaban de pie delante de la ventana del despacho de Jordan, pisando uno de los plásticos que habían extendido los pintores. Charlotte se abrazaba a su madre y apoyaba la frente contra el cristal. Abajo, la Cuarenta y nueve era como una zona de guerra. Jordan no encontraba otra forma de describirlo. Entre las explosiones, los vehículos destrozados y en llamas y la gente corriendo por todas partes, era un caos absoluto. No se veía el Rockefeller Center desde su edificio, pero se podía imaginar lo que estaba pasando allí. Ella estaba a salvo en la otra punta del país cuando se produjeron los ataques contra el World Trade Center, apenas empezando su segundo año en Stanford, pero, madre mía, qué ganas tenía de ser reportera. Aquel atentado afianzó su decisión y selló su futuro. Cuando vio la cobertura informativa, ese fue el momento en que supo que su lugar estaba en los medios, en primera línea con un micro y una cámara, ofreciendo la última hora desde el ojo del huracán. No hay nada que supere ese subidón. Nada.

Jules Goldblatt irrumpió en la habitación completamente conmocionado, como si hubiese bajado saltando las escaleras desde su despacho en el piso de arriba en lugar de haber cogido el ascensor.

—Tienes que estar en antena en cuanto la emisión del servicio de emergencias nos libere los canales.

Jordan atrajo a Charlotte con más fuerza y miró a Billy con una sonrisita de suficiencia.

—Te lo dije.

—Con el senador —remató Goldblatt.

—¿Qué? —Jordan se sintió como si Jules le hubiese propinado un puñetazo en la boca del estómago—. Ni loca. Voy a coger los auriculares inalámbricos y me bajo a la calle. A entrevistar a la gente. Yo no me quedo aquí arriba.

—Los de Legal no te van a dar el visto bueno para eso —respondió él con un gesto negativo de la cabeza—. Nuestro seguro no lo cubriría jamás. Tienes un perfil demasiado elevado. Stern y tú..., diantre, incluso la doctora Laura, os vais a quedar quietecitos. Ni siquiera sabemos si esto ha terminado ya.

Jordan no le hizo ningún caso y miró a Billy.

—¿Qué alcance tienen mis auriculares? ¿Me podréis recibir bien desde fuera del edificio? Necesito alguna clase de micro de mano para recoger la voz de la gente con quien hable. Tal vez deberíamos sacar una o más cámaras que me sigan por donde vaya.

—Los auriculares van por Bluetooth o con la red wifi del edificio —dijo Billy—. Podrían funcionar justo en la puerta, pero no te garantizo que no te perdamos si sales a la calle. Tengo otro modelo que puede ir con la conexión de la red móvil, pero imagino que todas las torres estarán saturadas ahora mismo. A lo mejor puedo conectar un...

—Tu hija está aquí —dijo Goldblatt, que bajó la mirada a Charlotte y volvió a mirar a Jordan—. No querrás tenerla preocupada por su madre, ¿verdad?

—Uf, qué bajo has caído, Jules. Incluso para un mierda como tú, eso es caer muy bajo.

Charlotte entrecerró los ojos.

—Espero algo mejor de mis mayores, señor Goldblatt.

Pareció que Goldblatt iba a decirle algo más a Charlotte, pero se lo pensó mejor. Con el rostro rojo de furia se dirigió a Jordan:

—Tenemos a un senador estadounidense a nuestra disposición durante una probable amenaza de bomba en la misma puerta de nuestro edificio. ¿No te parece que ahí hay un programa de radio interesante?

—Envíalo arriba, a uno de los canales de noticias. Estoy segura de que ahora mismo están pidiendo a gritos a alguien que se siente delante de sus micros. Eso no es lo mío, y lo sabes.

—Hoy sí lo es. —Goldblatt extendió la mano hacia el teléfono que había en la mesa de Jordan y levantó el auricular—. ¿Tengo que llamar a Greenstein para que sea él quien te diga que lo hagas? ¿O mejor a los chicos de Legal para que te vuelvan a explicar cómo funcionan los contratos? Podemos perder los próximos diez minutos haciendo todo eso una vez más, pero ya sabes cómo vamos a acabar, así que pórtate bien y haz tu trabajo.

—Más te vale no meterlo en ese estudio conmigo.

—Eso es justo lo que voy a hacer. —Le vibró el móvil y bajó la mirada hacia la pantalla—. Volvemos en tres minutos. —Antes de que Jordan pudiera responder, Goldblatt se volvió hacia Billy y le clavó el índice en el pecho—. Dijiste que podías controlarla, así que hazlo. A ti sí que te puedo reemplazar.

El resto del color se desvaneció del rostro de Billy, que alzó ambas manos en un gesto defensivo.

Goldblatt salió airado de la habitación.

Jordan giró la cabeza.

—¿Me vas a controlar, Billy?

—Yo nunca he dicho eso.

Jordan se acercó a su hija.

—¿Quién controla a tu madre, Charlotte?

—Nadie.

—¿Por qué no?

—Porque eres una mujer fuerte e independiente que no se deja pisar por nadie.

—Eso es. —Volvió a alborotarle el pelo a su hija—. ¿Qué te parece si te quedas conmigo un rato, eh?

14
Jordan

Los invitados de *A tope con Jordan Briggs* se sentaban en un sofá de suntuoso cuero negro en el lado opuesto de la mesa de Jordan, detrás de algo que parecía una araña cromada, un cachivache diseñado para sujetar diversos micrófonos y auriculares para los entrevistados. Le gustaba ese sofá concreto por varias razones: era cómodo a más no poder, cabía un grupo grande en caso de ser necesario (tuvo allí a ocho, por lo menos, cuando vinieron los de Maroon 5 el mes anterior), y además era blandito y más bajo que su silla, de forma que sus ocupantes se hundían y la miraban desde abajo. Había tenido a gente del espectáculo, actores, famosos y su buena cantidad de políticos —algunas de las personas más influyentes y poderosas del mundo— estirando el cuello y mirándola desde ahí abajo, en aquel sofá. No era que le hubiesen entrado ansias de poder —vale, tal vez algún tipo de ansia de poder sí—, sino que al comienzo de su carrera descubrió que cuando creaba aquella dinámica concreta, ella se convertía en el adulto en la habitación y sus invitados quedaban reducidos a unos críos de siete años en la oficina de la directora del cole. Dóciles, sumisos, atemorizados y respetuosos, de repente se veían hablando de cosas de las que probablemente habían jurado a sus asesores que jamás hablarían en público. Revelaban algunos de sus más oscuros secretos. Ella les sacaba lo bueno, y ellos se dejaban en el pasillo su campaña de comunicación.

Mientras Billy iba haciendo la cuenta atrás con los dedos tras el cristal de su pecera situado en la pared que Jordan tenía enfrente, el senador se movía incómodo en el sofá. El cuero hizo un ruido que sonó como una ventosidad suave, y el senador se puso rojo como un tomate. A Jordan le encantaba cuando sucedía eso. Charlotte estaba sentada en una silla a su lado, con unos auriculares que parecían demasiado grandes en aquella cabecita.

—Le agradezco que me haga un hueco después de avisarla con tan poco tiempo —dijo el senador Moretti—. Creo que deberíamos empezar hablando de los términos generales de mi política sobre terrorismo y algunas de las cosas que estoy haciendo para retirar las armas de fuego de la calle. Sé que esto que tenemos hoy no está relacionado con las armas de fuego, pero podemos entrar en eso, por supuesto. Estoy trabajando con Ted Mercer en una ley, la Ley Moretti-Mercer, que estamos tratando de llevar al Senado. Permitiría que las fuerzas de la ley del Gobierno federal lleven a cabo registros de casas y vehículos bajo sospecha de una implicación con el terrorismo sin necesidad de órdenes judiciales. Es el momento perfecto para hablar de eso.

—No me cabe en la cabeza que alguien pudiera hacer un uso abusivo de eso —comentó Jordan sin el menor intento de enmascarar su sarcasmo.

Fue como si el senador no la oyese.

—Esto es una tragedia, de eso no cabe ninguna duda, pero podemos utilizarla para llevar a cabo un verdadero cambio. No suelo tener la oportunidad de hablar sobre estas cosas en programas como el suyo. Es fantástico para sus índices de audiencia y es bueno para mi perfil. Los dos ganamos. Si usted me da pie con las preguntas, yo se las remataré, claro y directo. —Fue marcando los temas con los dedos—. Política antiterrorista en general, control de armas de fuego, la Ley Moretti-Mercer. Tómese la libertad de ir en el orden que quiera. Yo me puedo adaptar si le hace falta cambiar un poco las cosas.

—Ajá. —Jordan se sentía incapaz de mirarlo.

Dios mío, ¿en serio hay alguien que piensa que ese moreno de bote parece de verdad?

Se dio la vuelta hacia su segundo monitor.

Línea 1: Sheila (Kansas City: está viendo las noticias)

Línea 2: Ardis (Nueva York, en el Midtown: puede ver el humo)

Línea 3: Tara (Chicago: quiere saber quién es el autor)

Línea 4: Deb (se acaba de despertar y se ha enterado; quiere asegurarse de que tú estás bien)

Línea 5: Frank (le han dicho que han sido las tuberías del gas)

No sabía con seguridad cómo aquellas personas habían sido capaces siquiera de dar con una línea de teléfono disponible. Jordan no había intentado llamar al exterior, pero cada vez que un terrorista estornudaba en Irak se caían todas las líneas de teléfono de Nueva York. No tenía ni idea de cuántas había en la ciudad, ni si la tecnología actual utilizaba cables, «líneas», en su sentido tradicional.

Charlotte la miraba con una sonrisa, y ella trataba de no pensar en el hecho de que en ese mismo momento se encontraban a una altura de cuarenta y tres pisos en uno de los edificios más notorios de Nueva York y sin una salida verdaderamente factible. Ya puestos, también intentó no pensar en el hecho de que Manhattan fuese una isla, que contara con medios limitados para abandonarla y tuviera a ocho millones setecientas mil personas diciéndose más o menos lo mismo en aquel instante. *Atrapadas* era un término en el que prefería no pensar.

A través de los auriculares Billy les anunció que estaban en antena. Jordan no se había percatado de que la señal se hubiera encendido sobre su mesa.

Charlotte enderezó la espalda y miró a Billy; también había oído su voz. Le hizo un gesto con el pulgar hacia arriba.

El senador también se puso más atento. No me fastidies, si hasta parecía emocionado.

—Hoy tengo en el estudio a una persona muy especial —dijo Jordan—. Es alguien a quien admiro más que a nadie en este planeta. Es inteligente, tiene ingenio, es ese tipo de persona que todos deberíamos esforzarnos por ser. Además, es posible que sus abrazos sean de los mejores de toda la zona de los tres estados.

El senador frunció el ceño en una serie de líneas irregulares.

—Di hola, Charlotte.

Charlotte se inclinó hacia delante y llegó justo hasta el micrófono.

—Hola.

—Un día que da un poco de miedo, ¿eh?

—Yo no tengo miedo.

—¿No?

—No.

—Pero ¿no deberías tenerlo? Varios coches han volado por los aires justo debajo de nuestra ventana. Y ha habido otras explosiones unas manzanas más abajo. Nos están atacando. No pasa nada por tener miedo. ¿Estás segura de que no lo tienes? ¿Ni siquiera un poquito?

—Que no.

—¿Por qué no?

—Porque soy neoyorquina, y los malos pueden besarme el trasero. —Cuando dijo aquello último, bajó la cabeza en un desafiante gesto de asentimiento.

Jordan alargó el brazo y le apretó la mano a Charlotte.

—Esa es mi chica.

—Sí.

Jordan se acercó a su micro.

—No se me ocurre absolutamente nada que añadir a eso, ni una sola palabra más que decir sobre este tema.

Con el rabillo del ojo captó la imagen de Jules Goldblatt en la pecera de Billy. No lo había visto entrar, así que no podía llevar ahí mucho tiempo. No parecía muy feliz.

Que se joda.

Apareció un mensaje en su tercer monitor, pero no era de Billy. Era de su recepcionista.

SARAH: Oye, UPS acaba de traer un paquete para Charlotte y lo ha dejado en el mostrador de recepción.

Charlotte también debía de haber leído el mensaje, porque se quitó los auriculares y ya estaba a medio camino de la puerta cuando Jordan pudo detenerla. Ya se encargaría de eso en la siguiente pausa publicitaria.

Alzó la mirada al monitor LCD de la pared y continuó:

—Tenemos a algo más de cinco millones doscientos mil oyentes ahí fuera escuchándonos, y lo último que quiero es conceder un solo segundo de nuestro tiempo en antena a los desgraciados que hay detrás de estas bombas. No se lo han ganado, y desde luego que no se lo merecen. Hablar de ello solo sirve para ofrecerles una plataforma, y quienes se la ofrecen no son mejores que ellos, en mi opinión. Si eso es lo que buscan ustedes, les sugiero que cambien de emisora. Estoy segura de que no hay una escasez de oferta en las ondas ahora mismo. Todas las cadenas de noticias andan atropellándose las unas a las otras, desempolvando a sus voceros preferidos. Quizá estén salivando al pensar en los índices de audiencia.

Guardó silencio durante unos segundos. Quería que llegara con claridad el siguiente mensaje.

—Hay gente que hoy ha perdido a sus seres queridos. Esperemos que no haya habido muchas víctimas mortales, pero una sola ya sería demasiado. Voy a respetar a los que se han llevado el peor golpe de los sucesos de hoy y no voy a hablar sobre ello. Eso se lo dejo a los locutores de segunda que hay por ahí.

Era como si el sofá se estuviera tragando al senador, que se hundía en los cojines con una mezcla de rabia y confusión en el rostro. Volvió la cabeza y fulminó con la mirada a Jules, en la pecera de Billy, sin saber qué hacer.

Jordan le sonrió.

—Hoy ha venido desde Búfalo nuestro apreciado senador Alonzo Moretti para estar con nosotros. ¿Por qué no arrancamos sin más, senador? Cuéntenos por qué está aquí.

15
Cole

La voz de Jordan Briggs sonaba en todos los altavoces del edificio, incluso en los del ascensor. Mientras Cole siguiera oyéndola hablar, sabría que esa bomba no había estallado. El paquete estaría aún de camino a la planta cuarenta y tres o bien esperando sobre la mesa de alguien. Había probado a utilizar la radio varias veces más, pero no era capaz de contactar con Control. Cuando intentó llamar desde su móvil, volvió a recibir el mismo mensaje que la primera decena de veces: «Todas las líneas están ocupadas...».

Aún tenía el móvil de Omar.

Mierda.

Había echado a correr tan rápido que no había caído en la cuenta de que lo llevaba en la mano. No tenía una bolsa de pruebas, así que se metió el teléfono del taxista en el bolsillo. Ese era el menor de sus problemas en esos instantes.

Los números de las plantas iban subiendo muy despacio.

Veintiuno.

Veintidós.

Jordan le preguntó algo al senador, y este no respondió. No hubo más que silencio, y lo único que se le pasó a Cole por la cabeza fue la bomba. Entonces intervino Jordan:

—No es usted muy hablador para ser político.

Cuando el senador tomó la palabra, sonaba nervioso, inseguro.

—Yo solo...

—Solo ¿qué?

—Estoy aturdido.

¿Es posible que Bernie supiera que el senador iba a estar aquí hoy?

¿Es el senador su verdadero objetivo?

Treinta y uno.

Treinta y dos.

Treinta y tres.

—¿Por qué no hablamos de su plan de sanidad?

El senador carraspeó.

—En las presentes circunstancias, no sé si esto es adecuado.

—¿No he leído en alguna parte que propone usted una especie de sanidad basada en el peso corporal? ¿Cómo funcionaría eso? ¿Tendría que pagar más la gente con sobrepeso?

El senador sonó entonces muy incómodo.

—Bueno, eso es un exceso de simplificación. Cuando la gente sobrepasa su peso ideal, el riesgo de complicaciones para la salud tiende a incrementarse, eso está claro. A su vez los costes para tratar a estos individuos también se incrementan. Hay estudios que han descubierto que, si cargamos esos costes añadidos al asegurado en forma de prima, es más probable que este haga ejercicio y se mantenga en un peso ideal con tal de que no se le encarezca la prima. Esto dejaría los costes de la sanidad en manos de cada individuo.

—Así que se trata de un impuesto a los gordos.

—Es una motivación.

—¿No tiene usted un problema con los gordos?

—Por supuesto que no.

Se oyeron varios clics y la reproducción de una

grabación del senador, su voz lejana y amortiguada. «Dios mío, Jonny. ¿Es que las mallas de yoga no tienen un límite de peso?» Otro clic detuvo la reproducción.

—¿Ese no es usted? —dijo Jordan.

El senador no respondió.

—Se le parece mucho.

Cuarenta.

Cuarenta y uno.

—Eso fue hace mucho tiempo, y no sabía que el micrófono estaba abierto. No era una conversación seria, solo...

Con un tintineo, el ascensor llegó a la planta cuarenta y tres y se detuvo con una sacudida. Las puertas no se abrieron a la primera, fue como si el habitáculo se quedara allí detenido. El pulgar de Cole rondó el botón de apertura de las puertas, y estaba a punto de pulsarlo cuando estas se deslizaron y se abrieron.

No había nadie en el mostrador de recepción.

La voz de Jordan resonaba por los pasillos bajo el ruido de muchas otras. Cuando salió del ascensor, Cole vio una buena cantidad de gente agolpada ante las ventanas de los despachos exteriores, mirando hacia abajo, el caos en la calle.

—Dios mío, ¿se encuentra bien?

Un tipo escuálido de unos veinte años se quedó petrificado en el pasillo, mirándole fijamente. Tenía la piel pálida, la mejilla izquierda cubierta de acné y el pelo oscuro peinado hacia atrás: buena falta le hacía cortárselo. Llevaba una mancha en el hombro de su camiseta de Metallica.

Cole se miró el uniforme y advirtió que tenía desgarrada la manga e iba cubierto de un hollín oscuro. Tenía cortes en la palma de la mano izquierda y la llevaba sucia de sangre seca. Nada de todo aquello importaba.

—¿Dónde están los paquetes que les traen los de UPS?

El chaval no se movía, no al principio. Tan solo lo miraba.

—¡Los... paquetes... que trae... UPS! —repitió Cole marcando cada palabra.

El chico escuálido señaló con la barbilla hacia el mostrador de recepción.

—Sarah los firma y después los reparte. Puedo ir a buscarla, si quiere.

Cole vio varias cajas que sobresalían de detrás del mostrador, en el suelo. Lo rodeó corriendo y se puso a mirarlas: seis cajas de diversos tamaños, todas de UPS. No tenía ni idea de lo que estaba buscando, Bernie no le había dado ninguna clase de descripción.

—Voy... voy a buscar a Sarah —dijo el chico.

—¡Necesito que todo el mundo evacúe esta planta! —respondió Cole, pero cuando volvió a alzar la vista el chico ya se había ido.

Probó de nuevo con la radio y tampoco consiguió nada. Cuando intentó llamar a Control desde su móvil, volvió a oír la mierda aquella de mensaje sobre «todas las líneas». Agarró el cable del teléfono del mostrador de recepción y se lo llevó consigo al suelo, levantó el auricular y marcó el 911 de emergencias. No se oyó nada. Se dio cuenta de que lo más probable era que tuviese que marcar el 9 para llamar al exterior y marcó 9-911. Esta vez la línea dio dos tonos de llamada antes de que saltara una grabación. «Ha contactado con el servicio de emergencias de la ciudad de Nueva York. Debido a un volumen de llamadas más elevado de lo normal, su tiempo de espera estimado es de trece minutos y...». Cole colgó, marcó el número directo de su teniente y volvió a oír el mensaje de «todas las líneas están ocupadas». No tenía ni idea de cómo contactar con la brigada de Artificieros sin hacerlo a través de Control.

Tampoco tenía ni idea de cómo podía desactivar una bomba.

Sin mover ninguna de las cajas, se agachó tan cerca del suelo como pudo y estudió las etiquetas. Tres eran de Amazon; una la enviaba una tal Tawny Mulvey. Aquellas cuatro iban dirigidas a Jordan Briggs. No podía leer las otras dos: una estaba bocabajo y la otra podría estar girada, hacia atrás.

De cualquier forma, tendría que moverla para llegar a ver la etiqueta.

—¿En qué puedo ayudarle?

Cole levantó la mirada para encontrarse con la recepcionista de antes, de pie ante él con el chico escuálido de la camiseta de Metallica detrás de ella. La mujer sostenía otra caja debajo del brazo.

—¿Esa caja la ha traído UPS?

Cuando Cole estiró el brazo hacia la caja, la recepcionista retrocedió un paso rápido y la apartó de él de un tirón.

En la caja sonó un tintineo metálico.

Cole apretó los ojos con fuerza y sintió los potentes latidos del corazón contra la caja torácica.

La mujer le miró airada. Sin duda lo reconocía de antes.

—Necesito que deje esa caja en el suelo con sumo cuidado y me ayude a sacar a todo el mundo de esta planta.

Por un instante pareció que la mujer iba a ponerse a discutir con él. Entonces hubo algo que hizo clic en ella. Ya fuese el hecho de saber lo que estaba sucediendo en la calle, el aspecto que Cole tenía ahora, su uniforme, algo en su voz —o todo lo anterior, quién sabe—, la mujer se quedó blanca y bajó la caja hasta el suelo con mucho cuidado. Iba dirigida a un tal Billy Glueck y procedía de una empresa de Nueva Jersey llamada @Home Apparel.

La mirada nerviosa de la recepcionista se encontró con la de Cole y se le quebró la voz al hablar.

—Hay otra caja más.

Hallaron a Charlotte en el suelo del despacho de su madre, y la caja abierta delante de la niña.

16
Cole

Cole se detuvo ante la puerta e hizo un gesto a los demás para que se apartaran. La recepcionista tenía una mano en la pared y se estaba asomando al interior. El chaval continuaba detrás de ella. Unos cuantos más debieron de figurarse que estaba pasando algo: tras ellos se había congregado una pequeña multitud. Él mismo les había dicho a todos que abandonasen aquella planta por las escaleras, pero no podía saber si alguno le había hecho el menor caso. Continuaba llegando más gente. No tenía ni idea de cuántas personas trabajaban en aquella planta y, al parecer, a todos se les daba igual de bien que a su jefa lo de seguir órdenes.

Al principio Charlotte no vio a Cole. La niña tenía el ceño fruncido, la mirada fija en la caja.

—¿Charlotte?

Cuando alzó los ojos hacia él, parecía enfadada, frustrada.

—Está rota —dijo antes de meter la mano en la caja.

Cole se arrojó al interior del despacho y se deslizó sobre el plástico de los pintores en el suelo hasta alcanzar a la niña, la agarró con ambos brazos, la apartó y —sin saber muy bien cómo— se las ingenió para rodar de tal forma que, cuando rebotaron contra el lateral del gran escritorio de roble, fueron su espalda y su hombro los que se llevaron el golpe que reavivó el dolor que había sentido antes, al estamparse contra la camioneta en la calle.

Charlotte se apartó de él a gatas y, cuando llegó hasta la pared más lejana y pegó la espalda, fulminó a Cole con los ojos como platos, aterrorizada, y después miró hacia la caja. Volvió a mirar a Cole.

Cole no quería que le entrase el pánico a la niña, así que forzó su sonrisa más cautivadora y le ofreció una mano.

—Charlotte, necesito que te levantes muy despacio y salgas de esta habitación, ¿vale?

La niña le dijo que no con la cabeza.

—Por favor, cielo.

—No. Es mía. No me voy a ninguna parte sin ella. —Se cruzó de brazos y lo miró con muy mala cara.

¿Es que hay algo en el agua que se bebe aquí arriba?

El móvil de Omar estaba en el suelo, en el centro de la habitación. Se le habría caído del bolsillo al rodar para quitar de en medio a Charlotte.

—Vale, pues entonces quédate ahí. No te muevas. ¿Me lo prometes?

Charlotte no hizo semejante promesa.

—Va hecho un desastre —le dijo la niña, en cambio—. Me parece que no es usted muy buen policía.

Cole no le quitaba ojo de encima mientras iba retrocediendo muy poco a poco por el suelo hacia la caja abierta. Alcanzaba a ver la pegatina en la lengüeta de cartón abierta. Iba dirigida a Charlotte Briggs, allí, en la emisora. En el remite figuraba el nombre de Bernie Briggs, también con la dirección de la emisora. No era de mucha ayuda, pero seguro que se trataba de la caja correcta.

Miles de rodamientos metálicos brillaban con la luz del sol que entraba por la ventana. La caja estaba llena hasta arriba. Cole imaginaba que se iba a encontrar con algún receptor electrónico u otro dispositivo detonador sobre un explosivo plástico, en un diseño similar al de la bomba del coche de Omar, pero no fue eso lo que encontró. Lo que contenía la caja, en cambio, medio enterrada en los rodamientos metálicos, era una muñeca. Una muy antigua con la cabeza de cerámica y un vestido de satén amarillo. Una de las manos de la muñeca, muy frágiles, estaba aplastada. Tenía también una grieta en la cabeza, desde la línea del nacimiento del pelo hasta el cuello. Le faltaba un ojo. Unas motas de lo que solo podía ser sangre seca le estropeaban el resto de la cara y le manchaban el vestido. En la esquina del fondo de la caja había una nota que decía:

Mamá ha sido una niña mala.

B.

No era una bomba, ni mucho menos, pero sí de mal gusto a más no poder.

—¿Me puedo quedar ya con mi muñeca?

Cole negó con la cabeza y se acordó de respirar. Muy despacio, metió la mano en la caja.

Un estallido atronador sacudió el edificio. A Cole le golpeó el corazón contra las costillas y retiró la mano de golpe, esperando que una bola de fuego surgiese de la caja y lo engullera a él, la habitación y a todos los que estaban cerca de él. Sin embargo, aquello no se produjo. Las ventanas se sacudieron, en cambio, y parpadearon los fluorescentes del techo. Oyó gritos en el pasillo; también en alguna otra parte de aquella misma planta. En el exterior, al otro lado de la ventana, una nueva nube negra se elevó desde la calle y Cole supo que el taxi de Omar había volado por los aires.

Contra la pared, Charlotte se acurrucó aterrorizada.

El teléfono de Omar, aún en el suelo a medio camino entre ellos, empezó a sonar.

Cole sintió que la boca del estómago se le retorcía de ira, de odio y de resentimiento. Recogió el teléfono y pulsó el botón «contestar».

—¡Tú, cabrón de mierda!

Al principio no hubo respuesta y Cole pensó que se había cortado. Teniendo en cuenta las circunstancias, era un milagro incluso que hubiese entrado la llamada. Entonces se oyó una voz vacilante que dijo:

—¿Quién eres?

—¿Quién coño eres tú? —respondió Cole.

—El detective Garrett Tresler del Departamento de Policía de Nueva York... ¿Cole? ¿Eres tú?

Cole se quedó mirando el móvil que tenía en la mano. Por un brevísimo segundo pensó que tal vez ese era su propio móvil y no el de Omar, pero no. Aquel era un Android, y el suyo era un iPhone. Se palpó varias veces el bolsillo del pantalón y notó allí su móvil.

—¿Tresler? ¿De dónde has sacado tú este número?

La voz de Tresler sonó amortiguada, como si hubiera tapado el móvil para hablar con otra persona. Regresó con él enseguida.

—Estoy en ese doble homicidio que te he mencionado antes, el de Brooklyn. He pulsado en el botón de rellamada del teléfono fijo para ver a quién hicieron su última llamada. ¿En qué número estás tú?

—¿Cuándo has llegado ahí?

—Hace apenas unos minutos. Con todo lo que está pasando...

Cole pensó en la conversación de Bernie con Jordan en antena. *¿Dónde ha dicho que estaba?*

—Brooklyn... ¿En la Séptima Avenida cerca de Prospect Park?

—Sí. ¿Cómo sabes tú eso?

—Dios mío, ha llamado desde la escena del crimen.

—¿Quién?

Se lo contó.

En antena, Jordan continuaba haciéndole reproches al senador. Había mencionado la postura del político sobre las bajas laborales, tema de una buena cantidad de artículos desfavorables en la prensa últimamente. El hombre comenzaba a defenderse cuando ella dijo:

—En lugar de seguir soltando palabrería, ¿por qué no habla con alguien que está de baja de verdad? Antes se nos ha cortado la comunicación, pero parece que lo tenemos de nuevo al teléfono. A lo mejor él quiere intervenir. ¿Bernie? ¿Estás ahí?

17
Jordan

El senador estaba que se subía por las paredes. La cara llena de ronchas rojas, no dejaba de retorcerse en el sofá y de mirar hacia la puerta, a su amiguete Jules en la pecera con Billy. El muy cabrón se lo tenía bien merecido, de principio a fin. Jordan pensó que se iba a marchar de allí, que se iba a levantar y a largarse sin más, pero el hombre debió de imaginarse que al hacer eso abriría otra compuerta. De alguna manera, aquel capullo que no dejaba de retorcerse había logrado aguantar ahí.

Línea 1: Shannon (St. Louis: cree que esto ha sido Irán)

Línea 2: Ardis (Nueva York, en el Midtown: puede ver el humo)

Línea 3: Tara (Chicago: quiere saber quién es el autor)

Línea 4: Bernie (quiere terminar la conversación de antes)

Línea 5: Frank (le han dicho que han sido las tuberías del gas)

Jordan pulsó el botón de la línea 4.

—Bernie, ¿estás ahí?

—¿Ha recibido tu hija mi regalo?

Su voz sonó ahora más clara. Habría cambiado de teléfono.

—¿Qué regalo, Bernie?

—Un detallito de mi parte, para ti. Un aire nostálgico para marcar el comienzo de la celebración de hoy.

—¿Qué celebración?

—Eso que la mayoría de tus colegas está calificando de acto terrorista.

—¿Es que no has estado atento? No vamos a hablar sobre eso, Bernie.

—¿No? Yo creo que deberíamos. Al fin y al cabo, lo has provocado tú.

—Yo, ¿verdad que sí?

—Te he dado a elegir, y tú has elegido los taxis.

—¿Te refieres a tu juego?

—Es nuestro juego, Jordan. Solos tú y yo.

BILLY: Seguro que no está diciendo más que memeces, pero nos llega información de que todas las explosiones de la calle han sido taxis: siete taxis.

Ella alzó la mirada hacia él, en la pecera:

JORDAN: ¿Qué coño dice sobre un regalo para Char?

BILLY: No lo sé.

JORDAN: ¿Dónde está Char?

BILLY: No estoy seguro. ¿En el mostrador de Sarah, quizá?

JORDAN: ¿Cuánto falta hasta la siguiente publi?

BILLY: Dos minutos.

Jordan se acercó a su micrófono.

—Así que te vas a apuntar el haber volado siete taxis, ¿es eso?

—Me lo apunto yo, me lo apuntas tú. Siete taxistas, todos han hecho pum.

—Vaya, si también rapeas y todo, ¿eh? Bernie, chico, qué talento el tuyo.

—¿Por qué no le preguntas a tu agente Cole sobre mi talento? Seguro que lo tienes ahí mismo, ante tu puerta, intentando averiguar cómo se abre ese pestillo tuyo.

Jordan levantó la vista. Por el ventanuco de cristal de

la puerta de su estudio pudo ver al policía de antes. Estaba cubierto de hollín, mirando hacia dentro. Empezó a aporrear el cristal con el puño. Jordan no oía más que unos golpes amortiguados.

BILLY: ¿Quieres que le abra?

Jordan asintió con la cabeza.

Billy alargó el brazo sobre su consola y presionó un botón. Una luz led encima de la puerta cambió de rojo a verde con un chasquido prácticamente silencioso. La hoja se abrió hacia el interior del estudio.

El policía tenía una caja en las manos y, cuando entró en el estudio, Jordan se llevó un dedo a los labios antes de volver a acercarse a su micrófono.

—Aquí no hay ningún poli, Bernie.

—Creo que ambos sabemos que eso es mentira. Una lástima. Pensaba que éramos amigos.

—Lo somos, Bernie. Casi íntimos, tú y yo.

—Entonces di la verdad. Tú estás sentada ante tu mesa. Tu fiel chico de los recados, Billy Glueck, está en su pecera con tu productor, Jules Goldblatt, que no parece muy contento contigo. Tienes al senador Moretti en el sofá de enfrente de tu mesa del estudio, y él parece todavía más enfadado que Goldblatt. Después tenemos al detective Hundley de pie en tu puerta, con el regalo de Charlotte en las manos. Por favor, dile que eso de quitarle un regalo a una niña es algo tremendamente grosero. Debería devolvérselo, en serio. Ella se ha ganado el derecho a quedárselo, sin duda, por tener que aguantar a una madre como tú.

Enfrente de Jordan, en la pecera, Billy se quedó boquiabierto. Alzó la mirada hacia las cámaras robotizadas montadas en el techo del estudio, cinco en total. Había otras dos sobre unos trípodes en el rincón opuesto. Las habían instalado varios años atrás, cuando la Entertainment Network ofreció a Jordan un pastizal por filmar su programa diario para su servicio de *streaming*. Solo grababan de lunes a miércoles, nunca los jueves ni los viernes. Ese día no había visto a ninguno de los miembros de su personal. Los pilotos rojos que parpadeaban estaban apagados.

> BILLY: Aquí dentro tengo monitores con la imagen que captan las cámaras. Todos están en negro ahora mismo. No hay señal. ¿No lo estará adivinando?

—¿Cuántos dedos tengo en alto, Bernie? —preguntó Jordan.

Él no perdió un instante.

—Ninguno, Briggs. Tienes las dos manos debajo de la mesa.

El policía continuaba allí de pie, mirándola fijamente, confundido. Jordan se dio cuenta de que él no podía oír lo que estaba pasando. Le señaló un par de auriculares en el soporte con forma de araña que había delante del senador. El policía los cogió y se los puso.

—Siento lo de Omar, detective —dijo Bernie—. Parecía un buen hombre. Tenía que dejar claras algunas cosas y, por desgracia, a él le ha tocado bailar con la más fea en esta danza tan particular. La capacidad de concentración de la gente hoy en día es reducidísima; todo el mundo va corriendo como loco desde el instante en que abre los ojos por la mañana hasta el segundo en que apoya de nuevo la cabeza en su almohada de espuma viscoelástica. A nadie le van ya las sutilezas, tienes que atizarlos en la cabeza con algo contundente, o ni se enteran. Mira por la ventana en un día cualquiera en la ciudad de Nueva York, y verás a todo el mundo con el cuello inclinado, todos enfrascados en sus móviles. Así van caminando por la acera. Así cruzan la calle. Se plantan entre los coches, ajenos a todo. Apenas se dan cuenta de que hay un mundo fuera de su burbuja. Hoy estamos dando un paso para cambiar eso. Por primera vez en mucho tiempo todos vivimos dentro de la misma burbuja.

BILLY: Treinta segundos para la desconexión.

—Bernie —dijo Jordan—, estamos llegando a una pausa publicitaria preprogramada. No puedo impedirlo. Nos van a interrumpir.

—No te cae muy bien el senador, ¿verdad?

Jordan miró al hombre que tenía en su sofá.

—Creo haberlo dejado ya bastante claro, me parece un ser humano despreciable.

—¿Lleva pistola el agente Cole?

No le hacía falta mirarlo para saber que sí.

—Claro, ¿por qué?

—Quiero que cojas la pistola del agente y le metas al senador una bala en la cabeza.

—No voy a hacer eso, Bernie.

—La respuesta correcta es: «No voy a hacer eso ahora, Bernie», porque dentro de unas pocas horas, cuando te vuelva a pedir que cojas un arma, no vas a vacilar. Vas a...

La línea quedó en silencio.

La voz de Billy sonó en todos los auriculares.

—¡Me cago en la desconexión!

El policía se arrancó los auriculares y miró furioso a la pecera.

—¿Le ha colgado el teléfono?

Jordan le dijo que no con la cabeza.

—Tenemos desconexiones publicitarias al comienzo y hacia la mitad de cada hora. El ordenador corta todas las emisiones por la identificación de la emisora. Es cosa de la Comisión Federal de Comunicaciones, no podemos impedirlo. Para mantener la frescura en antena, todas nuestras líneas de teléfono se cortan para dar oportunidad de llamar a nuevos oyentes. —Se tomó un segundo para recobrar el aliento—. ¿A qué cojones ha venido todo eso?

El senador se levantó y tiró sus auriculares al suelo. Señaló a Jordan con el dedo.

—¡Maldita zorra! —Antes de que ella pudiese responder, el político salió airado por la puerta.

Jordan también tiró sus auriculares a un lado.

—¿Dónde está Charlotte?

Cuando intentó pasar junto al policía, este le cerró el paso.

—¡Quítese de en medio!

—Charlotte está a salvo. Está en su despacho. Usted y yo tenemos que hablar.

—Tengo que ver a mi hija.

Jules Goldblatt irrumpió en el estudio con la cara encendida.

—¡Aquí estás acabada!

Jordan se volvió hacia él.

—Mi contrato me otorga claramente el visto bueno final a todos los invitados. No te lo da a ti, ni se lo da a las oficinas corporativas, sino a mí. Te he dicho que no quería entrevistarlo, te lo he dejado meridianamente claro, y tú me lo has metido aquí a la fuerza. ¿Quieres intentar que me despidan por eso? Adelante. Te voy a poner una demanda que te vas a cagar. Lo voy a retransmitir todo en directo por *streaming*. Voy a cobrar los cincuenta millones que me debe esta compañía y me voy a ir a vivir a las Bahamas con un margarita en la mano. Se acabó lo de levantarme a las tres de la madrugada. Se acabaron las peleas con el tráfico. Se acabó lo de partirme la cara todos los días con cagones como tú que nunca se sabe si van o si vienen. Tú échame, Jules, y ya verás como sales tú por la otra puerta. ¿Dónde crees que va a acabar trabajando la persona que perdió a Jordan Briggs cuando las aguas vuelvan a su cauce? Espero que te gusten los gorritos de papel, capullo arrogante, porque has sobreestimado muy seriamente tu valía para el mundo.

Esta vez, cuando Jordan intentó salir del estudio a empujones, el policía no se lo impidió. Tampoco lo hizo Jules Goldblatt.

A Billy, que había oído todo aquello desde el pasillo, le gritó:

—¡Quiero todas esas malditas cámaras tapadas ahora mismo!

18

Cole

Cole se la encontró de pie junto a la ventana de su despacho, abrazando a su hija.

—Todos los días llaman locos al programa —dijo ella sin darse la vuelta—. Esto no es nada nuevo. Stern me contó que, cuando cayó el World Trade Center, debió de recibir algo así como una veintena de llamadas de lunáticos que afirmaban estar detrás de ello. Lo que me parece aterrador es que algunos de ellos lo creían de verdad. Este tío no es muy distinto. No le habría dado paso de haber sabido lo que pretendía. Dar voz en antena a este tipo de gente es echar más leña al fuego. Tienes que asfixiarlos, dejarlos sin aire. Como a ese tonto del culo del senador.

—No está mintiendo.

—Y usted ¿cómo lo sabe?

Cole le dirigió una mirada rápida hacia Charlotte.

Jordan lo entendió. Volvió a estrechar a su hija, se inclinó para quedar cara a cara con ella y le apartó un mechón de pelo suelto del rostro.

—¿Puedes darnos un minuto?

—¿Le dirás que quiero mi regalo?

—Sí.

Charlotte salió por la puerta arrastrando los pies y miró primero la caja en manos de Cole y después a él.

—Usted no es digno de confianza, señor —le soltó antes de desaparecer a la vuelta de la esquina.

Cuando salió la niña, Jordan volvió a erguirse y regresó a la ventana, a mirar hacia abajo, a la calle.

—Sé manejar a los locos. La mayoría de ellos son inofensivos, pero cuando mencionan el nombre de mi hija, eso me asusta. Y cuando uno le envía algo... —Dejó aquella frase en el aire por un segundo—. Ya ha sucedido antes, y Sarah sabe que no debe darle ningún paquete sin que alguien lo compruebe. No sé en qué estaba pensando. A lo largo de los años he recibido de todo por correo, desde ropa interior sucia hasta ratas muertas. Incluso cuando me llega algo que tiene buena pinta, como unas galletas o caramelos, todo va siempre directo a la basura: nadie se va a comer eso, de ninguna manera. Gracias al miedo al ántrax hace ya unos años, incluso las postales y las cartas son sospechosas. Me gusta pensar que la mayoría de la gente tiene buenas intenciones, pero hoy en día no se puede confiar en eso. Cuando me quedé embarazada, mi exmarido Nick intentó convencerme para que le ocultase al público mi embarazo. Me juraba que sería el único modo de mantener a la niña a salvo en este mundo de locos. Yo no veo cómo se imaginaba él que íbamos a poder ocultar una cosa así: voy rodeada de *paparazzi* cuando paseo por la calle. Siempre me han hecho eso. Se abalanzaron antes de que tuviéramos la oportunidad de poner a prueba la teoría de Nick. Había fotos de mi tripa de embarazada por internet antes de que les hubiera contado a mis amigas que lo estaba. Y a partir de ahí no hizo más que empeorar. En *Page Six* publicaron un artículo a página completa cuando di a luz: pagaron cien mil dólares a una enfermera para conseguir una foto mía con Char en brazos en el hospital. No pudieron haberla hecho más de una hora después de que hubiera nacido. Lo publicaron con el titular: «La semilla del diablo: la prole de Jordan Briggs». Hace un par de años uno de sus compañeros de clase encontró un ejemplar antiguo y se lo llevó al colegio, el muy imbécil. Lo pegó en su taquilla. Es probable que sus padres lo incitaran a hacerlo. Yo quise esta vida, y me he acostumbrado a ella. Nick no se acostumbró nunca, aunque hay que reconocerle que lo intentó. A Charlotte, sin embargo, nunca se le dio la opción de elegir, y la culpa de eso es mía..., agente... detective... —Se volvió hacia él—. ¿Cómo le llamo?

—Cole. Cole está bien.

Jordan lo estudió. Se quedó mirándolo de arriba abajo.

—Cole, vas hecho un puto desastre.

Él se miró el uniforme destrozado y sucio de hollín y polvo. En el muslo tenía sangre seca, probablemente de los rasponazos en la palma de la mano. Podía ver su reflejo en el cristal de la ventana. Estaba asqueroso.

Jordan le ofreció aquella misma sonrisita de suficiencia de su fotografía promocional y le hizo un gesto hacia la caja que tenía en la mano.

—¿Qué es exactamente lo que ha enviado? Déjame verlo.

Cole dejó la caja sobre la mesa de Jordan y abrió las lengüetas con tanto cuidado como pudo hacerlo sin guantes.

—Él me había dicho que era otra bomba.

Jordan miró la muñeca sobre su lecho de rodamientos y frunció el ceño.

—Ya.

—¿La reconoces?

—¿Debería?

—Por un segundo me ha parecido que la reconocías.

—Qué va. Pero qué cosa tan fea, por cierto.

—¿Y la nota? ¿Significa algo?

—¿«Mamá ha sido una niña mala»?

Cole asintió.

—No. —Jordan entornó los ojos al sentarse en la esquina de la mesa—. ¿Por esto le crees? ¿Solo porque ha enviado una muñeca escalofriante?

—Hay más.

Cole le contó lo que había sucedido en la calle, y después le habló sobre la llamada de Tresler. Todo ello mientras ella estaba en antena.

Jordan palideció.

—¿Bernie ha matado a dos personas?

Cole asintió.

—¿Y ha detonado las bombas?

Volvió a asentir.

—Jo... der.

Jordan se quedó callada, y Cole tuvo la sensación de que era algo que no sucedía muy a menudo.

El ambiente se hizo más denso con el silencio.

Cuando sonó el móvil de Cole, los dos se sobresaltaron.

Él miró quién llamaba y deslizó el botón para contestar.

—Hola, Tresler, estoy...

—Tienes que venir hacia aquí.

—No puedo. Tengo que esperar a los artificieros y...

—Tienes que venir ahora mismo.

—¿Y Gaff? No me va a permitir...

Tresler volvió a interrumpirle.

—Olvídate de Gaff. He hablado con él. Las radios están bloqueadas. Las líneas de teléfono están jodidas. Haré que un agente de uniforme siga llamando a Control hasta que contacten con alguien de los Artificieros. Cuando tenga al teléfono a una persona de carne y hueso, le contaré lo que está pasando y le daré tu información de contacto. Esto no puede esperar, te necesito aquí.

Cole dejó escapar un resoplido y se pasó la mano por el pelo alborotado.

—¿Y cómo se supone que voy a llegar hasta allí? Mi coche está destrozado. Nada se mueve en la zona del Midtown. Estoy atrapado aquí.

—¿Brooklyn? ¿Cerca de Prospect Park? —dijo Jordan en voz baja.

Cole asintió.

—Yo puedo llevarte hasta allí.

—¿Cómo?

19
Cole

Al principio Cole pensó que estaba de broma, pero le quedó claro que no era así en cuanto Jordan hizo una llamada rápida de teléfono y lo arregló.

El sueldo inicial de un agente de policía neoyorquino era de 41.975 dólares al año. Como detective, Cole ganaba 64.750 dólares anuales. Una miseria para el nivel de vida en Nueva York. La mayoría de los agentes de la ley de la ciudad no podían permitirse vivir en el centro. Incluso los distritos más periféricos quedaban fuera de su alcance.

Económicamente, era obvio que a Jordan Briggs le iba un poquito mejor que a él.

Mientras estaba al teléfono, ella cubrió el aparato, le dijo a Cole que disponía de unos quince minutos y le señaló la puerta del cuarto de baño en el rincón de su despacho.

—Ahí dentro hay una ducha, por si quieres utilizarla. Creo que Nick se dejó algo de ropa en el armario. La tienes también a tu entera disposición.

Cole le había tomado la palabra. El cuarto de baño era el doble de grande que el que tenía él en su apartamento, y después de quitarse el uniforme con cuidado dedicó unos instantes a hacer un inventario de todos los cortes, arañazos y golpes que había ido coleccionando la última hora. Sintió el gran tamaño de la magulladura de la espalda incluso antes de quitarse la camisa, el lugar donde se había golpeado con la furgoneta. Descendía desde el omóplato hacia la parte baja de la espalda con un tono bastante feo de negro y morado. Encontró un frasco de ibuprofeno en el armario de las medicinas y se tomó tres píldoras antes de deslizarse bajo el agua caliente.

Diez minutos más tarde, cuando salió de nuevo al despacho de Jordan vestido con una camisa blanca, unos chinos de color caqui y sus propios zapatos, le estaba esperando el chaval escuálido de la camiseta de Metallica.

—La señora Briggs me ha pedido que lo lleve arriba. Ella ha vuelto a entrar en antena.

—¿Por qué no podemos oírla?

Cole había encontrado una bolsa de deporte en el armario con la ropa de Nick. Metió dentro su uniforme con el cinto de su arma y el resto del equipo. La funda sobaquera estaba en su apartamento, así que también metió en la bolsa su arma reglamentaria. Aún tenía su arma de respaldo, una Kel-Tec 380 en una funda oculta en el tobillo.

El chico se encogió de hombros.

—Ha apagado la emisión de la oficina. A veces lo hace. Tenemos que darnos prisa.

Sin más explicaciones, se dio la vuelta y salió del despacho.

Cole lo siguió hasta un montacargas al final del pasillo. El chico sacó una llave, la introdujo en el panel de control, la giró a la derecha y presionó el último botón de arriba.

Las puertas se abrieron en la azotea, donde Cole fue recibido por el impacto de una fuerte ráfaga de viento, polvo y el rugido de un motor muy potente.

El chico sujetó la puerta del montacargas con una mano y con la otra intentó evitar que el pelo le saliese volando de aquí para allá. No lo estaba consiguiendo.

—¡Siga la línea verde pintada en la azotea! —gritó—. Rodee esas máquinas de aire acondicionado hacia el extremo oeste. ¡Mantenga la cabeza baja!

—¡Gracias!

La línea verde tenía unos diez centímetros de ancho y todo el aspecto de que la hubiesen pintado hacía no menos de una década, descolorida y desconchada por todas partes. No tuvo mucha importancia; era difícil pasar por alto el punto hacia el que se dirigía Cole.

El helicóptero estaba pintado de color azul marino con adornos en amarillo y el nombre HAMPTON AVIATION en letras gruesas y grandes sobre el número de registro en la cola. Los rotores giraban con un pop-pop-pop constante. El piloto se encontraba de pie junto al helicóptero con las puertas abiertas, tanto las de delante como las de detrás. Cuando Cole se acercó, el hombre le hizo un gesto hacia la parte de atrás, le ayudó a subir y le entregó un par de auriculares antes de cerrar la puerta, volver a subirse delante y ponerse él los suyos.

—¿Puede oírme bien?

Cole asintió.

—¿Está seguro de que va a poder hacer esto?

El piloto alzo la mano y pulsó varios interruptores. Los motores hicieron más ruido.

—Aviación Civil no ha restringido el tráfico aéreo, al menos todavía no. En el 11-S dieron la orden de que todo el mundo despejara el espacio aéreo justo después del impacto del segundo avión, y aun así se tardó unas cuatro horas en tener a todo el mundo en tierra. No hay ninguna aeronave implicada en los atentados de esta mañana, pero eso no significa que no vaya a dejar en tierra los vuelos como medida de precaución. Hasta entonces no tenemos problema. Podría pasar en cualquier momento, así que vamos a hacer esto rápido. Agárrese...

Tiró de algo parecido a un freno de mano en el lateral de su asiento, y se elevaron en el aire con una leve sacudida. La azotea del edificio de Jordan se fue encogiendo debajo de ellos, igual que las calles y el desastre en el nivel del suelo. Unas gruesas columnas de humo se elevaban y se retorcían desde los vehículos destruidos y, conforme ascendían, Cole se percató del alcance de los daños. No se movía ningún vehículo. Las calles de la ciudad parecían una suerte de aparcamiento gigantesco. Las aceras estaban llenas de gente, y desde el aire se veía con claridad que se dirigían a las estaciones de metro. Tras el 11-S se había producido un éxodo de Manhattan a gran escala cuando los residentes y los que trabajaban en la ciudad, sin saber muy bien qué podría pasar después, intentaron marcharse todos a la vez. El metro se vio sobrepasado en cuestión de minutos, y la gente que iba a pie colapsó los puentes y los túneles. Cole, estudiante de segundo año en Clemson, había visto cómo se desarrollaba aquello desde la sala común de su residencia de estudiantes, con todos sus amigos, sin despegarse ninguno de la tele y sumidos en un silencio atónito. En aquel entonces aquello le pareció una escena sacada de una película: la gente cubierta de polvo, hombro con hombro, bajando a toda prisa por Wall Street, tirando de sus hijos, comida y bolsas con ropa. Ahora la escena se repetía, y esta vez él la veía desde el aire.

—Esto es una locura —dijo el piloto—. Me siento como si hubiese vuelto a Afganistán. ¿Estaba usted ahí abajo?

Cole asintió con la cabeza. No se veía capaz de encontrar las palabras.

—Dios mío.

El piloto continuó allí suspendido otro segundo antes de negar con la cabeza por fin y virar hacia el sureste, hacia Brooklyn.

20
Jordan

Jordan no dejaba de sorprenderse mirando al techo, a las cámaras. Alguien había traído unas bolsas negras de basura y las había utilizado para envolver todas las cámaras del estudio con ayuda de la cinta adhesiva de los pintores. Aquello estaba bien, mejor que bien, pero aun así tenía la sensación de que Bernie la observaba. Durante la última pausa publicitaria Billy había hecho un barrido con una especie de cachivache de mano diseñado para descubrir circuitos abiertos y señales de radio que se sabía que provocaban ruidos estáticos de fondo durante la emisión. Juró que si Bernie se las había arreglado para meter una cámara oculta o un dispositivo de escucha en el estudio, aquel cacharrito de treinta dólares del Radio Shack lo localizaría, pero no había dado con nada. Aunque a Jordan le entusiasmaba que Billy se hubiera dedicado a tomar apuntes mientras veía la última peli de James Bond, tampoco era que le inspirase confianza, así que dio instrucciones a una de sus becarias para que tratara de localizar a un profesional. Aquella becaria, una chica de veintipocos años con el pelo violeta y un aro en la nariz, le soltó no sé qué tontería de que quería irse pronto; otra le salió con lo de las líneas de teléfono, mientras que la tercera no parecía tener mucho interés en apartarse de la ventana, así que Jordan se marchó de la sala de los becarios y recordó el motivo exacto por el que rara vez ponía el pie en aquel lugar.

Miró la tarjeta de visita de Cole, la hizo girar y la lanzó dando vueltas sobre su mesa. El policía le había dicho que si volvía a llamar Bernie, lo mantuviese en la línea, que él se encargaría de que alguien tratase de rastrear la llamada. Jordan había cogido la tarjeta y estaba a medio camino de regreso al estudio cuando comenzó a considerar las cuestiones legales de todo aquello. ¿Podían rastrear una llamada sin una orden judicial? ¿Le había dado ella permiso para hacerlo sin darse cuenta? Jordan no era la titular de aquellas líneas concretas. Y, de haberlo hecho, ¿estaba ella en situación legal de darle ese permiso?

Le planteó a Billy aquellos interrogantes, y él le dijo que las respuestas a esas preguntas eran, sin un orden específico: no, no y no. Era un ingeniero de sonido fantástico y aún mejor productor, pero tal vez no estuviese cualificado para dar consejo legal.

Billy prosiguió contándole que, aunque tratasen de localizar la llamada, jamás iba a funcionar: que si la IP, que si la transferencia... Jordan había desconectado cuando él empezó con la jerga informática, pero sí había captado la idea principal: que su sistema telefónico era una compleja mezcla de hardware de internet, un sistema analógico a la antigua usanza y llamadas directas a través de la aplicación móvil de su emisora. Esto no era como en las películas, donde un técnico monta una mesa llena de aparatos y va sacando el número de teléfono de dígito en dígito. Había un centenar de formas de falsear un número o de trucar la identificación de la llamada. Así no localizarían a Bernie a no ser que él lo deseara.

Charlotte estaba de vuelta en la sala verde con la orden estricta de no salir de allí.

La orden estricta que Jordan le había dado a Sarah era la de enviarle un mensaje en el instante mismo en que

Charlotte, en efecto, decidiese salir de allí, porque su hija no era de las que se quedan sentadas y quietecitas, no más que su madre.

—Vuelves a entrar en un minuto —oyó a Billy en sus auriculares.

Otra vez estaba él solo en su pecera, y eso era bueno. No tenía ni idea de adónde se había marchado Goldblatt, pero Jordan no podía alegrarse más de que se hubiese ido.

—Tienes que hablar sobre lo que está pasando ahí fuera —dijo Billy.

—Te lo he dicho, que yo no...

—Mira el monitor.

—No quiero mirar el monitor.

—Tres millones doscientos doce. Hemos perdido prácticamente la mitad de nuestra audiencia en la última hora, que se ha ido con las demás emisoras, que sí están hablando de lo que pasa ahí fuera.

—Nosotros somos mejores que ellos.

—No, no lo somos. Vamos perdiendo. Ahora mismo vamos perdiendo. Así es como estamos. Perdiendo. Somos los perdedores que van perdiendo. ¿Quieres ser tú eso, Jordie? Tienes tres premios Peabody en una estantería de tu despacho, ¿y sabes cuál no fue el motivo de que te los concedieran? Un periodismo intachable. Te los concedieron por entretener a la gente. Te dedicas a entretener a la gente, no al periodismo intachable.

—No están en una estantería de mi despacho. Se los di a Charlotte y ella los enterró en el jardín trasero de nuestra casa para ahuyentar a los malos espíritus después de ver en Netflix *La maldición de Hill House.* Los premios me importan una mierda, ya lo sabes.

—Entonces hazlo por mí.

—Tú me importas todavía menos —le reprendió.

—Escoge a uno de los oyentes, Jordie. Habla con alguien. Eso te volverá a meter en el partido. Después, cuando estemos fuera de antena y Greenstein baje a darse un paseo y charlar contigo sobre lo que le has hecho a su amigo el senador, querrás tener la posibilidad de señalarle el monitor y decirle que era lo que había que hacer. Y si él, personalmente, no ve que eso era lo que había que hacer, al menos la fuerza de la mayoría le demostrará que era lo que había que hacer.

—Pero ¿cómo es posible que esa gente consiga ponerse en contacto con nosotros? Creía que las líneas se habían caído.

—Va y viene, pero si no dejas de pulsar el botón de rellamada al final consigues línea. Yo voto por la línea 3.

Jordan observó el monitor.

Línea 1: Lex (dice que él también puede verte ahora mismo)

Línea 2: Cecillia (intenta coger el metro)

Línea 3: Nora (dice que sabe quién es Bernie, ha reconocido su voz)

Línea 4: Russel (ve que los bomberos están quitando un buzón de la acera para poder pasar con el camión)

Línea 5: Jeremy (son esa gentuza del Dáesh)

—De ninguna manera —le dijo Jordan—. No voy a ir por ahí.

Echó un vistazo a la pizarra. Ni un solo tema que valiese una mierda en comparación con ese.

Los locos venden. Con los locos se puede hacer un buen programa de radio.

Billy insistió.

—Necesitamos que vuelvan esos dos millones de oyentes. Sé que eres una yonqui de los índices de audiencia: si no lo vas a hacer por mí, hazlo por la audiencia.

—No tienes ni idea de cómo convencer a una chica diciéndole cosas bonitas. No me extraña que sigas soltero.

—Línea 3, Jordie. Diez segundos...

—Si hago esto, voy a saco. Eso lo sabes, ¿verdad?

—No esperaba menos.

Jordan cogió un bolígrafo y dio unos toquecitos sobre el borde de la mesa.

El indicador que decía EN EL AIRE se encendió en rojo.

Ella se acercó al micrófono.

—¿Billy? —Estiró el nombre: «¿Biiiiillyyyyy?», y alzó la mirada hacia el ingeniero de sonido, en la pecera. Si tenía que ir por ahí, desde luego que no lo iba a hacer sola.

—¿Sí, Jordie?

—¿Me vas a abrazar? Estoy asustada...

—¿Estás asustada?

—Sí.

—¿Tú? La maravillosa, la gran Jordan Briggs... ¿está asustada?

—Un poquito.

—¿Por qué? ¿Por Bernie?

—Es un chiflado algo especial.

—¿Qué parte es la que te asusta? ¿Que diga que puede verte o que diga que ha sido él quien ha volado esos coches?

—Exacto —respondió ella de forma enfática.

—Eso no es una verdadera respuesta. Más bien se trataba de que me dijeras si es lo uno o lo otro, o si son las dos cosas.

—Justo, eso es a lo que me refiero.

—El tío de la línea 1 dice que te está viendo ahora mismo. Quizá Bernie no sea el único.

Jordan extendió la mano y presionó el botón de la primera línea.

—Muy bien, Lex. Demuéstralo.

—Rojas —contestó la voz.

Jordan frunció el ceño.

—¿Rojas qué?

—Que llevas las bragas rojas.

—Así que no solo puedes verme a mí, sino que además me puedes ver las bragas... ¿a través de los vaqueros?

—Sí.

Jordan presionó un botón en el lado izquierdo de la mesa de control. El estruendo de una bocina llenó la habitación.

—Va a ser que no, Lex.

—Quería decir azules.

Jordan le colgó y presionó otro botón.

—Jeremy, a menos que tú sepas algo que los demás desconocemos, no puede ser el Dáesh. El presidente nos dijo que ya no hay Dáesh, y él no nos mentiría nunca.

—¿Estoy en antena?

—Sí, Jeremy.

—Estoy intentando hablar con el programa de Jordan Briggs.

—Soy Jordan Briggs, Jeremy.

—¿En serio? ¡Me cago en la puta!

—Esa boca, Jeremy.

—¡Me cago en la leche!

—Mucho mejor.

—Mi vecino acaba de volver de su segundo periodo de servicio en Oriente Próximo y dice que aquello es una puta mierda como una casa.

—Jeremy...

—Quiero decir fatal, que aquello está fatal. Dice que allí viven como animales. Que no hay agua corriente ni electricidad. La comida es terrible. Allí obligan a las mujeres a taparse hasta el último centímetro del cuerpo aunque estén a cincuenta grados a la sombra, y lo único que hacen los hombres es quedarse por ahí sentados fumando opio y soñando con formas de castigar a Occidente. Odian todo lo nuestro. No pueden beber alcohol. Las mujeres no pueden conducir. Enseñan a sus hijos a odiar a los americanos, y crecen pensando que somos todos unos monstruos. Mientras tanto estamos tirando miles de millones de dólares, y la gente como mi vecino está allí arriesgando su vida al intentar mantener la paz.

—¿Y qué plan tienes tú, Jeremy? ¿Cómo lo arreglarías? ¿Les montarías un McDonald's, les pondrías porno y les dirías que se tranquilicen de una «P punto» vez?

—Es que no tiene arreglo, es lo que digo yo. Llevamos allí veinte años y no ha cambiado nada. Ya puestos, podríamos dejar de palmar pasta y largarnos de una vez. No estamos cambiando nada. Es que nos ven todos los días, y eso solo sirve para que se pongan más furiosos. Entonces se vienen aquí y nos hacen estas put... faenas. Es mejor cerrar el grifo y largarse. Desaparecer de su vista y de sus pensamientos. Así es como se acabarían este tipo de cosas.

—Pero no ha sido el Dáesh. Ha sido Bernie. Eso ha dicho él.

—Ese tío miente como un put...

Jordan le colgó y pulsó el botón de la línea 3.

—Nora, ¿tú sabes quién es Bernie? Le has dicho a mi telefonista que has reconocido su voz.

—Trabaja en mi banco, en la ventanilla de atención a los vehículos.

—¿Y has reconocido su voz?

—Estoy segura. Lleva allí desde tiempos inmemoriales.

—¿Dónde está tu banco?

—Al lado del Walmart de la Cincuenta y uno.

Jordan puso los ojos en blanco.

—¿En qué ciudad, quiero decir?

—Ah, en Pittsburgh. Hace casi diez años que voy por allí un par de veces a la semana, y él siempre está trabajando. Tiene esa mirada esquiva. Siempre supe que tenía algo malo, se llama Ralph...

Jordan presionó otro botón, silenció a la mujer un segundo.

—Lo siento, Nora. He tenido que impedir que se oiga el apellido. No queremos que aparezca quien no debe por su casa.

—No está en casa. Está en el trabajo. Acabo de pasar por allí en coche y lo he comprobado.

Jordan alzó la vista al reloj.

—¿Tu banco está abierto a las siete y media de la mañana?

—No, no abren hasta las nueve, pero él siempre llega pronto. Hace una parada para desayunar un bocadillo y llega hacia las seis.

—Oye, Nora, parece que sabes muchísimo sobre los horarios de Ralph.

—Tiene un Ford Focus de color rojo y vive en...

Jordan volvió a silenciarla.

—¿Ves cómo funciona esto, Nora? Ninguna información personal.

—Tienen que detenerlo.

BILLY: ¿Un ex, quizá?

Jordan asintió.

—¿Qué te hizo Ralph, Nora? ¿Por qué estás intentando meterlo en un lío?

—A mí no me ha hecho nada.

—A lo mejor está ahí el problema. ¿Querías que te pidiera salir, y él no lo hizo?

Nora colgó.

—Vaaale —dijo Jordan—. Cecillia, línea 2.

—Has llamado a la policía, ¿verdad? Sobre Bernie. ¿Y les has contado lo que ha dicho?

—No he tenido que hacerlo. La poli ya estaba aquí. Así de buena es la Policía de Nueva York.

—Entonces ¿qué están haciendo? —preguntó Cecillia.

—Yo qué sé, cosas de polis.

—¿Te preocupa que pueda aparecer por allí o algo? ¿Te están protegiendo?

—No necesito protección, tengo a Billy.

—¿Qué va a hacer Billy?

—Eso —dijo Billy—. ¿Qué va a hacer Billy?

—De escudo humano, obviamente.

—Eso crees, ¿eh?

—Tú me idolatras, Billy, siempre lo has hecho. Tengo la absoluta certeza de que estarías encantado de entregar tu vida para salvar la mía.

—Si muriese por ti, ¿crees que me pondrían una estatua ahí abajo, en el vestíbulo?

—Eso lo dudo. A lo mejor colgarían tu foto en el frigorífico de la sala de descanso con una notita de afecto.

—Eso sería muy bonito —respondió Billy—. Tendrías que pensar en mí cada vez que fueses a coger un yogur.

—Aj. Suena espeluznante. Antes metería en mi despacho uno de esos frigoríficos enanos y no pisaría la sala de descanso.

—Hay un psicópata que va a por ti, y tú te pones a hacer chistes —intervino Cecillia.

—No es más que otro loco de entre una extensa lista de chalados que han llamado a este programa a lo largo de los años. Apuesto a que vive en el sótano de la casa de su madre. Lo más probable es que ahora mismo esté garabateando su manifiesto con unas ceras de color rojo en una mesita entre la lavadora y la secadora.

BILLY: ¡Línea 5!

Jordan miró al segundo monitor.

Línea 1: Niesha (está atajando por Central Park para evitar el tráfico)

Línea 2: Cecillia (intenta coger el metro)

Línea 3: John (la policía ha cerrado su calle)

Línea 4: Russel (ve que los bomberos están quitando un buzón de la acera para poder pasar con el camión)

Línea 5: Bernie (solo hablará con Jordan)

21
Cole

El helicóptero aterrizó en Prospect Park, en un pequeño campo abierto que había junto a las canchas de baloncesto.

Cole no estaba absolutamente seguro de cuál era el protocolo en una situación así: ¿debería darle las gracias al piloto? ¿Una propina? ¿Decirle que dejara el taxímetro en marcha y esperase?

El piloto respondió a sus preguntas sin necesidad de que Cole dijese nada y le abrió la puerta.

—Estoy al servicio de la señora Briggs, y ella me ha dicho que me quede con usted, que lo lleve adonde necesite. He hablado con mi controlador cuando veníamos de camino, y me ha dicho que los federales no han suspendido aún el tráfico aéreo, y no está claro que vayan a hacerlo. Ha intentado conseguir el permiso para aterrizar aquí pero no ha podido establecer contacto con nadie. —Le entregó una tarjeta de visita a Cole—. Ahí están mi número de móvil y el de nuestras oficinas. Si me piden que me mueva de aquí, llame a uno de esos números; ya se nos ocurrirá algo.

Había un grupo de seis hombres de pie en la cancha de baloncesto, mirándolos fijamente. Parecía que habían estado jugando un partidillo tempranero.

Una mujer empujaba un cochecito de bebé.

Había varias personas corriendo.

Brooklyn.

Cole cogió la tarjeta del piloto, le dio a él la suya, agarró la bolsa de deporte y se bajó de un salto a la hierba, húmeda de rocío. Ya veía las luces de emergencia en la Séptima Avenida, cerca del final de la Décima.

Bajó mucho la cabeza y echó a correr hacia ellas.

El Departamento de Policía de Nueva York tenía media manzana acordonada con cinta amarilla. Dos ambulancias, seis coches patrulla y otros tres vehículos más sin distintivos policiales, todos aparcados sin orden ni concierto en la Séptima delante de una casa de tres plantas de ladrillo rojo. La puerta principal estaba abierta, y Cole alcanzaba a ver las sombras que se arremolinaban de aquí para allá en el interior.

Cuando llegó hasta la cinta amarilla, un agente le impidió el paso.

—Disculpe, señor, pero va a tener que quedarse detrás de la cinta.

Cole se llevó la mano al bolsillo de atrás en busca de su identificación. La tenía Gaff, sin la menor duda, bajo llave en su mesa.

—Soy el detective Hundley, de Homicidios. ¿Dónde está el detective Tresler?

El agente observó la ropa de Cole, en particular aquellos chinos. Tenía más pinta de ir al club de campo que al escenario de un homicidio.

—Deme un segundo.

Le dio la espalda y habló en voz baja por la radio de su hombro. Al parecer funcionaban a la perfección ahí fuera.

Un momento después Tresler apareció en la puerta principal, miró a su alrededor y lo vio.

—¡Cole!

El agente levantó la cinta y dejó pasar a Cole.

En las escaleras de entrada, Tresler mordisqueaba un palillo en la comisura de los labios, una costumbre que había cogido al dejar de fumar, hacía dos meses.

—¿Esa mujer te ha conseguido un puto helicóptero? Creía que estabas de coña.

—Me está esperando ahí detrás, en el parque.

—¿Cómo es en persona? ¿Está buena, o todo eso no son más que retoques artísticos?

—Es atractiv...

—¿Le huele bien el aliento? Nada me repele más que una mujer con mal aliento.

—Tiene...

—Date prisa, entra aquí.

Así era Tresler. Le encantaba hablar, pero la parte de escuchar no se le daba demasiado bien. Guio a Cole por un pasillo estrecho. Rodearon una mesilla auxiliar tirada de lado; en el suelo había un marco con una foto y los restos hechos añicos de un cuenco de cerámica con las llaves de un coche. Habían colocado etiquetas de pruebas cerca de cada objeto, y un técnico del laboratorio de criminalística estaba allí de rodillas fotografiándolo todo.

Tuvieron que ponerse de costado para dejar pasar a otro técnico de criminalística que venía en dirección contraria. Cuando llegaron a la cocina, Tresler se sacó del bolsillo un segundo par de guantes de látex y se lo entregó a Cole.

Mientras él los estiraba para ponérselos, Tresler le hizo un gesto hacia el interior de la cocina.

—Te presento al señor y la señora Bonfigleo.

Ambos estaban sentados ante una pequeña mesa cuadrada con la tapa de formica y las patas metálicas plegables, en el centro de la habitación; ambos en sillas idénticas acolchadas con cuero sintético roto de color amarillo, con un remate naranja a lo largo del borde.

Ambos muertos.

Unas cinchas de plástico en los tobillos les mantenían las piernas en su sitio. Dos en cada brazo —una en la muñeca, la otra en el codo— los ataban a la silla. El gres blanco del suelo entre ellos dos estaba manchado de sangre, igual que sus ropas. Tenían la cabeza inclinada hacia un lado y mordazas metidas a presión en la boca.

—¿Llevan un pijama puesto?

Tresler esbozó una sonrisita.

—Te encuentras una escena como esta, ¿y lo primero en lo que te fijas es en su atuendo? Es por la mañana temprano, hay un montón de gente aún en pijama.

—Sí, pero estos llevan zapatos con calcetines.

Tresler jamás admitiría que no se había fijado en aquello, pero a Cole le quedó claro que no había caído. Estudió a la pareja unos segundos antes de volver a hablar.

—Creemos que esto empezó en algún momento de la pasada noche. Alguien preparó el desayuno: tenemos huevos y tortitas en la mesa, pero todo está frío, a temperatura ambiente. Los del laboratorio me dicen que la comida lleva fuera no menos de seis horas. Pero el café es de hoy. Tres tazas sobre la mesa, una a la mitad. Creemos que es la del autor del crimen: no hay huellas. La mesa del desayuno solo está puesta para dos. Ha colocado eso ahí para que lo veamos. No estoy seguro de qué significa. Creo que la mesa también la ha traído él, como parte de su decorado. Esta casa vale más de dos millones de dólares. Es como si alguien se hubiera agenciado esa mierda de mesa oxidada de la pila de chatarra que hubiera sacado una persona a la calle el día de recogida de muebles, con un letrero que dice «llévese lo que quiera, es gratis». En la habitación contigua hemos encontrado una mesa cara de caoba con cuatro sillas subidas encima, perfectamente alineadas. Hay marcas de rozaduras en el suelo. Parece que el malo de nuestro escenario las sacó de aquí, montó esto y celebró su reunioncita de té.

—¿Por qué iba alguien a cambiar la mesa?

Tresler hizo caso omiso de la pregunta.

—Ronald se ha llevado veintiocho puñaladas según el primer conteo, tal vez sean más. Tara tiene veintiséis.

Igual que la comida, el trabajito con el cuchillo comenzó anoche ya tarde y continuó durante la madrugada. A él le han cortado el cuello hace como hora y media. Lo mismo a su señora. Las heridas por apuñalamiento no son profundas. El autor no pretendía matarlos con ellas, sino que se trataba de alguna clase de tortura. En la mesa, al lado del sirope, hay una cajita de sales inhalables a medio utilizar. Los quería despiertos.

—¿Intentaba sacarles alguna información?

—O el puto chalado es un sádico, sin más —respondió Tresler—. Arriba tenemos signos de lucha, en el dormitorio principal. El cajón de la mesita de noche de Roland está abierto. Tiene pinta de que iba a coger un calibre 22, pero no lo consiguió. Lo mejor que se me ocurre es que el tío sacase a estos dos de la cama, los hiciera bajar aquí, cambiase de sitio los muebles, los atara a las sillas y luego hiciera lo que hizo durante el tiempo que le hizo falta hacerlo. Quizá los obligara a ellos a mover la mesa, quién sabe. Entre puñalada y puñalada les preparó el desayuno. No hay rastro del cuchillo. Ninguno de los vecinos ha oído nada, a ambos lados, pero eso no nos dice gran cosa porque las paredes son gruesas, dos capas de ladrillo. Nadie ha visto nada. Tienen una alarma, pero la compañía que la monitoriza dice que anoche no la activaron. Parece que solo la utilizaban durante el día, cuando estaban en el trabajo.

—¿A qué se dedicaban?

—Ronald trabajaba en gestión de residuos, en las oficinas de la Waste Management. Tara era auxiliar en un juzgado del centro. —Tresler hizo un gesto con la barbilla para señalar un teléfono colgado de la pared de la cocina y con un cable lo bastante largo como para llegar prácticamente a todas las habitaciones de la planta baja—. Ese es el teléfono desde el que te he llamado: cuando he marcado asterisco 69 sin más, como te he dicho, ¿ha sonado el móvil del taxista?

Cole asintió con la cabeza.

—Sí, y cuando repaséis los registros de llamadas, estoy seguro de que descubriréis que también ha llamado al programa de Jordan Briggs desde ese teléfono. Cuando estaba en antena ha dicho que se encontraba de visita en casa de unos amigos. Estaba rebuscando en la cocina mientras hablaba con ella. Uno de estos dos aún seguía vivo, o ambos. Se los oía de fondo.

—Bernie, ¿eh?

—Eso ha dicho él.

—Supongo que no daría su apellido, ¿no? ¿O su dirección actual? ¿No ha dicho adónde iba ahora?

Cole lo escuchó a medias. Estaba ocupado estudiando la habitación. Los de Criminalística habían colocado varias tarimas para poder pasar por allí sin alterar las manchas de sangre. La mitad de las superficies estaban cubiertas del polvillo para la extracción de huellas. Había varios técnicos trabajando con el resto.

—¿Habéis localizado algo que pueda indicar que ha trabajado aquí con las bombas? —preguntó Cole.

Tresler hizo un gesto negativo con la cabeza.

—No, nada. Y dudo que lo hagamos. Aunque las detonara por control remoto, tendría que haber colocado las bombas antes de llegar aquí. Los federales piensan que, si este tío realmente forma parte de esto, no está actuando solo. No es fácil montar las bombas en siete taxis, de ese modo.

—¿Dónde están los federales?

—Ocupados. Me tienen informándoles de todo mientras ellos van juntando las piezas de lo que ha pasado en el Midtown. Es probable que estén manteniendo la distancia para tener a alguien a quien culpar si esto se tuerce.

Cole vio a otros cuantos detectives a los que reconoció, pero no al que andaba buscando.

—¿Dónde está Gaff?

Tresler sustituyó el mondadientes por uno nuevo que se sacó del bolsillo.

—¿Te preguntas por qué me ha dejado sacarte de tu purgatorio en Tráfico?

—Claro.

—La respuesta la tienes ahí dentro —dijo Tresler mientras se dirigía hacia lo que parecía el salón de la casa.

22
Cole

El salón de los Bonfigleo no era precisamente lo que Cole llamaría un lugar acogedor. Aparte de una foto de la pareja cerca de la tele que se habían hecho en el Gran Cañón hacía mucho, muchísimo tiempo, allí no había nada con un verdadero aire hogareño. No había fotografías de hijos, ni pequeños ni mayores. Los pocos cuadros que decoraban las paredes carecían de fuerza y de inspiración, como si alguien los hubiera elegido todos del tirón el mismo día en unos grandes almacenes veinte años atrás, los hubiese colgado ahí y se hubiera olvidado de ellos. El sofá, la mesita de café y dos butacas tapizadas de arriba abajo ya habían dejado atrás su mejor época, pero parecían todos ellos bastante cómodos. Era probable que fuesen caros en su día, tal vez del mismo año en que compraron aquellos cuadros.

Tresler señaló hacia un pequeño escritorio contra la pared del otro extremo. Sobre él, un ordenador y una impresora. Varios compartimentos pequeños llenos de sobres que parecían facturas. Una mariposa digital revoloteaba por la pantalla del ordenador, algún salvapantallas.

Cole no vio nada extraño.

—Vale, me rindo. ¿Qué es lo que tengo delante?

Tresler cruzó la sala y le dio un toquecito al ratón. Se desvaneció la mariposa y la pantalla se llenó con una imagen del rostro de Cole.

Cole se acercó más.

—Esa es la foto de mi carnet de conducir.

—Sí.

Al observar el texto que había alrededor se quedó más confundido aún.

—Esa es la imagen de mi carnet de conducir en la base de datos de Tráfico. No es una página web ni nada que sea público.

Tresler minimizó la ventana. Otra foto de Cole los miraba desde la pantalla.

—¿Es eso...?

—Tu ficha del Departamento de Policía de Nueva York.

Otra ventana contenía la situación crediticia actual de Cole, hasta el último pago de su préstamo de estudios. En otra se veía la cuenta de su móvil personal. Un registro de llamadas de los últimos noventa días.

Cole lo miraba fijamente, sin saber muy bien qué decir.

El teclado, la impresora y la caja del ordenador estaban cubiertos de polvo para las huellas.

—Los técnicos me dicen que ha sacado todo esto por la impresora y se lo ha llevado. Hay una especie de registro.

—¿Y cómo ha conseguido acceder?

—Dímelo tú. Ha utilizado tus datos de acceso.

—¿Qué?

—Que ha utilizado tus nombres de usuario y contraseñas. Los que te asigna el departamento, en el caso de Tráfico, y los tuyos personales en los demás.

—Ni siquiera yo me sé las contraseñas de la mitad de esos sitios. Sería incapaz de decirte cuándo fue la última vez que entré en mi cuenta de la operadora del móvil.

—¿Utilizas el mismo nombre y contraseña para todas tus cuentas?

Cole lo negó con la cabeza.

—No, utilizo una aplicación móvil de gestión de las contraseñas que se llama SecureNet. Yo entro en la aplicación, y ella me conecta con el sistema o la página web que visite, con esa locura de contraseñas encriptadas tan largas que es imposible recordar.

—¿Es muy difícil recordar tu nombre de usuario y tu contraseña para entrar en la aplicación?

No mucho.

—¿De dónde iba él a sacar eso? —le preguntó Cole—. ¿Cómo iba él a saber siquiera que yo la uso? Ese hombre no tenía la menor idea de quién era yo hasta hace una hora y media.

—¿Ah, sí?

—Sí —respondió Cole de plano.

Por primera vez Cole reparó en la presencia de los dos agentes uniformados que los seguían muy de cerca, de pie en el pasillo.

Cole miró furioso a Tresler.

—No creerás que estoy implicado en todo esto, ¿verdad?

Tresler levantó la mano hasta el mondadientes y le dio vueltas.

—Creo que cuando esto comience a abrirse paso hacia arriba en nuestra cadena trófica, mucha gente me va a preguntar si estás implicado de alguna manera y, joder, más me vale tener una respuesta que darles.

—Somos compañeros. Tú me conoces.

Tresler se encogió de hombros.

—Eso no va a importar mucho cuando los federales nos pongan la luz del flexo en la cara. Tú dime por qué han volado por los aires siete taxis a tu alrededor y nuestro único sospechoso parece ser uno de tus mejores amigos.

Cole guardó silencio.

Tresler señaló con un gesto la habitación a su alrededor.

—Cuando vuelva a la oficina y me ponga a escarbar, ¿voy a encontrar alguna conexión entre esta gente y tú?

—Por supuesto que no.

—Entonces ¿qué?

Los dos agentes se acercaron más. El de la derecha se llevó la mano a las esposas.

Cole alzó una mano.

—¡Dame un minuto!

—No es nada personal, solo estoy siguiendo órdenes —respondió Tresler—. Gaff no me ha dado mucha elección. Me ha dicho que te trajese aquí y te llevara a la comisaría para averiguar qué hay en todo esto. Que no levantara la liebre para que no llegue a la prensa.

—Hasta esta mañana yo jamás había oído hablar de este tío. Y tampoco hay forma de que él supiese quién era yo. La primera vez que he hablado con él ha sido por el móvil del taxista.

—¿Todavía lo tienes? Déjame verlo.

Cole se sacó el móvil Android del bolsillo y se lo entregó a Tresler, que lo toqueteó en varias pantallas.

—Es un desechable barato. ¿Cómo sé yo que te lo ha dado el taxista? A lo mejor lo llevabas encima desde el principio para poder hablar con este tal Bernie y te has inventado la parte del taxista cuando yo te he llamado a este número, cuando te has dado cuenta de que era yo quien estaba al teléfono y no él y te ha hecho falta montar rápido una tapadera. No hay ningún taxista que lo corrobore.

—¡Eso es una locura!

—Pero no suena menos verosímil.

Sonó el móvil de Tresler, que lo sacó del bolsillo.

—Es Gaff. —Se llevó el teléfono al oído—. Aquí lo tengo.

Al otro lado estaba Gaff, pero Cole era incapaz de entender lo que decía.

Poco a poco los dos agentes se fueron aproximando

más aún, situados entre Cole y el pasillo, la única vía de salida de la casa.

Tresler tenía los ojos clavados en Cole mientras escuchaba al superior de ambos.

Cole sentía que el corazón le latía con fuerza. Notó el puño cerrado, y no recordaba haber hecho eso.

Tresler frunció el ceño y bajó la mirada al móvil de Omar, en su otra mano.

—¿Qué cojones...? —Levantó el móvil de Omar para verlo mejor—. ¡En serio, pero ¿qué cojones...?!

Cole se acercó más, con la sensación de que los dos agentes avanzaban otro paso hacia él.

—Señor —dijo Tresler—, tengo que colgar y ahora le vuelvo a llamar.

Colgó antes de que Gaff pudiese objetar nada.

—¿Qué pasa? —preguntó Cole.

Tresler le dio la vuelta al móvil de Omar para mostrárselo y que viese lo que estaba sucediendo: unas líneas de texto y unas barras de progreso iban a toda velocidad por la pantalla. Los datos se movían muy rápido, pero aun así Cole fue capaz de distinguir varias palabras, nombres, números de teléfono.

—El móvil de Omar está clonando el tuyo —indicó Cole al percatarse—. Creo que está transmitiendo los datos a alguna parte.

—Quítele la batería —sugirió uno de los agentes—. Rápido.

Tresler lo hizo.

Pero dio igual. Ya había terminado.

23
Jordan

BILLY: ¡Jordie, cógelo: línea 5!

Jordan tenía el dedo suspendido sobre el botón.

En un programa de radio el silencio era la muerte.

El silencio era como un gran tiburón blanco que diese vueltas alrededor de un bañista con un minúsculo corte en la planta del pie; una muerte más cercana cada vez que las aguas se aquietaban, contenida únicamente por las palabras, por un movimiento impredecible en el agua. Jordan temía al silencio más que a todo lo demás, e incluso un simple instante de vacilación le producía un picor en la piel, ansiedad.

Sintió que el tiburón se aproximaba con el paso de los segundos, y aun así no se veía capaz de obligarse a apretar el botón.

BILLY: ¡Maldita sea, Jordie!

Jordan levantó la vista hacia él y lo vio de pie dentro de la pecera con ambos brazos en alto y señalando con los dedos el teléfono en un gesto enfático. Se volvió a agachar sobre su teclado y escribió:

BILLY: Si permites que te meta miedo, él gana.

Puto Billy.

Jordan presionó el botón.

—Una parte de mí piensa que no debería hablar contigo, Bernie.

—Pues eso me dejaría muy triste.

—Has llamado a un programa de radio en una emisora nacional y has confesado varios asesinatos, atentados terroristas, en directo y en antena. No estoy segura de si eso te convierte en un estúpido, en un chiflado o en ambas cosas, pero sí sé lo que significa para mí. Significa que en algún momento voy a tener que perder una relevante porción de mi vida testificando o bien haciendo una declaración formal. Es probable que ambas cosas. Mucha gente me obligará a justificar mis razones para hablar contigo. Van a decir que lo he hecho por llamar la atención, por los índices de audiencia.

—¿No es así?

—No.

—¿No es por eso por lo que has dudado antes de darle paso a mi llamada ahora mismo? No ha sido por alguna clase de obligación moral de mantenerme fuera de antena, sino porque ese cerebrito tuyo tenía que valorar con rapidez si las audiencias que te va a reportar esto hacen que merezca la pena sufrir las molestias que trae aparejadas por otro lado, ¿no? Nadie te culparía por algo así.

Jordan alzó la vista hacia las cámaras del techo, aún tapadas con plásticos.

—Estoy hablando contigo ahora mismo porque si eres tú quien está detrás de todo lo que ha pasado esta mañana, quiero saber por qué lo has hecho.

—Así que es un picor que te quieres rascar, ¿eh? ¿Satisfacer tu curiosidad? ¿Nada más?

—Sí, quiero oír cómo te explicas antes de que algún abogado te convenza y te diga que no lo hagas.

—No me preocupa que me atrapen. No me preocupa

que me detengan. Y desde luego que no me interesa lo que pueda decir cualquier abogado en el futuro. Ahora mismo lo único que me importa eres tú.

—Qué bonito es eso, Bernie, pero no eres el tipo de hombre que llevo a casa de mi madre para presentárselo.

—Tú no has llevado a ninguno de tus hombres a casa de tu madre para que la conozcan, no desde hace una eternidad. Imagino que ese va a ser uno de los muchos puntos incómodos que tienes guardados para tu cena de mañana con mamá.

¿Cómo coño sabe eso este tío?

—La gente como tú, los que están demasiado ocupados como para preocuparse por la vida cotidiana, pospone muchos asuntos. Eres como una acaparadora que está llenando su garaje de cosas que hará en el día de mañana. Nunca te detienes a pensar que quizá no haya un mañana.

—Vuelves a sonar como un suicida, Bernie. Quizá la palabra más adecuada para ti no era *chiflado*, tal vez haya sido un poco desconsiderado por mi parte. Tal vez debería haber dicho que tienes un problema, que estás enfermo.

—Ni soy un chiflado o un estúpido, ni tengo un problema, ni estoy enfermo.

—¿Demasiado complejo para ponerte una etiqueta?

—Algo así.

—Entonces dime por qué lo has hecho.

Bernie no respondió. En cambio, dijo:

—¿Están los federales rastreando esta llamada, o siguen intentando encontrar tu edificio?

—Es probable que estén en ello. Me han dicho que podían hacerlo de forma remota.

—Al menos eres sincera.

—Yo nunca te mentiría, Bernie.

—Ya veremos.

—¿Por qué siete taxis?

—Tú sabes por qué.

—¿Porque he dicho que cogería un taxi antes que un Uber?

—Tú has elegido.

BILLY: ¿Cómo iba él a saber lo que elegirías? ¿Había puesto bombas en ambos?

Antes de volver a hablar, Jordan leyó dos veces el mensaje de Billy y valoró las implicaciones.

—Eso es ridículo. ¿Significa eso que hay por ahí algún Uber con una bomba en el maletero?

—Uno no.

—¿Siete?

Bernie no respondió.

Jordan dejó que el silencio se extendiera unos instantes.

—¿Y cómo sé yo que no vas a volar también esos?

—¿Quieres que lo haga?

—Por supuesto que no.

—Entonces no lo haré. Ya has tomado tu decisión. Ya no tengo ningún motivo para detonarlos. He pasado página, y tú también deberías.

—¿Así, por las buenas?

—Así, por las buenas —repitió Bernie.

—Suenas de lo más tranquilo para ser alguien que acaba de matar a siete personas.

—A doce —respondió Bernie de plano—. A los siete conductores, tres pasajeros y dos transeúntes. Doce. Por ahora.

—¿Por ahora?

—Mira, Briggs, disponemos de todo el día. Lo tuyo aquí va para largo.

JORDAN: ¡Voy a colgarle el teléfono a este puto chiflado!

BILLY: ¡De ninguna manera! ¡Mira el monitor de audiencia!

Jordan no tenía la menor intención de darle a Billy el gusto de mirar el monitor de las audiencias. Y estaba harta de aquel tío.

—Voy a colgar, Bernie. No quiero tener nada que ver con esto.

Bernie chasqueó la lengua.

—Tú cuelga, y tal vez tenga que replantearme mi postura con respecto a esos Uber.

—Haz lo que tengas que hacer, Bernie. Tú no estás aquí al mando.

—No me pongas a prueba, te lo advierto, en serio.

Jordan llevó la mano hacia el botón para desconectarlo. Posó el índice en él, lo pasó en círculos por el borde, pero no lo presionó, todavía no.

—Nadie me dice lo que tengo que hacer, Bernie. Nadie.

—Hasta hoy.

—Tú no estás al mando aquí —insistió ella.

—Puedes repetírtelo las veces que quieras, que eso no hará que sea cierto.

Jordan colgó la llamada.

En antena, Billy dijo:

—... no lo has hecho.

Jordan le miró con una sonrisa.

—Desde luego que sí.

—¿Acabas de colgarle el teléfono a ese tío?

—Ya sabes cómo me hacen sentir los hombres prepotentes.

—¿Y si estaba diciendo la verdad?

—¿Te parece a ti que lo estaba haciendo?

—Me parece que me tengo que cambiar de ropa interior, así que, sí, más o menos me lo he creído.

Jordan echó un vistazo a su segundo monitor.

Línea 1: Niesha (está atajando por Central Park para evitar el tráfico)

Línea 2: Maggie (trabaja en el servicio de urgencias del Bellevue, están llegando los heridos)

Línea 3: John (la policía ha cerrado su calle)

Línea 4: Russel (ve que los bomberos están quitando un buzón de la acera para poder pasar con el camión)

Línea 5: SIN LLAMADA

Jordan pulsó en la línea 2:

—Maggie, ¿estás en el hospital Bellevue?

La línea estaba en silencio.

—Quizá nos haya puesto en espera, ¿no? —sugirió Billy—. A lo mejor ella también se está cambiando de ropa interior.

—Vamos a probar con John en la línea 3. John tiene a la policía en su calle. —Jordan pulsó la línea 3—. John, ¿dónde te encuentras exactamente?

Silencio.

Jordan alzó la vista hacia Billy.

—¿Se nos han caído las líneas de teléfono?

Billy se encogió de hombros.

—Tal vez. Es posible. Es probable. No lo sé. Con el día que llevamos...

—Eres de gran ayuda. Russel, línea 5. Estás en *A todo trapo con Jordan Briggs*.

Nada.

En su segundo monitor decía:

Línea 1: Niesha (está atajando por Central Park para evitar el tráfico)

Línea 2: SIN LLAMADA

Línea 3: SIN LLAMADA

Línea 4: SIN LLAMADA

Línea 5: SIN LLAMADA

Malditas líneas de teléfono, tenía que ser eso.

—Niesha, cuéntame tú.

Cuando apartó el dedo del botón, la pantalla cambió a:

Línea 1: SIN LLAMADA
Línea 2: SIN LLAMADA
Línea 3: SIN LLAMADA
Línea 4: SIN LLAMADA
Línea 5: SIN LLAMADA

—Vaya, pues sí que se nos han caído las líneas, definitivamente.

Jordan siempre silenciaba su móvil al comienzo de cada programa, pero lo conservaba al alcance de la mano. No lo oyó vibrar a causa de los auriculares, pero sí vio que se deslizaba unos centímetros sobre su mesa con un mensaje de texto que acababa de entrar. Le dio la vuelta al teléfono y miró la pantalla, número desconocido:

Primera Avenida con la
Veintiocho Este.

Jordan miró a Billy. Él no la estaba mirando a ella, estaba haciendo algo en su mesa de control. Jordan tecleó la dirección en su ordenador, añadió «Nueva York» e hizo clic en «buscar». Obtuvo una lista de empresas e inmuebles en alquiler. Nada más.

Se actualizó su segundo monitor:

Línea 1: SIN LLAMADA
Línea 2: SIN LLAMADA
Línea 3: Bernie
Línea 4: SIN LLAMADA
Línea 5: SIN LLAMADA

Sintió que se le formaba un nudo en la garganta. Billy había visto la actualización de la tabla de las llamadas de los oyentes y de nuevo la estaba mirando, al tiempo que tecleaba algo.

Jordan actualizó los resultados de su búsqueda, pero obtuvo los mismos.

Su segundo monitor también se actualizó.

Línea 1: SIN LLAMADA
Línea 2: Bernie
Línea 3: Bernie
Línea 4: Bernie
Línea 5: SIN LLAMADA

BILLY: ¡Pincha en esto!

Le había enviado un vínculo a través del chat. Cuando Jordan hizo clic en él, apareció una nota de la policía. Una especie de registro de Control en tiempo real:

10-80 - 484 Primera Avenida con la Veintiocho Este. ACUDAN TODAS LAS UNIDADES.

No necesitaba que nadie le contase qué era un 10-80. La pantalla de su segundo monitor se volvió a actualizar.

Línea 1: Bernie
Línea 2: Bernie
Línea 3: Bernie
Línea 4: Bernie
Línea 5: Bernie

Jordan tenía que decir algo; continuaban en antena, pero cuando fue a abrir la boca se había quedado sin habla.

24
Cole

Tresler tiró el móvil de Omar al suelo de parqué y lo pisoteó.

—Eso es una prueba —dijo Cole en voz baja, más bien a toro pasado, consciente de que ya era demasiado tarde para impedírselo: Tresler solía actuar por impulso y darle continuidad a aquella lógica otros veinte minutos más.

Tresler volvió a pisotear el móvil, y esta vez retorció el tacón para triturar lo que quedaba de la pantalla.

—¿Cómo cojones es posible que haga eso? —Descargó otro pisotón. Plástico, cristal y fragmentos metálicos crujieron bajo su pie—. ¿Quién es este tío?

—No tengo ni idea.

El móvil de Cole le zumbó en el bolsillo con un mensaje de texto entrante, y lo rescató de allí.

¡484 Primera Avenida!

Tresler remató su danza de la muerte sobre el móvil de Omar y fue a leer el de Cole.

—¿Qué es eso?

—No estoy seguro. No conozco el número.

Cole hizo clic en el número de teléfono y pulsó en «marcar». Un instante después le salió el buzón de voz: «Has llamado a Jordan Briggs. Deja un mensaje y tal vez te llame yo». Colgó al oír el pitido.

El móvil de Tresler comenzó a sonar de nuevo.

—Otra vez Gaff. —Miró a Cole con los ojos entrecerrados—. No te muevas de aquí. Tenemos que entender qué es toda esta mierda. —Se quitó el palillo de la boca, lo tiró por la puerta abierta y le dio la espalda a Cole para que no pudiese oír lo que decían.

Cole seleccionó la dirección del mensaje de texto, la pegó en su navegador de internet y pulsó en «buscar».

El primer titular decía: «Nissan Sentra explota delante del hospital Bellevue» (de hacía dos minutos). Había otra media docena de artículos similares, todos ellos subidos en el transcurso de los últimos minutos.

Cole sintió que se le hacía un nudo en el estómago.

Todavía al teléfono, Tresler se dio la vuelta muy despacio para situarse de nuevo frente a Cole; estaba lívido.

—¿Parece el mismo tipo de bomba?

Gaff dijo algo más, y Tresler respondió:

—No, creo que Cole es demasiado estúpido como para formar parte de todo esto. Ese tal Bernie está jugando con él.

—Gracias —masculló Cole.

Llegó otro mensaje de texto de Jordan:

Lo tengo en espera.
¿Le doy paso?

—¡Mierda! —soltó Cole de golpe y le enseñó el móvil a Tresler.

Tresler se sacó un palillo nuevo del bolsillo y se lo puso en la comisura de los labios.

—¿Teniente? Esa mujer, Briggs, tiene a nuestro hombre en espera. ¿Los de Seguridad Nacional tienen ya el rastreo preparado? —Mientras escuchaba, una sonrisa comenzó a formarse muy despacio en su rostro. Asintió con la cabeza en un gesto hacia Cole—. Ah, cogeremos a ese cabrón enseguida. Dígale al telediario de las seis que reserve un hueco para el paseíllo de este tío. Llámeme en cuanto tenga una dirección.

En cuanto colgó, volvió la cabeza sobre el hombro y gritó:

—¡Que alguien me traiga una radio!

—No nos hace falta una radio —le dijo Cole—. Hay una aplicación.

Tresler elevó la mirada al techo.

—Por supuesto que la hay.

Cole escribió rápidamente un mensaje de respuesta a Jordan:

LO ESTÁN RASTREANDO. ¡COGE
LA LLAMADA DE BERNIE Y TENLO
EN ANTENA TANTO COMO PUEDAS!

Acto seguido abrió la aplicación de SiriusXM y pulsó en el canal de Jordan. Tardó unos instantes en cargarse, y la voz de la comunicadora surgió por los altavoces. Los dos policías se acercaron más al aparato.

—No tenías que hacer eso, Bernie.

—No lo he hecho yo, has sido tú. Todo esto es por tu culpa. ¿Está la policía rastreando mi llamada?

—Por supuesto que sí. ¿Qué te creías?

Bernie guardó silencio por un segundo.

—Has tapado las cámaras.

—Sí.

—¿Te hace sentir mejor?

—Sí.

—Qué curioso es, las pequeñas cosas que nos hacen sentir seguros. El paquete que te he enviado antes podría haber sido otra bomba, fácilmente. Hasta donde tú sabes, he estado en tus oficinas, las he visto por dentro y por fuera, he estado en tu estudio, tal vez incluso en tu casa, una docena de veces. No sabes qué aspecto tengo. Podría estar en el piso de abajo ahora mismo, apuntando hacia arriba con un arma, directa a tu...

—No me das miedo, Bernie. Puedes soltar tus chorradas todo cuanto quieras, pero a mí no me vas a poner nerviosa. Soy más fuerte que tú. Más lista. Eres un cobarde de mierda que se esconde detrás de un teléfono. Si estás en el edificio, sube aquí. Siéntate aquí delante de mí. Déjame ver lo duro que eres cara a cara.

—Ha dicho usted una palabrota, señora Briggs. La Comisión Federal de Comunicaciones no ve esas cosas con muy buenos ojos.

—La Comisión Federal de Comunicaciones no tiene jurisdicción sobre la radio por satélite, y yo me he quitado los guantes en mi rincón en el momento en que has amenazado a mi pequeña. A una niña. Ahí es cuando te has mostrado tal cual eres. Cuando alguien se ponga a escribir sobre esto, siempre serás el blandengue que se escondía en un agujero en alguna parte y se dedicaba a apretar botones porque no tenía huevos para dar un paso al frente y plantar cara a sus problemas. La palabra *mierda* es demasiado buena para ti. Esas personas a las que has asesinado tenían familia. Tenían hijos. Cuando la policía te eche el guante, nos vamos a poner en fila para el sorteo a ver quién te clava la aguja en el brazo.

—Los Bonfigleo me han pedido que te envíe recuerdos.

Jordan no respondió.

—¿Me has oído?

—Te he oído.

—Ahora he venido a visitar a otra gente.

De nuevo Jordan guardó silencio a modo de réplica.

—¿Te gustaría saber dónde estoy?

—Claro, Bernie. ¿Cuál es la dirección?

—He cazado al marido en el garaje. ¿Te puedes creer que le estaba dando a una botella de licor casero antes de irse a trabajar? ¿Quién se bebe esa porquería a estas horas de la mañana? Me ha dicho que lo ayuda a afrontar el día. No me imagino a mí mismo odiando tanto mi trabajo como para tener que beber a diario antes de ir tan solo para aguantarlo. El hombre estaba a punto de ponerse al volante. Dudo mucho que ese traguito fuera suficiente para emborracharse, pero no te queda más remedio que preguntarte por un tipo así. Si comienza el día con un trago en su casa, es probable que tenga otra botella en su cajón en la oficina. A lo mejor lleva una en la guantera. Tal vez una petaca pequeña de plata con sus iniciales grabadas por delante, y es probable que se la lleve al servicio y se monte una fiestecita en uno de los retretes. —Bernie dejó escapar una carcajada suave—. En fin, la buena noticia es que hoy no va a beber más. Tampoco va a conducir. Lo he dejado en su coche con una corbata colombiana.

—¿Una corbata colombiana?

—Le he cortado el cuello justo por debajo de la mandíbula, donde la barbilla se une con el cuello, y le he sacado de un tirón la lengua por el agujero.

—Encantador, Bernie.

—Ha sido la primera vez para mí, y tampoco es que haya salido justo como yo esperaba. Pensaba que le iba a cortar la yugular con un tajo así, pero resulta que, una vez que llegas ahí abajo, la yugular se queda a un lado. En realidad no te queda justo en medio, a no ser que la vayas buscando. La carótida está más cerca, pero ni la he rozado. He llegado a la lengua mucho antes de todo eso y he conseguido sacarla. Menudo lío, pero bueno, hecho está. Ahora bien, eso me ha creado un problema. El hombre seguía vivo. No sabía si debía cortarle una de esas venas y desangrarlo o meterle un balazo sin más. Atado como lo tenía y con la lengua donde se la había dejado, tampoco es que él fuese de mucha ayuda a la hora de decidirme, así que lo he encerrado en el coche para que se lo pensara un poco mientras yo me iba dentro a cruzar un par de palabras con la señora.

Sonó un pitido en el móvil de Tresler, que comprobó la pantalla.

—Tenemos una dirección: está llamando desde un teléfono fijo en North Bergen. Es otra casa, igual que aquí. —Volvió a levantar la vista del móvil, con el ceño fruncido—. ¿Cómo demonios ha llegado tan rápido desde aquí hasta Nueva Jersey? Manhattan está bloqueado ahora mismo. Tendría que haberlo atravesado.

—No estoy seguro de cómo lo ha hecho él, pero yo tengo un helicóptero esperándome en Prospect Park —le recordó Cole—. Podemos estar allí en diez minutos.

Tresler asintió rápidamente y dio unas órdenes con voz brusca al agente al mando mientras salían corriendo por la puerta. Marcó el número del teniente al tiempo que echaba a correr a toda prisa hacia el parque, con Cole pisándole los talones.

25
Jordan

Jordan se dio cuenta de que estaba alterada. En realidad ese no era el término correcto: más bien estaba temblando. Todo su cuerpo. Estaba temblando como una cría de segundo año de instituto con la mano de su novio a medio camino subiéndole por la falda, y eso no era bueno. Reparó en que tenía la mano izquierda aferrada a la mesa con la fuerza suficiente como para que se le pusieran blancos los nudillos, y la soltó. Se frotó las yemas de los dedos para recuperar el tacto y miró el café. Lo último que necesitaba ahora era más cafeína, pero notaba la garganta como el papel de lija, y nadie en su equipo de becarios estrella se había molestado en ponerle por allí una botella de agua.

BILLY: Estoy en contacto con la policía. Haz que él siga hablando. Ya tienen una dirección.

—¿Estás dentro de la casa ahora mismo, Bernie?

—Acabo de entrar, sí. —Hablaba en voz baja, apenas más alto que un susurro—. Espero que no te importe, pero estoy utilizando uno de esos cacharritos, unos auriculares Bluetooth. Necesito ambas manos libres. La verdad es que resulta difícil agarrar el teléfono cuando se te quedan pegajosas de sangre. Lamentaría que se me cayese y perder la comunicación contigo. Tendría que haberme traído unos guantes.

Jordan se acercó al micrófono y bajó también la voz:

—Solo para dejar las cosas claras: acabas de matar a un hombre en su garaje, has dejado su cuerpo en el coche, y ahora estás dentro de su casa buscando a su mujer, ¿no?

—Lo más probable es que el hombre siga vivo, aunque no tengo claro por cuánto tiempo. No soy médico. Pero sí, ahora estoy dentro. Ojalá pudieras sentir cómo me late en este momento el corazón. El maldito late tan fuerte que me sorprende que no lo oigas.

—No hagas daño a nadie más, Bernie. Tú..., tú sal ahí fuera y quédate sentado en la entrada, esperando a que llegue la policía. Ya sabes que están rastreando tu llamada. Estarán ahí enseguida. ¿Por qué buscarte más problemas de los que ya tienes?

—No estoy seguro de si tienen hijos. Si los tienen, deben de ser mayores. Alguien en esta casa colecciona esas figuritas de Hummel. Esas figurillas de porcelana que parecen recién salidas de una novela de Dickens. Están por toda la casa: sobre la chimenea, en las estanterías de libros..., la encimera de la cocina estaba llenita. Cincuenta por lo menos. No entiendo cómo puede haber alguien capaz de cocinar rodeado de esas cosas. Menuda faena limpiar todo eso, tanto jaleo. A lo mejor no limpian. Podría haber grasa, polvo y quién sabe qué más entre lo uno y lo otro. Joder, qué asco. Hemos dicho que nada de la Comisión Federal de Comunicaciones, ¿no? ¿No pasa nada por decir «joder»?

Que siga hablando, pensó Jordan. Eso era todo cuanto tenía que conseguir, darle a la policía el tiempo suficiente para llegar allí.

—¿Sabes qué, Bernie? Te dejaré decir «joder» en la radio todas las veces que quieras mientras hagas lo que te he pedido y salgas de la casa a esperar.

—Joder, joder, joder —repitió Bernie entre dientes con una vocecilla suave y cantarina—. Está bien, Jordan, creo que ya me lo he sacado de dentro, esos eran los últimos que me quedaban. Seguro que los Bonfigleo han dicho «joder» un montón de veces. «Que le jodan a ese, que te jodan a ti» y «no, joder». Una y otra vez, esos dos. Mierda, lo he vuelto a decir, pero ya paro, lo prometo.

Jordan echó un vistazo a la pizarra con sus notas para el programa de ese día. Todo le parecían bobadas en ese instante. Extendió la mano, cogió el borrador, la limpió de arriba abajo y escribió: ¿BERNIE? arriba del todo. Debajo de eso anotó: BONFIGLEO/BROOKLYN.

—¿Por qué los Bonfigleo, Bernie? ¿Por qué los has matado?

—Tú sabes por qué.

Jordan alzó la vista hacia Billy, que estaba de nuevo al teléfono detrás del cristal. Hablando con la policía, probablemente

—Yo no conozco a nadie que se llame así.

—No está en el piso de abajo, la señora —dijo Bernie—. He mirado en la cocina, en el salón, en el aseo, el cuarto de la colada. Aquí no hay nadie. Oigo agua corriendo en el piso de arriba, suena quizá como una ducha. Supongo que podría ser un lavabo, alguien lavándose los dientes, tal vez, pero el grifo lleva muchísimo tiempo abierto, de ser ese el caso. Están tirando un poco el dinero, si quieres que te diga lo que pienso. Y aunque fuese una ducha, esta es de las largas. ¿Es que la gente no tiene el menor respeto por los recursos? Ron y Tara, los Bonfigleo, tenían encendidas prácticamente todas las luces de la casa. Todas ellas prendidas, incluso en las habitaciones que no estaban utilizando. Tirando el dinero. Seguro, no hay nadie abajo. Voy para arriba.

En la pizarra, Jordan garabateó rápidamente RONALD, TARA, justo antes del apellido. Acto seguido tecleó veloz para Billy:

JORDAN: ¿Cuánto les falta para llegar?

BILLY: Parece que están a unos seis minutos.

¿Seis minutos? Dios santo, ¿es que iban a pie?

Que siga hablando, Jordie.

—Bernie, si no me quieres decir por qué has elegido a los Bonfigleo, háblame de ellos. ¿Por qué ellos?

—Sus escalones crujen. Algunas partes del suelo también. Pero eso tiene arreglo, ¿sabes? Lo único que tienes que hacer es echar un poco de polvos de talco por encima y extenderlo por entre las grietas y alrededor de los clavos. Es una casa vieja, pero el parqué es bueno. Diría que es de arce. Está en buenas condiciones, en su mayor parte. —Se quedó callado un segundo—. Tenemos una luz encendida en el cuarto de baño del pasillo. El agua que corre es de la ducha, sin lugar a dudas. Creo que he localizado a la señora. Tengo dos puertas cerradas aquí arriba. Voy a ver si hay alguien más en casa antes de ir a saludarla a ella.

—Bernie, si tienen hijos, más te vale no tocarlos.

—¿Esa es tu línea roja, Jordan? ¿No pasa nada si mato a los adultos, pero a los niños ni tocarlos?

—No es eso lo que quiero decir. No quiero que le hagas daño a nadie.

—¿Y qué te parecen los perros? ¿Eres de esas personas que prefieren ver morir a otro ser humano antes que a un animal?

—No quiero que mates a nadie ni a ningún animal —insistió Jordan—. Quiero que bajes las escaleras y esperes fuera de la casa a la policía.

—Aquí no hay perro. Ya me lo habría encontrado. Sí que he visto un cajón con arena en el cuarto de la colada, pero a los gatos se les da bien esconderse.

—No mates a ningún animal.

—Tengo que guardar silencio un segundo. Estoy delante de la primera puerta. Espera...

A Jordan le daban ganas de sacar la mano por el teléfono y agarrar del cuello a ese tío, asfixiarlo y quitarle la vida.

—No puedo permitir que hagas daño a alguien en antena. Voy a colgar si lo haces.

—Tú cuelga, que ya sabes lo que pasa. Tengo otros seis Uber en juego. A lo mejor son dos esta vez.

—La policía ha evacuado todos los Uber —repuso ella de inmediato—. Se han dedicado a eso desde que ha estallado la bomba.

—Mis Uber están en movimiento, Jordan. No me mientas, por favor, no se te da muy bien. Te quedas conmigo o vuelo a alguien más por los aires. Esas son las reglas. Ahora dame un segundo, estoy abriendo la primera puerta...

BILLY: La policía ha dicho que sigamos con él: cuando ellos lleguen a la casa, esto los ayudará a determinar dónde se encuentra.

—Por favor, no hagas dañ...

—Chist.

Jordan cogió aire y trató de calmar los nervios. Estaba dejando que él controlara la conversación, y ella jamás permitía que un invitado se hiciera con el control. ¿Por qué permitírselo? Su programa, sus reglas; no las de él.

—Tú me has hecho participar en un juego. ¿Qué te parece si te planteo yo otro?

Las palabras salieron de sus labios antes de que se percatara de lo que había dicho, el subconsciente la había ganado por la mano.

Bernie no dijo nada en un principio, luego susurró:

—¿Qué tienes en mente?

Jordan se pasó la lengua por los labios. De verdad que necesitaba agua.

—Has dicho que había dos puertas cerradas en el pasillo. Digamos que solo puedes abrir una. Tú eliges, pero, pase lo que pase, sea lo que sea lo que encuentres, no puedes tocar la otra puerta. Sea lo que sea lo que haya detrás de la segunda puerta, ahí se queda.

De nuevo Bernie guardó silencio, y Jordan sintió el paso de los segundos.

Finalmente dijo:

—Ah, eso me gusta. Me gusta mucho.

Ahora le tocaba a Jordan guardar silencio. Se impuso la obligación de mantener la calma y de asentar el martilleo del corazón.

Su programa, sus reglas. Ralentiza las cosas. Gana tiempo.

—Pero no puedes hacer daño a ningún niño, Bernie. Esa tiene que ser una de las reglas.

—De eso nada. Quien sea o lo que sea que me encuentre, morirá. Así es como se juega a esto. Si no estás de acuerdo con eso, lo hacemos a mi manera, entro en las dos habitaciones y despejo la casa. Necesito una decisión. Si esa ducha termina antes, están todos muertos. Pam, pam, pam.

¿Dónde demonios está la policía?

¡Dónde está la maldita policía!

—Vale.

Tan pronto como dijo aquella palabra supo que la iba a perseguir durante el resto de su vida. Aquella sola palabra. Billy la estaba mirando desde detrás del cristal, boquiabierto.

Jordan acababa de matar a alguien.

—Dos puertas cerradas con un cuarto de baño en medio —dijo Bernie—. Con la luz encendida, pero ese baño está vacío. El dormitorio principal está en la otra punta del pasillo. Esa puerta está abierta, y la ducha se oye en esa dirección. Mamá está en la ducha. ¿Quién está detrás de la puerta número uno y la puerta número dos? Tengo un cuchillo y una pistola, una SIG Sauer P238, una 380 pequeña. No es muy potente, pero servirá para rematar la faena. Voy a abrir la puerta número uno, la que tengo más cerca. Ha llegado el momento de que vuelva usted a elegir, señora Briggs. Si encuentro a alguien o algo ahí dentro, ¿debo utilizar el cuchillo o la pistola?

A Jordan se le hizo un nudo en el estómago.

—Bernie, no me pidas que forme parte de esto.

—O eliges, o se acaba el juego y entro en las dos habitaciones.

—No puedo...

—Tiene que estar a punto de salir de esa ducha, ¿no crees? ¿Quién se da una ducha tan larga?

BILLY: La pistola hará más ruido y servirá para alertar a cualquier otra persona que haya en la casa. Le da la oportunidad de escapar.

Jordan alzó la mirada hacia Billy, que se encogió de hombros.

—Tic, tac, señora Briggs.

Jordan hizo un gesto negativo con la cabeza.

—La pistola, supongo.

Bernie resopló.

—Pues será la pistola. Vamos a hacer esto a la de tres, ¿vale? Primera puerta a la una..., a las dos... y a las tres.

El silencio que llenó el estudio era asfixiante: Jordan sintió que se agarraba a la garganta como una bola de algodón y se vio incapaz de moverse. Billy no parecía estar mejor, mirándola desde la mesa de control en su pecera, con la boca ligeramente abierta.

El disparo fue rápido y estridente.

Jordan retrocedió en su silla con un movimiento tan brusco y fuerte que cualquiera diría que había sido ella quien recibió un disparo en el vientre.

26

Cole

Cole ya tenía la puerta abierta incluso antes de que el helicóptero tocara tierra en el North Hudson County Park, en la punta sur de un lago. Tiró del móvil para desconectarlo de un cable unido al sistema de audio del helicóptero, se dejó caer el último palmo hasta el suelo y echó a correr a toda velocidad hacia la calle Setenta y siete. La dirección que les habían dado estaban apenas a unas manzanas de distancia.

A su espalda, Tresler gritaba al teléfono, y sus palabras sonaban entrecortadas mientras corría para no quedarse atrás.

—¡Ha habido disparos de arma de fuego! ¡Repito, ha habido disparos!

Cole cruzó Riverview Drive, saltó sobre un murete bajo de piedra en el lado opuesto y salió a la calle Setenta y nueve. Prácticamente no vio el Honda de color blanco que venía lanzado hacia él. Tan solo se volvió cuando oyó el chirriar de los frenos. El coche se detuvo con un derrape, no lo atropelló por unos escasos centímetros, y Cole pasó disparado. Le ardían los músculos de las piernas.

Ya en la Setenta y siete, media docena de coches patrulla blancos y negros de la policía de North Bergen pasaron a toda velocidad seguidos de un camión blindado del equipo táctico de la Unidad de Intervención. Llevaban encendidas las luces de emergencia, pero no las sirenas. Todos ellos se detuvieron delante de una vivienda unifamiliar de tres pisos de color pardo, con un porche de ladrillo y el tejado gris. Cuando Cole y Tresler corrieron los últimos treinta metros, ya tenían bloqueados con los vehículos ambos extremos de la manzana y había varios agentes atareados colocando barreras y un cordón de cinta mientras otros invitaban a alejarse a los vecinos y los mirones que se iban congregando a lo largo de la calle. Se abrió el portón trasero del camión de la Unidad de Intervención, y un equipo pertrechado de arriba abajo de material táctico se bajó de un salto mientras su oficial vociferaba las órdenes.

—¡Vosotros dos, buscad una zona elevada y apuntad a las ventanas. Quiero a uno de los dos delante, al otro detrás. Vosotros tres rodead la casa hasta la parte de atrás, preparados para acceder por todos los puntos de entrada. Vosotros vais delante, los del Departamento de Policía van detrás de vosotros. ¿Entendido?!

Los cinco asintieron y se marcharon deprisa. El hombre alzó la mirada a Cole y a Tresler, que se aproximaban.

—¿Quiénes demonios son ustedes?

Parecía tener unos cuarenta y tantos años; el pelo muy corto en una mezcla de negro y gris; un rostro duro, con una cicatriz cerca del ojo izquierdo. Llevaba un chaleco antibalas sobre el uniforme oscuro. Su chapa informaba: RYLAND.

—Soy el detective Cole Hundley, este es mi compañero Garrett Tresler. Somos del Departamento de Policía de Nueva York.

—Están en Nueva Jersey, señores, esta no es su fiesta. —Hizo un gesto dirigido a los agentes locales y los envió a colocarse detrás de los miembros del equipo táctico ante las puertas, con las armas preparadas.

Cole intentaba recobrar el aliento.

—Llevamos toda la mañana persiguiendo a este tío. Es el responsable de las explosiones en el Midtown y de un doble homicidio en Brooklyn. Está emitiendo desde dentro de esa casa. Acaba de disparar un arma: si estas personas no están ya muertas, lo estarán en cuestión de segundos, tenemos que entrar ya.

El oficial parecía confundido:

—Emitiendo, ¿cómo?

—Ha llamado al programa de Jordan Briggs y está en antena.

Cole dejó su móvil sobre el capó de un coche patrulla y subió el volumen.

La voz tan conocida de Jordan Briggs inundó el ambiente.

—¡Dios mío, Bernie! ¡Por favor, dime que no lo has hecho! No me responde. Cielo santo, Bernie, ¿estás ahí?

Cuando Bernie volvió a hablar por fin, continuaba haciéndolo en voz baja y con una calma excesiva.

—Perdona, es que estoy un pelín nervioso. Tenía el dedo en el gatillo, y se me ha disparado. Voy a tener que andarme con más cuidado.

—¿Qué hay en la habitación, Bernie?

—Parece un cuarto de costura, o de alguna clase de manualidades, creo yo.

—Pero ¿no hay nadie?

—Nadie.

—Entonces tienes que marcharte, ese era el trato —respondió Jordan con una creciente confianza en la voz—. Sal de la casa a esperar a la policía.

—Creo que la policía ya ha llegado. Se ha montado algo de jaleo ahí fuera. No quiero acercarme mucho a las ventanas. Es probable que tengan francotiradores apostados.

—Deja la pistola en esa habitación, el cuchillo también, y vuelve al piso de abajo. Sal muy despacio por la puerta principal, con las manos en alto, para que te puedan ver bien. Estoy segura de que nos están escuchando ahora mismo: sabrán que no vas armado y no te harán daño, no con tanta gente que nos está oyendo.

—Me van a meter un balazo a la primera oportunidad que tengan, tú lo sabes, Jordan. Así funciona esto. Además, ese no era nuestro acuerdo.

—Seguro que sí.

—Nuestro acuerdo hacía referencia a las dos puertas. No voy a tocar la segunda, eso es lo que he aceptado hacer, pero aún tengo que mantener una charla con la señora.

—Si no sales tú de la casa, entrarán ellos a la fuerza. Entonces sí te van a disparar. ¿Por qué darles un motivo?

—¿Cómo vamos de tiempo? —preguntó Bernie.

—¿De tiempo?

—Me dijiste que tenías desconexiones programadas al comienzo y hacia la mitad de cada hora de emisión. Faltan dos minutos para las ocho. ¿Nos van a cortar?

Jordan soltó un resoplido de frustración.

—Billy, ¿hay alguna manera de desactivarlas?

Billy entró en antena.

—Lo siento, Jordie. Como tú misma has explicado antes, el ordenador nos va a desconectar, y se van a cortar todas las llamadas. No tengo ninguna manera de impedirlo.

—Bueno, pues esto es lo que hay —dijo Bernie—. Si nos van a desconectar, es el momento de que te plantee otra elección. Después irem...

Se quedó callado.

Cole, Tresler y el oficial Ryland clavaron la mirada en el móvil.

—¿Bernie? ¿Sigues ahí? —dijo Jordan—. Billy..., ¿ha colgado?

—Sigue en la línea, Jordie. Nos quedan cuarenta segundos hasta la desconexión.

Bernie regresó un segundo más tarde y habló tan bajo que apenas era un susurro.

—Se ha cerrado el grifo de la ducha. Puedo oírla tarareando algo ahí dentro.

—¡No le hagas nada, Bernie!

—Creo que voy a utilizar el cuchillo. No me gusta mucho la pistola.

—Bernie, tiene que haber algo que yo...

—Tienes que elegir, Jordan. Necesito una respuesta antes de que nos desconecten, así que no pierdas el tiempo. Allá vamos: ¿el túnel Holland o el Lincoln?

—No voy a...

—Escoge uno antes de que nos desconecten, o los vuelo los dos. Cinco segundos, Jordan.

—No puedes pedirme que...

—Escoge un túnel. Tres..., dos...

—¡Dios, yo qué sé! El Holland o...

—¡Que sea el Holland!

—¡Espera! ¡Eso no es lo que he...!

La interrumpió una música con una alocución grabada que decía: «Están escuchando *A todo trapo con Jordan Briggs* en SiriusXM...».

El oficial Ryland entrecerró los ojos.

—¿De qué cojones iba eso?

Cole señaló hacia la casa.

—¡Tienen que entrar! ¡Va a matar a esa mujer! —Se volvió hacia Tresler—. El túnel Holland: llama a Gaff y dile...

Tresler ya tenía el móvil apretado en la oreja.

—¡Estoy en ello! ¡Estoy en ello!

—No podemos entrar sin más —dijo Ryland—. Tenemos protocolos. Tenemos que establecer contacto e intentar negociar.

Cole notó que se le enrojecía la cara.

—¡Otros veinte segundos, y quien sea que haya en esa casa está muerto! Ese hombre ya ha dejado un reguero de cadáveres a su paso esta misma mañana: no se va a entregar, y desde luego que no va a negociar. ¡Tienen que entrar!

Ryland negó con la cabeza y cogió su radio.

—¿Tengo a mis tiradores en posición? ¿Lo tenéis alguno en vuestra visual?

—Afirmativo en posición. No lo tengo, cambio.

—Lo mismo. No lo tengo. Las persianas están echadas en todas las ventanas. Cambio.

Ryland levantó de nuevo la vista hacia Cole, y debió de verle algo convincente en la cara porque soltó un fuerte suspiro y se dio la vuelta hacia la casa con la radio en la boca.

—Líderes de equipo. Entramos a mi orden. Tirad abajo las puertas y utilizad granadas de aturdimiento. El sospechoso va armado con una pistola y un cuchillo. Está en el piso superior, acercándose muy probablemente a una posible víctima en el dormitorio principal. Entrad y subid tan rápido como podáis. También es posible que haya otras personas inocentes en la casa, así que tened cuidado con abrir fuego. ¿Todos en posición?

Su equipo respondió enseguida de manera contundente.

Cole vio en la puerta principal a uno de los agentes del equipo táctico, que levantó un ariete negro mientras los demás apuntaban con las armas y se colocaban en fila detrás de él. Otros permanecían en cuclillas debajo de las ventanas, en el lateral de la casa.

Ryland evaluó rápidamente la situación de todos ellos y volvió a presionar el botón para hablar.

—Entramos en tres..., dos..., uno... ¡Adelante! ¡Vamos! ¡Vamos!

El agente del equipo táctico balanceó hacia atrás el ariete en un arco alto y lo propulsó hacia delante. Rajó la puerta de madera entre el pomo y el cerrojo. La madera se astilló, se hizo un agujero enorme, y la puerta se abrió de golpe hacia dentro. Un hombre arrojó por la abertura una granada de aturdimiento, que detonó con un fuerte estallido y una nube de humo blanco. El agente del ariete se quitó de en medio con un giro perfectamente entrenado, y los demás pasaron corriendo junto a él para entrar por la puerta. El segundo de ellos estaba justo en el umbral cuando una fuerte explosión sacudió la casa y el terreno y tiró al suelo a Cole y a los demás.

Una bola de fuego surgió del interior de la casa, salió por todas las ventanas, se extendió más de cinco metros sobre el jardín delantero y envolvió a todo el que hallaba a su paso. La segunda explosión, esta en el piso de arriba, fue aún peor.

27
Jordan

Jordan intentó hablar y se encontró con que no podía. Cuando abrió la boca no salió sonido alguno. Su mirada se topó con una mota de polvo sobre su mesa, y Jordan se quedó con los ojos clavados en ella, como si su mente ya no fuese capaz de elaborar pensamientos complejos y quedarse mirando aquella mota de polvo le diese un propósito, pero requiriese de toda la capacidad mental de la que pudiese hacer acopio. La sangre le corría por los oídos con un zumbido fuerte, impulsada por un corazón a punto de reventar y alimentada por el aire que era incapaz de retener en los pulmones. Se quedaba mirando el polvo porque era lo único que podía hacer para mantenerse en el presente, con los pies en el suelo, para evitar desmayarse, porque eso era lo que quería hacer su cuerpo en realidad: desconectar y despertarse en la comodidad de su cama en algún momento una vez pasado todo aquello y sabiendo que todo había sido un mal sueño.

En sus auriculares Billy dijo:

—¿Jordie? Tengo a la policía al teléfono. Han bloqueado ambos extremos de los túneles Holland y Lincoln por precaución. No ha estallado nada. Han dicho que tienen medidas preventivas desplegadas para impedir este tipo de cosas: perros rastreadores de explosivos y mierdas de esas de contraespionaje en plan James Bond. Dicen que es imposible que haya podido meter explosivos en ninguno de los túneles sin que saltasen una decena de alarmas y sin que el Departamento de Policía de Nueva York le hiciera pasar un verdadero infierno. Creen que todo era un farol.

No era un farol.

Ese hombre no era de los que van de farol.

Jordan liberó el aire de sus pulmones, el polvo desapareció de su mesa y ella se obligó a levantar la cabeza.

—Nada de esto es culpa tuya, Jordie —le dijo Billy—. No hay nada que tú pud...

Jordan no oyó el resto. Se quitó los auriculares y los tiró sobre la mesa.

Se levantó de la silla y notó que le temblaban las piernas. Atravesó el estudio y salió al pasillo, donde había cerca de un millón y medio de personas que la miraban sin parpadear a ella y la puerta del estudio. Algunos se dispersaron al verla, otros se quedaron inmóviles y la miraron como quien ve un vídeo de YouTube donde ella fuese la estrella.

Jules Goldblatt se interpuso directamente en su camino.

—¿Dónde está Charlotte? —le preguntó Jordan antes de que él pudiese decir una palabra.

—La está vigilando Sarah en la sala verde. Escucha, Jordie, yo...

Jordan tampoco oyó el resto de lo que dijo Jules. Lo apartó con el codo para abrirse paso entre la multitud, pasillo abajo, y entró en la sala verde.

Charlotte alzó la mirada de aquellos grandes ojos pardos que tenía.

—¿Puedes decirle a Sarah que tengo permiso para tomarme una barrita de cereales?

Jordan cruzó la habitación, se dejó caer de rodillas y rodeó a su hija con los brazos. La abrazó con tal fuerza que oyó cómo se desinflaba la niña con un resoplido ahogado y sonoro.

Con la cara hundida en el pecho de Jordan, Charlotte dijo con la voz amortiguada:

—Mamá, estás espachurrando mi espacio personal.

Aquello solo sirvió para que la estrechara con más fuerza. No quería soltarla. Jamás.

Sintió las miradas de todo el mundo, le dio igual.

Transcurrido casi un minuto, aflojó los brazos y presionó con las manos ambos lados de la cara de Charlotte.

—Te quiero más que a nada en este mundo. Eso lo sabes, ¿verdad? Yo no permitiría que nadie te hiciese daño, que te hablase mal o te tratase como a cualquier cosa distinta del ser humano tan increíble que eres.

Claramente extrañada, Charlotte alzó la mirada hacia su madre y dijo:

—Entonces... ¿me puedo tomar una barrita de cereales?

Jordan combatió las ganas de llorar.

—Te puedes tomar una caja entera y acompañarlas con batido de chocolate, si eso es lo que tú quieres.

Volvió a abrazarla.

Sarah la estaba mirando con un gesto fruncido en los labios.

—He desconectado la emisión aquí dentro. Las televisiones también. Me he imaginado que sería mejor que no...

La voz de Sarah se fue apagando, pero Jordan lo comprendió.

Asintió con la cabeza y gesticuló con los labios un «gracias».

Detrás de ella Goldblatt carraspeó.

—¿Jordan?

—Ahora no, Jules. Estoy pasando un momento con mi hija, y preferiría que no me lo fastidiaras.

—Jordan, han venido del FBI para verte.

Jordan no se inmutó, pero sí lo hizo Charlotte. Se apartó ligeramente y miró por encima del hombro de su madre.

—¿Es usted un agente del FBI?

—Sí, señorita.

—Deberías hablar con ellos, mamá. Tienen un montón de pistolas.

Jordan volvió la cabeza de golpe pensando que alguien había desenfundado un arma, pero se encontró a seis personas trajeadas de pie en el umbral de la puerta. Cuatro hombres, dos mujeres.

Una de las mujeres dio un paso al frente y le tendió la mano.

—¿Señora Briggs? Soy la agente especial al mando Allison Varney. ¿Hay algún sitio donde podamos hablar en privado?

Jordan combatió el impulso de responder a eso con un «¿En serio?», porque Allison Varney no parecía una Allison Varney. Era una mujer claramente asiática, y alta, por cierto, de metro setenta y cinco por lo menos, y tenía los ojos verdes. Llevaba puesto un cortavientos azul marino del FBI sobre un traje de chaqueta y pantalón de color gris, blusa blanca y una pistola que parecía demasiado grande enfundada en la cadera.

—Dispongo de seis minutos antes de que me toque volver a salir en antena. No me voy a apartar de mi hija.

—Vale.

Jordan alborotó el pelo de su hija.

—Podemos ir a mi despacho.

—Algún sitio distinto de su despacho.

—¿Por qué?

—Estamos registrando su despacho.

Jordan notó que se le enrojecía la cara.

—¿Que están haciendo qué? ¿Quién les ha dado permiso para registrar mi despacho?

La expresión en la cara de Jules Goldblatt le dio la respuesta.

El hombre levantó las manos en un gesto defensivo.

—Desde arriba me han dicho que colaboremos, así

que estamos colaborando. Aquí nadie tiene nada que ocultar, ¿verdad, Jordie?

—¿Y qué tal una orden? ¿El trato justo? No vivimos en un estado policial.

—Hoy sí —replicó de plano Allison Varney—. Podríamos quedarnos aquí. Tan solo necesitamos un poco de privacidad.

La agente especial echó la cabeza hacia atrás, hacia la puerta y la decena de personas que había allí aproximadamente.

Jordan se puso en pie.

—Jules, sal de aquí. El resto de vosotros también. Todo el mundo fuera.

Goldblatt sabía muy bien que no debía discutir. Arrancó hacia la puerta e invitó a salir a todo el mundo delante de él. Con un pie ya en el pasillo, se detuvo.

—Hay otra cosa más, Jordan. El senador aún está aquí. A la vista de todo cuanto ha sucedido esta mañana, su personal ha pensado que era más seguro que se quedara en vez de que tratara de regresar a su despacho. Si lo ves, espero que seas cordial con él. Ya le has reprendido lo suficiente en antena. No hay ninguna necesidad de aumentar los problemas que ya has creado comportándote de esa manera tan hostil.

Jordan cogió una lata vacía de Coca-Cola que había en la mesilla junto al sofá y se la tiró; impactó contra la pared a unos treinta centímetros a la derecha del hombro de Goldblatt.

—No soy hostil.

Goldblatt negó con un gesto, salió y cerró la puerta a su espalda.

La agente Varney ladeó la cabeza.

—¿Qué senador está aquí?

—Moretti.

El año anterior Moretti había propuesto una ley que integraba el FBI en Seguridad Nacional, cerraba cerca de una decena de oficinas y recortaba más de un millar de puestos de trabajo. Aquella ley no tenía la menor oportunidad de salir adelante, y muchos consideraron que el senador se había limitado a lanzar un globo sonda con tal de ver su nombre en los periódicos.

—Totalmente justificado, entonces. —La agente Varney ofreció un gesto lacónico de asentimiento y sonrió a Charlotte—. Entiendo que quiera tener cerca a su hija en un día como hoy, pero tal vez sea mejor que no oiga esto.

—No soy tan blandita ni tan frágil —afirmó Charlotte—. Puedo asumirlo.

—Estoy segura de que eres la niña más dura del mundo, pero tengo que hablar a solas con tu mamá. —Echó un vistazo hacia atrás por encima del hombro—. ¿Qué te parece si esperas en el pasillo con otro par de mis agentes del FBI?

Jordan estaba a punto de ponerse a discutir, pero una rápida mirada al reloj le dijo que tan solo disponía de cinco minutos. Apretó el brazo de Charlotte.

—Está bien, cielo. Salgo enseguida. Quédate con Sarah y no dejes que los federales toquen nada que no deban tocar.

Su hija vaciló un instante y luego fue a reunirse con Sarah en el pasillo. Tres agentes la acompañaron fuera: la otra mujer y dos de los hombres. Los otros dos hombres permanecieron en la sala verde, de pie y en silencio junto a la puerta. Jordan no tenía claro si estaban allí para participar en lo que fuera que fuese aquello o si estaban para evitar que huyese en caso de que decidiera salir corriendo por la puerta. Su silencio resultaba enervante.

La agente Varney señaló el sofá con un gesto de la barbilla.

—¿Por qué no toma asiento?

—No —respondió Jordan—. ¿Por qué están registrando mi despacho?

—Porque no me gustan las sorpresas. —La agente Varney entrecerró los ojos—. ¿Qué relación tiene usted con este hombre?

—Ninguna.

—Seguro que la hay. La ha escogido a usted esta mañana por algún motivo.

—Tengo un público muy amplio.

La agente especial se encogió de hombros.

—El de Stern es más amplio. *The Morning Show* está ahí mismo, calle abajo. Si escupo desde la ventana de su despacho, seguro que alcanzo a darle al estudio de Jimmy Kimmel. Aquí mismo hay decenas de programas con más audiencia que el suyo. Así que, ¿por qué usted?

—No tengo ni idea de quién es ese hombre.

—No me lo creo.

—Me da igual. —Jordan elevó la barbilla en un gesto hacia el reloj—. Quedan cuatro minutos.

Los ojos de Varney no se apartaban del rostro de Jordan.

—Soy bien consciente del tiempo que tenemos y, dadas las circunstancias, voy a permitir que vuelva a entrar en antena. Sin embargo, antes de que lo haga, quiero que considere algo con detenimiento. Ahora mismo le estoy preguntando por qué se ha obsesionado ese hombre con usted. Le estoy dando la oportunidad de que me explique qué es lo que los vincula a ambos. Estoy teniendo esa cortesía con usted. Dentro de cuatro minutos, cuando salga usted por esa puerta para volver a entrar en antena, si no me ha proporcionado una respuesta y la averiguo yo por mi cuenta, que la averiguaré, será acusada de obstrucción. Si puedo vincularla con estos delitos como cómplice de alguna clase, las cosas se pondrán mucho peor. En el estado de Nueva York sigue vigente la pena de muerte, y por mucho que no se haya utilizado la silla eléctrica en Sing Sing desde hace prácticamente sesenta años, su amiguete Bernie les ha dado ya razones de sobra para limpiarle las telarañas y ponerse a revisar el cableado. Puede usted colocarse justo detrás de él con un mono de color naranja y un boleto que diga «siguiente», o puede colaborar conmigo y salir de esto como una heroína.

—Y ¿por qué motivo, exactamente, iba a estar yo ayudando a ese tío?

La agente Varney no pestañeó.

—Índices de audiencia.

—Índices de audiencia —repitió Jordan—. No los necesito. Tengo un público inmenso.

—Pero no es el más grande. Al menos no lo era hasta esta mañana. Ahora todo el mundo la está escuchando a usted. Me he pasado por sus despachos corporativos justo antes de bajar aquí. ¿Se hace una idea de cuánta gente se ha registrado para escuchar su programa tan solo en la última hora?

De haberse tomado un instante para comprobar el monitor en el estudio, Jordan lo habría sabido, pero no lo había mirado. Ni se le había pasado por la cabeza, porque eso era una puta locura.

—No puede estar hablando en serio de todo esto.

—Solo hay dos personas que se estén beneficiando de lo sucedido. Bernie, que se ha subido en marcha al tren de la fama, y usted..., su programa. Usted ha pasado de ser relativamente conocida a convertirse en la locutora matinal de mayor audiencia en cuestión de horas, así que dígame: ¿en quién más debería fijarme?

Jordan se acercó un paso a ella y combatió el impulso de golpearla.

—Tres minutos.

—¿Está relacionado esto con los problemas financieros de su marido? ¿Un intento de rescatarlo, tal vez?

—¿Qué?

La agente Varney cambió el apoyo de su peso del pie izquierdo al derecho.

—¿En serio me va usted a decir que no es consciente

del agujero en el que su marido los ha metido a los dos? Porque tiene toda la pinta de que justo eso es lo que pretende hacer. Mentir a un agente federal supone ya de por sí que la acusemos de una larga serie de delitos. Tal vez sería aconsejable que consulte con s...

—No tengo ni idea de qué me está hablando.

—... y allá que vamos. —Varney se rascó la frente en un gesto de frustración y volvió la cabeza hacia los dos agentes de la puerta—. ¿Por qué siempre lo niegan en lugar de confesar?

Uno de los agentes se encogió de hombros.

—No es que sea asunto suyo, ni mucho menos, pero «mi marido» y yo estamos divorciados, y hace ya una temporada. Siempre hemos mantenido separados nuestros asuntos financieros porque a él le gustaba gastarse el dinero en estupideces, y a mí me frustraba verlo. Cuando estábamos casados nuestros ingresos iban a un fondo que gestionaba nuestro contable, y nosotros recibíamos una asignación semanal en nuestras respectivas cuentas corrientes. Yo desconocía si él se gastaba su dinero en salvar las ballenas o en prostitutas rusas, y, si le soy sincera, me daba lo mismo. Ahora tenemos nuestro dinero absolutamente separado.

—Percibo cierta amargura en sus palabras.

—Él es un imbécil, y sobre usted no tengo una opinión mucho más elevada. Dos minutos.

La agente Varney levantó la mano izquierda y chasqueó los dedos. Uno de los agentes a su espalda, un hombre rechoncho con unos dientes lamentables, se sacó del bolsillo de la chaqueta unas cuantas hojas de papel dobladas y se las puso en la mano.

Sin mirarlas, la agente Varney se las tendió a Jordan.

—¿Le suena la ley patriótica?

—Por supuesto.

—Qué herramienta tan ingeniosa. De haber un posible vínculo con el terrorismo, nos permite a las fuerzas de la ley un acceso rápido a los datos financieros sin necesidad de una orden judicial. Antes habría tardado días, tal vez semanas, en acceder a sus registros. Gracias a nuestro querido George W. Bush he podido obtener todo cuanto necesitaba de camino hacia aquí, y lo que me he encontrado no tiene buena pinta. Está usted sin blanca, señora Briggs. Parece que lleva así unas dos semanas. Su marido ha estado jugando a las empresas fantasma y se ha pillado los dedos. Dejaré que sea la buena gente de Delitos Financieros quien desmenuce todo esto y determine si se ha cometido algún delito. Lo único que me interesa a mí es el móvil que supone para usted.

Sonó el teléfono que la agente Varney llevaba sujeto en el cinturón. Lo desenganchó y se quedó mirando la pantalla. Frunció el ceño.

—Y ahora ¿qué?

—Tenemos la detonación de otra bomba.

Jordan sintió un nudo en el estómago.

—¿El túnel Holland?

—No..., no tiene nada que ver con un túnel. —La voz de la agente se fue apagando mientras leía el mensaje.

Jordan permaneció a la espera de que continuase. Al ver que no lo hacía, le arrebató los papeles de la mano y se dirigió hacia la puerta.

—Tengo que volver a entrar en antena.

28
Cole

Cole estaba en el suelo. No recordaba haberse desplomado. No había visto caer a Tresler, tampoco al oficial Ryland, pero los tres se encontraban en la acera de enfrente, con un coche patrulla entre la casa y ellos, y el aire que tenían encima estaba tan caliente como salido de un horno. La más grande de aquellas bolas de fuego había salido disparada por la puerta principal y había llegado a la mitad de la calle antes de reabsorberse de nuevo en el interior de la casa, como si fuera la lengua roja de fuego de alguna bestia.

Cole se dio la vuelta hasta quedar bocabajo, encogió las rodillas, se levantó y vio a varios hombres caídos en el jardín delantero de la casa, otros dos en llamas y otro más que se quitaba el chaleco antibalas y trataba de apagar con él a golpes las llamas del hombre que tenía más cerca. Una vez extinguidas, se puso rápidamente manos a la obra con el otro hombre que había caído al césped y había tratado de rodar antes de desmayarse.

El oficial Ryland se levantó del suelo y asimiló todo aquello en una fracción de segundo antes de localizar su radio y vociferar al micrófono:

—¡A todos los miembros del equipo, respondan! ¡Despejen el edificio, tenemos trampas! ¡Respondan! ¡Que responda todo el mundo! —La mirada de sus ojos muy abiertos se desvió hacia Cole y se llenó de ira—. ¡Todo esto es culpa suya, pedazo de imbécil! ¡Todo! ¡Como haya perdido a alguien, a cualquiera, dedicaré el resto de mi carrera a arruinarle la suya!

Cole sabía que él tenía razón. Habían incumplido el protocolo y actuado tan solo por su palabra. Tendría que haber sabido lo que había.

Por la puerta principal y las ventanas rotas salía un humo negro. El tejado estaba ardiendo.

Ryland se dirigió a uno de los agentes de policía.

—¡Llame a los bomberos!

Por la puerta abierta apareció un agente del equipo táctico, que salió a trompicones. Parecía en estado de shock.

Cole cruzó la calle disparado, hasta los escalones de la entrada. Se echó por los hombros el brazo del hombre y lo ayudó a llegar hasta el césped.

—¿Queda alguien más ahí dentro?

El agente lo miró un instante, aturdido, y negó con un gesto.

—Ahí dentro no hay nada. Ni muebles ni personas, el lugar está completamente vacío. Desierto. —Volvió la cabeza y tosió, antes de mirar de nuevo a Cole—. He entrado por la puerta de atrás y he llegado al piso de arriba antes de que estallaran las bombas. No sé si han tropezado con algún cable o si la han activado por control remoto, pero estaba conectada a la puerta principal con una detonación secundaria en el ático. No he encontrado nada en la casa salvo un teléfono en el descansillo del piso de arriba, uno fijo, descolgado. Tenía esto conectado, enchufado al auricular.

Sostuvo en alto una cajita negra en forma de cuña con una luz led blanca alrededor del lateral y el nombre Bose en el frontal.

—Alguna clase de receptor inalámbrico. Bluetooth, creo yo. Tal vez wifi. No estoy seguro.

—¿Y la casa está vacía?

El agente volvió a toser y asintió con la cabeza.

—Nadie. Ahí dentro no hay nada en absoluto —repitió.

Cole miró la cajita con el ceño fruncido.

—Ha volado la planta baja y el ático, pero no en la que usted ha encontrado esto. Quería seguir transmitiendo tanto tiempo como fuera posible.

—¿Quién?

Tresler llegó corriendo a su espalda.

—¿Qué cojones estás haciendo? ¡Aléjate de la casa!

Cole agarró el receptor inalámbrico de la mano del agente y lo sostuvo en alto. Miró calle arriba y calle abajo, después hacia las casas del lado opuesto de la calle, dándose la vuelta en círculo muy despacio.

—Está aquí, en una de estas casas de alrededor. Ha dicho que llevaba unos auriculares Bluetooth. Este es el receptor. No creo que estos cacharros tengan un gran alcance, tal vez unos treinta metros, máximo... Tiene que estar cerca.

Cole se dio la vuelta lentamente y se detuvo en seco. Levantó el dedo y señaló hacia el porche de la casa de al lado.

Tresler no lo entendió al principio. Lo hizo un instante después.

En aquel porche había una vieja silla metálica cubierta de óxido. Tanto el asiento como el respaldo estaban acolchados con un cuero sintético desgarrado de color amarillo con un remate naranja.

—Es idéntica a las sillas a las que estaban atados los Bonfigleo en su cocina.

—No puede ser.

Un técnico de emergencias cruzó corriendo el césped y ayudó a Cole a bajar al agente hasta el suelo para poder echarle un vistazo en mejores condiciones. Cole ni siquiera había oído la llegada de la ambulancia; todavía le pitaban los oídos. Un camión de bomberos dobló la esquina de la manzana seguido por otras dos ambulancias: todos ellos se detuvieron entre derrapes, y la calle se llenó del personal de los servicios de emergencias.

—¿Lo tiene? —le preguntó Cole al técnico de emergencias.

El hombre asintió mientras le arrancaba al agente la manga quemada del uniforme. Cuando llegaron otros cuatro sanitarios, el primero les señaló a los agentes del equipo táctico cerca de la puerta principal.

—¡Atended a esos!

Cole volvió a dejar el receptor inalámbrico en la mano del agente.

—Asegúrese de que los de Criminalística reciban esto.

Unos segundos más tarde Tresler y él se hallaban en el porche delantero de la casa de al lado, junto a la maltrecha silla de color amarillo. Encontraron la puerta principal entreabierta, apenas una rendija.

29
Jordan

Cuando se encendió sobre su mesa el indicador rojo que decía EN EL AIRE, Jordan esperó a que le vinieran las palabras. Así era como solía funcionarle aquello: más allá de unos temas genéricos escritos en la pizarra, no tenía nada preparado de antemano. En los comienzos de su carrera sí se lo preparaba, pero aquellas emisiones daban la sensación de estar guionizadas, ensayadas, como si estuviera leyendo un texto a su audiencia más que charlando con ella, y su carrera no despegó realmente hasta que cambió el formato. Quienes la conocían solían comentar lo extraño que era todo, porque tampoco era que Jordan fuese una gran conversadora en persona. En la universidad ella siempre había sido la chica callada que se sienta en el rincón, observando la facilidad de palabra que tenían los demás. Cuando quedaba con alguien, dejaba que fuese el otro quien llevara el peso de la conversación. De vez en cuando salía un tema que le interesaba, y entonces sí terminaba hablando y soltando un despotrique que solía dejar al resto con los ojos como platos, mirándola anonadados, en silencio. Se imaginaba que aquellos fueron los primeros atisbos de eso en lo que se convertiría su programa, pero ella no lo sabía por aquel entonces.

Cuando Jordan quería hablar, cuando el tema le interesaba, sí le salían las palabras.

En ese mismo instante no tenía ninguna.

El segundo monitor mostraba todas las líneas ocupadas, pero en ninguna de ellas estaba Bernie. En todas había alguien deseando hablar de Bernie.

El contador luminoso de la pared que le había mostrado poco más de cinco millones de oyentes al comienzo del programa, el mismo que después se había hundido cuando ella se negó a hablar de los atentados, ahora indicaba cerca de los doce millones.

Doce millones de personas esperando a que ella dijese algo.

Y la cifra iba en aumento. Era más alta cada vez que la miraba.

Así que dejó de mirarla.

Las hojas impresas que le había entregado la agente especial al mando Allison Varney estaban desplegadas sobre su mesa. No tenían sentido. Había extractos de la cuenta corriente personal de Nick, de la suya, de los ahorros de Charlotte para la universidad, de sus diversos planes de pensiones... En conjunto, todo ello alcanzaba un saldo apenas superior a los seiscientos dólares. La última vez que Jordan se había sentado con su contable, ella sola tenía cerca de treinta millones en activos líquidos. Además estaban los coches y las casas, las propiedades alquiladas, el barco de Nick en Martha's Vineyard..., todo ello pagado la última vez que lo miró, ahora hipotecado hasta las cejas. No alcanzaba a entender cómo podía suceder algo así sin que ella lo supiese. Habían establecido medidas de seguridad —en particular ahora, con el divorcio—, y no se movía un solo dólar sin que los abogados de ambas partes recibieran una notificación.

—Maldita sea, Nick.

BILLY: Jordie, tienes el micro abierto.

Jordan alzó la mirada a la pecera y captó el brillo del pánico en los ojos de Billy. Entonces le vinieron las palabras, y ella las dejó salir.

—Mi maldito exmarido. Cualquiera pensaría que, en un día como hoy, él se quedaría en un segundo plano, pero no, ha encontrado la manera de escabullirse para llegar a ponerse delante del principal suceso de la jornada y apropiarse del primer plano de forma indebida. Y aquí lo importante es lo de la «apropiación indebida». Ha metido la mano en la caja y la ha dejado limpia como una patena, no quedan ni las migajas para las hormigas.

> BILLY: No estoy seguro de qué va esto, pero hace ya un tiempo me dijiste que diera la voz de alarma si alguna vez decías algo que pudiera volverse en tu contra en cuanto a tu divorcio: pues te estoy dando la voz de alarma.

Jordan no le hizo caso.

—Siempre supe que mi ex era como un vampiro. El conde Nick, chupándome hasta la última gota de sangre del cuerpo, que vuelve a por más una y otra vez y no está dispuesto a dejar de hacerlo hasta que de mí no quede más que un cascarón reseco. Lo vi venir desde el principio, pero esperaba que tan solo fuese cosa mía, que me hubiese entrado la paranoia, y eso fue lo que me dije un millar de veces; pero no..., de eso nada, no estaba paranoica, sino que fui una adivina, más bien, un oráculo, un augur, una vidente, una profetisa, una gitana de las que te leen la buena fortuna, pero con una buena melena y un equipo penoso de apoyo formado por una serie de profesionales que deberían haberlo visto mucho antes que yo y que deberían haberlo impedido, pero de nuevo... nada de nada. Conde Nick, si estás por ahí fuera en alguna parte roncando en el ataúd cubierto de tierra de tu lugar de nacimiento, si me estás escuchando ahora mismo, quiero que sepas que una parte de mí entiende los motivos por los que me podrías haber hecho esto. Tal vez no me guste, pero lo entiendo. Lo que no comprendo es cómo se lo has podido hacer a tu hija. Es de un nivel muy inferior al que te creía capaz de rebajarte. Supongo que me equivocaba en eso, y estaba tan equivocada en eso como lo estaba en quererte. Me gustaría que le dedicaras un ratito a pensar cómo vas a explicarle esto a nuestra hija, porque eso va a ser todo cosa tuya. Yo no lo voy a hacer por ti. Fuiste tú quien decidió salir a rastras de su tumba, así que vas a tener que arreglar las cosas con ella antes de volver a meterte en tu agujero, le vas a contar quién eres, puto gilipollas de los cojones, porque no vas a querer que tu hija se entere de quién y qué eres por boca de otra persona.

Jordan suspiró y miró la lista de oyentes al teléfono:

Línea 1: Tina (¿Bernie ha matado a la gente de esa casa?)
Línea 2: Becky (¿es seguro pasar por el túnel?)
Línea 3: Julie (explosión en Nueva Jersey: ¿ha sido él?)
Línea 4: Bill (¡deja ya de hacer lo que él dice!)
Línea 5: Jeff (¿dónde está la policía?)

Ninguno de ellos era Bernie. Sintió una punzada de ansiedad. Mientras no lo tuviese al teléfono, estaría por ahí fuera dedicándose a lo suyo, y eso era mucho peor. Jordan mentiría si no reconociese que una parte de aquella punzada era simple decepción, y se odiaba por ello. Se decía que no quería hablar con él, que no era eso en absoluto, sino que tenía que saber qué estaba haciendo ese hombre. Eso era lo que la estaba devorando.

Su móvil vibró con la llegada de un mensaje de texto de Nick que decía simplemente: «¿Qué coño te pasa?».

Puso el teléfono bocabajo.

Que se joda.

—Basta de eso. Por algo es un ex, y estoy segura de que ninguno de ustedes quiere saber nada sobre sus muchos defectos —dijo Jordan con un fuerte suspiro—. Tenemos a muchos oyentes al teléfono con preguntas. Como es obvio, yo también tengo preguntas, pero no tengo muchas respuestas. Francamente, no sé una mierda, no más que el resto de ustedes. Para que conste, no tengo la menor idea de quién es este tal Bernie. Ha venido la caballería durante nuestra última pausa, una panda de agentes federales, todos bien afeitaditos, con la camisa almidonada y recién planchada, y al estilo del mejor burócrata van y me ponen a mí el flexo en la cara en lugar de tratar de cazar al malo. Parecen convencidos de que yo estoy relacionada con este tío de alguna manera. Aquí, nuestra Miss Agente Especial al mando incluso ha llegado a decir que yo he orquestado todo esto para darme un empujoncito en los índices de audiencia. Como si Bernie y yo estuviésemos trabajando juntos conforme a un plan, como Boris y Natasha o Bonny y Clyde. Si esta panda de cantamañanas es lo mejor que tienen los federales, creo que hoy estamos todos listos. Bueno, todos menos Bernie. Él no tiene nada de lo que preocuparse con este equipo de genios en el caso.

BILLY: Tenemos una visita. ¿Bajamos el puente levadizo?

Jordan miró hacia la puerta del estudio. Al otro lado se encontraba la agente Varney con ambas manos ahuecadas contra el cristal, mirando hacia el interior. Jordan no le prestó atención a la mujer, le hizo un gesto negativo con la cabeza a Billy y gesticuló un «no» con la boca.

—En la línea 2, Becky quiere saber si es seguro utilizar los túneles con el coche. No tengo ni idea. Yo no lo haría ni de coña. Si tuviera elección, acamparía en el salón de mi casa con una taza de café, una bolsa de Oreos y uno de los canales de noticias encendido. No pondría un pie en la calle, punto. Exmaridos aparte, me gusta mi vida, prefiero seguir viviéndola, así que no voy por ahí tirándome delante de los autobuses ni me pongo en riesgo cuando resulta absolutamente obvio que se masca el peligro. En la línea 4, Bill me dice, y cito: «¡Deja ya de hacer lo que él dice!». Mira, Bill, yo no he hecho lo que él dice. Él me llama a mí, yo lo mantengo en antena para que los susodichos agentes de la ley tengan la oportunidad de rastrear su llamada. Eso es todo. Eso es lo que está pasando. Ahí no hay cortina de humo ni engaño de ninguna clase. Nadie está jugando al «Simón dice». Podría no volver a darle paso en antena, pero entonces sucederá una de estas dos cosas: o bien se dedica a volar mierdas por ahí, o bien llamará a otro. Entonces la policía tendría que intentar montar corriendo su tenderete en la sede número dos. Lo único que se consigue con eso es darle a él más tiempo, y es probable que «más tiempo» en su mundo signifique «más muertos» en el nuestro. Así que, Bill, ¿estoy haciendo lo que debo? Joder, yo qué sé. Estoy haciendo lo que creo que debo hacer ahora mismo. Voy tratando de averiguarlo sobre la marcha.

Jordan volvió a mirar la lista de llamadas de los oyentes.

—Tina quiere saber si este hombre ha matado a esas personas de la casa. Demonios, Tina, qué voy a saber yo. He oído lo mismo que tú. No es que el tío me esté pasando notitas sin que tú lo veas. Esperemos y roguemos por que no lo haya hecho y todo esto no sea más que una especie de broma pesada. Ahora bien, si tenemos en cuenta cómo ha comenzado la mañana, yo siento cierta inclinación a creerle. Esperemos que la policía llegara allí a tiempo y que ahora mismo lo estén sujetando bocabajo en el suelo en alguna parte. Yo prefiero pensar que esa es la razón por la que no lo tenemos otra vez al teléfono ahora mismo. Está preocupado y, con un poco de suerte, lo que le preocupa no es el siguiente objetivo de su lista.

Mientras comentaba cada llamada, Jordan veía cómo iban desapareciendo aquellos oyentes de la línea y los sustituían otros, pero no lo hacía él, no Bernie.

Ni siquiera miró el móvil cuando volvió a vibrar. Por ahora Nick se podía cocer en su propia mierda.

30
Cole

Cole y Tresler desenfundaron sus armas.

Habían forzado la cerradura de la puerta. La madera estaba astillada, y los restos estaban en el suelo del porche, a sus pies: saltaba a la vista que eran recientes. El hombre había utilizado un destornillador plano grande, o quizá una palanca metálica.

Cole miró a su espalda al oficial Ryland. Estaba rodeado de agentes de policía y personal de emergencias, vociferando órdenes.

—Deberíamos decírselo.

Tresler negó con la cabeza y habló en voz baja:

—¿Y desperdiciar más tiempo mientras ellos se enteran de dónde coño tienen la cabeza? Estamos en Nueva Jersey. Si se lo decimos, serán ellos los que entren en lugar de hacerlo nosotros. No sé tú, pero yo quiero echarle el guante a este tío, y no estoy dispuesto a perder un solo segundo más discutiéndolo mientras él probablemente destripa a una mujer en el piso de arriba. Luego arreglamos lo de la jurisdicción. Cúbreme...

Pasó pegado a Cole, se agachó y empujó la puerta con el codo para abrirla hacia un pasillo estrecho con unas escaleras a la izquierda y una sala de estar a la derecha. La luz apenas se filtraba por los laterales de unas gruesas contraventanas de madera y cubría el suelo, las paredes y los muebles con unas franjas de penumbra. Frente al sofá había una mesita metálica de tijera para un televisor, con una caja de pizza encima. Por el suelo había tirados un par de juguetes infantiles: unos rompecabezas de gomaespuma, de esos para niños de uno o dos años.

Cole se sintió como si una mano le agarrara el corazón y apretase con fuerza.

Por favor, que no nos encontremos a un bebé en el piso de arriba.

Cuando era un novato vio a dos niños pequeños muertos. En épocas más recientes, ya como detective de Homicidios, había visto a otros cuatro. A uno de ellos su madre, una adicta a la metanfetamina, se lo había dejado olvidado más de una semana en la cuna. Otros tres habían muerto del síndrome de la muerte súbita infantil, y había dos casos más en los que los padres habían tratado de hacerlo pasar por aquello mismo. En uno de ellos el padre se había quedado dormido con la cría de solo tres meses, se había dado la vuelta y había rodado sobre ella. En el otro caso la madre no había podido soportar los llantos de su hija recién nacida, la había asfixiado con una almohada y después culpó a la niñera. El minúsculo rostro de todos ellos permanecía grabado en la memoria de Cole; aquellos deditos indefensos; los ojos muy abiertos y vidriosos. Era capaz de sobrellevar la muerte de un adulto, pero los niños lo atormentaban.

Tresler cruzó el umbral y entró en la habitación; Cole lo sujetó por el hombro.

—En la otra casa había trampas. Muévete despacio.

Tresler asintió sin volver la cabeza.

Un golpe seco arriba. Algo se movió en el piso superior, se arrastraba sobre la tarima del suelo.

Ambos alzaron la mirada y arrancaron hacia las escaleras con cuidado de poner los pies en los extremos a la derecha y la izquierda en lugar de en el centro, en un esfuerzo por evitar aquellos que Bernie había dicho que crujían. En el descansillo de arriba se encontraron exactamente lo que él había descrito en antena: un pasillo que recorría el segundo piso de cabo a rabo, con puertas a ambos lados de un cuarto de baño en el extremo izquierdo, y lo que parecía un dormitorio principal hacia el lado contrario del pasillo, a la derecha. El cuarto de baño del pasillo tenía la luz encendida, pero estaba vacío. Una de las dos puertas que tenía al lado estaba abierta —una especie de cuarto de costura o de manualidades—, la otra continuaba cerrada. Había una luz encendida en las profundidades del dormitorio principal, a su derecha. No se oía ninguna ducha, ningún grifo abierto. Ningún otro sonido.

Tresler señaló hacia el dormitorio principal con el cañón de su arma y arrancó en aquella dirección.

Cole asintió con la cabeza y fue detrás de él.

Una lámpara estaba encendida en la mesilla de noche del lado opuesto de una cama grande de matrimonio, deshecha. Las sábanas estaban a los pies de la cama, arrugadas alrededor de un edredón blanco, con prendas de mujer desperdigadas por encima: vaqueros, un jersey, sujetador y bragas. Salía luz de una puerta abierta en el rincón, con el vapor suspendido en el aire.

En silencio, Cole se agachó y barrió con el arma el espacio de debajo de la cama mientras Tresler se acercaba a la puerta abierta de un vestidor. No encontraron a nadie en aquel cuarto.

Tresler rodeó la cama camino del cuarto de baño y siguió el perímetro de la habitación con la espalda pegada a la pared entre la mesilla de noche y la puerta del rincón, mientras Cole se aproximaba de frente. Con los dedos de la mano libre, Tresler hizo una cuenta atrás desde tres, en silencio, y se lanzó al suelo ante la puerta y gritó «¡Policía!» al mismo tiempo que Cole entraba corriendo y barría el cuarto de baño con la pistola de izquierda a derecha.

Supo que habían llegado tarde en el instante en que vio la sangre.

Bernie ya no estaba.

Bocabajo, el cuerpo desnudo de la mujer colgaba del borde de la bañera blanca, doblado por la cintura; dentro de la bañera, las piernas flexionadas en una postura poco natural. La mano derecha todavía agarraba la cortina de la ducha, parcialmente arrancada de la barra en lo alto. El torso colgaba por fuera, y el cabello húmedo aún goteaba en un charco de sangre. Había tres heridas visibles de arma blanca: dos puñaladas en la espalda y otra en el cuello justo bajo la mejilla. Esta última era la que más había sangrado, pero ya había dejado de hacerlo, y Cole no tuvo que buscarle el pulso a la mujer para saber que estaba muerta.

En el vapor del espejo Bernie había escrito:

Desnuda como un bebé

En ese momento Cole solo tuvo un pensamiento muy concreto: *El niño.*

31
Cole

No perdió el tiempo.

Empujó a Tresler para apartarlo, cruzó el dormitorio y salió al pasillo. Por el camino iba barriendo con el arma los espacios abiertos. Se asomó al cuarto de costura y al cuarto de baño vacío y, cuando estuvo ante la única puerta que quedaba cerrada, se preparó para lo que se podría encontrar al otro lado.

Cuando llevó la mano al pomo de la puerta, Tresler lo detuvo.

—Si ha montado alguna trampa en la casa para que vuele por los aires, estará en esa puerta.

Cole sabía que tenía razón.

Sacó el móvil, encendió la linterna e inspeccionó el pomo lo mejor que pudo. Acto seguido pasó la luz por el marco de la puerta, comenzó en la esquina inferior derecha y recorrió el marco entero en un gran círculo.

Si había alguna trampa en aquella puerta, no estaba a la vista desde ese lado. Era imposible ver nada por la rendija del suelo.

—Vuelve al piso de abajo, yo me encargo de esto —le dijo a Tresler.

—No me voy a ninguna parte.

Cole lo entendió. Él tampoco se habría marchado.

Aún de rodillas, flexionó los dedos y llevó la mano al pomo, lo agarró lentamente y comenzó a girarlo: media vuelta, tres cuartos... A través de la rendija diminuta vio que el resbalón se deslizaba fuera de la chapa en la jamba de la puerta. El pomo se detuvo. Fin de trayecto.

Lanzó un vistazo rápido a Tresler: su compañero se había desplazado tanto como podía hacia un lateral, con el arma en alto y el dedo en el gatillo.

Todos los instintos de Cole le decían que no abriese aquella puerta, pero aun así lo hizo. Con un empujoncito suave, la puerta se abrió con el giro de unas bisagras viejas y mal engrasadas.

Respiró hondo y barrió la habitación con la linterna.

A su espalda Tresler masculló:

—Hijo de la gran puta. —Se dio la vuelta y se inclinó hacia delante con las manos apoyadas en las rodillas—. Estaba seguro de que...

Cole también lo estaba, y aún tardó unos segundos antes de notar que lo invadía el alivio.

No había ningún niño.

Ni siquiera se trataba del cuarto de un niño.

La segunda habitación, llena de polvo y telarañas, estaba hasta el techo de cajas de plástico transparente llenas de ropa y de adornos de Navidad. Solo era un trastero.

Cole aún tenía los ojos clavados en todo aquello cuando irrumpió en la planta baja el estruendo de las botas y los gritos de «¡Policía!».

Diez minutos después, los dos detectives volvían a salir por la puerta principal de la casa.

Tras una escrupulosa búsqueda, no hallaron ni rastro de Bernie; tan solo la mujer muerta en la bañera y su marido, al volante de su coche en el garaje, degollado.

Cole y Tresler se encontraban de pie delante del capó de un coche patrulla de la policía de North Bergen, enfrente del oficial de la Unidad de Intervención Emmett

Ryland, que tenía el rostro encendido; entre uno y otros, el móvil de Tresler, del que salía la voz del teniente Gaff.

—¿De qué va a servir que detenga a mis dos detectives?

—Sus dos detectives han provocado la muerte de uno de mis hombres y han enviado a otros tres al hospital, y después han registrado una vivienda de forma ilegal, sin que absolutamente nada de ello tenga lugar en su jurisdicción.

—Todo ello persiguiendo a un sospechoso que sí ha comenzado aquí, en nuestra jurisdicción —respondió Gaff—. Seguridad Nacional nos ha dado a nosotros esa dirección tanto como a ustedes, y todos vamos detrás de lo mismo. Cuando le llegue el momento de hacer un refrito de todo esto delante de una junta de revisión, ¿preferirá contarles que estábamos todos trabajando juntos o que entorpeció usted las cosas retirando de la caza y captura a dos miembros clave? El detective Hundley, al que tiene ahí con usted, es el único miembro de las fuerzas del orden que ha llegado a hablar con ese tío. Estaba en plena calle, en medio de todas las explosiones. Tiene imágenes de él en todas las noticias y en internet. Él es el rostro visible de esto. Ha salvado vidas. ¿Qué pinta cree que va a tener si lo mete en una celda? ¿Cómo cree que le va a dejar a usted? Esos dos detectives son los únicos agentes con conocimiento directo de todas las escenas de los crímenes. Voy a ser meridianamente claro: trabaje con ellos, o mi próxima llamada será a alguien por encima de usted. Y después de esa, la siguiente que haga será para hablar con su sustituto.

Aquello solo sirvió para enfadar más a Ryland.

—Usted no tiene autoridad para...

—Y los cojones que no. ¿De verdad piensa que los federales van a...?

—Tenemos que centrarnos en el niño —dijo Cole en voz baja, interrumpiendo a ambos.

Ryland lo fulminó con la mirada.

—Ya le he dicho que no hay niño. La casa está a nombre de Ted y Patty Epps, de cuarenta y tres y treinta y nueve años, ambos localizados e identificados. Asesinados por ese puto sádico. No tenían hijos, ni nietos. Vivían solos. —Señaló en dirección a la primera casa. Habían apagado el fuego, pero el tejado continuaba humeando—. Ese inmueble lleva vacío casi dos años enteros. El dueño vive en Florida y no dio de baja los contratos de los suministros para que la casa no se fuese a la mierda por completo. Aparte del teléfono, no hay señales de que alguien haya entrado o salido. Los vecinos no han visto a nadie.

Cole alzó la vista hacia él.

—Ese hombre nos ha traído aquí a propósito. Nos ha hecho venir a esta casa en concreto para poder matar a policías. Mientras nosotros estábamos aquí, él estaba en la casa de al lado asesinando a esas dos personas. Incluso es probable que lo haya presenciado todo.

—Entonces —dijo Tresler— ¿qué es todo esto? ¿Una especie de *vendetta*? ¿Tiene algún problema con la policía?

Cole se dio la vuelta hacia la segunda casa.

—En parte..., ¿a lo mejor? No lo sé. Tengo que ver otra vez el interior de la casa.

—Ryland, va a permitirle la entrada —dijo Gaff al teléfono—. Si me entero de que no lo ha hecho, ya sabe qué es lo siguiente que voy a hacer. Tengo a los federales por la otra línea. He de colgar.

Gaff colgó y los dejó allí a los tres, de pie alrededor del coche patrulla.

Un segundo después el móvil de Cole sonó con un mensaje de texto de Gaff:

Tú, capullo, no pienses ni por un
segundo que te has librado de

las consecuencias de lo que le hiciste a Gracie. Sigo teniendo tus pelotas aquí metidas en un tarro, y vas a volver a Tráfico en cuanto esto termine. Haz que termine.

Cole se limitó a negar con la cabeza y volvió a guardarse el móvil en el bolsillo. Antes de que Ryland pudiera intervenir, se dio la vuelta y se dirigió hacia la casa, rodeó el cordón de cinta de la escena del crimen y entró por la puerta. Criminalística ya estaba en el escenario, y los técnicos recorrían la vivienda; Cole se encontró con dos en el salón, nada más cruzar la puerta.

—¿Podéis darme un minuto?

Los técnicos asintieron y salieron justo cuando entraba Tresler, que se sacó un mondadientes del bolsillo y se lo metió en la boca.

—Vamos, rápido, que todavía nos puede obligar a salir de aquí.

—No lo hará. —Cole cogió un par de guantes de látex de una caja sobre una estantería en la entrada de la habitación y se los puso. Le lanzó un segundo par a Tresler y se acercó a la mesita metálica de la televisión, enfrente del sofá—. ¿Cuándo fue la última vez que viste una de estas?

—No sé. Cuando era niño, quizá.

—Está oxidada por todas partes, igual que la mesa que hemos encontrado en la casa de los Bonfigleo.

—Y como la silla de ahí fuera.

—Exacto.

Cole se arrodilló y observó más de cerca las piezas del rompecabezas que había en el suelo. Tres conjuntos en diferentes colores: rojo, azul y amarillo. Eran de gomaespuma, de medio centímetro de grosor, recortados con formas simples: un cuadrado, un rombo, un triángulo, un círculo. Para un niño pequeño.

—Aquí no pega nada de esto. Están fuera de lugar.

—Los vecinos podrían estar equivocados. A lo mejor tenían de visita a alguien con un niño.

—No hay bolsas de viaje en la casa. Ni maletas.

Cole podía ver el interior de la cocina desde el salón. Alguien había hecho café, o tal vez la cafetera tuviese un temporizador. Más allá de eso, nada parecía fuera de lo normal.

—No hay cereales. No hay más juguetes. Los niños generan desorden. Tampoco hay una valla en las escaleras. No hay mecanismos a prueba de niños en las puertas ni en los armarios de la cocina. Aquí no vivía un niño, de ninguna manera, y aparte de esto no hay rastro de que alguien pasara por aquí.

Tresler extendió la mano, deslizó el dedo sobre la mesita metálica de la televisión y dejó una marca en el polvo. Hizo lo mismo en la mesa baja del salón, y el dedo salió limpio.

—Muy bien, el tío ha traído todo esto aquí. Lo ha puesto para que lo encontremos nosotros, como la silla de ahí fuera y los muebles en casa de los Bonfigleo. ¿Por qué? No es más que chatarra de un vertedero. ¿Qué intención tiene?

Cole lo ignoraba.

Nada de aquello parecía tener sentido.

Dio unos toquecitos sobre una de las piezas de gomaespuma, un triángulo rojo.

—Cuando he hablado con él por el teléfono de ese taxista, me ha dicho: «Bienvenido al juego». De eso se trata para él. Ha llamado al programa de la radio y le ha dicho a Jordan Briggs que esto era un juego. Le ha dado a elegir. Ha convertido en un juego la explosión de esos coches. Y después tenemos estos asesinatos. Han de estar relacionados. —Cole levantó la cabeza. Casi se le había olvidado con todo lo que estaba sucediendo—. Le ha enviado una muñeca a la hija de Briggs. Me ha hecho creer que era otra bomba. Era una muñeca vieja, hecha pedazos, como todo esto. Esos dos se dedican a charlar en antena, pero esa muñeca, todo esto, incluso los asesinatos... Eso es otra conversación entre ellos, una sin palabras. Ese hombre le está diciendo algo a ella.

Tresler asentía con la cabeza, y el mondadientes cabeceaba con él en la comisura de sus labios.

—Esa mujer se está callando algo. Conoce a ese tío. Tiene que conocerlo. Seguro que existe alguna relación entre ella y toda esta gente.

Cole volvió a ponerse en pie.

—No me voy a quedar esperando a que vuele algo más por los aires. Tenemos que coger la delantera. Debo volver a Manhattan y hablar con Jordan Briggs.

Por un instante pareció que Tresler estaba a punto de oponerse, pero entonces asintió.

—Yo me quedo con esto. Si no me quedo, Ryland no va a compartir ninguna información con nosotros, ni loco. Me enteraré de lo que pueda y ya veré cómo me las arreglo para reunirme contigo en el centro.

Un segundo después en el móvil de Tresler sonó el aviso de la entrada de un mensaje de texto. Se le endureció el gesto y levantó la vista hacia Cole:

—Es del teniente. Algo está pasando en el túnel Holland.

32
Jordan

Jordan leyó por segunda vez el mensaje de Billy y alzó la mirada hacia él, en su pecera en el fondo del estudio. Se encontraba de pie, encorvado sobre su mesa de control, pulsando y tocando esto o lo otro. Él la miró y se encogió de hombros en un gesto frenético antes de volver a bajar la mirada.

El listado de las líneas telefónicas decía que estaban todas ocupadas, pero Bernie no estaba en ninguna de ellas.

Leyó su mensaje en el monitor una tercera vez.

¿Y esto va a funcionar, en serio? No lo habían intentado nunca.

Jordan resopló y se acercó a su micro.

—Amigos míos, algo está pasando en el túnel Holland, y mis titiriteros quieren que conecte con la señal en directo de una de nuestras emisoras hermanas, un canal de noticias. Yo voy a seguir aquí con ustedes, así que, si mi equipo de ingenieros de primera lo hace bien, deberían poder oírme a mí también. Si están sintonizando nuestro programa a través de internet o por la aplicación móvil, deberían poder acceder a la señal de vídeo, para que vean lo que está pasando a la vez que lo escuchan.

BILLY: Vas a ver el vídeo en el monitor 1. Conectando en 3...

El primer monitor de Jordan parpadeó, y surgió en él una imagen temblorosa. Parecía como si una cámara estuviera intentando hacer zoom desde una larga distancia, de tal forma que el menor movimiento tenía como resultado bandazos de un lado a otro. La imagen hizo un recorrido por una serie de coches parados, se desenfocó y volvió a enfocarse en el extremo más alejado de una furgoneta amarilla con el logotipo de una empresa de alfombras en el lateral. Habló una voz masculina:

—... vamos a mantenernos ahí y, con un poco de suerte, lo volveremos a ver cuando aparezca por el otro lado de este vehículo. ¿Podemos retroceder un poco ese zoom? —El cámara lo hizo, y la imagen se estabilizó—. Muy bien, entonces, lo tenemos a unos treinta metros de la boca del túnel, avanzando entre los coches. El atasco tiene más de un kilómetro y medio hacia el interior de Jersey. Aquí se ha detenido absolutamente todo en cuanto las autoridades han bloqueado el túnel. Con los atentados de esta mañana, y ahora esto, nadie se va a mover en Manhattan a menos que lo haga en bicicleta. O andando. Las líneas de metro son un caos. La red está desbordada. La mayoría de los vehículos tienen pinta de estar abandonados. Ante la posibilidad de que la amenaza fuera real, el Departamento de Policía de Nueva York ha obligado a todo el mundo a despejar el área que va desde la boca del túnel hasta el giro del Newport Centre. Ya solo veo a unos pocos rezagados, y los agentes se están encargando de ellos con gran rapidez, tratando de mantener despejada la zona. Estamos intentando averiguar de dónde ha salido este hombre, pero por el momento solo podemos especular. La teoría que se maneja ahora mismo es que se encontraba en uno de los coches que se acercaban al túnel cuando la policía lo ha cerrado todo. Entonces se ha bajado y ha continuado a pie. Imagino que alguien reunirá las imágenes de su recorrido a partir de las grabaciones de las cámaras, porque esta zona está llena de cámaras. El simple hecho de ver esto, un recorrido que yo mismo hago dos veces al día, me hace preguntarme cómo pretenden sacar de aquí todos estos coches sin conductor cuando esto acabe. Todo apunta a que voy a estar un buen rato en el estudio. Aunque le pidan a la gente que regrese a sus vehículos, nadie se podrá mover a menos que lo hagan los coches de delante. Supongo que podrán retirar algunos con la grúa, pero tampoco los pueden apartar y dejarlos a un lado, no hay espacio. Pase lo que pase, esto va a tardar un buen rato en desenredarse. Oh, ahí lo tenemos: está pasando por delante de la furgoneta.

Jordan observaba mientras la cámara volvía a aproximarse ligeramente, se movía y se centraba en un hombre con un abrigo largo de color tostado que caminaba entre los coches con paso lento. Llevaba ambos brazos extendidos, apartados del cuerpo. Sujetaba algo en la mano derecha. Tenían que estar filmándolo desde una larga distancia; aun cuando trataban de enfocarlo, sus rasgos se veían borrosos, poco definidos.

El locutor continuaba.

—Ya sé que cuesta ver bien los detalles desde tan lejos, pero nos han informado de que en la mano derecha lleva algo que la policía conoce como «dispositivo del hombre muerto». Está conectado con unos cables que van por la manga del abrigo y llegan hasta el chaleco. Si suelta este dispositivo, imaginamos que el circuito se cierra y detona la bomba. El propio abrigo nos impide conseguir una buena toma del chaleco. Estoy aquí sentado intentando aumentar alguna de las instantáneas que hemos recibido, pero igual que en el caso del vídeo, estamos demasiado lejos como para poder distinguir nada con claridad. Lo único visible es la parte frontal del chaleco. Ahí lleva un teléfono móvil, tal vez para una detonación a distancia. Los explosivos propiamente dichos tienen el aspecto de unos ladrillos, así que los expertos manejan la posibilidad de que se trate de C-4 o algo similar, pero entre cada uno de esos ladrillos lleva esos cartuchos finos, y nadie parece saber qué son. Podría ser un líquido propelente o tal vez alguna clase de gas. Continúa avanzando hacia el túnel. La policía no ha hecho ningún intento por ocultar a sus tiradores de precisión. No se los vamos a mostrar porque no queremos delatar su situación, pero se están desplazando entre los vehículos con este hombre, a unos treinta metros de distancia por detrás de él; ha dejado muy claro que, si se acercaban demasiado o si trataban de impedirle avanzar, lo detonaría. Varios de los tiradores de la policía lo han rodeado trazando un círculo y se han situado por delante, entre el hombre y el túnel. Esto que voy a decir no es más que una especulación por mi parte, pero dudo que vayan a permitir que este hombre entre en el túnel Holland. Está claro que eso es lo que pretende, entrar en el túnel y, tal vez, detonar el chaleco en el interior. El daño en las infraestructuras sería considerable. Para aquellos espectadores que no están familiarizados con la ciudad de Nueva York, el túnel Holland conecta la zona este de Nueva Jersey con la zona oeste de Manhattan y pasa por debajo del río Hudson. Son cuatro carriles. En su punto más profundo se encuentra a unos veintisiete metros por debajo del agua. Una explosión con la potencia suficiente podría derrumbarlo entero. Hablar de esto quizá suene desconsiderado, pero las posibles implicaciones económicas podrían dictar que la policía actúe o no, y en qué momento. Han evacuado a todos los ciudadanos. En caso de que la detonación de la bomba que lleva este hombre sea algo inevitable, tal vez estén trabajando para asegurarse de que se produzca en el exterior, en la calle, en un entorno controlado donde los daños sean mucho menos severos. La última vez que se produjo una explosión en el túnel Holland fue en 1949, cuando se desprendió un barril de bisulfito de carbono de un camión de transporte y se inflamó. Se derrumbaron ciento cincuenta metros de hormigón reforzado. Murió un hombre, y otras sesenta y seis personas resultaron heridas. Sin conocer los compuestos exactos de la bomba de este hombre, no creo que las autoridades se arriesguen a que se produzca una explosión en el interior del túnel. Está... ahora mismo está gritando algo. ¿Alguien oye lo que dice?

Una persona dijo algo fuera del micro, pero Jordan no llegó a entenderlo.

—Me cuentan que le están diciendo al hombre que si se acerca más al túnel van a abrir fuego. —Sin mayor signo de emoción en la voz, el locutor dijo—: Si hay niños viendo estas imágenes, o alguien impresionable, les sugiero que se desconecten. No estamos emitiendo con retraso de ninguna clase, sino en puro directo: si la policía actúa, ustedes lo van a ver. Se lo digo por experiencia, estas cosas no se olvidan. Veamos, me acaban de pasar un comunicado del Departamento de Policía de Nueva York que confirma lo que les acabo de decir. Los tiradores de la policía local y la Unidad de Intervención están autorizados para hacer uso de la fuerza letal en caso de que este hombre trate de acceder al túnel. Vuelvo a advertir a todos los espectadores: las imágenes pueden ser muy explícitas. El hombre está gritando a alguien, pero nuestros micrófonos no llegan a captar lo que dice, estamos demasiado lejos. Otra vez se pone en movimiento. No parece que le hayan intimidado las advertencias. Continúa hacia el túnel. Calculo que estará a unos quince o veinte metros de distancia, es decir, terriblemente cerca si... Oh, Dios mío. Muy bien, se han producido unos disparos. Repito, ha habido disparos, el hombre ha caído.

La cámara ascendió y se alejó con una sacudida, y al momento regresó despacio y se estabilizó. El hombre estaba en el suelo, sentado en una postura poco natural, aún vivo y con el dispositivo sujeto.

—Está... Se está volviendo a poner en pie. Me informan de que ha recibido un disparo en la pierna derecha y... Bien, está otra vez en pie. Oh, cielos. Ha recibido un disparo en el muslo, claramente. Vuelve a estar en pie, pero se le ve inestable, protegiéndose la pierna derecha. Se está metiendo en el bolsillo la mano que tiene libre. Ahora parece que se mueve más despacio a propósito. Ha vuelto a gritar algo y..., a ver, ha dicho que no tiene un arma. Se está sacando algo del bolsillo. Mi productor me dice que ya tenemos una segunda cámara en el lugar, con una lente mejor. Perfecto. De nuevo, quiero advertir a todos los espectadores: esta emisión se realiza en directo y no es apta para todos los públicos, en particular los niños. Está desdoblando una hoja de papel, sostiene un cartel en alto que dice...

Jordan dejó escapar un grito ahogado perfectamente audible y se tapó la boca con la mano.

—El cartel dice: «Culpa tuya, Jordan».

La cámara se aproximó en un primer plano del cartel y se desplazó hasta el rostro del hombre. Tenía una mueca de dolor, que debía de ser intenso, sin duda. Cuando la imagen quedó enfocada, Jordan sintió que se le formaba un nudo en el estómago.

BILLY: Espera, ¡¿no lo conocemos?!

Volvió a intervenir el locutor.

—El hombre ha sido identificado. No estamos seguros de cuál es la fuente de esto... Nos informan de que aún no podemos hacer público su nombre, pero se trata de un abogado defensor que ejerce aquí, en Manhattan. Tiene cuarenta y dos años y no está casado. Es obvio que ese cartel se refiere a nuestra compañera de SiriusXM, la presentadora Jordan Briggs, lo cual confirmaría que todo esto guarda relación con los atentados de esta mañana en Manhattan y posiblemente con varios asesinatos que también han tenido lugar hoy en la zona triestatal. Un hombre conocido tan solo como Bernie ha...

La voz se fue desvaneciendo. Jordan no llegaba a oírlo por encima del bombeo de la sangre en los oídos. Su móvil volvió a vibrar sobre la mesa, y Jordan lo agarró de golpe. Otra vez Nick:

¡Llámame ahora mismo, maldita
sea! ¡Es urgente! ¡911!

¿En serio, cabronazo? ¿Justo ahora?

Pulsó el botón para silenciar su micrófono, marcó el número en su móvil y se lo llevó al oído, incapaz de apartar la mirada del monitor.

—... otra vez se mueve, con una cojera importante. Tiene pinta de haber perdido gran cantidad de sangre, y debe de estar sufriendo un dolor fortísimo, pero continúa caminando hacia la boca del túnel, haciendo caso omiso de las advertencias de la policía. Va ganando velocidad a cada paso.

La llamada de Jordan comenzó a dar la señal.

En la pantalla, el hombre abrió mucho los ojos y se detuvo. Bajó la mirada al chaleco. El teléfono móvil adherido a la parte frontal del chaleco, sobre el cinturón de explosivos, se iluminó durante un brevísimo milisegundo justo antes de que se produjera un fogonazo cegador.

A Jordan se le cayó el móvil de entre los dedos, y golpeó con estruendo sobre la mesa. Entró otro mensaje de texto, esta vez de un remitente desconocido, y bastó para superar el límite de su aguante.

Has elegido. Bum.

33
Cole

Cole vio la explosión desde el helicóptero, un fogonazo blanco a poco más de un kilómetro a su derecha. Ya fuese por la onda expansiva o por un acto reflejo del piloto, el helicóptero viró bruscamente a la izquierda. Cole se estampó contra la pared del aparato y se agarró al borde del asiento. Ascendieron veloces y se estabilizaron un momento después, mientras él se llevaba las manos a ciegas al cinturón de seguridad.

—Lo siento —le dijo el piloto por los auriculares—. Fui piloto de guerra. Un acto reflejo. Eso de ahí abajo es el túnel Holland.

Una bola de fuego gigantesca surgió cerca de la boca del túnel e incendió varios coches. Estalló un camión, que despegó del suelo y aterrizó sobre un coche familiar destartalado.

—Dios mío.

Cole se inclinó hacia la ventanilla.

—¿Podemos acercarnos más?

El piloto vaciló con el helicóptero suspendido en el aire y girando lentamente sobre sí mismo.

—¿Ve esos helicópteros de las noticias hacia el este? Conozco a esa gente, y están como una puta cabra. Si me acerco a ellos con este pajarito, mi jefe me va a poner a conducir un taxi en cuestión de una semana. Es un riesgo excesivo. El Departamento de Policía de Nueva York va a restringir el tráfico aéreo, si no lo ha hecho ya. Quizá sean los federales, a estas alturas. Nos van a dejar en tierra a todos.

Estalló otro coche. Ascendía un humo negro y denso que hacía prácticamente imposible ver nada. El piloto se alejó un poco más con un movimiento suave.

—Lo siento, pero no me puedo arriesgar a que nos capture la columna de calor. Este helicóptero está diseñado para el confort, más bien; no tiene capacidad para ese tipo de cosas: nos podría dejar sin sustentación y entrar en pérdida.

Cole apenas lo oyó.

Todo esto no podía ser cosa de un solo hombre, ¿verdad que no?

Habían pasado menos de tres horas, y tenía a la ciudad a su merced. ¿Cómo era posible?

Comenzó a sonar su teléfono.

El teniente Gaff.

—Aquí Cole.

—¿Dónde estás?

—Voy de regreso a la emisora de radio para interrogar a Briggs. Ella tiene que conocerlo.

—Pero vas en helicóptero, ¿verdad?

—Sí.

—Necesito que cambies el itinerario. Dirígete a Rikers.

—¿A Rikers? ¿Por qué?

—El hombre que se acaba de inmolar delante del túnel era un abogado defensor local llamado William Daly. Hemos encontrado un nexo entre Briggs y él. Necesitamos un punto de inflexión. Podría ser este.

—¿Cuál es el nexo?

—La pregunta no es cuál, sino quién. Ahora mismo la están trasladando a una sala de interrogatorios. Se llama Marisa Chapman.

34
Jordan

—¡Ese no es el número de Nick!

—No lo entiendo —respondió la agente del FBI Allison Varney con los ojos clavados en los de Jordan.

Se encontraban ambas sentadas ante la mesa de reuniones del despacho de Jordan. Habían retirado los plásticos de los pintores que cubrían la mesa y los habían amontonado en un rincón en el suelo. Los pintores no habían aparecido.

La agente Varney había pedido hablar a solas con Jordan y, al parecer, «a solas» significaba en presencia del agente rechoncho del FBI con los dientes tan lamentables, porque las había acompañado al interior y se había puesto cómodo, sentado en la esquina de su escritorio con una taza de café que había rapiñado de la sala verde. Jordan había oído que se llamaba Fred Schulman.

Jordan señaló hacia su móvil, en el centro de la mesa de reuniones. Descansaba encima de una bolsa de plástico para pruebas; no lo habían metido dentro aún. La pantalla mostraba la información de contacto de Nick.

—¡Alguien ha cambiado el número de Nick que yo tenía ahí guardado!

—¿Y por qué iba alguien a hacer eso?

Jordan sabía que estaba moviendo los ojos de aquí para allá, rebotaban como los de una loca. Apenas oía a aquella mujer que le estaba hablando. El corazón le latía a mil por hora y tenía la sensación de que le iba a reventar.

—¿He activado yo esa bomba?

La agente Varney no respondió. Permaneció allí sentada un momento, observando a Jordan con aquella mirada que era una mezcla de condescendencia, conmiseración y lástima. Estiró el brazo sobre la mesa, cogió el móvil de Jordan y deslizó un dedo por la pantalla. Ya se había bloqueado.

—¿Cuál es su contraseña?

Jordan abrió la boca para decírsela, pero se lo pensó mejor.

Varney ladeó la cabeza.

—Siempre tendrá la posibilidad de cambiarla. ¿Quiere usted que la ayude, o no?

—No estoy segura de que haya venido a ayudarme.

Varney se encogió de hombros.

—Usted ya sabe que voy a acceder al móvil de una u otra forma. La verdadera cuestión es si lo voy a hacer con su ayuda o sin ella, y ese es el tipo de cosas que se van a estudiar con detenimiento en los próximos días. —Se inclinó hacia delante—. Esto es lo que va a pasar: haré una llamada de teléfono y pediré una orden judicial. Usted llamará no sé dónde a no sé qué abogado, que le dirá que no haga nada hasta que él llegue. El abogado no podrá llegar hasta aquí por lo que está sucediendo ahí fuera. Morirá más gente. Conseguiré mi orden judicial. Enviaré su móvil a las oficinas centrales del FBI, probablemente con alguien que vaya a pie y atraviese todo este caos y coja después un taxi hasta Tribeca, que es donde tenemos la sede. Eso llevará un tiempo. Y morirá más gente. Su abogado tratará de impedirnos el acceso y no lo conseguirá, pero eso también llevará su tiempo. Y morirá más gente. Al final, y a pesar de todo, haré que impriman por triplicado hasta el último fragmento de información de su teléfono y pondré a una docena de personas a analizarla. Lograré lo que necesito, y usted las pasará canutas por haber intentado detenernos mientras moría más gente. Por lo tanto, haga lo que quiera, que yo haré lo que tenga que hacer y ya veremos dónde acabamos.

Jordan sabía que la mujer tenía razón, pero eso no lo hacía más agradable.

—0324. El cumpleaños de mi hija.

La agente Varney le ofreció una leve sonrisa, tecleó el código y volvió a abrir la información de contacto de Nick.

—Según esto, Nick tiene dos móviles. —La agente mostraba el teléfono en alto.

—El primero es correcto. El segundo no. No sé cómo ha llegado eso hasta ahí, pero es el número desde el que me han enviado su mensaje de texto. Ese es el número al que he llamado.

—El que usted piensa que ha activado la bomba. —Dijo aquello como una afirmación, no una pregunta.

Jordan vaciló un instante y asintió con la cabeza.

—Sí.

La agente Varney volvió a mirar a Jordan.

—Si busco aquí a William Daly, ¿lo voy a encontrar?

De nuevo Jordan guardó silencio.

—La poca paciencia que me pueda quedar va menguando rápidamente, señora Briggs. —La agente Varney comenzó a levantarse—. Adelante, Schulman, espósala y léele sus derechos. Vamos a hacer esto por las malas.

—Muy bien, espere. —Jordan cedió—. Espere un segundo.

La agente Varney volvió a sentarse en su silla.

Jordan soltó un resoplido muy despacio.

—No sé si está ahí. Llevo mucho tiempo sin hablar con él. Es probable que haya tenido una docena de móviles desde entonces. Me representó en una historia por lo civil hace años, cuando estaba empezando mi carrera.

—¿Una historia por lo civil?

—Fue una tontería, la verdad. Yo acababa de llegar a Nueva York. La KROQ me contrató cuando estaba en una emisora a las afueras de San Luis. Bueno, a Billy y a mí. Llevaba aquí en antena poco más de una semana. La KROQ estaba la tercera en audiencia, y me trajeron a mí para que los llevara al número uno. Empecé a saco, recurrí a todos los trucos que había aprendido para subir mis índices de audiencia. A esas alturas ya tenía mi fórmula. Iba a llegar al número uno me pusieran donde me pusiesen, sabía que podía lograrlo aquí, y pretendía conseguirlo en un tiempo récord, así que tiré de uno de nuestros recursos habituales.

—Que fue...

—Puf, menuda estupidez me parece ahora... Es probable que fuese hace diez años. Eran otros tiempos. Yo era otra.

—¿Qué hizo?

Jordan se frotó la sien.

—Llamó una chica al programa, una estudiante de Humanidades en la Universidad de Nueva York. Diecinueve años. Me llamó para quejarse del coste de la matrícula, de los alquileres en la ciudad, de la falta de empleos para los estudiantes. Había venido desde Kansas y se había traído su coche, un Honda Accord destartalado. No tenía dinero para pagar los parquímetros ni para meterlo en una plaza de garaje. Me dijo que estaba a punto de dejar los estudios porque no se podía permitir seguir viviendo en Nueva York, así que le hice una oferta. Le dije que si se metía desnuda en su coche y bajaba por Broadway desde Hell's Kitchen hasta Washington Heights y permanecía conmigo en antena todo el rato, yo le daría diez mil dólares en metálico.

—No puede estar hablando en serio.

—Me dijo que no —respondió Jordan—. Al menos al principio. Lo rechazó, colgó el teléfono, y yo pensé que ahí se había terminado todo, pero comenzó a entrar un montón de llamadas, de otras mujeres dispuestas a hacerlo y de hombres que querían que la chica lo hiciese. En ese momento yo no tenía ni idea del aspecto que tenía la joven. Podría haber pesado ciento cincuenta kilos y tener un lunar enorme en medio de la frente, pero su voz sonaba mona, y eso era todo cuanto importaba en realidad. Eso es lo bonito de la radio: el oyente escucha una voz y se hace una imagen ideal de la persona que hay detrás, y esta chica tenía una inflexión dulce e inocente. Un acento del Medio Oeste; saludable; la chica del campo en la gran ciudad. El hecho de que no quisiera hacerlo fue lo que provocó que prácticamente todo el mundo tuviera más ganas aún de que lo hiciese. Todo el mundo quiere lo que no puede tener. Mi nuevo público vio las adversidades de la chica como un desafío y empezó a llamar a la emisora con promesas de donaciones para la causa. En cuestión de una hora superamos los veinte mil, después los veinticinco mil. Íbamos por veintiocho mil cuando la chica por fin volvió a llamar y accedió a hacerlo.

La agente Varney se limitaba a mirarla fijamente.

—Fuera de antena le dimos una dirección de Hell's Kitchen. Era un aparcamiento cerca de donde vivía uno de mis becarios, y envié allí a un equipo con una cámara para que se reuniera con ella. —Jordan barrió el aire con la mano en un gesto desdeñoso—. Nada parecido a lo que tenemos ahora, era una mierda de camarita Sony Handy-Cam que utilizábamos para documentarlo todo, aunque no supiéramos en realidad para qué lo documentábamos. No estábamos aún en la televisión. Apareció la chica, y yo creo que todo el mundo se sintió aliviado al ver que era tan mona como su voz: el pelo rubio y rizado, los ojos verdes y el tipo de cuerpo que hace que la gente vuelva la cabeza y que los hombres se den de bruces contra las farolas. Pueblerina del Medio Oeste y cincuenta kilitos pelados.

—¿Se hace una idea de lo sexista que suena eso?

Jordan se encogió de hombros.

—Lo suficiente como para que vendiese. Lo bastante como para conseguir que un millar de desconocidos metiera su dinero en la bolsa de la colecta. No estoy orgullosa de todo lo que he hecho para forjarme una carrera, pero tampoco me voy a disculpar por saber qué es lo que funciona; qué es lo que ha funcionado durante siglos. La gente quiere lo que quiere, y esa mañana en especial querían que una chica condujese desnuda por Broadway, así que yo les di una.

—No me puedo ni imaginar lo nerviosa que estaría.

—Lo puede ver en la grabación, cualquiera lo estaría, pero ella se entregó: se desnudó allí mismo, en el aparcamiento, le dio su ropa a mi equipo y se sentó al volante de aquel Accord amarillo con mi becario cámara en mano en el asiento del acompañante y otro miembro del equipo con un teléfono móvil para que pudiéramos emitirlo todo en antena. Su ropa iba en otro coche distinto, y se le dijo que la podría recoger en la línea de llegada con su dinero en metálico. —Jordan hizo una pausa mientras rememoraba lo sucedido—. No contamos a los oyentes cuál sería el punto exacto de donde saldría ni dónde iba a acabar de manera específica. Lo único que sabían era Hell's Kitchen y Washington Heights en el otro extremo, pero ninguna dirección concreta. Lo que sí sabían era lo de Broadway. Sabían que iba a bajar por Broadway, y con eso bastó. En cuanto alguien localizó un Accord amarillo en Broadway, subieron la localización a las redes sociales con el hashtag ChicaDesnuda. Más gente la vio y lo subió a internet. Otros la seguían en sus propios coches: se ponían al lado, otros delante. Yo estaba en antena narrándolo todo como si fuese una especie de locutora de deportes. Nuestras líneas echaban humo. La televisión local se hizo eco, movilizó a sus equipos. La gente comenzó a congregarse en las aceras, a esperar a que pasase como si aquello fuera una especie de desfile de majaretas. Lo cierto es que no se le veía nada: era bajita y conducía agachada en el asiento, pero eso no desalentó a nadie. Sinceramente, eso podría haber empeorado las cosas.

Jordan hizo otra pausa y bajó la mirada a las manos.

—Doce kilómetros. Un trayecto de entre veinte y treinta minutos en un día de buen tráfico. Eso era todo. Eso era lo que se suponía que debía ser. Yo no tenía ninguna manera de saber lo que iba a pasar.

35
Cole

Cole ya había hecho una buena cantidad de viajes a Rikers Island desde que entró en el Departamento de Policía de Nueva York, pero siempre en coche: por la avenida FDR hacia la 278. Cruzas el puente, pasas por seguridad y entras en el pequeño aparcamiento reservado para las fuerzas de la ley. Por lo general, unos cuarenta minutos desde el Midtown. Por aire las cosas eran muy distintas. Pusieron rumbo directo a la isla sobre el East River, recibieron autorización por radio para entrar en el espacio aéreo de la cárcel, y apenas unos minutos después estaban descendiendo con suavidad sobre uno de los helipuertos. A su espalda unas densas corolas de humo negro llenaban el aire sobre Manhattan. Cole intentó no mirarlas.

Bajó del helicóptero de un salto y, mientras corría hacia la entrada de la prisión, un tipo de unos cincuenta y cinco años empujó una de las puertas y la sostuvo abierta con la espalda.

—¡Yo nunca conseguí uno de esos cuando estaba en la Policía de Nueva York! —gritó el hombre por encima del ruido del motor.

La sólida puerta de metal se cerró a su espalda y convirtió el estruendo del pum, pum, pum en un rumor apagado. Cole le tendió la mano, pero el otro no la aceptó. En cambio, le miró con los ojos entrecerrados.

—Soy el alcaide Daggett. El padrino de Gracie.

Cole sintió que se le hacía un nudo en la boca del estómago.

—Gaff me ha contado lo que le ha hecho a nuestra pequeña. Llega a venir otro día y, sabiéndolo yo, lo mismo lo encierro sin querer durante un mes en aislamiento. O lo planto en medio del patio y les digo a los internos que es policía. O ambas cosas.

—No es lo que usted cree.

—No, nunca lo es. Eso no cambia nada. —Se dio la vuelta y echó a andar por el pasillo—. Vuelva cuando todo esto haya terminado. Invitamos a Gaff y lo aclaramos como hombres hechos y derechos.

Un guardia esperaba en silencio en un ascensor abierto, con una mano en la puerta. Cuando entraron, pulsó el botón de una de las plantas inferiores. Se cerró la puerta y comenzaron a descender.

—¿Qué me puede contar sobre ella? —preguntó Cole.

—Que es la criatura más dulce sobre la faz de la tierra.

—Gracie no, Marisa Chapman.

El alcaide Daggett se encogió de hombros.

—Pues no mucho. Lleva cumplidos diez de los veinte años de su condena. La semana que viene tendrá su primera vista para la condicional. Pasa desapercibida, porque si no, yo sabría algo más, probablemente. Tengo aquí unos siete mil internos, y ni siquiera había oído su nombre hasta que Gaff me ha llamado hace veinte minutos. Eso dice mucho de ella. En un lugar como este, más te vale que yo no sepa nada de ti.

Las puertas del ascensor se abrieron ante un pasillo ancho de suelos de hormigón y paredes amarillas. La pintura estaba desconchada y se desprendía a pedazos. La prisión tenía programado su cierre en apenas unos años, y lo más probable era que las dificultades presupuestarias hubieran supuesto el fin de la mayor parte de las tareas de mantenimiento.

—Tercera sala de interrogatorios a la derecha —le indicó el alcaide—. Cuando haya terminado, pídale a uno de los guardias que lo acompañe de vuelta al helipuerto.

—¿No se queda usted?

El alcaide soltó un bufido y le plantó una carpeta a Cole en la mano.

—Esto es todo lo que tenemos sobre ella. No quiero estar cerca de usted más de lo necesario. Devuélvale la carpeta al guardia cuando haya terminado. —Se dio la vuelta y arrancó hacia el extremo contrario del pasillo. Volvió la cabeza sobre el hombro y dijo a voces—: ¡Y si tiene huevos, vuelva cuando todo esto haya terminado y hablamos sobre Gracie, capullo!

El guardia del ascensor había salido con ellos; una levísima sonrisa se le asomó a la comisura de los labios, pero no dijo nada. Recorrió el pasillo y abrió la puerta de la tercera sala de interrogatorios, esperó a que Cole entrase y cerró.

La mujer estaba sentada ante una mesa de aluminio, vestida con un mono de color naranja. Llevaba recogido el pelo rubio, corto. No iba maquillada ni estaba esposada. El pequeño tatuaje de una rosa negra le cubría la muñeca derecha; no estaba muy bien hecho. No dijo nada cuando Cole tomó asiento enfrente de ella y abrió la carpeta.

En el lado izquierdo un clip sujetaba una foto de una versión mucho más joven de aquella mujer. Era como si hubiese envejecido veinte años en lugar de los diez que habían pasado realmente.

Cole intentó no quedarse mirando la foto más de la cuenta.

—Gracias por reunirse conmigo —dijo él.

—Ha tenido suerte de que tuviese bastante despejada la agenda para hoy.

—¿Sabe por qué estoy aquí?

—Ni idea.

—¿No sabe lo que está pasando hoy en la ciudad?

A ella se le tensó el gesto.

—Algo que no tiene nada que ver conmigo. Estaba viendo la tele en la sala recreativa cuando me han traído aquí a la fuerza.

Cole fue pasando los papeles de la carpeta. Era sorprendente lo poco que había. Una década resumida en apenas unos cuantos folios. Menciones de sus jornadas de trabajo en la lavandería de la cárcel. Una sanción por una pelea de hacía casi nueve años. Un resumen de las acusaciones contra ella: cinco cargos de homicidio con agravante y uno de homicidio involuntario.

Cole cerró la carpeta.

—¿Qué puede contarme de William Daly?

—¿Quién?

—Representó a Jordan Briggs durante su juicio.

La mujer se dejó caer contra el respaldo de su silla.

—Ah, ese.

—¿Qué recuerda?

—¿Que qué recuerdo? —dijo con una sonrisa de suficiencia—. Lo recuerdo todo. Recuerdo que esa hija de puta me convenció para que hiciese algo que no quería hacer. Recuerdo que se aprovechó de mí y de mi situación. Recuerdo que su abogado, ese cabrón adulador, retorció todo lo que pasó y no sé cómo se las arregló para que todo fuese culpa mía. Como si esa mujer no tuviera nada que ver con nada de aquello. Como si yo me hubiese levantado un día y hubiera decidido matar a seis personas. Recuerdo que mi abogado de oficio se quedó ahí sentado y no movió un dedo para defenderme de verdad. Recuerdo verlos a los dos charlando en un rincón de la sala del juzgado, cuchicheando en plan coleguita mientras decidían lo que iban a hacer conmigo antes de pirarse al centro a comer en algún restaurante caro y lavarse las manos en lo que a mí respectaba.

—¿Se conocían? ¿Daly y su abogado?

—Todos se conocen. Esa es una de las cosas que aprendes aquí dentro. En la sala se comportan como si fuesen enemigos mortales, y después se van a jugar juntos al golf. Los jueces también. Daly se forró evitándole un problema a una clienta rica, y mi abogado hizo lo mínimo indispensable para conseguir que mi expediente pasara de lo alto del montón que tenía sobre su mesa a una caja en algún sótano de cualquier lugar. Otro día más en el sistema judicial.

—¿Puede contarme lo que pasó?

—¿Por qué? —le contestó—. ¿Qué sentido tiene? Me va a hacer algún tipo de promesa que no se la cree ni usted, me va a decir que me va a sacar de aquí, y luego me va a dejar colgada y va a desaparecer en cuanto consiga lo que quiere, ¿no es así?

—No puedo prometerle nada.

—Entonces ¿por qué coño voy a hablar con usted?

—El hombre que se ha volado por los aires en el túnel Holland era Daly.

La mujer se apoyó en el respaldo de la silla, y se le puso una sonrisa en la cara.

—Eso no lo han dicho en las noticias.

—Se les ha escapado el nombre en SiriusXM, pero los de Seguridad Nacional han amordazado a todas las emisoras justo después. De momento lo mantienen en secreto.

De alguna manera consiguió agrandar la sonrisa de la chica.

—Me voy a pillar una copia de ese vídeo y me lo voy a poner todas las noches a cámara lenta antes de dormir, como si fuera un puto cuento para irte a la camita. Ojalá hubiera podido reventarlo yo misma.

—Marisa, hay gente muriendo. No sabemos cómo, pero Daly está relacionado. Tengo que averiguar cómo.

—«Culpa tuya, Jordan» —recitó Marisa en voz baja—. Eso decía el cartel de ese hombre. La muy zorra por fin se lleva lo suyo.

—¿Qué pasó, Marisa?

Ella soltó un largo resoplido y se le ablandó la expresión. Por un breve instante asomó por su rostro un atisbo de inocencia, y Cole se dio cuenta de que estaba viendo un destello de la mujer que ella era antes, la que entró por las puertas de Rikers por primera vez tantos años atrás.

—No tenía un centavo, y necesitaba dinero para quedarme en la Universidad de Nueva York. Llamé a su programa para desahogarme, sobre todo. No pensaba que aquello fuese a llegar realmente a nada. Sin que me diera tiempo ni a saber dónde estaba, esa mujer me estaba ofreciendo cerca de treinta mil dólares por coger el coche desnuda y recorrer Broadway. Me dijo que la decisión era por completo mía, pero ahí no había mucha elección, la verdad; no con tanto dinero sobre la mesa. Unos kilómetros en mi propio coche. Un reto de un programa nuevo de la radio que pensé que nadie oiría siquiera. Soy bajita, y creí que, si me echaba hacia abajo en el asiento, al final nadie iba a ver nada salvo quizá un par de camioneros. No era algo muy distinto a subirte la camiseta en el Mardi Gras o en la fiesta de las vacaciones de primavera. ¿Cómo dices que no a eso? Con diecinueve años tiene todo el sentido del mundo. Fuera de antena me dieron una dirección en Hell's Kitchen y allí me encontré con un equipo de gente de su programa; parecían tan nerviosos como yo: todo el mundo miraba al suelo con la cara roja como un tomate y, en cierto sentido, eso me puso las cosas un poco más fáciles. Un par de minutos después estaba de nuevo en mi coche, desnuda. Un tío con una cámara se subió delante conmigo y me prometió que solo iba a grabar de cintura para arriba; otro se subió detrás, y llamamos a Jordan Briggs desde su móvil. Antes de que me diese cuenta, ya estábamos de nuevo en antena, en directo, e incorporándonos al tráfico.

Guardó silencio un instante, con la mirada medio perdida en algún punto sobre el hombro de Cole mientras le llegaban los recuerdos.

—Al principio nadie se fijó en mí, y pensé que todo iba a salir bien. Casi me pareció divertido... Toda esa gente conduciendo a mi alrededor, como en su propia burbuja, ninguno de ellos tenía la menor idea. Imagino que habíamos recorrido cerca de un kilómetro y medio cuando alguien se puso a pitar detrás de nosotros. Unas manzanas después dos tíos en una camioneta *pickup* Ford estuvieron a punto de provocar un accidente al tratar de ponerse a nuestro lado, pitando también y gritando burradas. No entendía lo que decían, porque llevaba subidas las ventanillas, y no las iba a bajar ni loca. No creo que estuviesen escuchando el programa; me vieron, sin más.

»Había poco tráfico, al menos para ser Nueva York. Avanzábamos bastante bien salvo por los semáforos. Cada vez que parábamos en uno era como si me rodeara más gente que sí sabía lo que estaba pasando. Más que esa maldita camioneta. Esos tíos eran como moscas que van a la miel; no dejaban de acercarse, de pegar volantazos, y a veces se quedaban a un dedo de golpearnos. En el tercer o cuarto semáforo yo seguía negándome a bajar la ventanilla, y empezaron a tirarme cosas: latas vacías de cerveza, monedas, un rascador de hielo, lo que fuese que tuvieran a mano, y ahí fue cuando comencé a asustarme. Estaba bien cuando nos movíamos, lo malo era cuando parábamos.

»Estábamos cerca de Riverside Park, en un semáforo, cuando el tío que iba en el asiento del acompañante de la camioneta alargó el brazo y se puso a darme golpes en la ventanilla, con el puño entero, y el cristal temblaba como si pretendiese reventarlo. Entonces vi bien a aquel tío y supe que me iba a causar problemas, verdaderos problemas. Tenía los ojos rojos, desorbitados, en una mezcla de adrenalina y Dios sabe qué más. Tenía pinta de haberse tirado toda la noche de juerga y de no tener intención de parar. Cuando gritaba se le caía la baba por la comisura de los labios y me salpicaba la ventanilla: o bien no se daba cuenta o le daba igual. Cerré los pestillos de las puertas e intenté no mirarle. Tío, aquel semáforo tardaba una eternidad en ponerse verde. En medio de todo aquello tenía a Briggs en el altavoz de aquel teléfono, hablando con su becario como si estuvieran narrando un partido, los dos emocionadísimos. Otro coche llegó a la altura del mío y se detuvo a mi derecha. En ese había cuatro tíos, que sí iban escuchando el programa de Briggs. Lo llevaban a tal volumen que hasta yo podía oírlo.

»Cuando nos detuvimos en el siguiente semáforo intenté separarme un poco de la camioneta, pero no pude, no con aquel otro coche a la derecha. Me encajonaron. Creo que fue ahí cuando comenzó a entrarme el pánico, porque me di cuenta de que entre aquellos dos coches no podía cambiar de carril ni moverme a la derecha ni a la izquierda. El coche que había empezado a pitarme seguía justo detrás de mí y me bloqueaba el paso. Lo único que me quedaba era continuar hacia delante, y se me pasó por la cabeza un pensamiento: ¿y si se me pone alguien delante y también me corta el paso? ¿Qué van a hacer estos tíos si consiguen obligarme a parar el coche? El chaval que llevaba el móvil en el asiento de atrás de mi coche, el que iba hablando con Jordan Briggs, no dejaba de cantar nuestra posición, de decirle a la gente dónde estábamos y cuánto nos faltaba para llegar. Iba riéndose, tan metido en todo aquello. El de la cámara, sin embargo... Yo creo que empezó a notar cómo me sentía, que el control ya no lo teníamos nosotros, sino ellos. Fue como si alguien pulsara un interruptor enorme.

»Me di cuenta de que nos habíamos metido en un lío

muy serio cuando llegamos a la Universidad de Columbia. Los dos nos dimos cuenta. Incluso el tío del asiento de atrás se quedó calladito. Las aceras estaba llenas de estudiantes. Algunos sostenían carteles y todo. Otros señalaban mi coche y me llamaban a gritos por mi nombre. En un abrir y cerrar de ojos pasamos de unas decenas a cientos de personas. El de la cámara me indicó que girase, que saliera de Broadway, pero no podía, no con la camioneta y el otro coche bloqueándome el paso a ambos lados. En el siguiente semáforo, no tengo ni idea de qué cruce era, el corazón me latía como si me diese martillazos, casi tan fuerte como los puñetazos de aquel gilipollas de la camioneta en mi ventanilla a cada oportunidad que se le presentaba. Ver a toda aquella gente no hizo sino echar más leña al fuego. El conductor también se dejó llevar por los gritos de las aceras y me dio un golpe, solo un roce por el lado del acompañante. Entonces su colega se asomó tanto por la ventanilla que parecía que se iba a caer: ahora enfadado; por si fuera poco, ¡se puso a chillarme diciendo que yo les había dado un golpe a ellos! Era una burda mentira, pero eso daba igual. Me gritaba que parase el coche. No iba a hacer eso de ninguna manera. Entonces me golpearon a propósito y provocaron que yo le diese al coche que tenía a mi derecha, que chocó con el que tenía a su lado... Lo único que yo veía eran aquellas caras, toda esa gente gritándome desde los coches, los camiones, desde la acera... Incluso el tío que llevaba en el asiento de al lado me chillaba para que girase por alguna calle.

»En medio de todo aquello, Jordan Briggs seguía al teléfono con su becario y sumaban sus comentarios a todo lo que estaba pasando, como si estuvieran viendo algo en la tele en vez de estar al volante en medio de todo ese despropósito Llegamos... llegamos a otro semáforo, en la universidad, y toda la gente de las aceras invadió corriendo la calzada, rodearon mi coche y se pusieron a dar golpes en el capó, a subirse encima gritando. Tanta gente...

Su voz se desvaneció por un instante.

Cole advirtió que Marisa estaba temblando.

Cuando ella se dio cuenta, desplazó las manos bajo la mesa, sobre su regazo.

—Entonces fue cuando vi el arma.

—¿Quién tenía un arma?

—El gilipollas de la camioneta. Sacó el brazo y la utilizó para romperme el cristal de la ventanilla. Se hizo añicos, que me cayeron encima, y el ruido se volvió tremendo, como si de pronto tuviese a todas esas personas dentro del coche. El tío intentó agarrarme y a mí se me fue la olla. Apenas recuerdo lo que vino después, y ojalá hubiera alguna forma de quitarme de la cabeza lo que pasó, porque ahí está cada vez que cierro los ojos. —Levantó la mirada hacia Cole con los ojos vidriosos—. Pisé el acelerador. El tío estaba a medio bajarse de la camioneta, metiendo la mano por mi ventanilla, agarrándome, y yo le pegué un pisotón al pedal del acelerador. Tenía gente subida en lo alto de mi coche, gente delante, gente que estaba cruzando la calle con el semáforo, estaban por todas partes, y me dio igual, había dejado de pensar en lo que hacía, solo actuaba por puro instinto; instinto de supervivencia. Mi coche arrancó de golpe y pasó entre la multitud... Dios mío, lo oí todo, ese crujido espantoso, los gritos... Ni siquiera tenía los ojos abiertos, no podía mirar, había desconectado; mantuve el pie a fondo sin más...

Alzó los brazos y se rodeó con ellos a la altura del pecho en un abrazo solitario. Cole quería consolarla, pero sabía que no podía.

Marisa continuó con la voz temblorosa.

—Me... me estampé contra un edificio en el lado contrario del cruce. Eso fue lo que me detuvo por fin. Fue entonces cuando volví a abrir los ojos. Fue entonces cuando me di cuenta de lo que había hecho. Quise volver a desconectar de todo, pero no pude. Me puse a chillar sin más. Me sacaron de allí, y tampoco recuerdo mucho de esa parte. Me encontraba en estado de shock, y continué así durante dos días, y fue después cuando me dijeron que habían muerto cinco personas y había otras veintitrés heridas.

Cole no sabía muy bien qué decir. Al principio, cuando abrió la boca, no le salió nada. Finalmente le dijo:

—Lo siento.

Marisa volvió a levantar la cabeza para mirarle.

—Fui yo quien empezó por hacerle caso a esa zorra ignorante. Dejé que ella me convenciese. Ella es la razón de que yo esté aquí.

Cole volvió a observar la lista de acusaciones.

—¿Por qué la acusaron de cinco cargos de homicidio con agravante? Si aquel hombre le sacó un arma...

—Tenía un abogado defensor de oficio con exceso de trabajo al que yo no le importaba una mierda. El arma no la vio nadie más que yo, y nunca llegó a aparecer. No se ve en el vídeo. Sin arma, todo era culpa mía. El abogado de Briggs, ese tal Daly, se encargó de eso. Cuando las aguas volvieron a su cauce, Briggs parecía otra víctima, y yo venía de camino a Rikers.

—¿Quién fue su abogado de oficio?

—Un pringado sin experiencia que se llamaba Dan Carswell. —Se echó hacia atrás en la silla—. Ya sé lo que está pensando: cree que estoy metida en lo que sea que esté ocurriendo hoy.

—¿Lo está?

Negó con la cabeza.

—Mire, han pasado diez años. ¿Que si odio a esa mujer? Sí. Jamás dejaré de odiarla. Se aprovechó de una chica ingenua, pero ya me he liberado de cuanto puedo liberarme. Odiarla no va a eliminar la culpa que siento. El odio no va a traer de vuelta a ninguna de esas personas. Lo único que puedo hacer es cumplir mi condena, no llamar la atención y confiar en que saldré por la otra puerta con algo de vida por delante. Eso es todo.

Cole apartó la mirada de la mujer y volvió a posarla en el expediente. No podía mirarla.

—Cinco cargos de homicidio con agravante y otro involuntario... ¿Cuál fue...?

—¿Que cuál fue la diferencia? —Se humedeció los labios resecos y bajó la cabeza para mirarse las manos—. Una mujer estaba embarazada.

36
Jordan

Jordan dejó a la agente Varney en el pasillo a la puerta de su estudio por tercera vez y se dejó caer a plomo ante su micrófono. Entre una emisión y otra, la mayor parte de la última media hora la había dedicado a contarle lo que había sucedido con aquella joven estudiante de la Universidad de Nueva York; el resto de aquellos minutos los había pasado preguntándose si debería hacer que acudiera uno de sus abogados; y sus ratos en antena habían volado preguntándose cuándo iba a llamar Bernie.

Porque la cuestión no era si Bernie volvería a llamar o no. Todos sabían con absoluta certeza que la cuestión era cuándo lo haría, pero no lo había hecho. Todavía no. Sin embargo, a buen seguro esa posibilidad era lo único que evitaba que la agente y sus amigos se la llevaran a la fuerza a algún edificio federal para interrogarla más a fondo bajo la luz de los focos. Allí Jordan tenía la ventaja de campo al jugar en casa, ellos lo sabían y no les gustaba, eso estaba claro.

No le habían confiscado el móvil, y su primer instinto había sido el de llamar a Nick; se odiaba por ello. Habían estado juntos catorce años, casados durante doce. A lo largo de una gran parte de aquel periodo él fue su roca, su compañero del alma, su confidente. Su único confidente de verdad. Él estuvo ahí cuando sucedió todo lo de aquella chica: estuvo durante el juicio y estuvo para recoger sus pedazos. Vio sus noches de insomnio. La vio tomando pastillas. La ayudó a dejar las pastillas. La vio desmoronarse y la abrazó con fuerza para que sus fragmentos tuviesen tiempo de volver a pegarse los unos con los otros. Y todo tan lejos como pudieron de la mirada del público, porque ella no le iba a dar semejante material a esos capullos de la prensa, de ninguna de las maneras.

Él era el único que sabía lo de las cartas.

Mientras hablaba con la agente Varney, hubo un momento en que Jordan valoró la posibilidad de contárselo, pero ese momento pasó y, una vez perdida la ocasión, no hubo vuelta atrás. Si salía ahora a ese pasillo y se lo contaba, se estaría desdiciendo. Si le enseñaba las cartas, la acusarían de obstrucción a la justicia, y lo cierto era que ella no sabía si estaban relacionadas, en realidad no. Tal vez mencionarlas solo sirviese para enturbiar las aguas y distraerlos de cualquier pista que estuvieran siguiendo.

Jordan oyó vagamente la voz de Billy con la cuenta atrás para su entrada y vio con el rabillo del ojo cómo se encendía aquel EN EL AIRE. Alzó la mirada hacia él.

—Billy, ¿a ti te parece que soy una buena persona?

Billy no estaba listo para salir en antena, así que se aturulló un segundo de más antes de presionar el botón que abría su micrófono.

—Desde luego que no, señora Briggs. Es usted una cabrona desconsiderada y autocompasiva que ha llegado a lo más alto aprovechándose de los esfuerzos de los que la rodean. ¡Ahí va! ¿Lo he dicho en voz alta? Quiero decir que eres una santa, Jordie, y si yo tuviera dotes de escultor emplearía mi tiempo fuera de la emisora en levantarte una estatua de quince metros de altura en pleno Central Park aunque solo fuera para disponer de un sitio donde poder postrarme a tus pies y adorarte delante de todo el mundo. Podría escribirte una canción. Si te soy sincero, te mereces que hagan un juego de mesa sobre ti.

—Detecto un cierto aire de sarcasmo, Billy.

—Tú firmas mis nóminas. Tengo la obligación contractual de que me caigas bien.

—Y si no las firmase yo, ¿te caería bien? ¿Me ves como a ese tipo de personas con las que te irías a tomar algo sin tener la obligación de hacerlo?

—No estoy seguro. ¿Te van el porno, *Juego de tronos* y el Minecraft?

—¿Hay alguien a quien no le vayan?

—Me paso el día por ahí tirado en calzoncillos.

—Yo también.

—Entonces eres maja, supongo.

—Bernie me odia.

—Yo creo que Bernie tiene un problema con la ira. Parece que odia a un montón de gente.

—Cierto, pero yo le caigo especialmente mal.

—A lo mejor —dijo Billy—, si él te conociera, pediría habitaciones contiguas en el infierno. Nunca se sabe.

—¿Tú crees que yo voy a ir al infierno?

En su tercer monitor apareció un mensaje:

BILLY: ¿Adónde quieres ir a parar con esto?

Jordan miró hacia la pecera.

—Yo no me tengo por una mala persona. He cometido algunos errores en la vida. Algunos tropiezos, pero fundamentalmente trato de hacer las cosas bien.

—¿Fundamentalmente?

—Hay veces que mi gen cabrón se pone al mando. A veces se pelea con mi gen ambicioso. Y a veces llega mi gen activo y los pisotea a los dos. Ahí es donde las cosas se nublan un poco, pero desde luego que tengo conciencia.

—¿Estás segura? Quizá haya alguna clase de análisis de sangre que te puedas hacer para confirmar la existencia de dicha conciencia.

Jordan ladeó la cabeza y se echó el pelo hacia atrás, sobre el hombro.

—Me he estado devanando el cerebro, tratando de averiguar qué puede hacer que reviente alguien como Bernie, y sigo sin dar con nada. Los federales están aquí, me han sometido a un tercer grado buscando también una respuesta a eso, y yo creo que ahora están más perdidos que cuando han llegado. Tengo la sensación de estar viendo cómo unos policías tan necesarios como ellos se dedican a correr en círculos. Me hace caer en la cuenta de lo frágil que es el sistema. Un Bernie cualquiera se harta de todo, el mundo se derrumba a nuestro alrededor, y cuando llegan los que esperamos que mantengan el orden, en lugar de ayudar, en vez de generar confianza, van y colocan la lupa colectiva en la dirección equivocada. Si esta gente que ha venido hoy aquí son lo mejor que tenemos, lo mismo me largo a meterme debajo de la cama hasta que todo esto termine.

—No tengo muy claro que esconder la cabeza bajo tierra sea la respuesta.

—La cuestión es esta, Billy. Yo voy por la vida tratando de hacer las cosas bien, lo que yo creo que es correcto, y esa es una distinción importante porque lo que está bien para mí puede no estarlo para otros, así que esto me hace preguntarme: ¿significa eso que Bernie cree que está haciendo lo que debe? ¿Acaso tiene sentido todo esto para él?

—Hitler creía que estaba haciendo lo correcto. Stalin, Castro, Oprah —dijo Billy.

—No estoy segura de que Oprah merezca estar en esa lista.

—Los matinales de televisión son unos programas malvados que se dedican a sembrar la mugre y licuar el cerebro a sus espectadores, y hay que detenerlos. Es posible que Ellen sea el anticristo.

—Pues no sé, a mí me gusta Ellen.

—Vale, a lo mejor Ellen no, pero Springer sí, ese desde luego. A mí me han dicho que ni se me ocurra mirar nunca a los ojos a ese hombre. Se apodera de tu alma.

—No sé yo si alguien te discutirá este argumento. —Guardó silencio por un instante, y luego añadió—: ¿Te acuerdas de la Chica Desnuda?

A Billy se le pusieron los ojos como platos.

BILLY: ¡No nos permiten hablar de eso!

Aquel día Billy había gozado de una posición de privilegio, y Jordan estaba segura de que no se le había olvidado un solo segundo de lo ocurrido. Sabía a ciencia cierta que había pasado por tres psiquiatras a lo largo de los años repasando aquellos sucesos.

Billy era el becario que iba en el asiento de atrás del Accord amarillo de aquella chica, el que llevaba el teléfono móvil.

—El abogado que me representó en aquel juicio fue William Daly —dijo Jordan—. El mismo hombre que se acaba de inmolar en el túnel Holland.

Soltó del tirón aquellas palabras, consciente de que, una vez dichas, nadie podría retirarlas, ni Billy ni el FBI. Eran millones de personas las que lo habían oído, y eso no tenía vuelta atrás. En ese mismo momento estaba quedando constancia de lo que decía.

BILLY: ¡Las órdenes de no abrir la boca! ¡Los acuerdos de confidencialidad! ¡Los acuerdos judiciales! NO LO HAGAS, LO ESTÁS ARRIESGANDO TODO. ¡ESTO NO TE AFECTA SOLO A TI!

Jordan envolvió el móvil con los dedos. Le dio la vuelta y miró la pantalla: diez o doce mensajes de Nick. El último, de hacía unos cuatro minutos:

¡Llámame! ¡Llámame! ¡Llámame!

Hizo caso omiso de todo aquello y escribió un mensaje de respuesta para él.

La contestación de Nick fue prácticamente instantánea:

¡No hasta que hablemos!

Jordan le contestó tocando con fuerza cada letra, como si la presión añadida le diera alguna clase de énfasis a su argumento:

¡¡¡Ahora mismo!!! ¡Necesito
una copia ahora mismo!

Pasaron los segundos, y Jordan comenzó a pensar que Nick no iba a hacerlo.

Ella no lo haría. *¿Por qué iba a hacerlo él?*

Entonces entró: una foto de la carta que ella le había dado esa misma mañana. Jordan volvió a leer la carta primorosamente manuscrita e intentó no hacer caso del nudo que tenía en el estómago. Ella ya sabía lo que tenía que hacer.

Carraspeó para aclararse la garganta.

—¿Billy? Voy a leerte una cosa.

37
Jordan

Jordan se quedó mirando fijamente la foto de la carta, respiró hondo y halló el valor para leerla en voz alta:

—«Querida señora Briggs: ¡No me puedo creer que haya pasado otro año! ¡Cómo vuelan los días, las semanas y los meses! Ya estoy en quinto curso, y he crecido mucho desde la última vez que le escribí. Es más, ya soy más alta que la mayoría de los chicos de mi clase. Es un poquito raro, pero todas las chicas somos ahora más altas, y nuestra profesora, la señora Dolan, dice que es absolutamente normal. Dice que los chicos nos alcanzarán pronto, pero que en el plano emocional, espiritual e intelectual nosotras siempre estaremos por encima, aunque no siempre consigues verlo. Me cae bien la señora Dolan. Es amable. Me gustan las redacciones y las matemáticas. Las ciencias son un poco más difíciles, pero también son divertidas. Mamá dice que tengo un hermanito en camino. Sí, ya sé que debería estar emocionada con eso, pero hemos estado tanto tiempo solos mamá, papá y yo que no estoy segura de que quiera tener un hermano. Pero parece que ella sí quiere otro hijo, así que yo me alegro si ella se alegra. Papá dice que vamos a tener que compartir el cuarto durante una temporada, pero me ha prometido que nos va a conseguir una casa más grande. Mamá también está emocionada con eso. Yo no estoy segura de querer mudarme. Todas mis amigas están aquí, así que espero que la casa nueva esté cerca. Tampoco quiero cambiar de colegio. Mi mejor amiga Valerie y yo nos metimos en un lío el otro día por pasarnos notitas en clase. Por suerte, utilizamos un código secreto para que la señora Dolan no pudiese leerlas, pero aun así nos pilló. Aunque me alegro de que no pudiese leer la notita, porque era sobre un chico de mi clase, Blake Hilley. Valerie piensa que Blake es supermono, e imagino que yo también. Ella se ha enfadado porque parece que yo le gusto a Blake más que ella, y aun así ella le dio un beso ayer, y él ahora no nos habla a ninguna de las dos. Le conté a mamá lo de Blake, y ella me dijo que todos los chicos tienen un virus y que es peligroso acercarse a ellos hasta que cumplen los veinticinco. Me explicó no sé qué de un título universitario y un empleo que los curaba no sé cómo. Creo que esto último se lo ha inventado. También me ha dicho que no le cuente a papá lo de Blake. Dice que papá podría meterme en un convento (sea lo que sea eso) si descubre que hablo con chicos, pero me ha asegurado que sí puedo hablar con ella sobre chicos cuando yo quiera. ¿Se acuerda del año pasado, cuando le conté que quería ser veterinaria? He pensado mucho en eso este último año, y creo que lo dije porque se había muerto el perro de Valerie. Era mayor, e intentamos salvarlo, pero a veces los perros se cansan demasiado y hay que dejarlos dormidos. Yo creo que, en vez de ser veterinaria, a lo mejor me hago doctora y ayudo a la gente. Las personas viven más tiempo que los perros, los gatos o los hámsteres. Mamá y papá dicen que puedo ser lo que yo quiera cuando sea mayor, pero es que veo a los médicos en la tele y quiero ser como ellos. Mamá también dice que no hace falta que decida todo eso aún, pero a mí me gusta ponerme a pensarlo. Valerie no tiene ni idea de lo que quiere hacer ahora mismo. Ella también va a ser doctora. A Blake no le he preguntado, porque los chicos son unos estúpidos la mayoría de las veces.»

Jordan se detuvo un segundo. No levantó la cabeza para mirar a Billy porque sabía que si lo hacía no sería capaz de continuar. No se fijó en sus monitores ni en nadie que pudiera estar observándola a través del ventanuco de la puerta. No miró nada que no fuese la imagen de la carta de su móvil. Una lágrima se le deslizó del ojo izquierdo y le rodó por la mejilla. La dejó descender, y cuando la lágrima cayó sobre su escritorio Jordan halló la fortaleza para continuar.

—«Cuando usted me mató hace diez años, cuando mató a mamá y yo aún estaba en su vientre, cuando me arrebató mi vida entera, cuando me lo quitó todo, cuando nos lo quitó todo a todos, en realidad continuó con su vida como si nada hubiera ocurrido. ¿Se acuerda de eso? Se tomó un par de días libres y después, cuando regresó a su programa el lunes siguiente, prosiguió como si nada hubiera sucedido. Igual que el resto de las cartas que le he enviado, esta es un atisbo de cómo habría sido si no hubiera pasado nada, si la vida hubiese continuado tal y como usted fingió que era. Papá dice que se pasa cada segundo de vigilia en su vida deseando que nada hubiera sucedido, deseando que mamá continuara viva, que yo hubiese tenido la oportunidad de nacer, que el hermanito pequeño del que le he hablado hubiese podido llegar algún día. Dice que usted se lo quitó todo, a él y al resto de nosotros. ¿Esto la pone triste? No lo parece. Y eso sí me pone triste a mí. ¿Cómo puede alguien tener semejante crueldad en el corazón como para no sentir ningún remordimiento, ninguna culpa, ninguna vergüenza ni responsabilidad por algo tan horrible? Cuando cierra usted los ojos por las noches, ¿me ve a mí? Porque yo sí la veo a usted. Nunca he dejado de verla. Nunca he dejado de preguntarme qué habría pasado si usted jamás se hubiese entrometido en nuestras vidas. Algún día, a no mucho tardar, se preguntará cómo habría sido su vida si jamás se hubiese entrometido en la nuestra.»

Jordan tenía la voz temblorosa, y se concedió un momento para respirar hondo varias veces antes de concluir:

—La carta está firmada: «Por siempre jamás, Kimberly», y esa es la parte que me golpea siempre con más fuerza, porque yo sé que nunca hubo una Kimberly, por mi culpa. Necesitaba..., quería... compartir esto con todos ustedes porque se trata de una pesada carga que he llevado encima durante mucho tiempo. No me permiten hablar de los detalles específicos, hay órdenes judiciales que me lo prohíben, pero con una rápida búsqueda en internet imagino que la mayoría de ustedes sabrán de qué hablo. He recibido diez de estas cartas, una por cada año que habría vivido Kimberly, y no es que yo no haya querido hablar de esto. No podía. Creo que nunca he permitido que algo así me parase los pies, pero en este caso sí, probablemente porque así me sentía mejor. —Esta vez Jordan sí miró a Billy, que tenía los ojos clavados en ella—. Bernie, siento mucho todo lo que te he quitado. Siempre lo he sentido. Te merecías haber oído esto hace mucho tiempo.

Jordan era incapaz de hallar las palabras para decir nada más, así que dejó que el silencio se extendiese y miró su segundo monitor. Se fijó y vio que los nombres de todos los oyentes en espera iban desapareciendo de uno en uno, todos ellos reemplazados por el de ese otro oyente con quien ella sabía que no tenía más opción que hablar:

Línea 1: Bernie

Línea 2: Bernie

Línea 3: Bernie

Línea 4: Bernie

Línea 5: Bernie

38
Cole

—Se llamaba Kourtney Bretz —dijo Tresler.

Cole se encontraba de pie en el pasillo que conducía de regreso al helicóptero en Rikers, con el teléfono pegado a la oreja.

—Estaba embarazada de seis meses cuando Marisa Chapman se la llevó por delante. Consiguieron sacar al bebé en la ambulancia antes de que muriese la madre, pero tan solo vivió nueve minutos. Una niña. Kimberly Bretz, según el certificado de defunción. El pariente más cercano que figura es Bernard Bretz. Es él. Lo tenemos.

—Tenemos un nombre. Necesito una dirección, Tresler.

—Estoy en ello. Deberíamos ponerle alguna clase de protección a Chapman, ¿no?

—El alcaide Daggett ya lo ha hecho. La va a trasladar a aislamiento.

—Daggett es el padrino de Gracie, lo sabes, ¿verdad? Es capaz de rajarte como te pille por ahí a solas. Ándate con ojo.

Cole no le hizo el menor caso, pensaba en voz alta.

—Es una especie de venganza, tiene que serlo. Por eso está tan centrado en Jordan Briggs, por eso ha ido a por el abogado, Daly. Este tío ha saltado y está yendo a por todos ellos, pero ¿por qué ahora? ¿Por qué esperar diez años?

—La locura no se desarrolla de la noche a la mañana. Necesita su tiempo, como el moho.

—Algo lo ha hecho saltar. Lo ha hecho reventar.

Sonó un mensaje en el móvil de Cole con una dirección de la calle Ciento treinta y seis en West Harlem.

—Es la última conocida —dijo Tresler.

—¿Puedes reunirte conmigo allí?

—Informaré al teniente Gaff para que envíe para allá a la Unidad de Intervención, pero yo no voy a poder salir de Nueva Jersey. Con este tráfico no llego ni de broma. Aquí no se mueve nada.

—Busca un barco para cruzar el Hudson, y después sigues a pata. La dirección no está muy lejos de los muelles.

—¿Que busque un barco?

—Que busques un barco, que lo robes, me da lo mismo. Por el agua no hay atascos.

—Mierda —masculló Tresler.

—¿Qué pasa?

—He conseguido una copia del sumario del juicio. Ronald Bonfigleo y Patty Epps formaban parte del jurado que dejó libre a Briggs.

—Envíame una copia de tod...

Volvió a sonar el teléfono de Cole, esta vez con una lista con todos los nombres de los miembros del jurado. Comenzó a pasearse.

—Eso fue hace diez años. Tenemos que conseguir las direcciones actuales de todos ellos, localizarlos y ponerlos bajo custodia hasta que esto haya terminado.

—Sí, claro. En un día como hoy tenemos gente de sobra cruzada de brazos a la que podemos mandar justo a hacer eso.

—Pues que Gaff traiga a los federales, a Seguridad Nacional... No tiene por qué ser gente del Departamento de Policía de Nueva York.

—Últimas noticias, compañero: todos ellos están metidos ya en este caso, estudiándolo desde diferentes ángulos, y te garantizo que la protección será la última tarea a la que cualquiera de ellos le destine recursos. Quieren a todo el mundo tratando de encontrar a este tío.

—Si protegemos a esas personas, Bernie tiene que venir a nosotros. Así es como conseguiremos ir un paso por delante de él.

—Ningún juez dará el visto bueno a que utilicemos ciudadanos como cebo, de ninguna manera.

—¿Quién fue el juez del caso Briggs?

Tresler hizo una pausa durante un segundo.

—Brenda Northrop. Distrito Sur, segundo circuito.

—¿Puedes llegar tú hasta ella?

—Tengo el mismo problema, que también está en la ciudad.

—Pues tienes que...

—Que sí, que ya lo sé: buscar un barco.

—Mira, tú vas a verla y le cuentas lo que está pasando. Dile que estás ahí para mantenerla a salvo. Es muy probable que ella pueda coger el teléfono y localizar a esos miembros del jurado más rápido que nadie. Dos pájaros de un tiro.

—Dos pájaros... Te refieres a utilizarla a ella como cebo en lugar de a los otros. Sí, mucho mejor utilizar a una jueza que a un ciudadano de a pie; ¿así es como esperas que yo venda esto? —protestó Tresler con rotundidad.

—La estás protegiendo, así es como se lo vas a vender a la jueza. Y si resulta que Bernie aparece por ahí, entonces tendrás la oportunidad de acabar con esto y resolver el caso de tu vida.

Cole se lo imaginaba mordisqueando uno de sus mondadientes mientras le daba una vuelta a todo aquello.

Al final le dijo Tresler:

—Me gusta cómo suena eso. Espera un segundo...

—El sonido quedó amortiguado, probablemente porque Tresler estaba tapando el móvil con la mano. Regresó un instante después—. ¿Estás escuchando el programa de Briggs ahora mismo?

—No, ¿por qué?

39
Jordan

La agente Varney llevaba cerca de dos minutos seguidos aporreando la puerta cuando Jordan se decidió a tapar el cristal con un cartel escrito a mano que decía: NO VA A ENTRAR AQUÍ. Billy sabía perfectamente lo que había y no iba a abrir la puerta del estudio, no sin el permiso de Jordan; al parecer también había bloqueado su puerta, porque ninguno de ellos había entrado en su pecera. Todavía tenía el mensaje de Jules en su tercer monitor:

J. GOLDBLATT: ¡ABRE LA MALDITA PUERTA, JORDIE!

Jordan no había respondido. Después de pegar aquel cartel con cinta adhesiva había regresado a su mesa y había esperado a que finalizara la pausa publicitaria programada. Todas las llamadas se habían cortado cuando se produjo la desconexión a las nueve en punto conforme al funcionamiento normal del sistema, pero un segundo después volvieron a parpadear todas las líneas, tal y como había pasado antes:

Línea 1: Bernie
Línea 2: Bernie
Línea 3: Bernie
Línea 4: Bernie
Línea 5: Bernie

El contador luminoso en la pared indicaba que había más de trece millones de personas a la escucha en todo el mundo en ese preciso instante. No se podía imaginar cuánta gente estaba tratando de llamar a la emisora, ni tampoco acertaba a comprender cómo Bernie era capaz de puentearlos a todos y hacerse con el control de su sistema telefónico, pero había dado rápida cuenta de él.

Jordan elevó la mirada hacia las cámaras, aún cubiertas con plásticos. Acto seguido recorrió todos los rincones oscuros de su estudio y se preguntó dónde más tendría ojos este Bernie. Sabía que los tenía. Podía sentir su mirada.

Aquello le ponía los pelos de punta. Jordan abrió una nueva ventana del chat en su ordenador y tecleó un mensaje rápido para Sarah.

Sarah respondió al momento:

> SARAH: Los federales tienen a Charlotte encerrada en la sala verde con el senador Moretti. Han puesto a dos agentes en la puerta como si fuesen centinelas de un castillo para mantenerlos a salvo. Charlotte tiene sus libros, y me puede llamar si necesita cualquier cosa, así que no te preocupes por ella. Yo le echo un ojo. De todas formas, es probable que sea mejor que se quede ahí dentro. Hay agentes en los ascensores y también en la puerta de las escaleras. Están registrando a todo el que entra y sale de nuestra planta. También van por otras plantas del edificio, pero no sé qué hacen allí.

Jordan se planteó decirle a Sarah que no quería a su hija encerrada en una sala con Moretti, pero se lo pensó mejor.

Por mucho que ella le odiara, no tenía ningún sentido dividir los recursos con una segunda habitación que vigilar. Le dio las gracias a Sarah. En su pantalla apareció un mensaje de Billy:

BILLY: Es probable que nos detengan a los dos.

JORDAN: ¿Por lo que pasó entonces o por lo que está pasando ahora?

BILLY: Sí.

JORDAN: Yo tengo que llegar al fondo de esto, pero si tú te quieres marchar, puedes hacerlo. Ya te he metido en bastantes líos.

BILLY: No me voy a ir a ninguna parte.

JORDAN: Gracias, Billy. Tú siempre estás a mi lado.

BILLY: No, quiero decir que no voy a llegar a ninguna parte: el metro está cerrado, y no funciona el servicio de taxis. Estoy aquí confinado, así que lo mismo te ayudo, ya puestos.

JORDAN: Que te jodan, Billy.

BILLY: Yo también te quiero, Jordie.

Un instante después Jordan oyó la voz de Billy en sus auriculares, dándole la cuenta atrás:

—Entramos en tres, dos...

El indicador de EN EL AIRE se encendió en rojo.

El dedo de Jordan se quedó suspendido sobre el botón de la línea 1. Lo presionó antes de que le diese tiempo de cambiar de idea.

—Hola, Bernie.

—¿Te sientes mejor ahora? ¿Aliviada? ¿Como si te hubieras quitado una enorme presión del pecho?

—No. La verdad es que no.

—Me alegro.

—Estoy intentando comprender por qué estás haciendo esto. Lo que pasó fue terrible. Fue una tragedia, pero fue un accidente. En cierto modo debes entender eso.

—Eso no fue un accidente. Tú lo orquestaste. Fuiste tú quien movió los hilos de sus marionetas y provocó esos sucesos.

—Tal vez yo encendiera la mecha, pero ninguno de nosotros sabía que podía conducir a algo semejante. ¿Cómo íbamos a saberlo?

—No pensaste en las consecuencias —respondió Bernie—. Solo pensaste en ti misma. Utilizaste a esa chica. Cuántas vidas destrozaste ese día. Le diste a elegir a esa chica, y ella podría haber dicho que no, pero tampoco pensó. Ninguna de las dos lo hizo. Ninguna de las dos le dedicó ni medio segundo a preguntarse qué podría salir mal. Lo hicisteis sin más. A tomar viento las consecuencias.

—Si pudiera deshacerlo todo, lo haría.

—¿Lo harías? ¿Aunque supusiera el final de tu carrera? ¿Aunque significase que tu vida no habría ido como ha ido? ¿Y si hubiera significado que jamás llegaras a conocer a tu marido? ¿Que nunca hubieses tenido una hija? ¿Y si pudieras volver atrás en el tiempo, pulsar un interruptor y deshacerlo todo como si jamás hubiera sucedido? ¿Arreglarías mi vida borrando la tuya, lo harías?

—Esa pregunta no es justa.

—Tú no tienes derecho a decir lo que es justo y lo que no.

—Dime qué puedo hacer para detener todo esto.

—No puedes detenerlo, Briggs. Lo único que puedes hacer es elegir otra vez.

—No voy a participar en tu puto jueguecito.

Bernie no vaciló.

—¿Grand Central o Penn Station?

—No voy a volver a hacer esto.

—Elige una o las vuelo las dos. Te doy tres minutos para decidir. Ese tiempo debería bastar para que salga de allí cualquiera que lo esté escuchando. Y, por lo que yo sé, hay mucha gente escuchando. ¿Qué tal le va a la agente Varney? Pasó por un divorcio bastante feo hace unos años. A lo mejor puede darte algún consejo.

BILLY: ¿Cómo demonios sabe él quién hay aquí?

Estaba estudiando el plástico que envolvía la cámara de la pecera, pero, igual que las otras, estaba bien sellada.

—¿Y por qué no me matas a mí y se acabó? —preguntó Jordan.

—No.

—¿Por qué no?

—Porque quiero que sufras, y no hemos hecho más que empezar.

—Lo que pasó hace diez años fue un accidente. Lo que tú estás haciendo hoy no lo es. Estás matando a gente a propósito. Todas y cada una de esas personas tienen familia, hijos tal vez, algún tipo de vida. Tú les estás arrebatando eso.

—Así que mi pérdida no es igual que la suya, ¿es así? ¿Es eso lo que estás intentando decirme? ¿Que estoy poniendo el dedo en la balanza y que la estoy desequilibrando un poquito?

—No hay ninguna manera de equilibrar esto. No hay nada que podamos hacer ni tú ni yo que vaya a traer de vuelta a tu mujer ni a tu hija. Tienes que tratar de...

—No te atrevas a decirme que tengo que pasar página. Cuando tú te despiertes mañana, cuando todo esto haya acabado y alguien te diga a ti que «tienes que pasar página», entonces comprenderás lo que se siente. No hay página que pasar.

—Así que cuando amanezca mañana y todo esto se ha terminado, ¿dónde estarás tú?

—Estaré muerto, exactamente igual que lo estoy ahora. Morí aquella mañana de hace diez años con mi mujer y mi hija, de modo que nada cambia para mí. Le quedan dos minutos, señora Briggs.

Jordan observó sus monitores. Aunque tenía el volumen silenciado, el primero de ellos continuaba mostrando el canal de noticias. En una pantalla dividida estaban emitiendo desde la estación de Grand Central a la izquierda y desde la de Penn Station a la derecha. Una riada de gente salía por todas las puertas. De forma apresurada, la policía de tráfico estaba restringiendo el paso en las aceras. El faldón que iba pasando por la parte inferior de la imagen decía que estaban deteniendo los trenes en los túneles. Rara vez cogía Jordan el metro, y no se podía imaginar cómo sería quedarse atrapado en uno de aquellos túneles.

—Eres un puto cobarde, Bernie. Si tu mujer o tu hija continuaran vivas, ¿es así como te gustaría que te viesen? ¿Como querrías que te recordaran ellas?

—¿Has elegido?

—No voy a elegir —respondió Jordan.

—Así que prefieres verme volar las dos, ¿no?

—Preferiría ver cómo te pegan un tiro en la cabeza los federales, pero nadie me ha dado aún la posibilidad de elegir eso.

—Echaría de menos hablar contigo.

Jordan se rio con un bufido.

—Creo que yo sobreviviría sin ti.

—Sin embargo, tal vez esté ahí la respuesta: un tiro en la cabeza. Dado que pareces incapaz de decidirte entre las estaciones de tren, eso es lo que haré.

—¿Te pegarás un tiro en la cabeza?

—A mí no, a este tío de aquí —respondió Bernie.

Sonaron unos roces mientras Bernie movía el teléfono. Entonces se oyó otra voz en la línea.

—¿Jordie?

Jordan se acercó a su micrófono.

—¿Nick?

Saltó de la silla al oír el disparo. No lo pretendía.

40
Cole

El helicóptero aterrizó en St. Nicholas Park. El piloto no podía acercarse más sin posarse en medio de la calzada, de modo que a Cole le tocó seguir su propio consejo y continuar a pie las últimas manzanas.

La dirección era un edificio de cinco plantas que hacía esquina, de un ladrillo que hacía mucho tiempo ya que habían pintado de blanco y con un callejón estrecho que discurría por el lado izquierdo. Cole llegó corriendo y apenas se fijó en el edificio mientras intentaba recobrar el aliento. Tenía los ojos clavados en un Honda Accord de color amarillo, una tartana aparcada justo delante de la puerta.

Sabía que no podía ser el mismo coche que había conducido Marisa Chapman diez años atrás, pero también sabía que no estaba ahí aparcado por casualidad. Cuando se acercó lo suficiente como para leer la placa de la matrícula y la pegatina de hacía una década que tenía en un extremo, tuvo la seguridad de que Bernie había colocado el coche allí. A juzgar por el polvo y la mugre que cubrían el Honda amarillo, Bernie lo había dejado allí hacía mucho tiempo, pero no podía ser el mismo coche. El coche de Marisa Chapman se lo habría llevado la grúa a algún depósito de pruebas, probablemente el del Erie Basin en Brooklyn. Una vez allí, el laboratorio de Criminalística habría desmontado el vehículo y fotografiado cada roce, cada abolladura y cada arañazo. Acto seguido habrían metido cada pieza en un contenedor de pruebas, convenientemente etiquetada y registrada. Era improbable que cualquier vehículo implicado en un homicidio volviese a circular; uno implicado en un homicidio múltiple como el cometido por Marisa Chapman se conservaría como oro en paño por si acaso se presentaba alguna apelación y hubiera que volver a examinar las pruebas.

Un solo coche patrulla de la policía de Harlem se detuvo en medio de la calle Ciento treinta y seis, y bajó la ventanilla del lado del conductor.

—¿Es usted el detective Hundley?

Cole asintió y miró calle arriba y calle abajo.

—¿Dónde están los de la Unidad de Intervención?

El agente echó el freno de mano, encendió las luces de emergencia y se bajó muy despacio. Parecía estar cerca de cumplir los cincuenta, tenía unos veinticinco kilos de sobrepeso y hablaba con un ligero acento jamaicano.

—Los de Intervención están liados en la zona este. —Volvió a meter la mano en el interior del coche, sacó la gorra del uniforme, desgastada, y se la deslizó sobre la piel oscura de la cabeza calva. Dejó su puerta abierta y se acercó a Cole con el lento arrastrar de pies de quien lleva demasiado tiempo sentado—. Esta zona es mi ronda.

Cole se volvió hacia el coche amarillo, ahuecó las manos sobre el cristal y trató de ver algo mejor el interior.

—¿Había visto antes este coche?

—Ese cacharro lleva ahí aparcado tanto tiempo que ni me acuerdo. No parece que se haya movido nunca. Tal y como están las cosas para aparcar por aquí, los vecinos se quejan constantemente, pero hay alguien que sigue renovando el permiso, así que yo no puedo hacer nada.

Cole se fijó en la pegatina en el extremo superior izquierdo del parabrisas y advirtió que el agente estaba en lo cierto. No tenía más de un mes de antigüedad.

—¿Tiene algo que podamos utilizar para forzar el maletero?

—¿Tiene usted una orden judicial?

—Este es el escenario de un crimen.

—¿Y usted cómo lo sabe?

Cole sabía que el agente tenía razón. Sin alguna clase de causa probable, aquel no era más que otro coche aparcado en la calle.

—¿Ha comprobado alguna vez a nombre de quién está?

Asintió con la cabeza.

—De una tal Marisa Chapman. La dirección que figura es el apartamento de la quinta planta de este edificio, pero nadie abre nunca la puerta.

Cole estuvo a punto de decirle que era imposible, pero eso tan solo habría provocado más preguntas. Rodeó el coche y se agachó para mirar el asiento trasero. Vacío, salvo por una bolsa vieja del Taco Bell.

Se arrodilló ante la parte frontal del vehículo para observar mejor el parachoques. Casi toda la pintura estaba agrietada, descascarillada, y dejaba ver la goma negra de debajo. El lado izquierdo sobresalía en un ángulo extraño; el del acompañante lucía una abolladura considerable, y le faltaba el faro de ese lado. El óxido cubría la porción de metal que quedaba expuesta.

—Este coche ha estado involucrado en un accidente.

—También he comprobado eso. No hay ninguna denuncia que coincida con este vehículo.

No puede ser el mismo coche.

—¿Hasta qué año se ha remontado?

El agente se encogió de hombros.

—No sé. ¿Varios, a lo mejor?

—Un accidente sin denunciar nos da una causa probable para abrirlo.

—Un poco endeble.

—¿Qué lleva en su coche?

El agente soltó un suspiro y regresó a su coche patrulla arrastrando los pies. Volvió un instante después con una palanca metálica de unos sesenta centímetros, de color negro con la punta amarilla. Se la entregó a Cole.

—Deberá hacerlo usted. No tengo muy claro que quiera verme envuelto en lo que sea que esté tramando ahora mismo.

Cole cogió la palanca y la dejó sobre el maletero. Acto seguido se tiró en el suelo y reptó bocarriba debajo del coche con la linterna del móvil encendida.

—¿Y ahora qué hace?

—Buscar una bomba —respondió Cole.

Con el rabillo del ojo vio que el agente retrocedía un par de pasos.

—¿En serio?

Cole pasó la luz a lo largo de cada ranura, por la parte inferior del maletero y por los huecos de las ruedas.

—No veo ninguna.

—Genial, ya me siento mejor. Y si la hubiera, ¿está usted cualificado para reconocerla?

—¿Dónde están sus artificieros? —preguntó Cole—. ¿Puede traerlos hasta aquí?

—No estoy seguro de si se ha enterado de lo que está pasando en el centro, pero se ha dado la orden a todos los conductores de Uber de llevar sus vehículos a la comisaría de policía más cercana para que los inspeccionen. Nuestros artificieros van a estar ocupados más o menos hasta el Día de Acción de Gracias de 2029. Y lo mismo el resto de las brigadas de Artificieros de la ciudad.

Cole salió reptando de debajo del coche, se puso en pie y se sacudió el polvo de los pantalones. Extendió la mano hacia la palanca metálica:

—Entonces, a lo mejor prefiere apartarse un poco.

Deslizó la barra por la rendija del maletero justo bajo la cerradura, agarró el otro extremo con ambas manos, dio un salto y cayó sobre la barra con todo su peso para hacer palanca. El cierre se partió, la palanca cayó al suelo con un estruendo metálico, y el maletero se abrió de golpe.

No percibió el olor, al menos al principio. Ambos policías se quedaron varios segundos mirando las bolsas grandes de basura antes de que el hedor los golpeara.

Había dos bolsas, de las gruesas para todo tipo de escombros que venden en esos grandes almacenes para exploradores domingueros. De un plástico negro y grueso, colocadas a ambos extremos de un bulto que no podía ser más que un cadáver y unidas con cinta adhesiva en el centro, donde se encontraban la una con la otra. Faltaba cinta en un punto de uno de los bordes, de tal manera que dejaba apenas el espacio suficiente para que una mucosa amarillenta se deslizara y empapase la moqueta de alrededor. Una parte ya se había secado y apelmazado, y Cole oyó en su imaginación el sonido que haría cuando alguien levantara por fin aquellas bolsas y las sacara del maletero.

A su lado el agente retrocedió tambaleante, se dio la vuelta más rápido de lo que tal vez debería un hombre de su edad y empezó a vomitar en la acera.

Cole aún estaba observando el interior del maletero cuando sonó su teléfono.

—Dime.

—Nuestra jueza, Brenda Northrop —dijo Tresler—. Lleva casi un mes sin ir a trabajar. Hace tres semanas que la gente de su despacho denunció su desaparición. Una de sus auxiliares se pasó por su apartamento, consiguió que el portero le abriese la puerta y dijo que no había ni rastro de ella, pero sí se topó con algo raro. Una vieja cesta de metal colocada en medio del suelo del salón. Un cachivache oxidado. Contenía media barra de pan que parecía de hace un siglo. Estaba completamente fuera de lugar, igual que esas sillas y la mesa.

—Creo que la he encontrado. —Cole le habló del coche.

—No puede ser el de Marisa Chapman.

—Eso mismo es lo que no dejo de repetirme yo.

—¿Has subido a su casa?

—Todavía no.

—¿Está ahí la Unidad de Intervención?

Cole miró calle arriba y calle abajo. Una mujer paseando al perro; dos hombres corriendo. Por lo demás, desierta. Probablemente el resto del mundo estaba pegado al televisor.

—No, estoy solo con el agente...

—Whimbly —dijo el hombre, que se limpiaba la boca con la manga de la camisa—. Clifford Whimbly.

—Estoy solo con el agente Whimbly. Esta es su ronda.

Tresler soltó un suspiro.

—Tú decides, pero si esperas es posible que lo hagas un buen rato.

Cole cerró el maletero del coche y se dio la vuelta para observar el edificio. Su mirada recorrió la pintura blanca desconchada sobre los ladrillos hasta las ventanas de la quinta planta.

—Voy a subir.

41
Cole

Al contrario que tantos otros edificios de ladrillo de la ciudad, ese jamás había sido una vivienda unifamiliar, sino que comenzó su historia a inicios del siglo xx como una especie de bloque de apartamentos. Cinco pisos, de ocho a diez viviendas como mínimo, pensado para alojar a la mayor cantidad de gente posible al menor coste. Fue hacía unas pocas décadas cuando el barrio cambió, disparó el mercado inmobiliario y puso el precio del metro cuadrado en unos seis mil quinientos dólares, fuera del alcance de la clase trabajadora que antes tenía allí su hogar.

Para Cole todo aquello tenía como consecuencia un simple hecho que nada tenía que ver con la gentrificación.

Sin ascensor.

Aunque diez tramos de escaleras no fuesen especialmente problemáticos para él —más o menos se mantenía en buena forma—, sí se pensó dos, tres o cuatro veces el pedirle al agente Whimbly que subiera detrás de él.

Whimbly debió de pensar algo similar porque le dijo:

—No se deje engañar por mi tamaño. Hace falta músculo para mover este cuerpo. Jugué al baloncesto en el instituto y en la universidad, y habría llegado a profesional de no haberme reventado el hombro. Siempre he sido bastante grande. No me voy a quedar atrás. Ya ni me acuerdo desde cuándo tengo que subir estas escaleras y otras por el estilo. No voy a dejar que se meta usted solo en lo que sea que esté pasando ahí arriba.

Cole asintió con la cabeza y comprobó los buzones del correo.

La dirección que le habían facilitado era la del apartamento 5A.

Faltaba la chapa con el nombre en el buzón de ese apartamento. A juzgar por los arañazos recientes en la pintura de alrededor, no hacía mucho que alguien la había arrancado.

—¿Le dice algo el nombre de Bernard Bretz? —preguntó al agente Whimbly.

—No.

—¿Y el de Kourtney Bretz?

Hizo un gesto negativo con la cabeza.

Cole se dio la vuelta y observó las escaleras.

—Muy bien, permanezca detrás de mí.

Whimbly no solo no perdió el paso, sino que ni siquiera le faltaba el resuello cuando llegaron al rellano del quinto piso. Giró y afrontó el último tramo de escaleras con los ojos clavados en la puerta del 5A, con una mano en la culata de su arma reglamentaria, mientras soltaba la pestaña de cuero con un gesto del índice con la facilidad que da la práctica.

Veinte minutos antes quizá Cole se hubiera preguntado cuándo habría sido la última vez que el agente Clifford Whimbly había disparado aquella arma, pero su opinión sobre aquel hombre evolucionaba con rapidez, y ahora le daba la impresión de que tenía la costumbre de pasar por el campo de tiro y de mantener la puntería afinada.

Cole le señaló primero a él con el dedo y después señaló el rincón de la parte derecha de la puerta del 5A, y Whimbly cruzó silencioso el descansillo antes de apretarse contra la pared tanto como pudo.

Cole hizo lo mismo a la izquierda, se llevó una mano al arma y llamó a la puerta con la otra. Tres golpes rápidos de nudillos.

—¡Policía de Nueva York!

No hubo respuesta y, conforme pasaban los segundos, Cole sintió la mirada de un vecino por la mirilla de la puerta del 5B. Se preguntó si sería Bernie quien estaba detrás de esa otra puerta. Eso era lo que él haría: utilizar esa puerta como cebo y atacar desde la otra, de manera que cuando se abrió la puerta del 5B Cole estuvo a punto de desenfundar su arma.

La mujer que se asomó tenía más de setenta años, aún llevaba puesto el pijama y los rulos en la cabeza. Se le abrieron mucho los ojos al verlos, pero no retrocedió al interior de su apartamento ni cerró la puerta, sino que dijo:

—Ahí no vive nadie.

Cole lanzó una mirada fugaz a Whimbly. El hombre corpulento se mantuvo en su posición.

La mujer hundió ambas manos en los bolsillos de la gruesa bata de franela.

—Está desocupado desde hace unos nueve o diez años ya.

—¿No ha visto a nadie entrar ni salir de ahí?

La mujer negó con la cabeza.

Cole sacó su móvil, encendió la linterna y comenzó a pasar el haz de luz por el borde de la puerta y alrededor de la cerradura.

—¿Qué están haciendo?

Antes de que Cole pudiera responder, Whimbly dijo:

—Señora, vuelva a meterse en su casa y cierre bien la puerta con llave.

Por un instante pareció como si la mujer fuese a protestar. Luego cerró la puerta, y oyeron cómo encajaban varios pestillos en su sitio.

Cole volvió a ponerse en pie, se apartó y se preparó

para dar una patada en la puerta cuando Whimbly lo agarró del brazo.

—Eh, espere un minuto.

—Me ha dicho que el coche está registrado en la dirección de este apartamento. Eso nos da una causa probable.

—No me refiero a eso. —Whimbly se llevó la mano a un costado del cinto, desenganchó una funda de cuero y sacó un estuche de ganzúas. Cogió dos de ellas y se plantó delante de la puerta sobre una rodilla—. Es una cosilla muy útil que aprendí antes de unirme al cuerpo. Suele servir para no destrozar un montón de marcos de puertas. Entre las llamadas de los vecinos intranquilos y los ruidos raros que se oyen en inmuebles abandonados, he tenido que abrir ya una buena cantidad de apartamentos con el paso de los años.

Deslizó ambas ganzúas en la cerradura y comenzó a moverlas allí dentro. Unos segundos más tarde giró las manos y el pestillo se abrió. Volvió a ponerse en pie, guardó las ganzúas en el estuche, lo metió de nuevo en la funda de cuero, retrocedió hacia el lateral de la puerta e hizo un leve gesto de asentimiento hacia Cole.

Con una mano aún sobre la culata de su arma, Cole alargó el brazo hacia el picaporte, lo giró y empujó la hoja hacia el interior del apartamento.

—¡Policía de Nueva York, vamos a entrar!

A juzgar por el polvo en el suelo de parqué, hacía tiempo que allí no vivía nadie, pero sí había entrado alguien: había varias huellas que partían de la puerta, continuaban pasillo abajo y parecían recorrer toda la casa. La pared de la derecha estaba cubierta de fotos enmarcadas, y en la de la izquierda había varias habitaciones. Cole desenfundó el arma, entró y observó el suelo con detenimiento en busca de cables trampa o de cualquier otra cosa que hubiera podido montar Bernie. Se detuvo ante la primera de las numerosas fotografías.

La imagen mostraba a un hombre y a una mujer en el día de su boda: él con esmoquin, y ella con un vestido blanco al viento, ambos de pie en la escalinata del juzgado con las manos entrelazadas. Alguien se había tomado la molestia de recortar ambos rostros hacía algún tiempo. Igual que los suelos, el cristal estaba cubierto por una gruesa capa de polvo. Las demás fotografías eran similares: un hombre y una mujer haciendo senderismo. Los dos juntos delante de una cascada. Otra foto de la pareja ante la chimenea de una cabaña muy acogedora.

Cole iba recorriendo el pasillo, y las imágenes contaban una historia. Varios años seguidos, expuestos en orden cronológico. Las imágenes cambiaban justo enfrente del dormitorio principal, donde se centraban solo en ella y en su vientre cada vez más voluminoso; embarazada, como era obvio, la barriga era ligeramente más grande de una fotografía a la siguiente. Los vaqueros y las camisetas de tirantes daban paso a pantalones elásticos y túnicas amplias. Su rostro había desaparecido de todas y cada una de las fotos.

El primer dormitorio contenía una cama de matrimonio, mesillas de noche y una cómoda. Las sábanas formaban una montaña arrugada a los pies de la cama, y sobre los muebles había la serie de objetos que cabría esperar: un cepillo para el pelo, más fotos enmarcadas, ropa limpia y doblada. Todo ello cubierto de polvo. En el cuarto de baño encontraron dos cepillos de dientes en un vaso amarilleado por el paso del tiempo y medio tapados por una gruesa telaraña. Había unos botes viejos de champú en el suelo de la ducha y unas toallas podridas que colgaban de la barra de la cortina. En el retrete, el agua mostraba una gruesa capa de moho en el borde exterior: nadie había tirado de la cadena en años.

—Es como si alguien se hubiera levantado de la cama y se hubiera marchado. Los armarios siguen llenos de ropa.

Cole asintió y volvió a salir al pasillo.

El segundo dormitorio tenía las paredes pintadas de un rosa desvaído y una cuna blanca en un rincón, llena de animales de peluche: con solo mirarla Cole sintió que se le encogía el corazón. Sabía que aquella cuna no se había utilizado nunca y que jamás se iba a utilizar.

El extremo del pasillo se abría y daba paso a un salón con una pequeña cocina encajada en una esquina. El sofá, la tele, todo dispuesto probablemente tal cual estaba cuando Bernard y Kourtney Bretz vivían allí. Había un botellín de cerveza vacío sobre la mesita baja del salón. Todo el mobiliario era viejo y se encontraba en diferentes estados de conservación. En realidad nada iba a juego con nada. Cole tuvo la impresión de que todo era de segunda mano incluso cuando ellos vivían allí, como si lo hubieran ido montando poco a poco, con el paso del tiempo: una pareja joven que empieza sin disponer de muchos medios. Lo que llamaba allí la atención era lo que faltaba, no solo por el espacio vacío junto a la cocina, sino también por la forma cuadrada donde no había polvo. Para Cole resultaba evidente que la mesa oxidada del escenario del crimen de los Bonfigleo había salido de allí. Igual que las sillas que habían hallado en ambas casas. Lo más probable era que los juguetes infantiles procedieran de aquel cuarto.

—¿Por qué me da la sensación de que nos están observando unos fantasmas? —dijo Whimbly en voz baja.

Ese fue el instante en que sonó el teléfono, el escandaloso timbre de un antiguo teléfono fijo lo bastante fuerte como para que se sobresaltaran los dos.

42
Cole

Cole encontró aquel teléfono viejo colgado en la pared de la cocina con un cable lo bastante largo como para recorrer medio apartamento mientras hablabas. Estaba en su tercer timbrazo estridente cuando lo descolgó con sumo cuidado.

Bernie no esperó a que él dijese nada.

—¿Tiene usted familia, detective?

—No.

—La familia es el centro de todo para los seres vivos. Soy un hombre sencillo, nunca he pedido mucho: una casa donde tener mi hogar, alguien con quien compartirla y, quizá, si fuese afortunado, una tercera persona a la que ambos pudiéramos entregarle todas las cosas buenas de la vida. No es mucho pedir. Lo cierto es que no, apenas un pedacito de ese sueño.

»Conocí a Kourtney en la universidad. Ella tenía veinticuatro años, yo veintiséis. Ambos llegamos a la universidad un poco más tarde que la mayoría, así que eso nos sirvió un poco a los dos para romper el hielo. Era algo que teníamos en común, ella y yo contra todos aquellos chavales. Ahora me parece una bobada pensar en lo mayores que nos sentíamos frente al resto por aquel entonces, pero cuando eres más joven una diferencia de entre seis y ocho años te parece un mundo.

»Yo conducía un camión en aquella época, y tenía que

ahorrar. Finalmente conseguí poner algo de orden en mi vida, lo suficiente como para estudiar a tiempo parcial. Ella se había cogido un par de años sabáticos para cuidar de su madre, que estaba en los últimos coletazos de un cáncer de páncreas. Da igual, el caso es que entré en una clase de Literatura americana y allí estaba ella: la mujer más guapa que había visto en mi vida, sentada sola en la antepenúltima fila. Tuve uno de esos momentos en plan John Cusack, como en una peli, como si ella estuviera iluminada por un foco y comenzara a sonar la música. Entonces levantó la cabeza hacia mí, una miradita fugaz, como si la hubieran pillado haciendo algo, y volvió a centrarse en lo que fuese que estuviera garabateando en un cuaderno, pero no hizo falta más. Me echó el lazo con aquella sonrisita que se mantuvo en sus labios tal vez durante un segundo más de lo que debería; luché contra todos y cada uno de los nervios de mi cuerpo y me senté a su lado.

»Recuerdo los hoyuelos que le salían al sonreír, como si estuviera intentando no hacerlo, y eso la hacía todavía más deslumbrante. Y aquellos ojos, azules como zafiros y llenos de un millar de años de sabiduría, como si las respuestas a las grandes preguntas sobre el universo estuvieran al alcance de la mano. Tardé prácticamente una semana en reunir el valor necesario para pedirle salir, pero diría que ambos sabíamos que yo estaba preparando el terreno para pedírselo y que ella estaba siendo paciente. Siempre tan paciente.

Cole miró a Whimbly y gesticuló con los labios la palabra *rastrear*.

Whimbly asintió con la cabeza y se dirigió al final del pasillo antes de comunicarse por radio.

Bernie soltó un largo suspiro.

—Cuando venimos a este mundo nos falta algo. Tenemos un vacío en el alma. Esa historia del yin y el yang, hay algo de cierto en eso, y yo pienso que cuando encontramos a nuestra otra mitad lo sabemos. No soy capaz de describir esa sensación, la verdad, pero créame que algún día le pasará a usted, y entonces lo sabrá. No se puede negar. Kourtney era mi otra mitad y, pobrecita mía, yo era la suya. Los dos lo supimos desde aquel primer instante, y nuestra certeza era mayor con cada día que pasaba. Así que salimos durante cerca de un año, tiempo suficiente para que nadie nos dijera que nos estábamos precipitando, y nos fuimos al juzgado y nos casamos.

»Ninguno de los dos tenía familia. Yo jamás llegué a conocer a la mía, y la de Kourtney se había extinguido con la muerte de su madre, así que fuimos solo nosotros dos y un par de amigos de la universidad, pero eso era todo cuanto necesitábamos. Cogí unos turnos extra, extendí mis rutas, nos apretamos el cinturón y conseguimos ese apartamento donde está usted, unos cuantos muebles de segunda mano y empezamos a vivir. No era mucho, pero era nuestro, y no nos hacía falta nada más.

»Dos años después supimos que Kourtney estaba embarazada. Los dos queríamos tener hijos, eso nunca fue un problema, pero intentamos tener cuidado al estar en la universidad. Imagino que no tuvimos el suficiente. A Kourtney le faltaba un año para terminar la carrera y yo me había quedado atrás por la carga extra de trabajo, así que tuvimos que tomar una decisión en la que, en realidad, no había mucho que decidir: yo dejaría los estudios y cogería más trabajo, iríamos ahorrando, y luego me quedaría en casa con el bebé para que ella pudiese terminar la carrera. Después de la graduación yo volvería a trabajar, ella podría buscar trabajo también, y dejaríamos a la niña en la guardería. También hablamos sobre la posibilidad de que yo retomara los estudios algún día, pero yo ya sabía que no iba a hacerlo nunca. Lo cierto es que me gustaba el camión. Estaba bien pagado, y no tenía que responder ante nadie. No era el trabajo ideal, pero qué se le va a hacer, ¿no? Además, todo eso mereció la pena al ver la cara que se le puso a Kourtney cuando pinté el cuarto de nuestra hija y conseguí una cuna.

Cole miró pasillo abajo. Whimbly estaba de espaldas, hablando por teléfono.

Bernie prosiguió:

—Cuánto amor había en nuestro pequeño apartamento. Lo notabas nada más entrar por la puerta, como si alguien hubiera subido el termostato de la calefacción y te enchufara el calor directo en la cara.

»Recuerdo volver a casa una mañana tras hacer una ruta nocturna, poco después del amanecer, y encontrarme a Kourtney en el cuarto de nuestra hija, allí sentada con la mano en el vientre y hablando con nuestra pequeña que aún no había nacido, hablándole sobre mí, sobre nosotros, y no le voy a mentir..., se me hizo un nudo en la garganta. Estuve a punto de volverme al pasillo cuando Kourtney me vio y me hizo un gesto para que entrara en la habitación, con una sonrisa de oreja a oreja. Me cogió la mano, se la llevó al vientre junto a la suya y, un segundo más tarde, lo noté: la niña dio una patada. Aquel golpecito, lo justo para decirnos que estaba allí, participando en la conversación, y recuerdo que entonces miré a Kourtney a los ojos y... —La voz de Bernie quedó en suspenso durante un segundo, y entonces carraspeó—. Se marchó a la universidad diez minutos después. Yo estaba en la cocina, preparándome un sándwich. Kourtney me dio un beso de despedida y salió corriendo por la puerta, tarde como siempre.

»Esa... esa fue la última vez que la vi. No... no reconocemos esos instantes cuando suceden, la última vez que vemos a alguien con vida. Fue un "hasta luego", sin más, como cualquier otro. Yo estaba... estaba durmiendo cuando sucedió. Comí, me di una ducha y me quedé dormido en el sofá. Joder, estaba durmiendo cuando murieron mi mujer y mi hija. Echándome una puta siesta. Me desperté con las noticias en la televisión. Había un reportero en

Broadway en medio de la calle, de pie entre los restos de lo sucedido. Recuerdo que me desperté absolutamente desorientado, viéndolo y oyéndolo tan solo a medias, aquel hombre que hablaba de la chica que había atropellado a un montón de gente en la Universidad de Nueva York. Entonces vi la mochila de Kourtney en el suelo, detrás de él, aquella gris de L. L. Bean con un corazón rojo en el centro. Intenté llamarla al móvil, y allí mismo, en la televisión, pude ver cómo un policía seguía el rastro del sonido, abría la mochila de Kourtney y cogía la llamada. Oí su voz en mi teléfono, y creo que entonces me desmayé porque lo siguiente que recuerdo fue despertarme otra vez en el sofá mientras alguien aporreaba mi puerta.

Cole apoyó la espalda en la pared y se pasó la mano por el pelo. Ninguno de los dos dijo nada durante un buen rato. Finalmente fue Cole quien habló:

—Bernie, si entiende lo que siente uno con semejante pérdida, ¿por qué está haciendo daño a toda esa otra gente?

—Este fuego lo encendió Jordan Briggs, detective. Solo ella puede apagarlo.

—¿Y qué se supone que significa eso?

—Esa mujer aún me debe una respuesta. No ha elegido aún, y yo no puedo esperar mucho más.

El agente Whimbly regresó de nuevo arrastrando los pies por el pasillo, y le ofreció una hoja de papel. Gesticuló con los labios «Lo tenemos» y le entregó la nota a Cole. Una dirección garabateada con prisas.

Cole la leyó antes de decir:

—Bernie, ¿dónde está ahora mismo?

43
Jordan

De nuevo Jordan se encontraba sentada frente a la agente Varney a la mesa de reuniones de su despacho. Aún estaba temblando.

Billy estaba en antena, sustituyéndola.

Jordan apenas distinguía su voz en los altavoces del pasillo.

Cuando abrió la puerta del estudio, cuando salió tambaleándose medio perdida, allí estaba esperando Jules Goldblatt con el senador Moretti, y los dos se apresuraron a entrar. Goldblatt le dio unos auriculares al senador y lo sentó delante de un micrófono, y Billy estaba charlando ahora con él en antena. Ella había permitido que sucediera, le habían faltado las fuerzas para negarse. La idea de oponerse a aquello no era más que un pensamiento lejano envuelto en la maraña de todo lo demás que tenía en la cabeza y que le pedía a gritos su atención.

—Ese no podía ser Nick —susurró Jordan sin alzar la mirada.

La agente Varney deslizó el móvil de Jordan sobre la mesa con la yema del dedo, hacia ella.

—Intente llamarlo otra vez.

—Porque esta vez sí lo va a coger, ¿verdad? Y no como las diez anteriores, ¿no es así?

La agente Varney no respondió, se limitaba a mirarla sin parpadear.

Jordan cogió el móvil, volvió a marcar el número de Nick y estampó el teléfono contra la mesa cuando le saltó el buzón de voz. Levantó la cabeza hacia la agente.

—¿No pueden rastrear dónde está o algo así?

—Tengo a gente trabajando en eso.

—Vale, pero, por Dios, ¿cuánto se tarda? ¿Por qué no dan con él?

—Cálmese, señora Briggs.

—No me diga que m...

—Que se calme, señora Briggs —repitió Varney, más enérgica ahora.

—Creo que acaba de disparar a mi marido.

—Exmarido —replicó Varney.

—Eso no mejora las cosas.

Una sonrisa ladina asomó a la comisura de los labios de la agente Varney.

—¿Tan malo sería? ¿Quitarse de en medio a Nick?

—Está enferma.

Varney se encogió de hombros.

—La mitad de mi gente cree que usted tiene a sueldo a Bernie, y que él tan solo le ha hecho un favor. Alguna clase de apaño extraoficial entre los dos, algo bajo cuerda.

—Se le ha ido la puta olla.

—Tampoco sería usted la primera exmujer que se carga a su marido. Cuando sucede algo así, nueve de cada diez veces es cosa del cónyuge. Con todo eso del dinero que hemos descubierto esta mañana, tal y como Nick ha vaciado todas sus cuentas bancarias, no cabe duda de que usted tenía un motivo. —Se inclinó hacia delante y bajó la voz—: De mujer a mujer, ese capullo se lo merecía.

Jordan no iba a permitir que la alterase.

—El dinero no es para mí un motivo. Siempre estoy a tiempo de ganar más. Aunque se hubiera gastado hasta el último centavo sé que puedo recuperarlo, así que ya puede usted ponerse a lanzar todas las teorías disparatadas que le parezca, pero lo único que estará haciendo será perder el tiempo. Está aquí sentada de brazos cruzados mientras Bernie sigue ahí fuera, riéndose de todos ustedes.

—Su colega Bernie.

—Déjelo ya, ¿vale?

Aunque sin volumen, el televisor montado en el rincón de su despacho estaba encendido con emisiones en directo desde las estaciones de Penn y Grand Central. Una inmensa multitud se congregaba ahora en el exterior, con barreras de la policía en todas las puertas. No circulaba ninguno de los trenes, y habían evacuado a las últimas personas mientras los artificieros registraban ambas estaciones. En cuestión de unas horas ese tío había paralizado la ciudad entera.

Jordan se puso en pie.

—¿Adónde cree que va?

—Vuelvo a entrar en antena. No me puedo quedar aquí sentada viendo esto. Necesito hacer algo.

—¿Y qué es lo que piensa hacer, exactamente?

—No lo sé. Algo. Lo que sea.

—Eso no parece muy planificado.

—Pues tiene tan buena pinta como lo suyo.

—Ese hombre va a cometer un error, señora Briggs. Siempre lo hacen.

—Si yo me quedara esperando a que los demás cometan errores antes de tratar de conseguir las cosas por mí misma, todavía sería camarera.

Cuando Jordan se dio la vuelta para salir de la habitación, Varney le dijo:

—Su móvil se queda aquí.

Valoró la posibilidad de discutir con ella, pero no le vio el sentido y deslizó el móvil sobre la mesa.

—Si Nick devuelve la llamada, hágamelo saber.

Antes de que Varney pudiera responder, Jordan se encontraba ya de nuevo en el pasillo, rumbo a su estudio.

Se detuvo ante la puerta de la sala verde y echó un vistazo al interior.

Charlotte estaba hecha un ovillo, durmiendo en el sofá. No se había enterado de lo de Nick. Eso estaba bien. No quería que se enterara por las noticias ni por ninguna otra persona. Ella se lo contaría cuando se despertara. O mejor, quizá, cuando tuviera confirmación de alguna clase. Tal vez en ese momento, pero no antes; no había ninguna razón para contárselo antes. Qué pequeña le parecía su hija, tan vulnerable, aquella cosita que tanto la necesitaba a ella para sobrevivir en este mundo.

Jordan permaneció allí varios minutos, viéndola dormir y deseando que su hija no tuviera más que paz durante todo el tiempo posible, antes de regresar al pasillo y llegar hasta la puerta de su estudio. La señal de audio de los altavoces del techo estaba desconectada, pero Jordan podía ver a Billy hablando a través del cristal de su pecera. Por el ventanuco de la puerta veía al senador sentado en su sofá: los auriculares puestos e inclinado sobre un micro, aburriendo sobre Dios sabe qué.

Jordan dio un toque en el cristal de Billy para captar su atención. Acto seguido señaló hacia la puerta del estudio.

Una expresión de alivio invadió el rostro de Billy y el cerrojo hizo clic al abrirse.

El senador alzó la mirada cuando entró Jordan, pero continuó hablando.

Ella permaneció allí de pie un instante. Miró entonces al techo, hacia las cámaras que habían tapado con plásticos. Levantó la mano y agarró el plástico de la que tenía más cerca, la que apuntaba hacia el sofá, y lo arrancó. A continuación quitó el plástico de la cámara que solía grabarla a ella. Rodeó el sofá, se sentó detrás de su mesa, se puso los auriculares y se acercó a su micrófono.

—He tenido que tomarme un minuto, pero ya estoy de vuelta.

El senador Moretti miró con cara de sospecha aquellas cámaras que habían quedado expuestas. Después la miró a ella.

—Billy y yo justo estábamos hablando sobre la ley Moretti-Mercer que le he mencionado antes, de cómo permitiría a las fuerzas federales de la ley registrar viviendas y vehículos de los sospechosos de haber participado en actos terroristas, sin necesidad de una orden judicial. Yo creo que muchos de los oyentes de su programa están de acuerdo: en momentos como este sería una herramienta muy valiosa para la policía.

—Ajá. —Se encendió la tercera pantalla a su derecha.

BILLY: Dale duro, Jordie, por favor. Dale muy duro.

En lugar de volverse contra el senador, Jordan le dijo:

—Muy bien, senador, voy a morder el anzuelo. ¿De qué manera, exactamente, sería de ayuda su ley bajo las presentes circunstancias?

Billy la miró confundido desde su pecera.

El senador también parecía sorprendido. Había henchido la pechera, listo para el combate, y se fue desinflando poco a poco conforme iba cayendo en su habitual retórica.

—Bueno, esperar a que llegue una orden judicial puede suponer un tiempo muy valioso. Aunque sea tan breve como diez o veinte minutos. En ese lapso, un sospechoso puede destruir pruebas, huir, hacer daño a otras personas; hay un millón de cosas que podrían torcerse...

—En las circunstancias en que nos encontramos hoy, senador. No me hable de generalidades. Si su ley estuviera aprobada ya, ¿cómo ayudaría hoy a la policía? Estoy segura de que usted lo ha pensado bien, eso está claro. Ha estudiado informes y estadísticas, ha hablado con los que están en las trincheras. ¿Cómo utilizaría hoy su ley para atrapar a Bernie?

Al ver que el senador no respondía de inmediato, Jordan prosiguió:

—Porque si no es un juez, ¿quién determina exactamente en qué casa puede entrar la policía, qué coche puede registrar? ¿Quién decide que no pasa nada si se pisotean los derechos de alguien conforme a la cuarta enmienda por un bien mayor?

—La ley simplifica el procedimiento.

Jordan asintió.

—Simplifica el procedimiento —repitió ella—. Utilicemos su ejemplo: si la policía tiene la sensación de que alguien está a punto de destruir pruebas o está a punto de cometer un delito, si existe la causa probable, ya tiene permitido el acceso a una vivienda o a un vehículo sin una orden judicial. ¿Qué cambia su ley en este aspecto?

—Mi ley permite que la policía ejecute un registro con más rapidez.

—Hablemos claro: quiere decir sin una causa probable.

—Solo si alguien es sospechoso de terrorismo.

—De nuevo, si no es un juez, ¿quién determina eso?

—Quien está sobre el terreno. Las fuerzas de la ley.

—¿Son ellos quienes juzgan si alguien es un terrorista en lugar de un delincuente común? ¿Son ellos los que dan luz verde?

—Sí.

—¿Y eso no le parece peligroso, eliminar todo el sistema de pesos y contrapesos y colocar todo el poder en manos de quien sea que esté sobre el terreno? ¿Una sola persona, quizá? Ya ha pasado en infinidad de ocasiones a lo largo de la historia, y no se me ocurre un solo ejemplo en que haya salido bien. ¿Cómo evitaría usted que nos convirtiésemos en un estado policial?

El senador Moretti la fulminó con la mirada.

—¿No quiere usted atrapar a ese hombre? Es posible que acabe de disparar a su marido.

—Sigo esperando a que me cuente cómo su ley habría cambiado cualquiera de las cosas que han sucedido hoy.

—Nos podríamos haber adelantado a él. Habérselo impedido antes de que empezase.

—¿Cómo?

—Estoy seguro de que figura en alguna base de datos en alguna parte. Tal vez tenga antecedentes. Hay un millón de formas en las que ese hombre podría haber aparecido en el radar de las fuerzas de la ley antes de hoy, y mi ley les habría permitido centrarse en él y pararle los pies antes de que hubiera tenido la oportunidad de empezar.

—De manera que, cuando alguien tiene las suficientes marcas en ese formulario que tiene usted en la cabeza, eso le da a usted el derecho de entrar en su casa por la fuerza. ¿Es así como va a funcionar esto?

El rostro del senador se puso al rojo vivo.

—Es usted imposible, lo sabe, ¿verdad?

—Soy realista. Cuando se le da poder, la gente como usted abusa de él. Es usted muy corto de miras, no está teniendo en cuenta todas las repercusiones que generaría una ley como la suya. Se está tirando a la piscina con los ojos cerrados. No me malinterprete, que yo estoy a favor de lo que trata de hacer, en teoría, pero solo si se puede lograr sin pisotear nuestros derechos. Esa es una línea que nadie debería traspasar.

—Quizá debería usted depositar algo más de fe en los representantes políticos que ha elegido y en la gente que la protege.

Jordan lo estudió por un instante. No dijo una palabra hasta que lo vio moverse para cambiar de postura en el sofá. No menos de diez segundos de un incómodo silencio. Los invitados siempre cambiaban de postura cuando se sentían incómodos, y el silencio tenía algo que conseguía provocarlo incluso en los mejores invitados.

Quería al senador incómodo para lo que venía a continuación.

Jordan le ofreció una leve sonrisa.

—¿Y si le dijera que él puede verlo ahora mismo?

El senador Moretti había presenciado cómo quitaba el plástico de la cámara. Levantó la mano para señalarla.

—¿Con eso?

—Creemos que sí. Cuando ha llamado antes, nos ha descrito con pelos y señales lo que estaba sucediendo aquí dentro, en el estudio. Si no está utilizando nuestras cámaras, entonces es que ha conseguido colocar alguna otra aquí dentro, en algún sitio. Hemos buscado, pero no hemos encontrado nada, y los federales tampoco lo han logrado, así que tiene que ser a través de nuestras cámaras, ¿verdad? Como esa, la que apunta hacia usted directamente.

—¿La que usted misma acaba de destapar?

—Correcto.

—Y ¿por qué lo ha hecho?

—Ha dicho usted que tenía que depositar algo más de fe en los representantes políticos que hemos elegido. Pues aquí tiene su oportunidad de hablar con él, de tú a tú.

—No se puede razonar con gente como Bernie. Creo que ya lo ha comprobado usted misma hoy.

Jordan se echó hacia atrás en la silla y estudió el rostro del senador por un momento.

—Tal vez estemos intentando razonar con las personas equivocadas.

—No la sigo.

Jordan echó un vistazo al contador luminoso en la pared: había trece millones y medio de personas escuchando en ese instante.

Se acercó a su micrófono y dijo:

—Estoy a punto de cometer un delito con usted como testigo, senador Moretti, mi representante político.

El senador la miró con los ojos entrecerrados.

—¿Qué tipo de delito?

—Cinco millones de dólares —dijo Jordan en voz baja—. Estoy dispuesta a ponerle cinco millones de dólares delante a quien le pegue un tiro en la cabeza a Bernie.

44
Jordan

—No puede hacer eso —afirmó el senador Moretti.

—Acabo de hacerlo.

—Eso es lo mismo que encargar un asesinato, poco menos.

—Solo intento simplificar el procedimiento. Igual que su ley. A lo mejor nos puede redactar una ley de asesinatos autorizados para que nos podamos sentir un poco mejor al respecto, ¿no? Si lo convertimos en una ley, entonces no hay manera de que esté mal, ¿verdad?

—Debe retractarse inmediatamente de lo que ha dicho. Encargar un asesinato en el estado de Nueva York conlleva una pena de hasta diez años de prisión y una buena multa. Irá a la cárcel.

—Es posible que acaben de asesinar a mi marido, me encuentro bajo coacción, no estoy segura de estar en pleno uso de mis facultades mentales. Pero qué amable por su parte que se preocupe. —Le guiñó un ojo, consciente de que solo él podía verlo.

Billy miró hacia su ventanuco, asintió y extendió la mano hacia el pestillo de su puerta. Cuando lo desactivó, la puerta de la pecera se abrió de golpe e irrumpió Varney con otros dos agentes.

Billy se dejó caer de nuevo en su silla sorprendido.

—Oh, oh... Parece que viene la caballería a la carga para detenerme.

El senador se volvió en el sofá y miró hacia la pecera de Billy, a su espalda.

—He escogido un mal día para tapar todas las cámaras. Los agentes federales acaban de abalanzarse sobre mi pobre productor, en su pecera.

Varney estaba hablando con Billy y se la veía mucho más animada de lo que había estado con Jordan. Él tenía encima a los otros dos agentes, uno de ellos observando los monitores de sus diversos ordenadores, el otro mirando a Jordan a través del cristal de la pecera.

Billy le dijo algo a Varney, levantó la cabeza y escribió un mensaje rápidamente.

BILLY: Han rastreado la última llamada de Bernie hasta nuestro edificio. Quieren ponernos a todos bajo custodia: tenemos que cortar la emisión. Están evacuando el edificio. Desconectamos en cinco segundos.

Jordan tardó un instante en asimilar todo aquello.

—Amigos, volvemos enseguida.

Consiguió pronunciar aquellas tres palabras conforme se levantaba a toda prisa de la silla y dejaba los auriculares sobre su mesa. El senador estaba a medio incorporarse del sofá cuando ella lo empujó al pasar y salió por la puerta del estudio.

Oyó que la agente Varney salía de la pecera de Billy, detrás de ella, pero no se dio la vuelta. Lo que hizo fue echar a correr por el pasillo hasta la sala verde, donde Charlotte seguía durmiendo en el sofá. Se sentó junto a su hija y le acarició el pelo con suavidad.

—Oye, cielo. Hay que levantarse.

Varney apareció en la puerta y, al ver a la hija de Jordan, fue como si se tragara cualquier comentario que estuviera a punto de hacerle. En lugar de eso se volvió y voceó unas órdenes a varios de los demás agentes para indicarles que redoblaran la vigilancia en los ascensores y las escaleras; que aseguraran todos los puntos de salida. Cuando se volvió hacia Jordan habló en voz baja, con tono de urgencia.

—Al llegar hemos despejado la planta inferior a la suya y también la superior. Ahora estamos vaciando el resto del edificio, la mayor parte de su gente ya ha sido evacuada. Nos hemos estado organizando arriba, en la cincuenta. Los que han insistido en quedarse están ahí. Al resto los hemos enviado a casa. Tengo un helicóptero en camino. Me encargaré personalmente de escoltarlas a usted y a su hija hasta la cincuenta, y la evacuaremos por la azotea en cuanto aterrice.

Charlotte comenzó a despertarse y abrió los ojos temblorosos. Sonrió a su madre.

—¿Ya es hora de irnos?

Jordan se obligó a sonreír e hizo cuanto pudo por ocultar la mezcla de pánico, miedo, ansiedad e ira que le daba vueltas en el estómago.

—Sí, recoge tus cosas. ¡Parece que nos vamos a dar un paseo en helicóptero!

Aún medio dormida, Charlotte no parecía impresionada. Se levantó del sofá, empezó a recoger sus cosas y a guardarlas en la mochila.

Jordan se volvió hacia Varney.

—Evacuar ¿adónde?

—Al edificio federal, en Tribeca. Tal vez el lugar más seguro de todo el país. Allí no podrá ni tocarla.

—No me haga promesas que sabe que no son ciertas.

—Mire, este es el error que le decía que ese hombre iba a cometer. Esto era lo que nosotros queríamos. Lo estábamos esperando. Tengo a gente por todo el edificio. Hemos cerrado todas las vías de entrada o de salida, no tiene manera de escapar. Estamos registrando el edificio palmo a palmo, y voy a dejar un equipo aquí, en su planta, en su estudio, en su despacho...

—¿Nos ha utilizado como cebo?

—Sabíamos que existía la posibilidad de que él viniera hasta aquí, una entre tantas. Usted es una mujer inteligente: no finja que no se le ha pasado por la cabeza. Tenemos aisladas esta planta y todas las cercanas: gente en los ascensores, las escaleras. Llevamos preparándonos para esto desde que hemos llegado. Tendría que pasar por todos nosotros para llegar hasta usted, y eso no va a suceder. Los sacamos a usted y a su gente, y cerramos el círculo sobre él. Todo esto habrá terminado dentro de veinte minutos.

A Jordan no le gustó aquello, ni lo más mínimo.

—Ese hombre ha ido un paso por delante de todo el mundo desde el principio. ¿Cómo sabe que no nos está esperando en la azotea o que está listo para volar por los aires ese edificio federal suyo? Es probable que se haya imaginado que van a ir hacia allí. No se puede ser predecible.

—No somos...

—No lo pueden ser más. Bernie sabe que no podemos salir por la planta baja. Eso nos deja la azotea. En el instante en que él piense que estoy huyendo, será ahí adonde vaya. —Jordan miró a Charlotte, que estaba recogiendo la comida que quedaba sobre la mesa—. No voy a permitir que nos meta a mí ni a mi hija en una trampa.

—La trampa la hemos puesto nosotros —insistió Varney—. Así ha sido desde el principio.

Billy entró con prisas desde el pasillo, con el rostro arrebatado.

—Está de nuevo al teléfono. ¿Qué quiere que haga?

Varney se volvió de inmediato hacia uno de sus agentes.

—Desconectad todos los repetidores de telefonía móvil del edificio. Tenemos que quitar los móviles del tablero de juego. Si se le corta la llamada, tendrá que llamar desde un fijo. Si no se le corta, entonces sabremos que ya está hablando desde una línea fija. En cualquier caso aislad la llamada. Localizad la planta. ¡Vamos, vamos, vamos!

El agente asintió con la cabeza y lo perdieron de vista al doblar una esquina.

Varney se volvió hacia Jordan.

—¿Qué estamos haciendo aquí, señora Briggs? Tenemos que marchárnos. No puedo protegerla si no colabora.

Jordan volvió a mirar a Charlotte. Se había puesto su mochila rosa y estaba de pie ante la puerta mordisqueando una barrita de avena. Se acercó a su hija y se inclinó.

—¿Te gustaría conocer a tu abuela?

—¿Tengo una abuela?

—A ver, que no saliste de una probeta de laboratorio. Por supuesto que la tienes.

Charlotte frunció el ceño.

—¿Y qué problema tiene conmigo? ¿Por qué no la he conocido antes?

—¿Sabes esas veces que tú y yo discutimos y nos tomamos un tiempo para calmarnos? Pues ella y yo tuvimos una discusión, y nos hemos estado tomando un tiempo.

—Tengo once años. ¿Te has tomado un tiempo de once años con tu madre?

—El tiempo se nos ha pasado volando.

Charlotte le dio un par de vueltas a aquello.

—Tú sabes que todas estas disfunciones son malas para mí, ¿verdad? Si me hago un tatuaje o me pongo un aro en la nariz cuando tenga catorce años será todo por tu culpa.

—Te prometo que te voy a llevar al mejor terapeuta en cuanto haya terminado todo esto. Y te dejaré tomar helado. Te debo montones de helados.

Jordan le dio un beso en la frente y se incorporó. Rescató un trozo de papel de su bolsillo y se lo entregó a Varney.

—Llévela aquí. Es el *bed and breakfast* donde se aloja mi madre en los Hamptons, completamente fuera del radar de Bernie. Yo volveré a entrar en antena y me pondré a hablar con él, y así le daré tiempo a usted para que pueda marcharse.

Varney se quedó mirando el papel, valorándolo.

—¿Está segura?

—No. Lo último que quiero es separarme de mi hija, pero ese es justo el motivo por el que sí va a funcionar. Bernie no se esperaría que yo me marchara sin ella. Mientras yo esté en antena, él pensará que seguimos todos aquí.

—Así que ahora le parece bien lo de hacer de cebo, ¿no?

Jordan se plantó justo delante de su cara.

—Yo sí. Mi hija no. Les estoy confiando a usted y a su gente lo único que me importa en este mundo. Quiero que me prometa que no la va a perder de vista, que la va a rodear de agentes y que va a disparar a todo aquel que intente acercarse. Estoy confiando en usted —insistió Jordan.

Varney asintió.

—Tiene mi palabra. Mi gente puede protegerla, pero yo no me puedo marchar. La niña tendrá que irse con ellos.

El agente Schulman se acercó rápidamente por detrás de ella y le susurró algo que Jordan no llegó a oír. Varney volvió la cabeza sobre su hombro y de nuevo miró a Jordan.

—El ascensor está despejado. Tenemos que irnos.

Charlotte lo había oído todo. Se le endureció el gesto del labio superior.

—Mamá, que no me va a pasar nada. Me han nombrado agente honorario, y a lo mejor me dan una pistola y todo y puedo disparar yo al malo.

Jordan volvió a inclinarse y abrazó a su hija tan fuerte como pudo. Tomó el rostro de la niña entre las manos.

—Voy a estar todo el rato a tu lado, Char. Te quiero muchísimo. Lo sabes, ¿verdad que sí?

—Yo también te quiero. —Al ver que su madre no la soltaba, Charlotte añadió—: Mamá, no hagas que esto parezca raro. Que ya soy mayor.

No quería soltarla, pero sabía que había llegado el momento. Se obligó a hacerlo.

—Cuidaremos bien de ella, señora.

Jordan asintió con la cabeza y combatió con todas sus fuerzas el instinto de salir corriendo detrás de los cuatro agentes que instaron a Charlotte a dirigirse hacia el ascensor al final del pasillo y se la llevaron de forma apresurada.

45
Cole

—¡No me coge el teléfono! —gritó Cole al móvil.

La cabina del helicóptero Bell era mucho más silenciosa que la mayoría, pero aun así resultaba difícil oír. Aún tenía en la mano la nota manuscrita que le había entregado el agente Whimbly, la tinta corrida por el sudor.

La dirección decía: n.º 1221 de la avenida de las Américas.

El edificio de SiriusXM.

Bernie estaba en el edificio de Jordan Briggs.

—No recibimos ninguna respuesta de los agentes del FBI que están sobre el terreno —respondió Tresler—. No estoy seguro de si se debe a que las líneas continúan saturadas o si no atienden al teléfono sin más, pero no conseguimos hablar con nadie. Ya hay seis allí, por lo menos, y hay más en camino, aunque no sabemos cuánto van a tardar..., eso si son capaces de llegar hasta el edificio.

—Nosotros ya estamos sobre el edificio. —Cole podía verlo debajo de ellos, mientras pasaban sobre el Rockefeller Center y viraban para aproximarse a la azotea.

—Acabo de hablar con el teniente Gaff —dijo Tresler—. Han localizado a otros tres miembros del jurado, todos muertos. Dos aquí, en el estado de Nueva York, el otro en Pittsburgh. Todos ellos llevaban muertos como mínimo varios días. El de Pensilvania, cerca de una semana. Continúan trabajando con los demás, pero no pinta nada bien. En Seguridad Nacional están tratando de ver dónde ha estado ese tal Bernie Bretz durante la última década, de seguir el rastro de sus pasos, y por lo que han averiguado no es muy halagüeño. ¿Has oído hablar de los Sentinels?

—¿El equipo de béisbol de Washington D.C.?

—No, esos son los Nationals. Los Sentinels son un grupo paramilitar del norte del estado de Nueva York. Bernie te ha dicho que conducía un camión: pues ellos eran los dueños del vehículo.

—¿Estaba metido en una milicia?

—Si estaba o si está..., toda esa parte es un poco turbia. Es como un fantasma. El día después de la muerte de su mujer vació lo poco que había en sus cuentas bancarias, dejó de pagar todas sus facturas y desapareció del mapa. Volvió a aparecer hace siete años, cuando declaró alguna clase de lesión en la espalda y solicitó la baja laboral. Parece que ese dinero se ha estado ingresando en una cuenta de Venmo, la plataforma de pagos por móvil, a nombre de Marisa Chapman, y ha estado cubriendo los gastos del alquiler y los suministros del apartamento desde entonces. Un año antes de que muriese su mujer lo pararon por exceso de velocidad en la 87, en el norte, cerca de Lake Placid. El FBI ha dado parte de la matrícula del camión en algún momento. Sabían quiénes eran los propietarios, así que la señalaron en alguna base de datos en alguna parte.

—¿Qué transportaba?

—Alimentos, solo alimentos. Pero vigilan muy de cerca todo lo que entra y lo que sale de esos grupos. Ahora bien, eso es todo lo que tienen sobre él. La idea que se maneja es que estuvo trabajando de forma marginal para la milicia en los años previos a la muerte de su mujer, y después se metió de cabeza: renegó del mundo real y se trasladó a vivir a su campamento. Allí desaparecería con facilidad. Tienen cerca de trescientos miembros en un terreno de unas cuatrocientas hectáreas en mitad de la nada. No es posible que ese hombre lo esté haciendo todo él solo, pero si tiene el respaldo de un grupo paramilitar, entonces sí cuadra. Tiene ayuda.

Allá abajo el edificio de SiriusXM surgió a la vista. Las calles de alrededor continuaban absolutamente bloqueadas y varios miembros de los servicios de emergencias se movían entre los vehículos atascados. Unas cuantas grúas trataban de abrir alguna vía de paso, pero apenas disponían de espacio para maniobrar.

—¿Qué está pasando en Grand Central y en Penn Station? —preguntó Cole.

—Todavía no han encontrado nada, pero podrían tardar días en registrarlo todo.

El helicóptero se ladeó y dejó atrás las grandes máquinas del aire acondicionado hacia la fachada oeste de la azotea, quedó suspendido en el aire un instante y se posó con delicadeza.

—Ya he llegado —le dijo Cole a Tresler—. Llámame si averiguas algo más.

Colgó y envió un mensaje de texto a Jordan Briggs:

¡Está en tu edificio! ¡Dile al FBI
que me llame! Estoy en la
azotea, ¡voy para abajo!

Salió del helicóptero, se inclinó hacia delante, se protegió la cara del viento y el polvo, llegó hasta el ascensor y pulsó el botón para llamarlo.

No pasó nada.

Volvió a pulsarlo. Ni siquiera se encendió.

Necesitaba la llave. Tenía que ser eso. El hombre que lo había acompañado hasta allí arriba había utilizado una llave para acceder a la azotea. Tenía todo el sentido del mundo que hiciera falta otra para volver a entrar en el edificio.

Volvió a llamar a Jordan.

Nada.

Regresó corriendo al helicóptero. El piloto había apagado el motor, los rotores se estaban deteniendo, y el ruido ya cedía. Vio que Cole se acercaba y abrió su puerta.

—Puedo volver a encender el motor si usted...

Cole lo interrumpió.

—¿Puede bajarme al nivel de la calle?

El piloto negó con la cabeza.

—En este barrio no. El lugar más cercano donde podríamos aterrizar es Bryant Park. Eso está a unas siete u ocho manzanas de distancia. Y aun así tampoco estaría muy bien visto: los de Aviación Civil están dejando en tierra a todos los helicópteros de la ciudad. Mi centro de control me ha enviado un mensaje diciendo que dispongo de quince minutos para regresar o tendré que quedarme donde estoy. A mí me paga la señora Briggs, así que será mejor que espere aquí, me imagino.

Cole podría hacer ese trayecto corriendo, pero no le convencía lo de tener al helicóptero esperando en otro parque. Había personas por todas partes tratando de salir de la ciudad, y una vez cortado el tráfico de vehículos y el de trenes la inquietud estaba empezando a apoderarse de la gente. La mañana del 11-S tuvieron numerosos robos de vehículos e incluso secuestros de coches. Varios robos de embarcaciones. Un helicóptero con su piloto a plena vista era un objetivo demasiado goloso.

Recibió un mensaje de texto de Jordan.

Los federales están subiendo
para dejarte entrar.

Cole se lo dijo al piloto y volvió a cruzar la azotea a toda velocidad camino del ascensor.

La puerta se deslizó y se abrió un instante después, y un hombre que rondaría los treinta y cinco años estiró el brazo y la sujetó para que no se cerrara. Lucía una barba muy corta y tenía el cabello negro y los ojos grises. Llevaba abierto el cortavientos del FBI, y Cole pudo ver la culata de su arma. Parecía un Magnum 44.

—Menudo infierno hemos pasado tratando de hablar por teléfono con su gente —le dijo Cole.

El agente federal se quedó mirándolo un segundo, sus ojos se detuvieron a estudiar el cinto vacío de Cole y buscaron un arma de respaldo en los tobillos.

—¿Va armado? —dijo por fin.

Cole se levantó el pernil del pantalón.

—Una Kel-Tec 380.

—¿Dónde está su arma reglamentaria?

Cole se dio cuenta de que le había dejado la bolsa con el uniforme y su arma de servicio a uno de los agentes de patrulla de la policía en el escenario de los Bonfigleo. No tenía la menor duda de que le terminaría llegando de vuelta, pero le tocaría escuchar al teniente Gaff abroncándolo al respecto antes de que todo aquello hubiese terminado.

—Se la he dejado a mi compañero.

—¿Dónde está su compañero?

La puerta del ascensor comenzó a cerrarse; el agente hizo fuerza sobre ella con la mano, y volvió a abrirse. Dirigió entonces la mirada hacia uno de los equipos enormes de aire acondicionado en la dirección del helicóptero, como si pudiese ver a través de él.

—Está en el escenario de otro asesinato.

—Entonces ¿ahí no hay nadie más que su piloto? ¿Se va a quedar en el helicóptero?

Aquel agente federal tenía un fuerte acento de Boston. Esa forma de decir «helicóptero»... Cole pasó junto a él y entró en el ascensor.

—Sí. Escuche, no sé si esto les ha llegado a ustedes ya,

pero hemos rastreado la última llamada de Bernie. O bien está en algún punto de este edificio, o bien está redirigiendo las llamadas para que lo parezca.

El agente soltó la puerta y pulsó el botón del piso cincuenta.

—Lo sabemos. Tenemos el edificio absolutamente asegurado desde antes de que llegara esa información, y a gente realizando un registro planta por planta.

Esa manera de decir «planta por planta»...

—Ese no es el piso —le dijo Cole—. Tengo que llegar al cuarenta y tres. Las oficinas de Jordan Briggs.

—Nos hemos instalado en el cincuenta. Está vacío. Tendrá que hablar con mi superior antes de poder bajar ahí.

—Ahora mismo no tengo tiempo para eso. Debo hablar con Briggs. —Cole extendió la mano hacia delante y pulsó el botón del piso cuarenta y tres.

El ascensor no se movía, y el agente federal cayó en la cuenta de que hacía falta la llave. La sacó del bolsillo, la metió en la cerradura y la giró. Acto seguido pulsó de nuevo el botón del piso cincuenta.

Cole pulsó el cuarenta y tres, y esta vez sí se iluminaron los dos botones.

El agente estaba sudando, y Cole reparó en que tenía la mano sobre la culata del Magnum 44, en su cinto. Cole combatió el impulso de retroceder. Algo iba mal. Muy mal.

—No sabía que el FBI les permitiera llevar uno de esos.

Cuando el agente bajó la mirada a su arma, la agarró con más fuerza, y le tembló el dedo sobre la tira de cuero que la retenía.

Cole cargó contra él. Le golpeó en el estómago con todo el impulso que pudo coger en un espacio tan reducido. Impactaron ambos contra la pared, y Cole prosiguió con un gancho, directo a la parte inferior de la mandíbula del hombre. Los dientes de aquel tipo chocaron con un crujido sonoro, y se le pusieron los ojos en blanco. No estaba del todo inconsciente, solo aturdido, y comenzó a deslizarse por la pared del ascensor hacia el suelo: Cole lo sujetó por debajo del brazo, se colocó detrás de él y sacó de un tirón el Magnum de la cartuchera. Consiguió encañonar al hombre por debajo de la barbilla en el momento justo en que las puertas del ascensor se abrían en el piso cincuenta.

Había cinco personas allí de pie, en el pasillo, todas ellas con diversas armas desenfundadas y apuntando hacia el ascensor, listas para abrir fuego. Tres de ellas iban a juego con el cortavientos del FBI, dos vestidas de calle.

Cole tensó el brazo con el que sujetaba al hombre semiinconsciente y lo levantó a modo de escudo improvisado, con el cañón del revólver bajo la barbilla para sujetarle la cabeza alta.

Nadie dijo nada.

Concluyó el tiempo de apertura de la puerta, que se deslizó lentamente y se cerró, pero no antes de que Cole localizase no menos de tres cadáveres en el suelo de aquel pasillo, detrás de aquella gente que le estaba esperando.

46
Cole

No es del FBI.

Cole estaba bastante seguro de que el FBI no permitía a sus agentes lucir una barba completa. Tenía el vago recuerdo de varios federales quejándose de la política del FBI sobre el aspecto físico durante una operación conjunta varios años atrás. También estaba bastante seguro de que un agente federal no llevaría un Magnum 44, por las mismas razones por las que no lo haría un agente del Departamento de Policía de Nueva York: pesaban demasiado como para que fuese cómodo llevarlos, y la munición era demasiado contundente. El arma habitual del FBI era una Glock: una 17, una 19 o una 26. Se imaginó que tal vez les diesen permiso para llevar alguna otra arma que estuviera aprobada, pero resultaba dudoso que alguien cargara con un Magnum 44.

Además de todo aquello, sabía con absoluta certeza que los agentes federales del sexo masculino no tenían permitido llevar pendientes cuando estaban de servicio, y este lucía un diamante en el lóbulo izquierdo.

Cole soltó al hombre, lo dejó caer al suelo del ascensor y pulsó veloz el botón del piso cuarenta y cuatro. No sabía qué le aguardaba en la planta de Briggs. Entonces se percató de que quienes estaban en la planta cincuenta ahora estarían pendientes de ver dónde se detenía, así que pulsó varios botones más al azar. El siguiente piso donde se abrieron las puertas fue el cuarenta y ocho. Un cartel rezaba DEMARCO REALTY —una inmobiliaria— y todas las luces estaban apagadas. Seguro que aquello había quedado desierto esa mañana a primera hora o, lo más probable, los empleados ni siquiera habían podido llegar a subir.

Se apresuró a salir del ascensor y sacó al hombre con él. Casi se le olvida la llave del ascensor; metió la mano dentro para recuperarla justo cuando se estaban cerrando las puertas.

Un rápido registro de los bolsillos del falso agente no le ofreció más que un paquete de caramelos de menta, otro de cigarrillos, un encendedor y una navaja automática. No llevaba la cartera. Ningún tipo de identificación. Ni móvil. Tampoco llevaba más armas. Cole utilizó la navaja para cortar el cable de una lámpara de pie que había cerca del mostrador de recepción y ató al hombre de manos y pies. Fundió el plástico con el encendedor, de manera que fuese necesario cortarlo. Acto seguido lo llevó a rastras a la vuelta de un recodo y lo metió en un despacho vacío.

Sacó el móvil para llamar a Tresler, pero no tenía cobertura.

Probó con el teléfono del escritorio, pero tampoco daba línea.

Había un ordenador en la mesa y, a pesar de que estaba encendido, cuando abrió el navegador de internet obtuvo un mensaje de error: no estaba conectado.

En el suelo, a sus pies, el hombre semiinconsciente farfullaba algo.

Cole le propinó una fuerte bofetada en un lado de la cara.

Se le abrieron los ojos apenas en forma de una ranura, de nuevo se le quedaron en blanco y los volvió a cerrar.

Cole le golpeó una segunda vez, más fuerte.

—¿Quién demonios eres tú?

Con lentitud y un aire de pereza, giró la cabeza hacia Cole. Entonces se le puso el cuerpo en tensión, cuando cayó en la cuenta de que no podía moverse. Dio tirones con los brazos y las piernas, pero el cable aguantó. Fulminó a Cole con la mirada y se pasó la lengua por un corte en el labio.

—Estás muerto de cojones.

—¿Quiénes eran esos del piso cincuenta?

Esta vez el hombre se limitó a sonreír. Tenía sangre entre los dientes.

—¿Está Bernie en la planta cincuenta?

Eso le provocó una carcajada.

—Tendrás suerte si llegas a conocer a Bernie. Alguien te hará tragar plomo mucho antes de eso.

Aquella forma de hablar no encajaba. Sin duda, ese tío no era Bernie.

—Estás en el tiempo de descuento, madero.

Cole abrió la navaja automática y le presionó con la punta en el cuello.

—Que quiénes sois vosotros.

El hombre frunció los labios, no dijo nada.

Cole deslizó la hoja hacia abajo y le hizo un corte. No era lo bastante profundo como para matarlo, pero sí lo suficiente como para que sangrase.

El hombre no emitió un solo ruido.

A la vuelta del pasillo, en el vestíbulo, sonó la campanilla del ascensor.

—Un cadáver andante —dijo el hombre con una sonrisa de oreja a oreja.

Cole le golpeó en la sien con la culata del Magnum y voló disparado por el pasillo cuando el ascensor se abrió a su espalda. Oyó salir a varias personas, el sonido al arrastrar los pies.

47
Jordan

La puerta del estudio hizo clic al cerrarse y quedó bloqueada a la espalda de Jordan, que acababa de volver a entrar.

Billy ya estaba de nuevo en su pecera.

La miró a través del cristal y gesticuló con los labios: «Treinta segundos».

En el sofá, el senador Moretti miraba la pantalla de su móvil con el ceño fruncido.

—¿Qué está pasando ahí fuera? Se me ha cortado la llamada, y ahora no tengo cobertura.

Jordan se sentó detrás de su mesa y se puso los auriculares.

—El FBI ha desconectado la red de telefonía móvil en el edificio.

—La llamada de Bernie no se ha cortado —dijo Billy—, así que tiene que estar en un fijo. Que no deje de hablar. Los federales me han dicho que me avisarán en cuanto sepan en qué planta está. Entramos otra vez en directo en veinte segundos.

El senador tardó unos instantes en asimilar sus palabras y, cuando lo hizo, el rostro se le quedó lívido.

—¿Está en el edificio?

Jordan hizo un rápido gesto de asentimiento con la cabeza mientras observaba su segundo monitor:

Línea 1: Bernie
Línea 2: Bernie
Línea 3: Bernie
Línea 4: Bernie
Línea 5: Bernie

—¿Y por qué no nos evacúan? —preguntó el senador, que se puso en pie.

Jordan intentó no mirar a las cámaras. No solo era probable que Bernie los estuviera viendo, sino que casi con absoluta certeza también podría oírlos.

—Tienen un furgón blindado en camino con una escolta —mintió Jordan—. Han dicho que nos van a sacar a todos por la puerta de la calle en cuanto llegue ese furgón. Tenemos que esperar.

El senador frunció el ceño.

—Creía que el tráfico estaba bloqueado ahí fuera.

—Diez segundos, Jordie —dijo Billy.

—No podemos quedarnos aquí sentados.

—No va a volar el edificio mientras él mismo esté aquí dentro —dijo Jordan—. Este podría ser el lugar más seguro en toda la ciudad.

—Si está aquí, es que ha venido a por usted. Eso lo entiende, ¿verdad?

—¿Le importaría callarse, por favor?

El senador fue hasta la puerta, pero se la encontró cerrada.

—Ábrame —le ordenó a Billy, que estiró el brazo sobre su mesa de control y pulsó el botón.

El senador Moretti tiró de la puerta, pero continuaba cerrada. Lanzó una mirada de furia a Billy.

—Deje ya de joderme.

Él volvió a pulsar el botón, pero la puerta seguía bloqueada.

La agente Varney apareció al otro lado, con la cara a centímetros del cristal.

Billy echó los brazos al aire en un gesto de frustración y comenzó la cuenta atrás desde tres en silencio.

Sobre la mesa de Jordan se encendió el indicador rojo que decía EN EL AIRE. Respiró hondo y se imaginó el rostro de Charlotte. En cuestión de minutos su hija estaría a bordo de un helicóptero de camino a los Hamptons. Todo aquello terminaría pronto, y volvería a estar con ella.

Bernie estaría muerto o pudriéndose en una celda.

Hasta nunca.

Pulsó el botón de la línea 1.

—Bernie.

—Hola, Jordan. ¿Cómo van las cosas?

—¿Está muerto Nick?

—«¿Está muerto Nick?» —masculló Bernie en tono de burla—. Tú siempre al grano. Lo cortés hubiera sido darme las gracias o tal vez preguntarme cómo me encuentro después de una mañana tan traumática. Matar a alguien desde tan cerca, ver cómo la vida le abandona la mirada..., eso te pasa factura. Cualquiera diría que uno se acostumbra, y supongo que habrá gente que lo haga, pero yo no soy de esos. Tal vez tú sí lo seas, ¿no? Ya veremos. De todas formas lo he hecho por ti, y sé que en cierto modo me lo agradeces. Quizá no estés dispuesta a reconocerlo en voz alta, en especial con la compañía que tienes ahora mismo, pero estoy seguro de que en el fondo una parte de ti se siente aliviada, tal vez incluso eufórica.

—A mí no me va la euforia.

El primer monitor de Jordan continuaba emitiendo la señal del canal local de noticias con la pantalla dividida con las imágenes de las dos estaciones de tren. Estaban entrevistando a uno de los artificieros. Según decía el rótulo sobreimpreso, aún no habían encontrado nada.

—Me gustaría pedirte una aclaración sobre la recompensa que has ofrecido por mi cabeza —dijo Bernie—. ¿Cómo pretendes pagarla exactamente? ¿No estás sin blanca? Es lo que se dice en la calle. Me han contado que

Nick ha dejado limpia la caja según salía por la puerta. Pero es halagador, lo reconozco. Ofrecer cinco millones de dólares..., es mucho dinero, aunque luego no puedas cumplirlo. Valoro mucho que pienses en mí, de una u otra forma. Tú has estado en mis pensamientos durante mucho tiempo, así que resulta agradable saber que yo también me he ganado un hueco en tu corazoncito.

Al otro lado del ventanuco de la puerta la agente Varney continuaba mirando al interior. Volvió la cabeza en varias ocasiones para hablar con otros agentes, pero su mirada siempre regresaba sobre Jordan. Aquella misma mueca con una media sonrisa, calmada e inexpresiva.

—¿Qué tal lo lleva el senador?

Jordan echó un vistazo a Moretti. Se había rendido con la puerta y se había acomodado de nuevo en el sofá. Se había quitado la chaqueta, y tenía las axilas de la camisa oscurecidas por el sudor.

—Ah, pues firme como una roca.

—¿Te ha contado que va armado?

Al oír aquello el senador Moretti desvió la mirada y se cruzó de brazos. Carraspeó, pero no dijo nada. Para Jordan tenía el aspecto de un crío al que hubieran pillado en una mentira.

—No es nada del otro mundo, un 38 pequeño de cañón cortito. Lo lleva oculto en una cartuchera plana en la cintura, en la espalda. Si se mueve mucho en ese sofá, quizá sea por eso. Personalmente prefiero una cartuchera de tobillo para uno de esos, pero ¿quién soy yo para decirle a un senador estadounidense cómo tiene que hacer las cosas?

—No estoy segura de que le podamos culpar por llevarlo. Hay mucho pirado por ahí suelto.

Bernie soltó una carcajada suave.

—Si te soy sincero, a mí me sorprende que tú no lleves un arma. Una mujer guapa de perfil alto como tú en esta ciudad... Pero lo he comprobado y no tienes licencia, ninguna arma registrada a tu nombre, ni al de Nick ni al de la mayor parte de tu personal.

—¿La mayor parte de mi personal?

—Jules Goldblatt —respondió Bernie—. Él sí tiene permiso para llevar oculta una SIG Sauer. La hemos encontrado en un compartimento escondido en el primer cajón de la izquierda de su escritorio, cargada y con una bala en la recámara. Tu recepcionista, Sarah, llevaba una navaja automática en el bolso. No tiene permiso para eso, y se podría meter en un buen lío: la ciudad de Nueva York posee una de las legislaciones más estrictas de todo el país sobre las armas. Cuando todo esto haya terminado quizá te interese convocar una reunión con el personal para repasar vuestra política con respecto a las armas en el lugar de trabajo. Lamentaría mucho ver que alguien se mete en un lío.

BILLY: ¿«La hemos encontrado»?

Jordan escribió con rapidez dos mensajes, uno a Sarah y uno a Goldblatt. No respondió ninguno de los dos.

—En cualquier caso, me ha parecido importante que supieras lo del arma del senador —dijo Bernie—. Cuando te cuente la siguiente parte.

BILLY: ¿Quién coño es ese «nosotros»?

Varney miraba fijamente desde el otro lado del ventanuco, tenía los ojos clavados en Jordan, que sentía cómo el nudo de su estómago crecía por momentos.

Bernie prosiguió:

—Hice nuevas amistades tras la muerte de Kourtney, cuando las perdí a ella y a mi hija. Bueno, tampoco eran nuevas amistades, sino gente a la que conocía desde hace tiempo, pero que se había mostrado bastante reservada los primeros años. Tras la muerte de Kourtney me abrieron su puerta, me dieron consuelo e hicieron todo lo posible para ayudarme a levantar cabeza. Una parte de mí se había apagado, se había encerrado, o más bien se había blindado, en realidad, pero ellos consiguieron abrirme los ojos a otra parte de mí mismo. Me ayudaron a encontrar un propósito y el amor cuando tú me arrebataste ambas cosas. De no ser por ellos lo más probable es que estuviese muerto.

»Cuando alguien como tú se lo arrebata todo a alguien como yo, la decisión de poner fin a tu vida pasa de ser algo lejano y prácticamente imposible a ser algo que te parece apropiado, lógico, como si fuese la única cura para el dolor que sientes en el corazón. Esa gente, mis nuevos amigos, sí entendieron eso. Me convencieron para que me apartara del precipicio y me mantuvieron lejos de él. Muchos de ellos habían sufrido sus propias pérdidas. Fíjate en la mujer a la que conoces como la agente Allison Varney: a su marido lo asesinó un atracador en el metro hace unos años, cuando se marchaba del centro, y la dejó sola con tres hijos a los que criar. Y uno de los hombres que están con ella, creo que te ha dicho que se llamaba Fred Schulman, llevaba a su hijo al entrenamiento de fútbol cuando un conductor se dejó llevar por la ira y quiso hacerse el héroe abriendo paso a otro vehículo en una emergencia: se les cruzó, les cortó el paso y los envió contra el guardarraíl. Su hijo de ocho años iba en su sillita, pero de poco sirvió contra el acero que atravesó el lateral de su Toyota.

»Si hablas con la gente que tengo hoy en tu despacho, la gente que tengo por tu edificio entero, descubrirás que todos han perdido a alguien cercano y que, en todos y cada uno de los casos, la ley, los abogados y el sistema sirvieron de poco o de nada para poner las cosas en su sitio. Hay demasiadas cosas que no funcionan en este mundo, y confiamos en que el sistema lo mantenga todo en pie, pero ese sistema tampoco funciona ya. Hay gente como ese senador que tienes ahí, las personas que esperamos que lo arreglen, que no hacen sino empeorar la situación. El senador Moretti y su ridícula ley. Lo que quiere es quitarles las armas de la mano a mis nuevos amigos. Bajo la apariencia de la justicia, quiere arrebatarle el poder a la gente para dárselo a unos pocos. Nosotros, el pueblo americano, no podemos permitir que eso suceda. Mis amigos no solo han venido hoy a la ciudad para ayudarme a mí a encontrar justicia para mi mujer y mi hija, sino también para demostrar algo de manera fehaciente: que el sistema no puede proteger a nadie. El sistema es una ilusión. Está muerto, y lo han matado los que nos gobiernan.

Charlotte.

Esa gente tiene a Charlotte.

De inmediato le vino a la cabeza la imagen de su hija dirigiéndose por el pasillo hacia el ascensor acompañada de hombres y mujeres vestidos como si fueran agentes del FBI.

¿Cómo podía ser tan estúpida?

No había pedido que le enseñaran ni una sola identificación.

Un par de cortavientos, armas a la vista y unas palabras escogidas con cuidado...

¿Cómo he podido ser tan estúpida?

Jordan intentó hablar y descubrió que no era capaz. No recobraba el aliento. Era como si cada bocanada de aire que cogía no contuviese apenas oxígeno, o no tuviese ninguno, y se estuviera ahogando. Buscó a ciegas el botón que silenciaba su micrófono para que no captara el sonido. No le iba a dar a Bernie la satisfacción de oírlo.

El senador la miraba fijamente.

Billy también.

Quería dar media vuelta, pero no tenía adónde ir.

—Hay algo que tengo que decir ahora mismo —continuó Bernie—, porque si no lo digo creo que la situación podría pasar a mayores mucho más rápido de lo necesario, y no queremos eso. Esto va dirigido a todos los miembros de las fuerzas de la ley que están escuchando: mi gente ha matado a la vuestra. Cualquier persona a la que tuvierais en este edificio ya está muerta. No hay nada que podáis hacer para prestarles ayuda, así que es mejor que no lo intentéis. Detonaré las bombas que no habéis sido capaces de encontrar en Penn Station y Grand Central. Y si eso no os disuade, detonaré otras. Porque tengo más, incluida alguna en este mismo edificio.

»Hemos tenido diez años para prepararnos para este momento. Nos hemos infiltrado en vuestros sistemas, entre vuestras filas. No penséis ni por un solo segundo que podréis anticiparos: si lo intentáis, hoy morirá mucha más gente. Tal y como están las cosas ahora mismo solo tendría que morir una persona más, y quién sea esa persona, Jordan, dependerá de ti y de la gente que está en tu estudio. Tu elección final. ¿Te acuerdas de lo que te he pedido que hicieras cuando el agente Cole ha entrado antes en tu estudio?

El micrófono de Jordan continuaba en silencio. No habría sido capaz de responderle ni aunque hubiera querido.

Bernie no le dio la oportunidad de hacerlo antes de retomar la palabra:

—Solo han pasado unas horas, pero es tanto lo que ha sucedido que comprendería que lo hayas olvidado, así que te lo voy a recordar. Te he dicho que le ibas a meter una bala en la cabeza al senador. Te he dicho que no ibas a vacilar y que ibas a hacer exactamente eso cuando yo te volviera a pedir que cogieses un arma. Pues bien, aquí está tu elección definitiva, lo último que debes hacer para arreglar las cosas hoy. Tienes que disparar al senador Moretti. Si no lo haces, mi gente matará a tu hija.

Jordan intentó no mirar al senador, pero se vio haciéndolo de todos modos, y él la miraba a ella, con los brazos aún cruzados sobre el pecho, pero ahora con una fuerte tensión y una terrible palidez en el rostro. El sudor le perlaba la frente, aunque no hizo el menor esfuerzo por secárselo. Permaneció absolutamente quieto.

—Por supuesto —añadió Bernie—, imagino que él podría tomar la decisión de dispararte a ti primero. Es él quien tiene el arma, pero voy a dejar que eso lo solucionéis entre vosotros. Tienes una hora para decidirte. Si el senador sigue vivo a las diez y media, Charlotte morirá.

—Eres un puto chalado —consiguió soltar Jordan y, aunque aún tenía el micrófono en silencio, Bernie pudo oírla.

—Es posible —respondió—. Es lo que tú hiciste de mí, eso soy. Hoy saldamos cuentas.

48
Cole

Las dos primeras puertas de los despachos que intentó abrir estaban cerradas con llave; la tercera —una en el lado izquierdo del pasillo justo después de una pequeña sala de descanso— no lo estaba. Cole entró silencioso y se apresuró a cerrar la puerta y echar el pestillo.

Oyó dos voces.

Una masculina, otra femenina.

—Maldito Pugliesi. Te he dicho que tendría que haber ido yo. Tendríamos que haberle pegado un tiro al policía en la azotea y haber terminado con esto.

—Bernie no ha terminado con él —respondió la mujer—. Lo quería vivo. No se puede culpar de eso a Pugliesi.

—Muy bien, y ¿en qué cojones está pensando Bernie? ¿Para qué queremos a un policía?

—No es cosa mía cuestionar a Bernie a toro pasado.

—Pues a lo mejor debería hacerlo alguien. Ahora mismo está en la radio diciéndole a todo el mundo que estamos aquí. Ya no hay vuelta atrás, y no nos ha contado cómo piensa sacarnos a todos.

—Tiene un plan.

El hombre sonrió de medio lado.

—No lo tengo yo tan claro. Me parece que le da lo mismo si muere hoy. Y si él no espera salir de aquí por su propio pie, ¿de verdad crees que le importa una mierda que lo hagamos el resto?

—Tú date prisa y comprueba esta planta —le dijo la mujer—. Tú por la izquierda, yo por la derecha.

—Irá a la cuarenta y tres.

—Vale, pero ahora mismo no está allí. Varney ha dicho que no había nadie en el ascensor.

—Había que cargárselo en la azotea —insistió el hombre—. Cuando volvamos ahí arriba, tenemos que...

Ambas voces guardaron silencio.

Cole se apretó contra la pared y asió el Magnum con más fuerza, con el dedo sobre el guardamonte.

Continuaban hablando, pero el sonido ahora se oía apagado.

Habían encontrado al otro.

Pugliesi.

Cole tomó nota del nombre mentalmente.

Unas ventanas separaban el despacho del pasillo, pero estaban cubiertas con unas persianas blancas, todas cerradas. Sin saber dónde estaba aquella gente, Cole no se podía arriesgar a asomarse, y sin asomarse a mirar le resultaba imposible saber dónde estaban.

Atravesó el despacho hasta la mesa y probó con el teléfono.

Muerto.

Aquel despacho no tenía ventana al exterior, ni otra puerta. No había más salidas.

Su radio estaba en la bolsa que le dejó a Tresler.

Un golpe muy fuerte.

Habían abierto de una patada la puerta de uno de los despachos cerrados con llave. Cole se agachó detrás de la mesa, mirando hacia el hueco cerrado para las piernas bajo el tablero. Sujetó el Magnum con ambas manos.

Desde el pasillo oyó al hombre:

—Eh, detective Hundley, si sale ahora no le haremos daño. Tiene mi palabra. Solo hemos venido a buscarle para llevarle a ver a Bernie, eso es todo. Nadie tiene por qué terminar herido. Seguro que nos ha oído hablar,

¿verdad que sí? Lo quiere vivo. Esa es la verdad. Nosotros estamos de su lado, detective. Ya sé que tal vez no lo parezca, pero lo estamos. Dele a Bernie la oportunidad de explicarle las cosas y lo comprenderá. Lo va a entender todo.

Otro golpazo, cuando abrieron la segunda puerta de una patada.

De nuevo el silencio mientras registraban la habitación.

—¿Tiene un arma, Cole?

Aquello lo dijo la mujer.

Sonaba muy cerca. Otra vez en el pasillo.

—Imagino que sí la tiene. Gracias por no utilizarla para matar a nuestro amigo. Comprendo ese corte que le ha hecho. Dadas las circunstancias, es probable que yo hubiera actuado igual, pero no lo ha matado, y eso es bueno para usted. Dice mucho sobre el tipo de persona que es. Francamente, no es tan distinto de nosotros. Ya sé que esto puede parecer un completo disparate, pero es el motivo por el que tiene que hablar con Bernie. Se lo garantizo: lo que usted cree que es todo esto... lo que piensa que estamos haciendo aquí..., se equivoca. Nosotros nos identificamos con las mismas ideas que usted. Él se lo dirá. Descubrirá que hay muchos de sus compañeros que se han subido también a nuestro barco. ¿Cree que podríamos haber hecho esto de hoy sin ninguna ayuda? Su compañero, Garrett Tresler..., su teniente..., Gaff, creo que se llama..., todos ellos trabajan con nosotros. Pero no solo ellos, sino centenares más, en todos los niveles. Es mejor que venga con nosotros, detective, antes de que haga algo precipitado, algo en lo que no pueda dar marcha atrás. Escuche a Bernie y comprenderá mejor el lugar que ocupa usted en todo esto, y decida después de qué lado está.

Cole oyó que alguien giraba el pomo de su puerta. Sin hacer ruido.

Lo justo para averiguar si estaba cerrado con llave o no.

Los siguientes segundos transcurrieron en un silencio muy largo.

Le dieron a la puerta una patada lo bastante fuerte como para agrietar el marco; se abrió de golpe y se estampó contra la pared.

Cole presionó el cañón del Magnum contra la tabla de madera que cerraba el hueco para las piernas de la mesa y apretó el gatillo.

La detonación fue ensordecedora.

Un pitido estridente y agudo le llenó los oídos.

No pretendía cerrar los ojos, pero aun así se le habían cerrado y cuando los volvió a abrir había desaparecido la mayor parte de aquella madera. Por el agujero pudo ver la puerta del despacho abierta. Allí no había nadie de pie. La mujer estaba en el suelo, sentada, con los ojos clavados en lo que le faltaba de la pierna izquierda: el disparo le había cercenado la extremidad por debajo de la rodilla, y le quedaba un muñón desgarrado en un charco de sangre. Tenía el rostro lívido y miraba aquello con cara de incredulidad. Extendió una mano temblorosa y palpó el espacio vacío donde debería tener el tobillo. El dolor llegó un segundo después. Cole lo vio aparecer en el mismo instante en que ella lo vio a él.

Los labios de ella se movieron, pero el pitido en los oídos de Cole impidió que captara las palabras, y la mujer cayó hacia atrás inconsciente.

Al principio Cole no vio al otro hombre, tan solo la sombra en la pared opuesta del pasillo. Aquella sombra se agachó hacia el lado izquierdo de la puerta. Cole disparó el Magnum otras dos veces aproximadamente en aquella dirección: la pared de cristal se hizo añicos, volaron las persianas. El cristal del otro lado del pasillo también desapareció. La ventana que daba al exterior siguió el mismo camino, y entró una corriente de aire más frío.

El hombre respondió a los disparos: Cole vio tres fogonazos rápidos en el cañón, aunque apenas oyó las detonaciones y se obligó a moverse. Salió a rastras de debajo de la mesa, evitó con cuidado el suelo resbaladizo de sangre, se lanzó de cabeza por el hueco de la puerta hacia el despacho del otro lado del pasillo y volvió a disparar en la dirección en la que se había movido la sombra.

El hombre se había puesto a cubierto detrás de una fotocopiadora; la bala del Magnum impactó en la pared justo encima de él, destrozó las ventanas interiores y el marco metálico y lanzó una lluvia de fragmentos de cristal hacia el suelo a su espalda.

No habían terminado de caer los fragmentos cuando salió un brazo de detrás de la fotocopiadora con un arma semiautomática en la mano y realizó tres disparos más a ciegas. Cole volvió a disparar una sola vez, y desapareció la esquina de la fotocopiadora. La mano que sujetaba el arma se desvaneció en una nube de rojo y hueso al tiempo que el hombre salía despedido hacia atrás, contra lo que quedaba de la pared a su espalda, chillando.

Cole volvió a dispararle. Como si fuera una bala de cañón, el Magnum le reventó el pecho y se llevó por delante el resto de la pared. El hombre quedó inmóvil.

Cole arrojó a un lado el Magnum vacío, se dejó caer al suelo y respiró hondo. Se sacó la 380 de la tobillera y volvió a asomarse al pasillo, hacia el despacho vacío donde había dejado atado al primer hombre. Ya no estaba en el suelo.

De refilón Cole vio que se cerraban las puertas del ascensor, y se fijó en los números digitales de la parte superior, que iban llevando la cuenta de los pisos conforme la cabina volvía a subir hasta el piso cincuenta y se detenía.

49
Jordan

Jordan tenía los ojos clavados en los del senador, y él, que los tenía abiertos como platos, no los apartaba de los de Jordan. Seguía con los brazos cruzados a la altura del pecho, y los movió muy levemente al tratar de abrirlos.

—No se atreva —le dijo ella.

Aquello solo sirvió para que él se moviese más rápido.

Jordan se levantó de un salto, tiró los auriculares y rodeó su mesa, pero no antes de que el senador consiguiera tirar del arma, extraerla de la cartuchera en la espalda y apuntarla con ella. Jordan se quedó paralizada a medio camino y miró fijamente el cañón, que temblaba en la mano sudorosa de Moretti.

—¡No me obligue! —exclamó el senador—. Vuelva atrás. Siéntese otra vez en su silla, detrás de su mesa.

Detrás de ellos dos, en la pecera, Billy se había puesto en pie, pero no podía hacer nada. No tenía una puerta de acceso al estudio: tendría que salir al pasillo y dar la vuelta hasta el lugar donde aún se encontraba Varney, observándolos a todos sin pestañear.

Billy levantó ambas manos con las palmas hacia delante e hizo un gesto muy lento para indicarle que hiciese lo que le pedía el senador. Señaló su monitor del chat y se dejó caer en su silla.

—Muy bien —asintió Jordan, tanto a Billy como a

Moretti; hizo un gesto similar con ambas manos, retrocedió y volvió a rodear su mesa.

Se sentó en su silla y volvió a ponerse los auriculares. Se percató de que Bernie había colgado, pero continuaban en antena.

BILLY: Tranquiliza al senador. Luego conseguirás el arma. Lo desarmas cuando esté menos nervioso. Estoy trabajando para hacerme con una línea exterior, mantener a todo el mundo hablando para que la policía sepa qué está pasando. Charlotte estará bien. Bernie va de farol. Perdió a su hija, así que no le hará daño a una niña, de ninguna manera.

Jordan no estaba tan segura al respecto, y tenía menos fe aún en la capacidad de contención del senador para no pegar tiros a diestro y siniestro con tal de protegerse. Lo que sí sabía era que no tenía otra opción en ese momento.

Sin dejar de apuntar a Jordan, Moretti se dio rápidamente la vuelta para poder ver a Billy, y se volvió en el sentido contrario para echar un vistazo a la puerta del estudio y a Varney al otro lado.

—Que... que nadie se mueva.

—Con esa forma de temblar —dijo Jordan— me va a disparar sin querer. ¿Le importaría apuntar con eso al suelo?

Pareció que Moretti se detenía para pensárselo, pero hizo un gesto negativo con la cabeza y dijo:

—No me fío de usted. Ponga las dos manos sobre la mesa, con las palmas hacia abajo.

Jordan hizo lo que le pedía.

—Vale.

—¿Esconde alguna arma en esa mesa? ¿En alguna parte del estudio?

Esta vez Jordan no respondió. Se limitó a mirar al senador.

—¡Maldita sea, Jordan, no me obligue a preguntárselo dos veces! —El rostro del senador ardía de lo rojo que estaba, y agarró el arma con más fuerza.

—Suelte el arma.

—Usted no está al mando...

—Muy bien, entonces dispáreme si es que va a hacerlo.

—Usted lo haría —respondió—. Si usted tuviera el arma, me dispararía en un segundo.

—Supongo que todos tenemos la fortuna de que el arma esté en sus capacitadas manos, ¿eh?

—¿Tiene alguna arma? —volvió a preguntarle el senador.

—No.

Jordan miró a Billy, y seguramente mantuvo aquella mirada algo más de lo que debía porque el senador Moretti se dio la vuelta de golpe.

—¿Y usted? ¿Guarda usted algo en esa pecera?

Billy negó con la cabeza.

—¿Lo ve? —dijo Jordan—, solo usted. Está claro que tiene el control. Nadie va a intentar quitarle el arma. Nadie va a disparar a nadie. Bernie quiere que nos peleemos, así que no le daremos el gusto. —Hizo un gesto con la cabeza para señalar el contador luminoso en la pared: cerca de los catorce millones de oyentes—. Usted ha venido aquí por la audiencia, y ya la tiene. Va a mostrar a sus votantes el tipo de hombre que es realmente, porque le están escuchando.

Al senador se le debía de haber olvidado que estaban emitiendo, porque alzó la mirada al contador luminoso y después a uno de los letreros encendidos en la pared que decían EN EL AIRE. Tragó saliva y bajó el arma sobre su regazo. Sin embargo, mantuvo el dedo en el gatillo.

En silencio los labios de Jordan gesticularon: «Muy bien».

Alargó el brazo hacia el frente y desactivó el silencio de su micrófono.

—Bernie, sé que me estás escuchando. Tengo que saber que mi hija está bien. Estoy segura de que está aterrorizada. Tienes que dejarme hablar con ella.

Cuando Jordan dijo aquello, a Billy se le puso cara de confusión. Estaba observando su mesa de control. Miró a Jordan y escribió otro mensaje.

BILLY: Silencia tu micro y vuelve a hablar.

Jordan pulsó de nuevo el botón sin apartar la mirada de Billy.

—Bernie, ¿estás escuchando?

BILLY: Mierda. Da igual que el micro esté abierto o cerrado, estás emitiendo igual, y no solo en tu mesa, sino en el resto de la planta. Tiene que haber puesto micros en el estudio cuando colocó lo que sea que utiliza para observarnos.

JORDAN: Seguro que también está monitorizando esta red de chat.

Billy agarró un cuaderno de notas, garabateó un mensaje con un rotulador negro y lo presionó contra el cristal de la pecera.

¿A la antigua usanza, con papel?

Antes incluso de que Jordan tuviese oportunidad de responder, Billy debió de darse cuenta de que eso tampoco iba a funcionar. Tiró el cuaderno a un lado. Si lo estaba observando, vería cualquier cosa que escribieran. Sin saber exactamente cómo los estaba observando y escuchando, no había manera de ocultarse de él.

La señal del canal de noticias continuaba en el otro monitor de Jordan, pero en lugar de las imágenes de las dos estaciones ahora había una cámara dirigida a la entrada principal de su edificio. Hizo un lento barrido hasta lo alto, volvió a descender y se centró en una reportera. Jordan no la reconoció. El titular decía: «Terroristas toman el control del edificio de SiriusXM. Retienen a un senador. Amenazan con matar a la hija de la conocida presentadora de un matinal».

Bajo el titular había un temporizador con una cuenta atrás por debajo de una hora.

Jordan no podía ni mirarlo.

Minimizó la ventana y abrió otra de un navegador, y entonces se dio cuenta de que no estaba conectada a internet. Bernie también había cortado eso. La red interna del edificio sí parecía estar funcionando, solo se había caído la conexión con el exterior.

Estiró el brazo sobre su mesa y cogió los auriculares inalámbricos con los que había subido desde el vestíbulo al comienzo del programa. El indicador en un lado mostraba plena señal inalámbrica y un setenta y ocho por ciento de batería. Billy la estaba observando con atención y una expresión de curiosidad en la cara.

BILLY: ¿En qué estás pensando?

Jordan miró hacia él, allí sentado en la calma de su pecera, observándola a ella y al senador. Su gurú técnico. Su productor y compañero durante tantos años. Se acercó el micro.

—Pues te voy a decir lo que estoy pensando, Billy. Me pregunto por qué Bernie no te ha amenazado a ti. Tú ibas en el coche con Marisa Chapman aquel día. Tú la presionaste más que ninguno de nosotros. ¿Cómo es que Bernie no ha hecho absolutamente nada contra ti?

50
Cole

Cole no tenía ni idea de con cuánto tiempo contaba, así que se movió con rapidez.

No halló identificación de ninguna clase en ninguno de los dos cadáveres. No llevaban móviles ni radios de ningún tipo. Era consciente de que aquella gente tenía que estar en contacto de alguna manera, pero no sabía cómo. Los dos llevaban armas de 9 milímetros, Glock 19. Se volvió a meter la 380 en la tobillera, cogió el arma de la mujer muerta y dos cargadores de repuesto que llevaba el hombre.

Regresó corriendo al vestíbulo de la planta, presionó el botón de subida del ascensor para, con un poco de suerte, ganar algo de tiempo, y bajó disparado por el pasillo hacia las escaleras de emergencia antes de que cualquiera de los dos ascensores tuviera la oportunidad de llegar. Con la Glock en posición abrió la puerta de metal con tanta suavidad y silencio como pudo. El descansillo estaba desierto, pero oía voces y pasos que descendían, muy probablemente del piso cincuenta, solo dos por encima. Cole salió de inmediato en la dirección contraria, bajó dos tramos de escaleras y empujó la puerta que daba acceso a la planta cuarenta y siete.

Algún tipo de empresa financiera: INVERSIONES MURDOCK & BRENVILLE.

Aquella empresa ocupaba la planta entera. El espacio

principal era diáfano, una especie de pradera con decenas de mesas enfrentadas por parejas. A lo largo del perímetro había cubículos y también despachos individuales junto a las paredes exteriores para aprovechar las ventanas.

La planta había sido evacuada, y tampoco le sorprendería que hubieran despejado todo el edificio.

Por el aspecto que tenía aquello, habían sacado de allí a la gente a toda prisa. Al atravesar corriendo las oficinas Cole vio un sándwich a medio comer en una mesa, tazas de café en otras. Apenas unos pocos empleados se habían tomado la molestia de apagar sus ordenadores antes de marcharse: la mayoría continuaban accesibles, aunque algunos mostraban una pantalla de protección por contraseña. Probó con algunas de aquellas máquinas, pero ninguna parecía estar conectada a internet. Las ventanas de los navegadores y de los gestores de correo electrónico solo daban mensajes de error. Había diversos canales de noticias sintonizados en los monitores de televisión que colgaban en silencio de las paredes. La mitad de ellos emitía reportajes sobre aquel mismo edificio y la otra mitad estaba conectada con cadenas financieras e informes sobre el mercado de valores, que al parecer estaba sufriendo fuertes caídas en su apertura.

Cole iba abriendo los cajones de algunas mesas al azar y rebuscaba entre sus contenidos: bolígrafos, grapas, clips, caramelos para la tos, petacas de licor, chucherías, memorandos corporativos que habían quitado de en medio y olvidado... Nada útil.

Se quedó de pie en el centro de la sala, rodeado de una alfombra marroquí de color pardo rematada con falso palisandro.

Tenía la manga izquierda manchada de la sangre de otro.

Cielo santo, acabo de matar a dos personas.

Respiraba con demasiada fuerza.

Tenía que tranquilizarse.

Reaccionar, más que actuar.

Habían dicho que Tresler, el teniente Gaff y otros estaban implicados.

Eso tenía que ser una mentira como un piano.

¿Cómo es que conocían esos nombres, siquiera?

Cole recordó que el móvil del taxista había accedido de alguna manera al teléfono de Tresler y se había descargado datos. Habían utilizado el ordenador de la escena del crimen de los Bonfigleo para acceder a la ficha laboral de Cole, el informe de su situación financiera, las facturas de los suministros de su casa... Cole no sabía nada sobre aquel grupo, los Sentinels, pero estaba claro que tenían a alguien con conocimientos tecnológicos bien contrastados. Era probable que su propio móvil tampoco fuera seguro.

Le habían soltado aquellos nombres para hacerle saltar. Tenía que ser eso, nombres que hubieran obtenido al monitorizar la investigación o que hubieran sacado de su móvil.

O no. ¿Podría ser cierto?

La ciudad de Nueva York tenía su buena cantidad de polis corruptos, pero ¿Tresler y Gaff? Tresler era su compañero, desde hacía años. ¿Había sido incapaz de ver algo así?

Tenía que pensar.

Jordan se encontraba cuatro pisos por debajo de él. Bernie, tres pisos por encima. Bernie había matado o incapacitado a los verdaderos agentes del FBI y los había sustituido por su propia gente en cuanto llegaron, lo más probable, antes de que tuviesen la oportunidad de desplegarse en condiciones. Había dedicado un tiempo a evacuar a la mayoría de las personas que había en el edificio.

¿Inteligente?

Quizá.

Era probable.

Los rehenes generaban situaciones impredecibles. Si eran demasiados constituían un problema.

El titular de uno de los canales de noticias decía: «Terroristas toman el control del edificio de SiriusXM. Retienen a un senador. Amenazan con matar a la hija de la conocida presentadora de un matinal». No alcanzaba a leer el rótulo sobreimpreso desde donde estaba, pero sí pudo distinguir un reloj de cuenta atrás debajo del titular, en cincuenta y cinco minutos y bajando.

¿Qué coño está pasando? ¿Es que Bernie tiene a Charlotte?

Bernie había evacuado la mayor parte del edificio porque ya tenía a quien quería. Todos los demás no serían más que un estorbo.

Cole tenía que ser ese estorbo.

Sacó el móvil y probó con la aplicación que había estado utilizando para escuchar el programa de Briggs, pero recibió un mensaje de error. Con el bloqueo de la red de telefonía móvil no tenía cobertura.

¿En una ventana, quizá?

La mayoría de los despachos exteriores tenían la puerta cerrada. Varios se la habían dejado abierta. Echó a correr hacia el más grande, el doble de grande que los demás, en la esquina noreste. Una placa en la puerta informaba de que se trataba del despacho de alguien llamado Chunhua Mei, vicepresidente de Desarrollo de Capitalización.

El despacho no estaba cerrado con llave y, aunque había persianas en las ventanas exteriores, ninguna estaba echada.

Cole se acercó al cristal y miró hacia abajo.

El tráfico permanecía absolutamente atascado, aunque varios vehículos de emergencias habían conseguido pasar. Localizó un camión de bomberos, varias ambulancias, tres coches patrulla. Desde aquella altura parecían de juguete. Habían acordonado la entrada principal del edificio; la zona de alrededor de la acera estaba despejada. Allí abajo había más camiones. Decenas de personas se arremolinaban entre los vehículos bloqueados. Unas finas volutas de humo aún ascendían de los taxis destrozados que no habían retirado todavía.

Sostuvo en alto el móvil y volvió a mirar la pantalla. Seguía sin cobertura.

Entró en la pantalla de ajustes y se percató de que la red wifi del edificio continuaba activa, pero cuando trató de conectarse a ella le pidió una contraseña que desconocía.

Cole fue hasta la mesa y probó con aquel teléfono. Muerto.

Al lado de un gran monitor Apple había una fotografía enmarcada de una mujer asiática con una niña en brazos que tendría unos dos o tres años, quizá. Ambas sonreían. En la mesa no había nada más que un teclado y un ratón.

Abrió de golpe uno de los cajones. Al contrario que en las mesas de la zona común de la planta, el contenido de este era escaso, pero sí encontró un encendedor, clips y un abrecartas: se lo guardó todo en el bolsillo.

Miró debajo del teclado con la esperanza de ver allí la clave de la wifi del edificio, anotada en un Post-it, pero tampoco había nada.

Cuando sonó el teléfono de aquella mesa —un sonido estridente que cortó el silencio de las oficinas—, Cole por poco no echa el corazón por la garganta. Se sorprendió clavando en él la mirada, el parpadeo de la luz verde junto a la segunda línea.

Al parecer, quien los hubiera desconectado también podía volver a conectarlos.

Cole agarró con más fuerza la 9 milímetros, cogió el auricular del teléfono y se lo llevó al oído.

—No tenía por qué matarlos.

La voz de Bernie sonaba tranquila, inquietantemente tranquila, como si hubiera hecho la llamada mientras preparaba la cena o mientras veía su programa preferido en la tele.

—No quería hacerlo —le dijo Cole.

—Suba al piso cincuenta. Deje que le explique lo que le está sucediendo, su papel en todo esto, antes de que alguien más resulte herido.

—¿Mi «papel» en todo esto?

—Ya sabía que iban a rastrear mi llamada en mi antiguo apartamento. He tardado en colgar un tiempo más que suficiente para que lo hiciesen. Yo le he traído hasta aquí, le he permitido volver a entrar en el edificio. Si se encuentra ahora mismo de pie en ese despacho, todavía vivo, es porque es justo donde yo quiero que esté. Si no quisiera, me resultaría muy sencillo enviar a alguien ahí abajo a matarlo, pero no lo he hecho porque usted tiene un papel que desempeñar hoy, el papel que yo le he preparado.

Por primera vez Cole elevó la mirada al techo y, aunque no había cámaras en aquel despacho en concreto, sí había una al otro lado de la puerta, la típica burbuja redonda y negra mirando hacia abajo, hacia él. Localizó por lo menos otra media docena de cámaras como aquella distribuidas por toda la planta.

—Esas cámaras no son las únicas, detective. Este edificio está lleno de ellas, y mis amigos han añadido unas cuantas más. En los pasillos, los ascensores, las escaleras... No ha estado solo desde que se ha bajado del helicóptero. Francamente, llevo siguiéndole toda la mañana. La gente reconocerá su nombre después de lo sucedido hoy, eso se lo puedo prometer. Su recuerdo seguirá vivo mucho tiempo después de que usted se haya ido.

Si este teléfono tiene línea, ¿la tienen también los demás de la oficina? Cole no se imaginaba que Bernie tuviera la capacidad para dar línea a un aparato de teléfono concreto dentro de una red sin dársela a los demás.

Levantó la base del teléfono de la mesa y examinó el cable. Era largo, tal vez lo suficiente para que llegara hasta la mesa que había justo delante de la puerta de aquel despacho. Se desplazó rápidamente en aquella dirección.

—¿Es así como quiere que su mujer sea recordada? ¿Es este el recuerdo que le gustaría que la gente tenga de Kourtney?

—No diga su nombre, detective, no de esa manera. No se ha ganado el derecho de pronunciarlo.

—Si ella viese lo que ha hecho hoy, lo que está haciendo ahora mismo, toda la gente a la que ha hecho daño, estaría asqueada. ¿Tanto se le ha ido la cabeza como para no verlo?

Cole tuvo que dejar la base del teléfono en el suelo, pero, con el cable del auricular, llegó justo hasta la mesa de fuera. Levantó el segundo auricular, oyó que daba señal y marcó de inmediato el número del móvil de Tresler. Su compañero cogió la llamada al segundo tono.

—Detective Tresler, ¿quién llama?

Al primer aparato, pero con un volumen suficiente para que Tresler lo oyese, Cole dijo:

—Si ya sabe usted, Bernie, que estoy en el piso cuarenta y siete, ¿por qué no baja aquí desde el cincuenta? Usted solo.

—Estoy algo liadillo.

—¿A cuánta gente tiene aquí? No me parece que sea usted el típico que disfruta jugando en equipo.

—Los Sentinels son un medio para conseguir un fin, detective. Sin ellos no podía hacer lo que tenía que hacer hoy, y ellos me necesitaban a mí por otros motivos. —Bernie hizo una pausa de un segundo y dijo—: Si esto le facilita las cosas al detective Tresler, podría darle una lista de la gente a la que tengo aquí y su posición exacta dentro del edificio. Tal vez le esté resultando difícil oírme a mí así, como estamos. ¿No debería ponerme en el altavoz?

Cole alzó la mirada hacia la cámara que tenía encima. No podía ver la lente tras el cristal tintado, pero podía sentir la mirada de Bernie.

—En este edificio no ha sucedido ni va a suceder nada sin que yo lo sepa, detective. Métaselo en la cabeza. Ya le he contado al Departamento de Policía de Nueva York y a las demás fuerzas de la ley lo que haré en el caso de que intenten lo más mínimo. Prefiero pensar que se creen lo que les digo, llegados a este punto, pero quién sabe, el tiempo nos lo dirá. Usted, sin embargo, no se va a bajar aún de este tren, así que deje de darme guerra. Suba al piso cincuenta. En el peor de los casos siempre podemos charlar sobre Gracie.

La línea se cortó, y Cole advirtió que también había perdido a Tresler. Todos los teléfonos habían vuelto a quedar desconectados.

51
Jordan

—No lo puedes estar diciendo en serio, ¿no? —respondió Billy—. ¿Crees que estoy colaborando con ese tío?

Jordan se encogió de hombros.

—Ahora mismo no sé qué pensar.

—Muy bien, pues no lo estoy haciendo.

—Vale.

—No suenas muy convencida.

De nuevo Jordan se encogió de hombros. Los ojos se le fueron hacia el techo. A las cámaras. Una destapada, el resto aún cubiertas con bolsas de basura. Sabía que las cámaras permanentes del estudio estaban conectadas todas por medio de cables. Tenían que estarlo para poder asegurarse la mejor calidad posible en la señal para las emisiones, pero aparte de la cámara que apuntaba hacia el senador y la que apuntaba hacia ella, todas las demás estaban tapadas: aunque Bernie hubiera logrado conectarse a la señal que daban, eran inútiles. Y, aun así, seguía pudiendo verlos. Continuaba pudiendo escucharlos, metidos en una sala con aislamiento acústico y separada de todas las demás.

Sus ojos volvieron a detenerse en los auriculares inalámbricos sobre su mesa, con el indicador de potencia de la señal en el máximo.

—Está utilizando la señal wifi, tiene que ser eso —dijo Jordan en voz baja.

Billy estaba muy enfadado, y apenas la oyó a medias. Frunció el ceño al otro lado del cristal de la pecera.

—¿Qué?

—Piénsalo. De haber conseguido meter sus propias cámaras y sus micros aquí dentro o, para el caso, en cualquier otro lugar del edificio, no le habría dado tiempo a cablearlo todo. Si hubiera intentado ponerse a tirar cable, alguien se habría dado cuenta. Sea lo que sea lo que esté utilizando, tiene que ir por wifi. —Alargó el brazo en busca de su móvil y recordó que aún lo tenía Varney—. Comprueba tu móvil. ¿Ves alguna red wifi activa aquí dentro ahora mismo, aparte de la del edificio?

Aunque aún tenía el arma en la mano, el senador cogió su móvil con la mano que tenía libre y fue pulsando en las diferentes pantallas.

—Yo veo dos: SiriusXM y otra llamada 1221.

—La 1221 es la del edificio. Es la que suelo utilizar, porque hay repetidores por todas partes. La de SiriusXM solo cubre esta planta y la de arriba. No es tan fiable.

—Aun a riesgo de ponerme en plan técnico —intervino Billy—, se puede ocultar una señal wifi. Si está utilizando una, es posible que no podamos verla.

—¿Cómo funcionaría eso?

—Al emitir, la mayoría de las redes muestran su nombre, lo que llamamos SSID. Es lo que ves en el móvil cuando intentas conectarte, pero se puede configurar para que no lo haga público. La red sigue estando ahí, pero no es visible, así que tendrás que conocer su nombre para poder conectarte. Por lo demás, sigue funcionando igual.

—¿Y los repetidores del edificio pueden emitir más de una señal, la que vemos y otra oculta?

Ahora le tocaba a Billy encogerse de hombros.

—No lo sé.

—Pero estaría utilizando los repetidores, ¿no? En un edificio como este no podría montar su propia red inalámbrica. No llegaría a más de una o dos plantas. Él tendría exactamente el mismo problema que tenemos nosotros con nuestra wifi corporativa: demasiado metal, demasiadas interferencias.

—¿Y qué importancia tiene nada de eso? —El senador Moretti hizo un gesto con la cabeza y señaló el letrero encendido en la pared—. Estamos emitiendo en directo. Puede oírnos todo el mundo.

Fue como si lo comprendiera conforme pronunciaba aquellas palabras. Todo el mundo podía oírlos hicieran lo que hiciesen, pero si conseguían cortar la señal wifi Bernie ya no podría verlos.

Jordan no tenía muy claro aún cómo aquello les iba a servir de ayuda, pero sí tenía la certeza de que podría serlo, siempre que idearan alguna clase de plan.

Cogió varias hojas de papel de su mesa y un rollo de celo, se levantó de la silla y se acercó al ventanuco de la puerta del estudio. Allí seguía Varney, observando el interior. No se había movido desde que estaban encerrados, sin duda en alguna clase de guardia de vigilancia.

Jordan comenzó a pegar los papeles sobre el cristal.

Los ojos de Varney no se apartaron de ella hasta que quedó tapado el último hueco.

En su pecera Billy hizo lo mismo con su ventanuco.

Jordan levantó el brazo y lo estiró hacia la cámara que había encima del senador y arrancó todos los cables de la parte de atrás.

Moretti agarró el arma con más fuerza mientras Jordan se movía a su alrededor, pero no abrió la boca.

Jordan se desplazó por la habitación y anuló también las otras cámaras. Billy se encargó de las dos de su pecera, y dejaron las lentes tapadas con plásticos por si acaso.

Jordan se volvió a sentar en su silla y dijo al micrófono:

—Bernie, tengo que saber que mi hija está bien. Déjame hablar con ella.

Línea 1: ERROR
Línea 2: ERROR
Línea 3: ERROR
Línea 4: ERROR
Línea 5: ERROR

Jordan se quedó mirando el monitor durante cerca de treinta segundos, esperando a que apareciese el nombre de Charlotte, pero no cambiaba nada. Cuando intentó llamar al exterior no consiguió línea.

Tampoco funcionaba ninguna de las extensiones de la oficina.

—¿De verdad esperas que nos quedemos aquí sentados mientras se agota tu plazo arbitrario? ¿Cómo sé yo que no has matado ya a mi hija? ¿Dónde has metido a todo mi personal? ¿Cómo sé yo que están todos bien? Si el senador me dispara, entonces ¿qué? ¿Qué pretendes hacer con él? Y si yo le disparo a él, después ¿qué? ¿Me matarás igualmente? No puedo hablar por el senador, pero yo no soy una asesina.

A Jordan le entraban ganas de suplicar.

Quería arrodillarse y decirle a Bernie que haría absolutamente cualquier cosa con tal de recuperar a su hija, pero también sabía que eso era lo que él buscaba. Deseaba quebrar su voluntad, doblegarla. Jordan sabía que en el instante en que lo hiciese, en el momento exacto en que ella cediese, todo habría terminado.

Oyó un sonoro clic en sus auriculares y se refrescó el contenido del segundo monitor de su escritorio:

Línea 1: Aaron
Línea 2: Eilene
Línea 3: Robin
Línea 4: Paula
Línea 5: Ivan

—Billy, ¿eso lo has hecho tú?

Billy negó con la cabeza.

—¿Qué ha pasado? —preguntó el senador Moretti.

Billy estudió uno de sus monitores con una expresión de resentimiento en la cara.

—Estamos recibiendo llamadas otra vez. No sé muy bien cómo. Las líneas de salida siguen caídas.

—¿Quién ha escrito sus nombres?

—No he sido yo. No lo sé.

En condiciones normales eran sus becarios quienes cogían los teléfonos, hacían un cribado preliminar de las llamadas y tecleaban el nombre y una breve descripción del tema del que querían hablar una vez en antena. Jordan había pasado por la sala de los becarios la última vez que se sentó con Varney, y estaba desierta. Le habían dicho que habían enviado a casa a la mayor parte de su personal y que solo quedaban unos pocos. Si su personal no había tecleado los nombres, ¿quién lo había hecho?

Llevó la mano a un botón de su mesa de control.

—¿Robin? Soy Jordan Briggs. Estás en antena.

—Me cago en la leche, ¿va en serio? ¿Han pasado mi llamada?

—¿Desde dónde llamas, Robin?

—¡Suzy! ¡Que me han pasado con ella! ¡Es Jordan! ¡Es ella de verdad, al teléfono! —gritó la mujer a otra persona, con la voz ligeramente amortiguada. Volvió enseguida—: Estoy en Tulsa. En Tulsa, Oklahoma. Estás en las noticias ahora mismo. ¡No me puedo creer que me hayan pasado!

Se produjo un eco en la voz de Robin, y comenzó a acoplarse el sonido de la línea.

—Robin, ¿puedes bajar el volumen de la radio? Se está produciendo una interferencia.

—No es la radio... Puedo oírnos por la tele..., en las noticias..., están en directo. ¡Suzy, cómo mola esto, ¿eh?!

Jordan le colgó el teléfono y presionó la línea 5.

—Ivan, estás en antena.

—Señora Briggs, es un honor hablar con usted.

—Y yo estoy absolutamente emocionada de hablar por fin contigo, Ivan —respondió Jordan en tono de burla. No podía evitarlo, así de simple. Le hacía sentir bien, la verdad, algo tan cotidiano como hablar con los oyentes le ayudaba a quitarse de la cabeza aquella cuenta atrás que ya no podía ver, sino sentir, en aquella ventana minimizada.

—Yo lo mataré por usted, si quiere que lo haga.

—Eso es amabilísimo por tu parte, Ivan.

—Todo lo que tiene que hacer es ayudarme a entrar en el edificio. Estoy aquí abajo, en la calle, delante del Rockefeller Center. La policía no nos deja pasar.

—Solo para tenerlo claro, ¿vas a matar por mí al senador, o a Bernie?

—Los mataré a los dos, si quiere que lo haga. Somos unos cuantos aquí abajo, no vamos a dejar que ese puto chalado le haga daño a su pequeña, y el senador es un cerdo. Yo voté a Gleeson, para lo que me sirvió... Lo único que hay en este mundo peor que un abogado es un político, y el senador Moretti es ambas cosas, abogado y político. Lo mate usted o lo mate yo, no creo que nadie vaya a echarse a llorar.

Jordan también le colgó el teléfono.

—Eilene, estás en antena.

—Mátalo, Jordan.

El senador se retorcía en el sofá. Tenía la camisa empapada en sudor, y no dejaba de pasarse la pistola de la mano derecha a la izquierda para secarse la palma.

—Pégale un tiro y acaba con esto. —Eilene tenía un fuerte acento de Brooklyn y sonaba como si tuviera cien años por lo menos.

Jordan miró al senador.

—Hasta las abuelas le odian.

—Son sus malditos seguidores, no los míos. —Se levantó y se acercó a la puerta, tiró de ella y se la encontró aún cerrada.

En su pecera Billy apretó varias veces el botón con fuerza antes de hacer un gesto negativo con la cabeza.

El senador despegó la esquina de una de las hojas de papel que había pegado Jordan. Varney ya no estaba allí; ahora había un tipo al que Jordan no reconocía.

El senador Moretti levantó la pistola, apuntó el cañón hacia el hombre del otro lado del cristal y apretó el gatillo.

52
Cole

El sonido del nombre de Gracie en los labios de Bernie resonó en la cabeza de Cole, se mantuvo allí y, por fin, se fue perdiendo tras el silencio del aparato sin línea que tenía en la mano, y por un solo instante tuvo la duda de haber llegado a oírlo siquiera. Se quedó mirando aquel teléfono fijamente, ambos teléfonos, e hizo como si no lo hubiera oído, porque aquel tipo no podía conocer el nombre de Gracie, no tenía ningún derecho, pero estaba claro que lo conocía. Se había hecho con toda aquella información personal sobre Cole y la había dejado en la casa de los Bonfigleo, consciente de que él la vería. Tal vez quisiera que la viese porque sabía que, cuando al fin pronunciara el nombre de Gracie, Cole no tendría más opción que admitir que Bernie iba en serio con respecto a cualquier cosa que dijera a continuación.

«Suba al piso cincuenta. En el peor de los casos siempre podemos charlar sobre Gracie.»

Cole no iba a subir al piso cincuenta de ninguna de las maneras.

Tampoco podía quedarse allí.

Regresó disparado a las escaleras, aguzó el oído, pero no oyó a nadie, y bajó dos plantas más, hasta la cuarenta y cinco.

Cinco pisos por debajo de Bernie.

Dos por encima de Jordan Briggs.

A diferencia de la cuarenta y ocho y la cuarenta y siete, aquella planta estaba dividida en oficinas de distintas empresas: once, según decía el directorio en la pared.

Con el móvil Cole sacó una fotografía no solo de aquel directorio, sino también del que había justo debajo, con una lista de todas las demás plantas del edificio, y se escondió en el aseo de caballeros, donde sabía que no habría ninguna cámara.

A menos que la haya colocado Bernie, por supuesto.

Se impuso la obligación de quitarse aquella idea de la cabeza. No podía permitir que lo venciese la paranoia.

Tenía que hablar con alguien de fuera de aquel edificio.

Tresler.

El FBI de verdad.

Seguridad Nacional.

Quien fuese.

Metido en el cuarto de baño no iba a localizar un teléfono que tuviera línea.

Revisó las paredes de los cubículos de todos los retretes con la esperanza de descubrir la contraseña de la red wifi allí escrita con rotulador, pero no tuvo tanta suerte. Al contrario que en los aseos del Departamento de Policía de Nueva York, esas paredes estaban impolutas. Allí dentro, en el extremo opuesto, había un cuartillo de mantenimiento, pero en él no encontró más que diversos productos de limpieza, un mono de trabajo y una gorra vieja de los Yankees con un cerco de sudor en el borde.

En el extremo contrario del aseo, cerca del techo, había un conducto de ventilación.

En las películas la rejilla saltaba sin más y el protagonista se topaba con los túneles perfectos que llevaban desde el punto A hasta el punto B y hasta cualquier otro sitio adonde le hiciera falta llegar, una intrincada red de vías y túneles que unían cada centímetro del rascacielos y no solo servían de acceso, sino que también le permitían escuchar a escondidas de una planta a la otra.

No eran más que chorradas, las películas.

Esta rejilla tenía pinta de que la hubieran soldado al conducto y, a menos que Cole se las arreglara para encoger a la mitad de su tamaño, no iba a caber por ahí ni de coña. Lo encontrarían pasada una semana, con los hombros atascados y el trasero colgando por fuera. Y aunque lo consiguiese, los conductos de ventilación no estaban pensados para soportar el peso de un hombre adulto: tendría suerte si lograba avanzar metro y medio antes de caer a través del falso techo.

Dio media vuelta y estudió lo que había fuera del aseo.

Piensa, Cole.

Piensa.

Regresó al cuartillo de mantenimiento.

Cogió el mono de trabajo y registró los bolsillos: un paquete de chicles y un juego de llaves. Aquellas llaves colgaban de una anilla con una pinza para el cinturón. Ninguna estaba identificada, pero se las llevó de todos modos.

Localizó unos auriculares metidos en unas botas desgastadas que había debajo del mono. Aquellos auriculares estaban conectados a un iPod Touch.

Bingo.

La batería del iPod estaba al setenta y tres por ciento, y no solo estaba conectado a la wifi del edificio, sino que además tenía instalada la aplicación de SiriusXM en la pantalla de inicio. La abrió, encontró el programa de Jordan Briggs en los favoritos del hombre de mantenimiento y pulsó el botón de reproducción. Únicamente se puso un auricular y bajó el volumen tanto como pudo: no se podía arriesgar a no oír si se acercaba alguien. La voz de Briggs le llenó el oído. No estaba hablando con Bernie, sino atendiendo las llamadas de los oyentes.

Cole abrió la aplicación FaceTime y marcó el número del móvil de Tresler.

«Error en la llamada - Sin conexión de red.»

Mierda.

Lo intentó de nuevo y recibió el mismo mensaje de error.

Sabía que muchas redes wifi públicas restringían las llamadas y las transmisiones de vídeo en un intento por limitar el consumo de ancho de banda. No tenía ni idea de si era eso lo que estaba sucediendo allí o si se trataba de algo relacionado con el resto de los problemas de aquella mañana.

Tecleó el número de Jordan y se imaginó que recibiría el mismo mensaje de error, pero en cambio dio dos tonos, conectó, y el rostro de una mujer asiática de ojos verdes llenó la pantalla.

Al principio la mujer se quedó mirándolo sin decir nada, pero entonces fue como si lo reconociese. Bajó la voz y le habló con urgencia:

—¿Detective Hundley? Gracias a Dios. Hemos estado intentando localizarlo. Soy la agente especial al mando Allison Varney, del FBI. ¿Dónde se encuentra?

—Estoy en el piso treinta y dos —mintió Cole—. ¿Y usted?

—Me hallo en el cuarenta y tres, protegiendo a esa mujer, Briggs, y a su hija. Hemos montado un centro de mando en la planta cincuenta. ¿Puede llegar hasta allí sin que le vean?

«Suba al piso cincuenta. En el peor de los casos siempre podemos charlar sobre Gracie.»

Los cadáveres que había visto antes, cuando se abrieron las puertas del ascensor en el piso cincuenta, se le volvieron a pasar por la cabeza como un fogonazo: sin duda eran agentes a los que habían enviado allí en un principio. Esa mujer no podía ser del FBI. Los verdaderos agentes del FBI estaban muertos.

—Tengo que hablar con Jordan Briggs. ¿Por qué tiene usted su móvil?

—Está en antena. Sabemos que Bernie está en el edificio y estamos tratando de obligarle a llamar desde algún teléfono fijo para poder determinar su situación exacta. Si sube al piso cincuenta le pondrán al tanto de todo. Nos vendría bien su ayuda.

O ella no había hablado con Bernie desde hacía un rato, o no se había percatado de que Cole sí lo había hecho.

—Póngame a la hija de Jordan al teléfono.

—Está dormida. —La mirada de Varney se desvió nerviosa hacia un lado y regresó sobre el teléfono—. ¿Hay alguien más ahí con usted?

—Tengo a un equipo de la Unidad de Intervención entrando por los túneles de acceso del sótano —volvió a mentir Cole—. Se están desplegando y van subiendo desde los pisos inferiores.

—Hundley, tiene que subir al piso cincuenta antes de que alguien le vea. Tienen a gente por todo el edificio, y algunos van vestidos como nosotros.

Cole bajó la mirada a los productos de limpieza y tuvo una idea.

—Subo para allá ahora mismo.

53
Jordan

A pesar de que las paredes del estudio estaban insonorizadas con un recubrimiento de espuma, el disparo del senador sonó a un volumen tremendo. Jordan pegó un bote en la silla y Billy estuvo a punto de caerse de la suya, aunque no por el ruido de la detonación, sino porque la bala rebotó en la puerta metálica, perforó la esquina superior del cristal de la pecera y se incrustó en el techo. El cristal no se hizo añicos, no del todo, sino que la bala dejó un agujero de más de un centímetro a un palmo y medio de la cabeza de Billy, además de una telaraña de grietas por el resto del ventanal.

—¡Su puta madre! —gritó Billy al agacharse—. Pero ¿qué cojones está haciendo?

La mirada del senador abandonó de golpe la pistola humeante que tenía en la mano y saltó primero hacia la muesca en la puerta, al hombre que continuaba mirándolo desde el otro lado de la pistola y, por fin, de vuelta hacia Billy. Fue como si se quedara pensando en todo aquello durante un segundo y, acto seguido, volvió a levantar la pistola hacia el ventanuco, listo para disparar de nuevo.

—¡No! —gritó Billy—. ¡Ese cristal tiene tres centímetros de grosor! Es equivalente a uno a prueba de balas. ¡No lo puede atravesar con un disparo! Va a volver a...

El senador disparó de todos modos. Este segundo disparo produjo una pequeña hendidura en el cristal, pero no estuvo ni cerca de atravesarlo. La bala rebotó hacia abajo y desapareció en el suelo.

—¡Nos va a dar a uno de nosotros! —dijo Jordan agazapada detrás de su mesa—. ¡Pare de una vez!

Por un instante Jordan pensó que el senador iba a disparar de nuevo, pero por fin bajó el arma.

—No podemos quedarnos aquí sentados esperando, sin más —dijo Moretti mirando el cuello de su camisa.

Jordan volvió a ponerse en pie y miró a Billy, en su pecera. Le escribió un mensaje rápido, y él respondió a su pregunta unos segundos después.

BILLY: La mayoría de los 38 tienen cinco o seis balas, pero algunos modelos pueden llegar a alojar hasta ocho. No hay manera de saber cuántas le quedan sin ver la pistola de cerca. A lo mejor, si se lo pides con amabilidad, lo mismo te vuelve a apuntar y así puedes inspeccionar de cerca el tambor. Te lo mereces, después de haberme acusado de estar compinchado con ese psicópata.

Desde el otro lado del cristal de la puerta el hombre miraba hacia el interior y estudiaba los diminutos daños que había causado la bala. La expresión de su rostro pasó de un gesto tenso con el ceño fruncido a una sonrisa de oreja a oreja al tiempo que levantaba un índice y lo balanceaba muy despacio hacia delante y hacia atrás. El senador volvió a colocar bien el papel para que el hombre no pudiese ver el interior del estudio.

—Gilipollas.

—Por favor, deje el arma y vuelva a sentarse —le dijo Jordan.

Intentó sonar tranquila, pero no había forma de enmascarar el temblor de su voz. Veía el rostro de Charlotte cada vez que cerraba los ojos en un parpadeo. Veía aquella maldita cuenta atrás.

Al principio pensó que el senador se iba a poner a discutir otra vez con ella, pero en cambio soltó un resoplido y regresó al sofá.

—La Guardia Nacional tiene que tomar este edificio al asalto.

Jordan sabía que eso no iba a suceder. De ninguna manera se iban a arriesgar a que Bernie detonara otra bomba. Se trataba de una cuestión de cifras.

—¿Autorizaría usted algo así?

Perdido en sus propios pensamientos, el senador levantó la cabeza para mirarla.

—¿Qué?

—Piénselo. Ahora mismo en alguna parte hay una sala llena de funcionarios de diversos niveles de acceso de seguridad, miembros de las fuerzas de la ley y políticos locales. Alguien de dentro de esa sala tiene la tarea de calcular la cantidad de personas que quedan en este edificio, más el valor en dólares de los daños que podría causar alguien como Bernie en función de su amenaza actual, y compararlo con que detonara la bomba de Grand Central o la de Penn Station, posiblemente las dos, tal vez otras. Si estuviera usted al mando, ¿le diría a la Guardia Nacional que tomara al asalto este edificio, o tendría más sentido guardar las distancias y dejar que esto siguiera su curso?

—No nos van a dejar morir.

—Qué putada es la gestión de riesgos. Seguro que ya han tomado esa decisión. Para la gente que está al mando, esto es una cuestión de cifras, y da igual cómo haga usted las cuentas, siempre nos quedamos en el lado perdedor de la ecuación.

—La gente no actúa con esa frialdad.

—Lo hace, seguro de cojones. Si muere usted o muero yo, estaremos en los titulares durante un par de días, quizá una semana, pero la gente lo olvidará. Pasará página. Esto se convertirá en una gota de agua en el mar de internet. Sin embargo, de producirse unos daños sustanciales en las infraestructuras, algo que tenga un impacto en la gente durante meses, tal vez incluso años, algo que les cueste dinero, que le suponga a alguien una hora diaria más de trayecto de casa al trabajo, a un montón de personas, entonces la gente como usted, los políticos, responderán de ello en las urnas. Alguien tendrá que pagar los trabajos de reconstrucción, y nos subirán los impuestos, sin duda. Y los políticos también tendrán que responder de eso. Ninguna de las personas de esa sala que le he mencionado antes va a permitir que algo así suceda. Nadie va a venir a rescatarnos.

—Dios mío, qué cínica es usted.

Jordan miró a Billy en su pecera, con la esperanza de que pudiera intervenir, pero ni siquiera estaba prestando atención. Estaba ocupado resiguiendo las grietas del cristal con la yema del dedo. Se agachó a coger algo del suelo, se levantó con uno de sus zapatos en la mano y lo estampó en pleno centro del cristal. La telaraña de grietas se hizo más grande, pero el cristal no cedió. Volvió a golpearlo varias veces más, de pura frustración, y se calzó de nuevo el zapato.

Jordan se dio la vuelta hacia el senador.

—No puede decirme que usted haría algo distinto si estuviera al mando, si dirigiera esa sala de la que le hablaba.

Moretti guardó silencio por un instante.

—Conozco a quienes estarían, probablemente, en su hipotética sala, y sé que encontrarían el modo.

Jordan hizo un gesto negativo con la cabeza.

—La única persona que puede salvar a mi hija soy yo.

—Disparándome a mí.

Ahora fue ella quien guardó silencio.

Billy fue el siguiente en hablar:

—Jordie, mira la lista de llamadas de los oyentes.

Jordan echó un vistazo a su segundo monitor, imaginándose que vería el nombre de Bernie en aquella lista. No fue ese nombre el que provocó que se le formara un nudo en la garganta. Fue otro, en la línea 5:

Línea 1: Mattie
Línea 2: Ella
Línea 3: Carl
Línea 4: Ren
Línea 5: Nick

Había un millón de Nicks en el mundo. No había motivo para pensar que fuera a ser él, pero al tiempo que miraba fijamente el nombre, de alguna manera supo que lo era. Una vocecita dentro de su cabeza le decía que mientras no cogiese la llamada seguiría existiendo la posibilidad de que fuera él. Aquella misma vocecita le decía que tenía que cogerla, y tenía que hacerlo antes de que él colgara.

Jordan dirigió el dedo tembloroso hacia el botón y lo presionó. En su monitor, junto al nombre de Nick, apareció un asterisco.

—Nick, estás en antena.

—¿Jordie? —susurró apenas audible—. Soy yo.

54
Cole

Si Varney no era del FBI eso significaba que Bernie tenía gente en el piso de Briggs. Era probable que tuviese a alguien en los pisos que había por encima y por debajo de donde se hallaba Cole en aquel instante. Lo cierto era que no sabía dónde estaba la gente de Bernie. Lo único que sabía era adónde debía llegar él. También sabía que tenía que moverse rápido, y que tampoco podría hacer prácticamente nada mientras Bernie tuviese cámaras: había que eliminarlas todas.

De regreso al vestíbulo del ascensor a todo correr, fue arrancando los cables de cada cámara que se encontraba y machacando la lente con la culata de su arma. Una vez convencido de que no quedaba ninguna, regresó al cuartillo de mantenimiento que había dentro del aseo de caballeros y cogió dos garrafas de cinco litros de lejía, otras dos de amoniaco, varias botellas de acetona, un cubo de fregona con ruedas y se lo llevó todo rodando hasta los ascensores. Sacó del aseo de señoras otros dos envases de cada producto con otro cubo de fregona y se lo llevó también rodando.

Acto seguido probó a abrir la puerta de las oficinas de varias empresas hasta que descubrió una que no estaba cerrada con llave —una compañía de seguros—; entró y cogió varias sillas de madera y cuatro papeleras de plástico. Lo sacó todo a rastras hasta el pasillo, reventó las sillas contra la pared y dividió los restos entre las papeleras. Vertió la acetona por encima y empapó la madera.

Cole llenó hasta la mitad los dos cubos de fregona con lejía y pulsó el botón del ascensor.

Cuando llegó el primero de ellos destrozó la cámara del interior y utilizó la llave que le había quitado al falso agente del FBI, el primero que fue a su encuentro en la azotea —Pugliesi—; puso rápidamente el panel de control del ascensor en la posición OFF y volvió a pulsar el botón para llamar al ascensor. Repitió aquel procedimiento hasta que tuvo allí bloqueados los seis ascensores, con las puertas abiertas.

Entró en el primero y estudió el panel.

Cincuenta pisos en total, pero, como en la mayoría de los rascacielos, no había planta trece.

Bernie estaba en la cincuenta.

Briggs, su personal y otros posibles rehenes, en la cuarenta y tres.

Estudió los controles, utilizó la llave para poner el ascensor en el modo de emergencia y retiró la llave.

Por suerte aquello funcionó. Le preocupaba que el ascensor requiriese que dejara la llave puesta, y solo tenía una.

Si su idea funcionaba —que ya era mucho suponer—, tendría que moverse con rapidez.

Agarró una de las papeleras de plástico y la colocó dentro del primer ascensor, tan cerca de la puerta como pudo. Le prendió fuego con el encendedor. Antes de que el humo pudiese filtrarse al pasillo, presionó todos los botones de las plantas uno a la catorce de tal manera que el ascensor tuviera que detenerse en cada una de ellas, empezando por la más cercana y terminando en la planta a pie de calle. Se apresuró a salir en el momento en que las puertas comenzaban a cerrarse.

Hizo lo mismo en el siguiente ascensor y lo envió a las plantas de la quince a la veintiocho.

Envió el tercer ascensor a los pisos del veintinueve al cuarenta y dos.

Se saltó la planta de Briggs y envió el cuarto ascensor a las plantas de la cuarenta y cuatro a la cuarenta y nueve, y también se saltó la planta en la que se encontraba él, la cuarenta y cinco.

Eso le dejaba tan solo la planta que Bernie estaba utilizando como base de operaciones.

Rápidamente Cole metió rodando en el quinto ascensor uno de los cubos de fregona llenos de lejía y, de nuevo, lo colocó cerca de la puerta. A continuación cogió dos de las botellas de amoniaco, les quitó el tapón y vertió el contenido en la lejía. De inmediato una niebla densa y blanca empezó a elevarse del cubo.

Gas de cloro.

Tóxico.

Había sabido de aquella mezcla letal durante un curso de respuesta ante sustancias peligrosas que hizo años atrás, en la academia. Al parecer la gente mezclaba con cierta frecuencia ambos productos químicos con la esperanza de obtener una solución más fuerte de limpieza, inconscientes del peligro.

Apenas había pulsado el botón de la planta cincuenta —la de Bernie— y salido al pasillo, y ya sentía que se le cerraba la garganta y se le empezaban a humedecer los ojos.

Con el segundo cubo de fregona lleno de lejía, cogió las botellas de amoniaco que le quedaban e hizo lo mismo con el último ascensor, que envió también a la planta cincuenta.

Dado que los ascensores estaban en el modo de emergencia, él sabía que se mantendrían con las puertas abiertas cuando llegaran a su última planta. A menos que hubiese alguien allí mismo con otra llave de los ascensores y una máscara antigás, nadie tendría forma de entrar en ellos y cerrar las puertas.

De nuevo tenía que apresurarse.

Cole fue corriendo a las escaleras y, antes de salir silencioso por la puerta, levantó el mechero hasta el detector de humos y lo encendió. No sucedió nada al principio, pero entonces se oyó un sonoro ¡pop! La alarma de incendios aulló en los altavoces de la pared, y comenzó a caer el agua del techo.

No le quedaba sino confiar en que estuviera sucediendo lo mismo en los pisos de más abajo cada vez que se abrían las puertas de los ascensores llenos de humo. No dispondría de tiempo para comprobarlo.

Cole sacó la 9 milímetros con una mano y, con la 380 en la otra, empezó a subir por las escaleras, preparado para disparar a cualquiera de la gente de Bernie que saliese huyendo de los pisos superiores.

55
Jordan

A Jordan Nick no le caía demasiado bien.

Últimamente no.

Pero tampoco lo quería muerto, y el hecho de oír su voz le dio vida a un temblor en su pecho que no había sentido desde hacía mucho tiempo.

—Dios mío, pensaba que te había disparado.

—No —respondió Nick con lentitud y arrastrando las palabras—. No me ha disparado.

—¿Qué te ha hecho? Suenas dolorido.

—Me han... me han zarandeado un poco. Podría tener rotas una o dos costillas.

Jordan soltó un grito ahogado. No pretendía hacerlo, se le escapó sin más. Miró al senador, a Billy en su pecera, ambos mirándola a ella, y de repente sintió una aguda vergüenza, se sintió tonta, teniendo en cuenta que había millones de personas escuchando.

—Nick, tienen a nuestra pequeña.

—Lo sé.

—¿Dónde estás? ¿La has visto? ¿Sabes dónde la tienen?

Se oyó la voz apagada de otra persona, alguien que estaba cerca de Nick, pero Jordan no pudo entender lo que decía.

—Me están dejando utilizar uno de sus teléfonos por satélite para hablar contigo —dijo él—, pero están aquí, conmigo, escuchando. —Su voz adoptó un tono de urgencia—: ¡Son cuatro, Jordan, hay cuatro de ellos aquí arriba con nosotros! Han...

Se calló de golpe, y Jordan oyó algo similar al resoplido de alguien cuando le propinan un puñetazo en el estómago. Su ex soltó el ruido más horrible, y Jordan solo fue capaz de imaginarse el dolor cuando alguien te pega así y tienes las costillas rotas. Cuando volvió a oírle hablar, a Nick le costó un gran esfuerzo, pero aun así lo hizo, todas y cada una de sus palabras teñidas de dolor.

—Me... me han cogido en el ascensor... justo después de salir de tu despacho. Me han golpeado a traición y me han atacado con una táser. Alguien me ha puesto un capuchón en la cabeza para que no viese adónde me llevaban, pero no hemos salido del edificio. Estoy aquí dentro, en alguna parte. Pero no estoy solo yo, he reconocido a algunos de tu equipo. Hay otros que podrían ser de otras oficinas, también, la verdad es que no lo sé. Somos unos treinta... en total. Han evacuado a todos los demás. Se han quedado solo con algunos de nosotros.

Nick tosió y cogió aire en una respiración rápida. Resollaba ligeramente, como si estuviera tratando de no respirar en absoluto. Jordan sintió el dolor en su propio pecho, como si alguien le hubiese clavado una hoja oxidada en la barriga, la estuviera sacando de allí muy despacio y los dientes del filo de sierra se le engancharan en la carne.

—Me han dicho que tienen a Charlotte, pero no está aquí con nosotros. No sé dónde la retienen. —Volvió a toser, y pasó un instante hasta que habló de nuevo—: Me están... dejando hablar contigo porque quieren que las autoridades sepan que nos tienen, que estamos aquí metidos, en el edificio..., en alguna parte. Si intentan entrar aquí es muy probable que nos pille en medio a nosotros..., civiles..., rehenes... Me dicen que te insista en que deben quedarse fuera del edificio, y si están tramando alguna clase de plan, que lo dejen. Imagino que habrá francotiradores en algunas azoteas de alrededor. También querían que mencionara eso; han dicho que si actúa cualquiera de ellos, si disparan un solo tiro, matarán a cinco de nosotros y detonarán más bombas. Me han dicho que tienes que matar al senador, o si no matarán... matarán a Charlotte.

—Nick, esto es...

—Me acaban de pedir que te recuerde que te quedan cuarenta y nueve minutos para tomar tu decisión. Jordan, no puedes permitir que hagan daño...

Se interrumpió la voz de Nick, y Jordan se percató de que le habían cortado la llamada.

Se quedó mirando a su micrófono. Era como si los minúsculos agujeros se fuesen haciendo cada vez más grandes, como un centenar de bocas de alguna clase de bestia dispuesta a devorarla. Sabía que el senador y Billy la estaban mirando fijamente, y ella no podía mirarlos a ellos. Sabía que había millones de personas escuchando, y tampoco podía pensar en ellos. Lo único que tenía en la cabeza era a su hija. Oyó su voz, el sonido de su risa, y sintió el peso de su cuerpo cuando la tenía abrazada contra su pecho. Oyó los ruiditos que hacía cuando estaba dormida y el roce de sus pasos por el suelo de parqué de su apartamento. Pensó en el instante en que había nacido Charlotte y la tuvo por primera vez entre sus brazos, y entonces pensó en su futura graduación en el instituto, en la universidad, el día de su boda, su primer hijo. Pensó en todos y cada uno de los días que habían quedado atrás y en los que estaban por llegar.

Jordan pensó en el arma.

Cielo santo, pensó en el arma y supo que, de tenerla en la mano en aquel preciso instante, no vacilaría en matar al hombre que estaba sentado enfrente de ella. Sabía que si miraba a Billy o al senador Moretti, ambos verían aquello de manera inmediata en sus ojos. Sabía que si apartaba la mirada de su micrófono, los dos comprenderían perfectamente en qué se había convertido y lo rápido que había llegado a esa situación.

Nadie se lo reprocharía si lo hiciera.

Cuarenta y nueve minutos.

Nadie en absoluto diría que se había equivocado.

—Voy a tragarme las balas.

Aquello provenía del senador en una voz frágil, insegura.

Esta vez Jordan sí alzó la mirada.

—¿Que va a hacer qué?

El senador Moretti tenía la pistola en su regazo, envuelta con ambas manos. Nervioso, retorcía los dedos y los tensaba sobre el metal negro y brillante por el sudor.

—Si me trago las balas, entonces no podré dispararle ni tendré que preocuparme por que usted trate de arrebatarme el arma y dispararme a mí.

—¿Cuántas balas hay? —le preguntó Billy.

—Quedan cuatro.

Billy miró a Jordan. Al menos ya tenían la respuesta a aquella pregunta.

—Si se traga las balas, traerán otra pistola, o me dirán que tengo que estrangularlo, apuñalarlo con un abrecartas, arrancarle el cuello a mordiscos, reventarle a golpes la cabeza o... —Dejó la frase a medias: era incapaz de pensar con claridad, y necesitaba hacerlo.

¿Y si de verdad me traen otra pistola?

Se la entregarían a ella en mano, ¿no? Amartillada y lista para disparar.

Quizá fuera justo eso lo que necesitaba que sucediera.

Quizá fuera justo eso lo que debería permitir que sucediera.

—Podría pegarse un tiro —dijo Jordan en voz baja.

El senador se encogió al oír aquello, y fue como si desapareciera un poco en el sofá.

—No me voy a suicidar.

—¿Es usted un hombre religioso, senador?

—No, eso no es lo...

—Entonces no es más que un egoísta, ¿no? ¿Prefiere proteger su propio pellejo que salvar a una niña y al resto de la gente que hay en este edificio?

—Eso es injusto. Yo...

—Si tuviera elección —lo interrumpió Jordan—, yo me dejaría atropellar en un abrir y cerrar de ojos, si eso significara salvar una vida.

—Esa niña es su hija. Por supuesto que lo haría. ¿Se tiraría delante de un camión por alguien a quien no conoce? —contratacó él.

—¿Por una niña? Absolutamente. He tenido una vida increíble. No sería un drama si terminara hoy, y si el hecho de que mi vida encontrase hoy su final significara que una niña conseguiría llevar la suya a su plenitud, lo haría sin pestañear.

—No me lo creo. Usted lo dice e incluso tal vez se lo crea también, pero si de verdad se le presentara la ocasión, no seguiría adelante con ello. Nadie lo haría. El instinto de supervivencia es uno de los más fundamentales que tenemos.

—El sacrificio por un bien mayor es una de las cosas que nos distinguen de los animales.

—Esta discusión no tiene ningún sentido.

—Es un egoísta.

—Tengo fe en los hombres y mujeres de las fuerzas del orden. Ellos acabarán con esto.

—Un débil.

Billy interrumpió a ambos.

—Eh, según las noticias están saltando las alarmas de incendios por todo nuestro edificio.

Jordan volvió a abrir el canal de noticias en su primer monitor e hizo cuanto pudo por no prestar atención a la cuenta atrás en la esquina, que ahora marcaba cuarenta y siete minutos y doce segundos. El titular en la pantalla decía: «El Departamento de Bomberos de Nueva York confirma que han detectado incendios en más de treinta plantas del edificio de SiriusXM, y parece que están propagándose».

—¿Sabemos en qué plantas? —preguntó Jordan, a nadie en particular.

Billy señaló hacia uno de los aspersores del techo del estudio, sobre la cabeza de Jordan.

—Nada en la nuestra, o estaríamos nadando ahora mismo.

—Yo huelo el humo.

Aquello procedía del senador Moretti. Tenía la cabeza ligeramente ladeada.

—Yo no —replicó Jordan.

—Yo tampoco. —Billy estaba de pie en su pecera, estudiando de nuevo las grietas en el cristal—. Pero, en un edificio como este, las plantas inferiores podrían estar ardiendo durante horas antes de que se percibiera algo aquí arriba. Yo no me quedo aquí dentro.

Puso una mano en la pared para coger fuerza y la otra sobre la mesa, y le dio una coz al cristal con la pierna derecha. Se oyó un notable crujido, pero el cristal aguantó.

Le propinó otra patada.

Y otra.

Enardecido de ira, volvió a golpear el cristal con el tacón del zapato.

Cinco patadas.

Diez.

Cuando el cristal grueso por fin se rompió, lo hizo en pedazos grandes. Varios fragmentos cayeron de la parte de arriba. Billy lo atravesó con la pierna prácticamente hasta la rodilla.

—¡Aj, su puta madre! —Extrajo la pierna y se llevó más fragmentos de cristal con ella, cayó hacia atrás, contra la pared del fondo de la pecera, y desapareció hacia el suelo.

Jordan se levantó de la silla.

—Mierda. ¿Estás bien?

La mano de Billy apareció a la vista con el pulgar en alto.

—De maravilla. Creo que me he pegado un buen tajo en la pierna. Estoy sangrando.

Jordan se quitó los auriculares y arrancó hacia él.

El senador Moretti se puso en pie y apuntó a Jordan con la pistola.

—No. Quédese ahí. Detrás de su mesa.

—¡Está herido!

—¡Que no se mueva, coño!

Estaba temblando de nuevo. Los nervios se apoderaban de él. Iba a disparar a alguien sin querer mucho antes de que lo hiciera queriendo.

Jordan alzó ambas manos mirando al senador.

—¿Billy? ¿Es serio?

—Creo que me ha pillado algo. Algo malo. Hay mucha sangre.

Jordan se dio la vuelta hacia el senador con una súplica en la mirada.

—Hay un botiquín de primeros auxilios allí mismo, junto a la puerta. Déjeme cogerlo y ayudarle.

Moretti mantuvo el arma apuntando hacia ella y echó un rápido vistazo hacia un lado, donde le indicaba ella.

Ahora.

Se lo decía una voz que oía en su cabeza.

Lánzate sobre él ahora.

Pero el senador se dio la vuelta, y la oportunidad se desvaneció demasiado rápido.

—Usted quédese detrás de su mesa. Yo cogeré el botiquín. —Volvió la cabeza por encima del hombro—: ¿Billy? Si le paso el botiquín, ¿podrá vendarse usted solo?

—Sí, creo que sí —respondió él con la voz temblorosa.

Jordan asintió ligeramente y se sentó en el borde del asiento de su silla.

El senador cruzó la habitación sin apartar el arma de Jordan, tiró del botiquín para separarlo de la pared y lo llevó hasta el agujero donde antes se encontraba el cristal de la pecera, al fondo del estudio.

—Tome.

—No llego hasta ahí. —No sonaba bien, en absoluto, sino como si se fuera a desmayar—. No puedo levantarme. Deslícelo sobre la mesa.

El senador Moretti metió la mano con el botiquín por el agujero del cristal y lo deslizó sobre la mesa de Billy hasta el otro lado.

—Tenga, cójalo...

Billy alzó las dos manos y agarró al senador por la muñeca. Tiró de él hacia arriba, para meterlo por el hueco de la ventana.

El senador cayó hacia delante.

En la otra mano el arma se le disparó, y Jordan sintió el intenso calor de una quemadura.

56
Cole

Al regresar al edificio en helicóptero y bajar en el ascensor con el falso agente del FBI, Cole había contado a cinco personas de pie en el pasillo en el breve instante en que se abrieron las puertas en el piso cincuenta. Había matado a dos de ellas en la planta cuarenta y siete, otra había escapado y, por el auricular que llevaba en el oído izquierdo, acababa de oír al marido de Jordan decir que había al menos cuatro en la planta en la que lo tuvieran retenido con otros treinta rehenes, más o menos. Eso significaba que Bernie tenía un mínimo de siete personas en el edificio, tal vez más. Tal vez muchas más.

Cuando llegó al descansillo de las escaleras en el piso cuarenta y nueve, Cole se detuvo a machacar la cámara del techo y a evaluar la situación. La Glock 19 que llevaba en la mano derecha tenía quince balas en el cargador y otra en la recámara. Guardaba dos cargadores de repuesto en el bolsillo de atrás, pero uno solo contenía diez balas. Llevaba su 380 en la mano izquierda: seis balas en el cargador y otra en la recámara. Cuarenta y ocho disparos.

No llevaba puesto el chaleco antibalas. Se había quedado en su bolsa, con el resto del uniforme y el material.

Al otro lado de la puerta de la planta cuarenta y nueve Cole oyó el sonido estridente al saltar la alarma de incendios. Dio un empujoncito a la puerta para abrirla, y el agua comenzó a salpicarle por los bordes y a encharcarse a sus pies.

Estaba funcionando.

No tenía ni idea de cuánto tiempo estarían en marcha los aspersores, pero no debería necesitar mucho para encargarse no solo de las cámaras de seguridad del edificio en cada planta, sino también de las que fuese que Bernie hubiera conseguido colocar. Dado que las escaleras estaban hechas de hormigón y metal y estaban pensadas para salir del edificio, allí no había aspersores, pero sí había destruido todas y cada una de las cámaras que había encontrado, y seguiría haciéndolo hasta que Bernie se quedara a ciegas.

Cerró la puerta con suavidad, apoyó la espalda contra la pared, apuntó ambas armas hacia el piso superior y aguzó el oído más allá de las alarmas y el agua que caía del techo.

Cole esperaba oír chillidos. Gritos de furia. De pánico. La gente de Bernie que irrumpía por la puerta de emergencia y bajaba corriendo hacia él.

No oía nada de eso. Tan solo las alarmas y el agua.

Si el ascensor con el fuego ya había llegado a la cuarenta y nueve, los dos con el gas de cloro habrían llegado ya a la cincuenta, casi con toda certeza: las puertas quedarían abiertas de par en par y el gas se extendería por la planta.

Por lo que había podido ver Cole de manera fugaz, el piso cincuenta estaba en obras: suelos de cemento y paredes vacías de listones metálicos a la espera de las placas de pladur. Detrás de aquella gente que lo esperaba emboscada ante la puerta del ascensor cuando bajó de la azotea, recordaba haber visto un espacio diáfano hasta las ventanas del extremo opuesto. Había pocos lugares —de haber alguno— donde esconderse.

Pegado a la pared, Cole subió despacio varios escalones con el martilleo del corazón en el pecho, consciente de que la puerta de allí arriba podía abrirse en cualquier momento cuando la gente de Bernie saliese en estampida igual que las ratas abandonan un barco que se hunde. Se detuvo al llegar a la esquina, justo antes del descansillo.

Escuchó.

No oyó nada.

Afianzó en las manos la 9 milímetros y la 380, ambas resbaladizas por el sudor.

Contó en silencio hasta tres, cogió todo el aire que pudo, se agachó y salió de detrás de la esquina, listo para abrir fuego.

No había nadie en las escaleras, la puerta del piso cincuenta estaba cerrada.

Cole permaneció en el sitio.

Esperó.

Abajo la alarma continuaba chillando.

No salía nadie.

Bernie era listo. Era muy posible que hubiese venido preparado con máscaras antigás y que se los encontrara plantados al otro lado de la puerta, esperándole a él, a los federales, a los de la Unidad de Intervención, a cualquiera que fuese a entrar a la fuerza. Una emboscada a la emboscada.

Contó hasta cien.

Nada.

«En el peor de los casos siempre podemos charlar sobre Gracie.»

Joder.

Cole se acercó unos pasos más arrastrando los pies sin hacer ruido y llegó hasta medio camino hacia la puerta. De nuevo se detuvo.

Si Bernie lo quería muerto ya había tenido varias oportunidades de matarlo.

O provocarle para que subiera al piso cincuenta había sido simplemente una manera de ahorrarse la molestia de ponerse a buscarlo y perseguirlo por todo el edificio.

Igual que la del resto de las plantas, la puerta de emergencia del piso cincuenta era metálica, con bloques de hormigón ligero a ambos lados. Metro y medio a la izquierda, un poco menos a la derecha. Desde allí ascendían y descendían las escaleras de cemento con barandillas metálicas.

Cole recorrió a paso de caracol la distancia que le faltaba, preparado para disparar en caso de que la puerta se moviese, pero no lo hizo. Cuando llegó hasta ella pegó el oído al metal frío, aunque no logró oír nada.

Volvió a agacharse todo lo que pudo, con el costado izquierdo presionado contra la pared de hormigón en el lado de las bisagras de la puerta. Cogió aire por la nariz, lo retuvo y lo soltó por la boca, varias veces. Aquello no le ayudó a calmarse lo más mínimo. El corazón le latía con tal fuerza que le daba la sensación de poder oírlo por encima del ruido de las alarmas de incendios en los pisos de abajo.

Levantó la mano derecha —en la que tenía la 9 milímetros— hasta la barra antipánico y la empujó con suavidad hasta que el pestillo se desenganchó y la puerta comenzó a abrirse.

No la abrió mucho, no más de un par de centímetros. Se esperaba los disparos, pero no se produjo ninguno. Se esperaba que saliera el gas de cloro, pero eso tampoco sucedió.

Ningún sonido.

Ni movimiento.

Cole dio un fuerte empujón a la puerta, que se abrió de golpe hacia dentro. Se lanzó de cabeza por la abertura, aterrizó sobre la barriga con ambas armas por delante y, acto seguido, se dio la vuelta bocarriba y se sentó al no ver a nadie. Giró sobre sí mismo tan rápido como pudo y se dio la vuelta listo para disparar a cualquiera, pero allí solo estaba él.

Aquella planta estaba desierta.

Lejos a su derecha, en la otra punta, localizó los ascensores. Todos ellos tenían una especie de barra metálica atravesada por delante, soldada, que los mantenía cerrados. Cole no tenía ni idea de lo que suponía eso para el gas de cloro: la cabina del ascensor se habría quedado atascada al otro lado de la puerta o bien se habría ido a otra planta, no había manera de saberlo con seguridad.

Se levantó y se dio la vuelta trazando un lento círculo completo con ambos brazos extendidos y las armas en las manos, escrutando cada sombra.

Los cadáveres que había visto antes continuaban en el suelo en unos charcos de sangre que se iba secando. Tres de ellos cerca de los ascensores, un cuarto a unos tres metros. Se dirigió hacia el más cercano, el de una mujer. No la conocía. Le faltaba la identificación y no llevaba placa, pero Cole sí reconoció el anillo de la academia del FBI en su mano derecha. Dos de los hombres que estaban cerca de los ascensores también lo llevaban. Bernie y su gente les habrían tendido una emboscada, se las habrían arreglado para reducirlos y suplantarlos. Todos ellos lucían una perfecta herida de bala en la cabeza, disparos realizados antes de que tuvieran la oportunidad de sacar sus armas, probablemente. Ninguno llevaba un teléfono móvil encima, aunque tampoco era que importara mucho: cada vez que Cole miraba el suyo lo veía sin cobertura, incluso cerca de las ventanas.

Dejó los cadáveres tal y como los había encontrado y continuó explorando la planta en silencio.

En el centro de aquel espacio diáfano había una pila de cajas de cartón de casi dos metros de ancho que llegaba casi hasta el techo. Con ambas armas preparadas, se acercó muy despacio y comenzó a rodear aquella pila en el sentido de las agujas del reloj. Dado que no podía ver el otro lado por encima de las cajas, al llegar a la mitad de su recorrido retrocedió en sentido contrario a las agujas del reloj: en el poco probable caso de que hubiera alguien más allí rodeando aquellas cajas, esperaba sorprenderlo.

Aparte de sus propios pasos, no oía ninguno más.

No oía a nadie ni respirar.

Cole no oyó la voz de la niña procedente del interior de las cajas hasta que las hubo rodeado casi por completo.

57
Jordan

Jordan vio cómo se disparaba la pistola, el fogonazo deslumbrante. Una fracción de segundo después algo le impactó en el hombro derecho, salió por detrás, atravesó el respaldo de su silla y se incrustó en la pared a su espalda. Todo aquello sucedió antes de que oyese el disparo, como si su cerebro hubiera metido una marcha más y, de alguna manera, se hubiese vuelto más perceptiva ante todo lo que sucedía a su alrededor.

El dolor llegó un momento después, más o menos al tiempo que veía que Billy tiraba del senador a través del hueco del cristal de su pecera y desaparecía allí dentro.

—Me han... me han dado.

Jordan oyó aquellas palabras, unas palabras que sonaban a su voz, pronunciadas por su voz y, aun así, era como si estuviese observando cómo sucedía eso, como una espectadora, más que una participante, y hubo algo en el fondo de sus pensamientos que le dijo que tal vez se encontraba en estado de shock.

—Billy...

Los oyó forcejear, pero el mundo a su alrededor se había escorado ligeramente a la izquierda, y resultaba difícil verlos, tenía un velo borroso en su campo de visión, un fogonazo de luz blanca.

Perdió la noción del tiempo.

No mucho (al menos, eso creía ella), pero parpadeó,

y Billy se hallaba ahora de pie en su pecera con la pistola en la mano derecha y apuntando hacia el suelo a la vez que tensaba los dedos de la izquierda. Miró hacia Jordan con el rostro lívido.

—¡Jordan, ¿estás bien?!

Qué raro fue oír su voz directa, allí de pie en su pecera, sin auriculares ni micrófonos, tan solo Billy. Qué voz tan bonita tenía.

A Jordan le gustaba la voz de Billy.

Sus auriculares estaban sobre su mesa. ¿Se los había quitado o se le habían caído?

—¡Jordan!

Todo a su alrededor comenzó a enderezarse. Luchó contra el impulso de escorarse de nuevo con él y, asombrada, observó que la neblina blanca en sus ojos empezaba a disolverse y desaparecer.

—¡Maldita sea, Jordan!

—¿Por qué me gritas? —le preguntó ella.

—¿Es muy seria la herida?

—¿Herida?

—El hombro. ¡Te ha disparado!

Todo lo que había sucedido se le volvió a pasar por la cabeza como en una película de las malas, y cuando llegó al final fue como si volviese a caer de golpe en su propio cuerpo. Se le despejó la visión. Enfocó la imagen de Billy, y fue como si el dolor agudo en el hombro recalcase las palabras que él le estaba diciendo.

Billy volvió a girar la cabeza hacia el suelo.

—¡Que no se levante, joder!

Jordan alzó la mano y comenzó a tocarse el hombro con mucho tiento.

Sin dejar de apuntar con el arma hacia el suelo, Billy pasó al estudio a través del ventanal roto, volvió a estirar el brazo hacia el interior de la pecera en busca del botiquín, pasó por delante del sofá y rodeó la mesa de Jordan.

—Intenta no moverte.

—Vale.

—Estás en...

—Estaba en estado de shock. Creo que ya estoy bien.

—Sí, claro, de maravilla. La primera vez que te estás quietecita en diez años. Me mola esto.

—Que te follen.

Billy sonrió.

—Esto te va a doler.

Antes de que ella pudiera contestar, Billy agarró la manga de la camisa de Jordan y la arrancó de un tirón.

Jordan cogió aire rápidamente y combatió el impulso de soltar un berrido.

—¿Seguimos en antena?

Billy asintió con la cabeza.

—Se está emitiendo todo lo que pasa en esta sala. No sé cómo ha encontrado el modo de anular las desconexiones automáticas a en punto y a media. Yo no sé hacerlo.

—Genial. —Jordan bajó la mirada a los pantalones vaqueros de Billy. No se había cortado en absoluto—. Bonito farol.

Billy se miró y después se fijó en el arma que tenía en la mano. La dejó con cuidado sobre la mesa delante de ella.

—Si el tío intenta salir de mi pecera, pégale un tiro. No lo digo en broma, Jordan. Dispárale sin más.

Jordan miró la pistola. Aún había un hilillo de humo que salía del cañón.

Billy resopló.

—Creo que no ha tocado ningún hueso. ¿Puedes inclinarte hacia delante?

Jordan lo hizo, y le dolió como un demonio, como si unas avispas se estuvieran turnando a ver cuál era capaz de clavarle más hondo el aguijón.

—La buena noticia es que la bala está en la pared que tienes detrás. La mala noticia es que ahora tienes un agujero en el hombro que no debería estar ahí. —Rebuscó en el botiquín y sacó un paquete de algo que se llamaba QuikClot, rasgó el envoltorio para abrirlo y le presionó ambos lados de la herida con algo que parecía una gasa gruesa. Aquello debía de tener alguna clase de adhesivo, porque se le quedaron pegados los dos. Billy volvió a meter la mano en el botiquín, sacó un esparadrapo elástico y comenzó a envolver la herida, bien tenso.

—¿No se supone que habría que desinfectarlo?

—Claro, si tuviéramos con qué. Te aconsejo que acudas a tu centro de atención primaria cuando todo esto acabe. Mi formación médica procede de ver una reposición tras de otra de la serie *Chicago Fire*; lo cierto es que no estoy cualificado para hacer esto.

—Contigo no tengo copago, entonces.

—Eso que te llevas, por lo menos.

En la pecera de Billy el senador se puso en pie con una mano en la nariz. Tenía rojo el lado derecho de la cara, se le estaba hinchando. Sus ojos saltaban de un sitio a otro nerviosos, y terminó localizando el arma. Jordan lo fulminó con la mirada, extendió la mano hacia la pistola y la arrastró sobre la mesa para ponérsela más cerca. Con el rabillo del ojo se fijó en las noticias que iban apareciendo en su monitor, cómo corría la cuenta atrás.

Quedaban treinta y un minutos y cuatro segundos.

Billy terminó de vendarle el hombro y se inclinó hacia el oído de Jordan, con una voz tan baja que ella misma apenas lo oyó.

—La puerta del estudio tiene un cierre magnético, y de algún modo lo están controlando desde fuera. El de mi puerta, sin embargo, tan solo es un pestillo. Podemos salir por ahí. El senador ya lo sabe, se lo he dicho mientras estábamos en el suelo.

Jordan se quedó pensándolo.

—Nos verán.

—Puede ser.

—Y aunque no nos vean, en cuanto dejemos de emitir lo sabrán.

La mirada de Billy barrió la sala hasta los auriculares inalámbricos que continuaban sobre la mesa de Jordan, los que había utilizado al comienzo del programa. Todavía mostraban una señal wifi plena.

—¿Y el hombre que vigila la puerta? Está ahí fuera, en el pasillo.

La mirada de Billy pasó de los auriculares a la pistola, después a Jordan, y ella lo entendió.

Asintió con la cabeza e hizo cuanto pudo por no prestar atención al dolor.

Los dos vieron cómo se actualizaba el contenido que mostraba el segundo monitor. Todas las llamadas se cortaron y fueron reemplazadas por un solo nombre:

Línea 1: Bernie

Línea 2: Bernie

Línea 3: Bernie

Línea 4: Bernie

Línea 5: Bernie

58
Cole

Cole no estaba seguro de haberla oído, no al principio. La voz se oía muy bajo, amortiguada, pero cuando dejó de moverse y se detuvo a escuchar, percibió un leve gimoteo, un llanto casi en silencio.

—¿Charlotte?

No estaba exactamente seguro de cómo sabía que era ella, pero lo supo, y eso empeoraba bastante las cosas.

La niña no respondió.

No hubo respuesta ninguna.

Se enganchó ambas pistolas por debajo del cinturón y comenzó a tirar de las cajas y a moverlas con cuidado por si acaso se trataba de alguna clase de trampa. Eran de distintos tamaños, desde los sesenta o setenta centímetros cuadrados hasta de más de un metro. Había unas dentro de otras. Algunas aplastadas, la mayoría aún intactas, pero todas estaban vacías. Muchas más de las que había pensado en un principio.

Al acercarse al centro la voz de la niña sonaba más fuerte. Aquella respiración frenética.

La llamó por su nombre varias veces más, pero ella continuaba sin responder, y eso tan solo servía para que él se moviera más deprisa.

Un metal oxidado quedó a la luz.

Tela negra.

Ruedas.

Cole había descubierto casi un tercio cuando se percató de que tenía delante un cochecito viejo de bebé con la capota parcialmente cerrada sobre una mantita rosa que olía a humedad y podredumbre. Retiró de golpe la manta, esperando encontrar a Charlotte allí metida de alguna forma, pero la niña no estaba allí, ni mucho menos. Lo que había era un vigilabebés: plástico blanco con el dibujo de un bebé grabado en la esquina inferior y una antena corta en lo alto.

Cuando Charlotte gimoteaba, una serie de luces led de color azul bailaban por el frontal del aparato, sobre el altavoz redondo, al compás de su voz.

Cole miró al techo, las paredes: de repente se sentía observado, pero no consiguió ver nada.

Metió la mano en el cochecito, sacó el receptor, lo estudió un instante y presionó un botón para hablar que encontró en un lateral.

—¿Charlotte? ¿Puedes oírme?

La niña respiró hondo sorprendida.

—¿Quién es?

—Soy el detective Cole Hundley, el agente de policía al que has conocido esta mañana. ¿Sabes dónde estás?

—Aquí dentro está oscuro.

De nuevo Cole miró a su alrededor. Un vigilabebés no podía tener mucho alcance. La niña debía de estar cerca. Sin embargo, al observar con más detenimiento el aparato, vio que el orgulloso fabricante había estampado CON CONEXIÓN WIFI de un lado al otro de la base y se dio cuenta de que Charlotte podía estar en cualquier parte. También comprendió que si su pequeña hazaña con los incendios de los ascensores y los aspersores se cargaba la wifi del edificio, podría perder el contacto con ella por completo.

Intentó no pensar en eso.

—¿Qué puedes ver?

—Solo el reloj.

—¿El reloj?

—Bueno, en realidad no es un reloj, está contando hacia atrás —dijo la niña—. Ahora mismo va por veintiocho minutos y cuatro segundos.

Cole sintió un vuelco en el corazón.

—Charlotte, ¿el reloj está conectado a algo?

—No lo veo, está demasiado oscuro. ¿Puede sacarme de aquí? Me han atado a una silla y no me puedo mover.

—¿Sabes en qué piso estás?

La niña sorbió con la nariz.

—No. Me... me han puesto una bolsa en la cabeza cuando estaba en el ascensor. Me han dicho que me harían daño si me la quitaba.

—¿Al salir de la planta de tu madre?

—Sí. ¿Está ella con usted? ¿Puedo hablar con ella?

Cole cerró los ojos un instante. Intentó no pensar en aquella niña a la que había conocido esa misma mañana, ahora atada y sola en algún lugar de aquel rascacielos. No se podía imaginar lo fuerte que debía de ser para mantener la compostura tan bien como lo estaba haciendo.

—Lo siento, cielo, pero tu madre no está conmigo ahora mismo. Tiene que seguir en contacto con la gente que está detrás de todo esto.

—Han dicho algunas cosas muy feas sobre ella —dijo Charlotte en voz más baja—. Me han dicho que hizo algo muy malo y que todo esto es culpa suya.

—Tú sabes que eso es mentira, ¿verdad? Tu madre es una buena persona.

Al principio no dijo nada, después la oyó hablar con una vocecita.

—Claro, lo sé.

—Charlotte, esto es importante porque quiero ayudarte. ¿Qué me puedes contar sobre el sitio donde estás? Cualquier cosa me será de ayuda.

La niña volvió a guardar silencio, y entonces dijo:

—Creo que esto puede ser un vestidor. Me han atado las manos y las piernas a una silla, pero tiene ruedas, y si me muevo y voy de un lado al otro puedo tocar dos paredes. Cuando hablo hay eco, igual que cuando juego en mi vestidor en casa.

—Eso está bien, muy bien —le dijo a la niña—. ¿Qué más?

—Hay moqueta en el suelo. Creo que la puerta está a mi izquierda. Puedo ver un poco de luz que entra por debajo, pero no mucha, como cuando están apagadas las luces de la habitación del vestidor y entra la luz de una ventana en alguna parte.

Cielo santo, eso no era de ninguna ayuda. Había cincuenta pisos en aquel edificio.

La niña podía estar en cualquier sitio.

Entonces se acordó de los ascensores.

—Charlotte, ¿oyes agua cayendo en alguna parte?

—¿Agua?

—Sí, de los aspersores del techo. ¿Y qué me dices de una alarma de incendios, la oyes?

La voz de la niña subió una octava.

—¿Hay un incendio?

—No es un incendio de verdad. ¿Oyes alguna de esas cosas?

Volvió a quedarse callada durante varios segundos.

—No oigo agua, pero creo que sí oigo la alarma, aunque muy bajito.

Si su jugada con los ascensores había funcionado, que ya era mucho suponer, Cole había hecho saltar los detectores de humo en todos los pisos salvo en ese donde se encontraba ahora, adonde había enviado los...

Mierda, ¿habrían ido al piso que no era?

—Charlotte, ¿hueles algo? Me refiero a un olor muy fuerte. Podría hacer que se te salten las lágrimas o que te pique la garganta. ¿Hueles algo así?

—No.

—¿Nada que se parezca al olor de los productos de limpieza? ¿Lejía o amoniaco?

—No, no huelo nada raro.

Cole volvió a echar un vistazo a su alrededor. Allí no había paredes ni cuartillos de ninguna clase. Básicamente se trataba de una planta en bruto para unas futuras oficinas. La niña no estaba en aquel piso.

Cole comenzó a dar unos golpecitos nerviosos en el lateral del vigilabebés.

Piensa.

—Vamos a intentar repasar exactamente todo lo que ha pasado cuando te han cogido. ¿Puedes hacer eso conmigo?

—Vale.

—Has dicho que en el ascensor te han puesto una bolsa en la cabeza, en la planta del despacho de tu madre. Antes de entrar en el ascensor ¿has visto qué botón pulsaban? ¿Has subido o has bajado?

—He subido.

—¿Estás segura?

—Sí, porque también lo he notado en el estómago. Estos ascensores van muy rápido.

—Bien, eso está muy bien —respondió Cole—. Cuando las puertas se han abierto y has salido, ¿has ido hacia la derecha o hacia la izquierda?

—No hemos salido del ascensor en la primera parada. Las puertas se han abierto, y ha entrado más gente. Y luego hemos ido a otro piso.

—¿Sabes cuántas personas eran?

—No, no veía nada. Eran dos por lo menos. He notado que tenía a alguien a cada lado, y el hombre con el que me había metido en el ascensor en el piso de mamá estaba detrás de mí, con una mano en mi hombro.

—Vale. Piensa esto muy bien antes de responderme. Me has dicho que lo podías sentir en el estómago: cuando las puertas han vuelto a cerrarse, ¿has subido o has bajado?

Charlotte guardó silencio unos segundos.

—Creo que bajaba, pero no lo sé seguro.

—No pasa nada, ya lo averiguaremos —la tranquilizó Cole—. Cuando se ha vuelto a parar el ascensor, ¿habéis salido, entonces?

—Sí.

—¿Has ido a la derecha o a la izquierda?

—A la izquierda.

—Perfecto. Otra vez piénsatelo bien. ¿Sabes cuántos pasos has dado? Antes de que respondas quiero que cierres los ojos, intenta no pensar en nada, trata de recordarlo como si fuera una peli que estás viendo mentalmente, ahora mismo, en tu cabeza.

Cuando la niña volvió a hablar, sonaba insegura.

—Imagino que unos veinte. Y después hemos vuelto a girar a la izquierda.

—¿Has oído algo mientras ibas caminando? ¿Alguna voz o algo así?

—No, estaba todo en silencio —respondió Charlotte—, pero creo que las otras personas del ascensor no han venido con nosotros. Creo que se han ido en la dirección contraria al salir. El suelo era de baldosas o algo parecido, y solo oía al hombre que iba detrás de mí. —Charlotte hizo una pausa y añadió—: Y he dejado de oírlo cuando hemos girado a la izquierda. Creo que entonces íbamos por un suelo de moqueta. Hemos girado otra vez a la izquierda y hemos dado cuatro o cinco pasos. Entonces me ha obligado a pararme y sentarme en una silla y me ha atado. Ha utilizado esas tiras de plástico que se aprietan y me las ha puesto en las muñecas y en los tobillos para que no me pueda mover. Sé que eran de esas tiras de plástico porque he oído cómo hacían clic cuando las apretaba. Después ha empujado la silla para meterme aquí dentro y ha cerrado la puerta.

—¿Has visto algo cuando te ha quitado el capuchón?

—No me lo ha quitado él —respondió ella—. Cuando se ha marchado, me he puesto a mover la cabeza de un lado a otro hasta que se ha caído solo. Eso ha sido justo antes de que oyera que usted estaba hablando conmigo.

—¿Puedes sacar alguna de las manos de esas tiras de plástico?

—Ya lo he intentado, pero están demasiado apretadas.

Sales del ascensor, giras a la izquierda por un pasillo de baldosas, otro giro a la izquierda sobre una superficie enmoquetada —una oficina, muy probablemente— y entras en un cuartillo como un vestidor.

En uno de esos cincuenta pisos.

—Te voy a encontrar, Charlotte, te lo prometo. Los aspersores contraincendios han saltado prácticamente en todos los pisos. Si tú no tienes agua a tu alrededor, eso nos lo acota mucho.

Si es que de verdad han saltado en todos los pisos en los que debería.

Echó un vistazo a los ascensores, cerrados a golpe de soldadura en aquella planta.

¿Dónde más han hecho eso?

Tenía que empezar por alguna parte.

—Charlotte, ¿sigues ahí?

—No, me he ido al McDonald's.

Cole sonrió por primera vez en todo el día.

—Pues píllame un Big Mac, ¿te importa? Oye, no quiero que esta gente me oiga llegar, así que voy a bajar el volumen de mi comunicador. Vuelvo contigo en cuanto llegue a un sitio donde tenga la seguridad de que puedo hablar, ¿vale?

—Vale.

Cole ya estaba bajando el volumen cuando oyó a la niña, que le hacía una pregunta más, una que él no podía responder.

—¿Qué pasa cuando ese reloj llegue a cero?

59
Jordan

El nombre de Bernie llamaba la atención de Jordan desde su monitor, de nuevo en las cinco líneas.

Miró a Billy, que terminó con lo que le estaba haciendo en el hombro, volvió a hacer un gesto hacia los auriculares inalámbricos y regresó corriendo hacia su pecera.

Con el brazo sano, Jordan se quitó sus otros auriculares y se puso los inalámbricos.

Billy metió la mano por el ventanal roto de la pecera, pulsó varios botones, cogió su móvil y tecleó algo en la pantalla pequeña.

> BILLY: Estoy cambiándolo todo a remoto. Conectando en tres, dos...

Jordan asintió y dijo:

—¿Bernie?

Él carraspeó.

—De verdad, creía que nos estábamos entendiendo.

Jordan hizo un gesto a Billy con el pulgar hacia arriba y se acercó un poco más a la boca el micrófono integrado de los auriculares inalámbricos.

—¿De qué estás hablando?

—Te he dicho a ti y les he dicho a todos los que nos escuchan que bajo ninguna circunstancia podía acceder a este edificio ningún miembro de ninguna de las fuerzas de la ley.

—¿Lo han hecho?

—Tu amigo, el detective Cole, ha aterrizado en la azotea en un helicóptero pagado por ti, ha matado a varios de los míos y ahora mismo va correteando por el edificio como una rata hambrienta en una despensa repleta. Se ha puesto a quemar cosas. Intenta gasearnos. Es una verdadera molestia.

—Lo mismo es que no es oyente de mi programa y no se ha enterado de ese bonito comunicado tuyo. Dos puntos en contra del agente Cole, supongo.

—Sus superiores ya lo han puesto a dirigir el tráfico. No sé si va a poder caer mucho más abajo.

—Afortunadamente no es uno de mis empleados, así que no es problema mío —le dijo Jordan.

—Hoy sí lo es, Briggs. Ya es hora de que vuelvas a elegir: ¿prefieres que lo mate a él o que mate a alguien de tu equipo?

—¿Mi equipo? Mira, Bernie, esto tiene que acabar ya. Todo esto. Libera a mi hija, a mi marido, a la gente que trabaja para mí: ellos no tienen nada que ver. Desactiva las bombas. Sabes perfectamente que la policía va a entrar. Te van a matar a ti y a todo aquel al que tengas aquí contigo. Así es como funcionan estas cosas. Así es como acaban siempre. Entrégate —le suplicó Jordan—. Te arrebataron a tu mujer, a tu hija. Cualquier padre que haya por ahí fuera comprenderá lo que debe de ser eso; tan solo pensar...

Se atragantó y se quedó sin voz, y aunque deseaba ser fuerte, su cuerpo no se lo permitía. Estaba temblando. Su corazón luchaba a brazo partido contra el esfuerzo por mantenerse atento a todas las emociones que trataban de abrirse paso a bocados desde su interior.

—No lo entiendes, aún no. Lo entenderás dentro de veintiséis minutos. Si el senador continúa en pie, si me obligas a matar a tu hija, entonces conocerás el vacío que tú generaste en mí. Entonces podremos hablar tú y yo. ¿Cuántas balas le quedan? ¿Lo has averiguado ya?

Billy había regresado a la mesa de Jordan y se encontraba de pie a su lado. Intercambiaron una mirada y él garabateó rápidamente una nota en el cuaderno de Jordan:

> *No creo que sepa que tienes tú la pistola. ¡Quizá ya no pueda vernos! ¿Será por los incendios?*

—Le he pedido varias veces al senador Moretti que me entregue el arma, pero no es muy fan de compartir sus cosas.

—¿Es muy grave ese tiro que te ha pegado?

—La bala me ha atravesado el hombro y la silla, y se ha incrustado en alguna parte de la pared a mi espalda. Me duele horrores, pero resulta que Billy ha visto todas las temporadas de *Nurse Jackie* y ha conseguido detener la hemorragia. Conociendo a la gente de SiriusXM, lo más probable es que la semana que viene me pasen una factura por los daños en su estudio. —Miró al senador, aún de pie en la pecera de Billy—. No creo que Moretti le haya disparado a nadie hasta hoy, nunca. Parece que se ha asustado de lo lindo. Lo tengo acurrucado en un rincón del estudio, mirándome con ojos de loco. Está moviendo los labios, pero no oigo lo que está diciendo, como si estuviera discutiendo consigo mismo. Ese pobre hombre está deshecho.

El senador Moretti contestó gesticulando con los labios: «Que te jodan».

—Tal vez haya llegado la hora de arrebatarle la pistola por la fuerza —dijo Bernie—, mientras sigue sumido en el estado de shock. Eres una mujer fuerte, seguro que puedes con él.

Billy cruzó el estudio hasta la puerta y retiró la esquina del papel que cubría el ventanuco. Pegó el rostro al cristal y miró en ambas direcciones, regresó a la mesa y escribió otra nota:

Ahora mismo no hay nadie ahí fuera. Si vamos a intentar salir, tenemos que hacerlo ahora, antes de que vuelvan. ¿Quieres tú el arma o prefieres que la lleve yo? Tenemos bastantes probabilidades de que nos haga falta disparar a alguien.

Jordan estiró el brazo sobre su mesa, se acercó más la pistola e hizo una mueca cuando notó el dolor que irradiaba el hombro herido. Debajo de la letra de Billy, escribió:

Y ¿adónde vamos a ir? ¡No puedo abandonar a Charlotte!

Pues buscamos ayuda, buscamos a Charlotte, lo que sea. Tú siempre has sido una desestabilizadora, y ahora es momento de desestabilizar. Si nos quedamos aquí dentro estaremos haciendo lo que él quiere. Si nos marchamos quizá demos con la manera de hacernos con el control.

Jordan sabía que Billy tenía razón. El puñetero Billy siempre tenía razón. Asintió rápido con la cabeza, cogió la pistola con la mano del brazo sano, se levantó y rodeó su escritorio.

—Bernie, háblame de Kourtney. ¿Qué tipo de persona era?

—Solo intentas ganar tiempo.

Jordan se quedó paralizada a medio camino de la pecera de Billy.

—¿A qué te refieres?

—Que no has elegido aún —respondió él—. ¿El detective Cole o uno de tus empleados?

—¿Y de qué va a servir hacer cualquiera de esas dos cosas? Si me cuentas algo sobre Kourtney tal vez encuentres a alguien que simpatice contigo. Mi público te escucha. Una vez que la policía te tenga bajo custodia, jamás volverás a hablar ante un grupo tan numeroso. Ahora mismo solo te conocen como el pirado que está destrozando su ciudad. Cuéntales quién eres de verdad. Quién era ella. Convéncelos de que no eres más que otro ser humano al que han hecho mucho daño.

—Ellos no son un tribunal que me pueda juzgar.

Billy regresó a su pecera reptando a través del hueco del ventanal, se dio la vuelta y ayudó a Jordan a darse la vuelta y deslizarse sobre su mesa mientras ella hacía lo imposible con tal de evitar que se reflejara en su voz el hecho de que estaba en movimiento.

—No te engañes, Bernie. Lo que va a ser de ti no lo van a decidir doce personas encerradas en un cuarto. Será la gente de todo el mundo en Facebook, Twitter, TikTok y sabe Dios qué más. Las redes sociales son quienes te dan un veredicto, dictan sentencia y la ejecutan. El verdugo del siglo veintiuno.

Cuando Jordan se dio la vuelta y puso de nuevo un pie en el suelo, Billy la ayudó a no perder el equilibrio. El senador Moretti dio un paso hacia ella y Jordan agarró la pistola con más fuerza: más como un acto involuntario que como uno consciente, pero él reparó en ello y se quedó paralizado igualmente.

—No estoy seguro de si esto te va a ayudar a tomar tu decisión, pero el detective Cole está hablando con tu hija ahora mismo. Suena aterrorizada; no tanto como antes, pero sigue asustada. Si él muere mientras están hablando, si una bala le arranca la cabeza, ¿qué efecto crees que tendrá algo así en ella a largo plazo? Siempre que ella disponga de ese «largo plazo», claro está. Los sucesos traumáticos pueden tener un impacto muy grave en una persona, en los niños en particular, y ella está en una edad tan impresionable...

¿Cole ha encontrado a Charlotte?

Con ambos pies en el suelo Jordan siguió a Billy hasta su puerta. Igual que la del estudio, esta también tenía el ventanuco tapado con papel, y Billy separó una esquina para echar otro vistazo.

Nadie.

Llevó la mano al pestillo. Lo giró muy despacio hasta que sonó un clic, abierto.

Bernie prosiguió:

—Tiene usted que elegir, señora Briggs. ¿Le digo a mi gente que mate al detective Cole o escogemos a alguien de su equipo?

—¿Qué ha pasado con la estación de tren? Con tanto elegir, me estoy liando.

Billy gesticuló con los labios: «¿Qué cojones haces?».

—He dicho que iba a volar una, no cuándo iba a hacerlo. Ten paciencia. Todo lo bueno termina llegando, y esas cosas que se dicen...

—Vamos, Bernie. Háblame de Kourtney.

—¿Y si te hablo del detective Cole en su lugar? Puede que saber algo sobre él te ayude a tomar la decisión.

Jordan observaba mientras Billy giraba el pomo de la puerta y la abría con cuidado para salir al pasillo. Ella levantó el arma, preparada para matar a cualquiera que se interpusiese entre su hija y ella.

—Me encantaría oír hablar del detective Cole —dijo Jordan en voz baja.

60
Cole

Cole se detuvo a escuchar ante la puerta de la salida de emergencia durante cerca de treinta segundos antes de presionar la barra antipánico y salir otra vez a las escaleras. Había sacado de nuevo las dos armas y llevaba el vigilabebés metido en el bolsillo de detrás con el volumen al mínimo. Aquello no sirvió para evitar el eco de la última pregunta de Charlotte en su cabeza.

«¿Qué pasa cuando ese reloj llegue a cero?»

Ese día Bernie había demostrado en repetidas ocasiones que matar no suponía ningún problema para él, y Cole no tenía la más mínima duda de que mataría a la hija de Jordan a modo de puñalada definitiva por la espalda por todos los males que él entendía que Jordan les había infligido a él y a su familia. Lo que no tenía ningún sentido a ojos de Cole era que utilizase una bomba para ello. Con todo lo de ese día Bernie había montado un espectáculo; desde salir en antena hasta las explosiones por el centro de la ciudad, los asesinatos de las personas relacionadas con el juicio de Marisa Chapman: todo planificado al detalle para generar la máxima difusión. Si privar a Jordan de su hija era su acto final, ¿por qué iba a esconderla en un cuartillo oscuro y a matarla con una bomba, algo que nadie vería realmente? Cole no era un experto en perfiles, ni mucho menos, pero sí había trabajado con los suficientes expertos como para saber que aquello no encajaba en el perfil de Bernie. Lo que Cole no sabía era por qué. Entendía a Bernie lo bastante como para saber que todo lo que estaba sucediendo ese día debía suceder, al menos a ojos de Bernie, de manera que algo tan atípico en su perfil tuviese su función.

«Su papel en todo esto.»

Cole se obligó a quitarse aquellas ideas del medio para poder concentrarse. Si se permitía tener la cabeza en otras cosas bien podría conseguir que lo mataran.

Comenzó a subir las escaleras, y ya estaba a medio camino del siguiente descansillo cuando oyó unos pasos y unas voces que llegaban desde más arriba.

—¿... ya está arriba en la azotea?

—Yo qué sé, pero no me voy a quedar aquí a ver cómo termina esta jodienda. Si no está ahí arriba, digo que nos hagamos con el helicóptero a la fuerza y nos larguemos de aquí de una puta vez. Si los demás no quieren nos liamos a tiros. Él no va a salir vivo de esta, y no creo que le importe. Yo no vine para esto. No sé tú, pero yo no estoy buscando que me maten. ¿De qué sirve todo esto si no salimos vivos de aquí? No deberíamos esperarle. Esto ya es demasiado por esa mierda.

Dos personas.

Voces masculinas.

—Déjate de cháchara y ayúdame con esto —dijo el primero.

Un segundo después Cole oyó que algo caía sobre el suelo de cemento, algo pesado.

—Ten cuidado, joder.

—¿Por qué no lo dejamos aquí y listo? ¿Qué cojones importa ya si alguien lo encuentra?

—Bernie ha dicho...

—«Bernie ha dicho, Bernie ha dicho.» Que le den por culo a Bernie.

—Mira, si no quieres echar una mano vuelve ahí abajo y envíame a otra persona que me ayude.

—Ni de coña, yo me quedo cerca del helicóptero.

—Pues deja de quejarte y levántalo. Si no llegamos ahí arriba pronto, lo mismo se largan sin nosotros.

Cole ascendió varios escalones más muy despacio, bien pegado a la pared y con ambas armas listas.

Los pasos que oía más arriba también subían hacia la azotea. Eran unos pasos pesados, como si cargaran con algo grande.

—Si no los necesitábamos a todos, no deberíamos haber traído a tantos —dijo la segunda voz.

—¿Te importaría dejar de quejarte? Ya casi estamos.

—¿Y por qué no les disparamos a todos? ¿Qué diferencia hay?

—Dios mío, qué burro eres. Por eso nadie habla contigo nunca.

—Cállate.

Dejaron de moverse. Cole hizo lo mismo. Estaba cerca, quizá demasiado. Podía ver la sombra de uno de ellos en la pared justo por encima del siguiente descansillo.

—¿Oyes eso? —dijo la segunda voz.

—Yo no oigo... —Se detuvo—. Espera, ¿qué ha sido eso?

—¡Mierda, te lo he dicho! Es el helicóptero. ¡Se largan sin nosotros!

Cole oyó que dejaban caer lo que fuera que estaban cargando. Crujió contra el suelo de cemento con un golpe seco y sonoro.

Si había más en la azotea, tenía que detener a esos dos antes de que llegaran allí.

Con los brazos extendidos y las pistolas por delante, subió a saltos los escalones que le quedaban, dobló la esquina y gritó:

—¡Eh!

Los dos hombres se quedaron paralizados mirándole. Se encontraban en el último descansillo, con la puerta de acceso a la azotea a su espalda. El de la izquierda tenía una pistola sujeta bajo el cinturón, por delante. No podía tener más de veinticinco años. Llevaba muy corto el pelo castaño y vestía una camiseta roja y vaqueros. Si el segundo hombre tenía un arma, Cole no podía verla. Era más mayor, probablemente cumplidos los cincuenta, con la cabeza afeitada y perilla canosa.

—No se muevan, ninguno de los dos; Policía de Nueva York.

El más joven flexionó los dedos de la mano derecha, pero no la movió hacia la pistola.

—No haga ninguna tontería —le dijo a Cole.

La segunda voz. El burro.

En el suelo, delante de ellos, había un contenedor grande de plástico de más de un metro de largo y medio metro de ancho y de alto. Un estuche duro con cierres metálicos, hecho para soportar los golpes.

Cole se mantuvo apuntando con un arma a cada uno y le dijo al más joven:

—Quiero que coja la culata de la pistola entre el pulgar y el índice, como si fuera una pinza, que la saque muy despacio y la deje delante de esa caja, por mi lado. Si hace cualquier cosa distinta de eso le dispararé. —Al más mayor le dijo—: Sé que usted tiene otra en alguna parte. No quiero que mueva un dedo.

—La llevo en la espalda, metida bajo el cinturón.

—Dentro de un segundo iremos con ella.

El hombre asintió.

El de la izquierda hizo todo lo que le había pedido Cole. Se movió a una velocidad meticulosamente lenta y se llevó la mano a la pistola, la sacó de los pantalones y la sostuvo al frente, en alto sobre el contenedor de plástico. Después flexionó las rodillas y soltó la pistola a unos treinta centímetros del suelo de cemento para dejarla caer. Una 9 milímetros cromada. Hizo un ruido metálico, pero no se disparó.

—De rodillas —le ordenó Cole—. Las palmas de las manos sobre el contenedor.

Lo hizo, con un leve gruñido al arrodillarse.

Cole se dirigió al más mayor:

—Usted va a hacer lo mismo. Llévese la mano a la espalda y saque la pistola con dos dedos. Tráigala muy despacio y déjela al lado de la otra.

Asintió con la cabeza.

—No le voy a dar ningún problema, así que no se ponga nervioso. No hay motivo para disparar a nadie.

Cole afianzó la sujeción de la Glock, con el dedo en el gatillo.

—Despacio.

El hombre más mayor extendió el brazo derecho hacia un lado, entre el joven y él, mostrando la palma de la mano para que Cole la pudiera ver vacía, y se llevó la izquierda a la espalda. Tal y como le había indicado Cole, sacó el arma con suavidad entre dos dedos, la trajo hacia delante con un movimiento extremadamente lento y meticuloso y la sostuvo con el brazo extendido al frente igual que había hecho el otro. Hizo una mueca de dolor cuando empezó a flexionar las rodillas.

—Estas rodillas ya no son lo que eran.

Con un sonoro crujido en las articulaciones consiguió arrodillarse.

Cole vio caer el arma al suelo. Una Glock idéntica a la que él tenía en la mano.

Mientras la pistola caía al suelo, el más mayor llevó el brazo derecho hacia la espalda del más joven y cogió algo; el joven rodó hacia la derecha para quitarse de en medio. El mayor trató de lanzarse detrás del contenedor de plástico a la vez que sacaba la otra mano empuñando otra Glock.

Cole disparó a los dos.

Alcanzó al más mayor justo sobre la ceja izquierda. La bala le salió por detrás de la cabeza y se incrustó en la puerta metálica a su espalda. Dos disparos alcanzaron al más joven al intentar quitarse de en medio: uno en el muslo y el otro cerca del codo. Cayó al suelo con fuerza y trató de escapar a cuatro patas a la vez que se llevaba la mano del brazo sano a la bota.

Cole pasó por encima del contenedor de plástico, le pisó el antebrazo y le sujetó así la muñeca contra el suelo. Un cuchillo corto se le cayó de entre los dedos, y el joven chilló. Cole le apretó el cañón de la Glock en la sien.

—¡Eso sí que ha sido una tontería!

—¡Que te jodan! De todas formas tú ya estás muerto. —Entonces sintió el dolor, y sus ojos se detuvieron en lo que le quedaba del codo: hueso, cartílago y músculo a la vista. Se quedó lívido cuando comenzó a entrar en estado de shock. Una mancha de color rojo oscuro aumentaba de tamaño en el muslo—. Creo que necesito un médico.

Cole se guardó la 380 bajo el cinturón y presionó con el índice en el codo destrozado del joven.

—¿Dónde tiene Bernie a la niña?

El hombre gritó. Un alarido lo bastante fuerte como para que el eco rebotara escaleras abajo.

Cole aflojó antes de que se desmayara y le concedió un segundo para recuperarse.

—Me puedo tirar así todo el día. ¿Dónde está la niña?

Las pupilas del joven volvieron a aparecer y se detuvieron en Cole.

—Oye, tranquilízate. —Hizo una mueca de dolor—. Esta gente me importa una mierda. Suéltame, y te llevo directo a la niña.

—¿Dónde la tiene? —repitió Cole por tercera vez, moviendo la mano de nuevo hacia el codo del joven.

—Si quieres que te ayude, tienes que ayudarme tú a mí. Pero deprisita. Se nos está acabando el tiempo a los dos.

Cole oyó el helicóptero al otro lado de la puerta metálica, el fuerte golpeteo del giro de las aspas. Ya había pasado ese día el tiempo suficiente en aquel helicóptero para saber que estaba a punto de despegar.

—¿Se la lleva de aquí?

—Si nos damos prisa me puedes intercambiar por ella —dijo el joven—. Bernie lo hará: sé demasiado.

Cole lo agarró del cinturón, lo puso en pie de un tirón y lo empujó hacia la puerta metálica. El joven se abalanzó hacia delante y casi se cae, pero consiguió mantenerse en pie al aferrarse a la barra antipánico que servía para abrir la puerta. Debía de tener la bala alojada en el muslo, porque no se veía un orificio de salida. Tenía los vaqueros empapados en sangre. Se tambaleó y cargó el peso sobre la otra pierna, cogió aire, empujó la puerta y de nuevo estuvo a punto de caerse cuando esta se abrió de golpe.

El estruendo era ensordecedor. El vendaval provocado por el helicóptero se metió por la puerta abierta y azotó a Cole con el polvo en los ojos. Parpadeó para librarse de él, apuntó al joven con la Glock en la nuca y lo empujó.

—¡Vamos!

Dio varios pasos y se detuvo. No iba a llegar al helicóptero.

Cole se acercó por detrás de él, lo agarró de nuevo por el cinturón y le golpeó con la rodilla en la parte posterior de la pierna herida. El joven estuvo a punto de caer al suelo cuando sintió el dolor, pero enseguida llegó otro chute de adrenalina, la suficiente para mantenerlo en movimiento. Cruzó la azotea arrastrando la pierna herida y rodeó las enormes máquinas del aire acondicionado.

El helicóptero se había elevado metro y medio de la azotea y continuaba ascendiendo.

El joven gritó algo, pero Cole no pudo entenderlo con semejante ruido.

El reflejo del sol en las ventanillas dificultaba la visión, pero Cole creyó ver no menos de cuatro personas dentro, incluido el piloto. Ninguna de las sombras parecía la de una niña, pero no podía estar seguro.

Cole levantó el arma y apuntó a la nuca del joven.

Apenas capaz de tenerse en pie, el joven alzó el brazo sano e hizo señales al helicóptero. Al ver que el aparato detenía el ascenso y se quedaba suspendido, aquellas señales con el brazo se volvieron frenéticas, se acercó más a trompicones.

Una ventana pequeña se deslizó y se abrió en el compartimento de los pasajeros del helicóptero, salió un cañón largo que apuntó al joven herido y disparó. Cayó al suelo, muerto.

Cole apuntó su arma hacia la sombra que había detrás de aquel rifle, pero, antes de que pudiera disparar, una bola de fuego surgió en la cola del helicóptero, avanzó rápidamente por el metal y engulló el aparato entero. Cole se arrojó detrás de las enormes máquinas de aire acondicionado y sintió una ola de calor por toda la piel cuando el helicóptero estalló en un diluvio de fuego, acero y demás restos.

61
Jordan

Un rugido grave sacudió el edificio, y Jordan, Billy y el senador se quedaron paralizados.

—Bernie, ¿qué ha sido eso? —preguntó Jordan con los ojos muy abiertos.

—No tiene que ver contigo.

—Ha sonado como una explosión.

—Una explosión que no tiene que ver contigo. Estamos hablando del detective Cole.

Billy miró a Jordan con cara de inquietud y volvió a ponerse en marcha. Ella lo siguió hacia el pasillo con el senador varios pasos por detrás, justo lo suficiente para que no pudiera agarrarla en caso de que decidiera alguna clase de jugarreta en busca de la pistola, pero lo bastante cerca como para mantenerse juntos.

No había nadie vigilando la puerta de Billy.

Nadie vigilando la puerta del estudio, ya no.

El pasillo estaba desierto.

Billy se dio la vuelta hacia ella y le dijo apenas en un susurro:

—¿Por dónde?

Jordan señaló hacia la sala verde.

—Tu muchachito, el detective Cole, se acaba de prometer en matrimonio —dijo Bernie.

—¿Ah, sí?

—Es la razón de que vistiera uniforme hoy, cuando

todos nosotros lo hemos conocido. Al parecer ha ido a juntarse con la chica que no debía. Se llama Gracie Gaff; es la hija de su teniente. He llegado a conocerla un poco: una niña de papá, claramente. Su madre murió cuando ella solo tenía cuatro años, así que han estado los dos solos durante todos estos años, bueno, con media docena de sus amigos más íntimos de la policía: todos ellos dieron un paso al frente y le ayudaron a criarla cuando la madre de Gracie falleció. Qué conmovedor, ¿no?, tener amigos así. Es una belleza: el pelo largo y rubio, vegana, un poco fanática de la salud. Ha cumplido los treinta hace un par de semanas. Cuesta creer que siga soltera, pero supongo que si tu padre es teniente de la policía y a ti te ha criado una panda de polis muy protectores, puede resultar difícil conseguir que los pretendientes no salgan corriendo. Sin embargo, nada de eso pareció disuadir al detective Cole. Imagino que se las arreglarían para mantener en secreto su relación durante cerca de dos años, pero levantaron la liebre hace unas semanas, en un bar de polis en Queens. Siendo el muchacho tan anticuado como es, Cole le pidió primero al teniente la mano de su hija en matrimonio. Cuando el padre se negó en redondo, Cole se subió a un taburete delante de todo el grupo y anunció que se iban a casar de todos modos. Eso no les sentó muy bien al teniente ni a sus colegas, los padres sustitutos de Gracie, que estaban allí. Supongo que las cosas podrían haber salido peor: un grupo como ese sabe cómo ocultar un cadáver, pero no le hicieron daño. En cambio, el detective Cole se vio relegado a las tareas de tráfico con una falsa acusación disciplinaria. Hasta donde yo sé, esos dos continúan prometidos, así que él no se ha echado atrás. Qué emocionante es el amor entre los jóvenes.

La puerta de la sala verde estaba cerrada.

Billy llevó la mano al picaporte y contó hasta tres con los dedos mientras Jordan daba un paso atrás con el arma. El senador Moretti había avanzado varios metros por el pasillo y estiraba el cuello para mirar a través de la puerta abierta de uno de los despachos.

Cuando abrió la puerta, Billy se echó a un lado para ofrecer a Jordan una trayectoria de tiro despejada. Ella sintió ganas de decirle que no tenía ni idea de lo que estaba haciendo con la pistola en la mano, eso era lo cierto. No le gustaban las armas y, aparte de una salida a un campo de tiro que hizo con un antiguo novio, nunca había disparado una. Por lo que ella podía ver, resultaba bastante sencillo utilizar aquel 38: apuntas y aprietas el gatillo; ahora bien, lo de apuntar, mantener los brazos firmes contra la fuerza del disparo, la postura adecuada y todas aquellas cosas no eran sino un lejano recuerdo para ella. No sabía nada más allá de esa única vez y de cuanto había visto en las películas.

La puerta se abrió y dio paso a una habitación vacía.

Alguien había vuelto a encender el televisor, y uno de los canales de noticias estaba emitiendo un plano de su edificio y se centraba en una nube de humo negro cerca de la azotea con un titular en la parte superior de la pantalla: «Explosión de un helicóptero sobre el edificio de SiriusXM». El volumen estaba silenciado. En un lado de la pantalla otra ventanita mostraba el vestíbulo del edificio; era evidente que se trataba de una toma lejana aumentada, la cámara temblaba.

—Bernie, ¿has volado un helicóptero?

Bernie chasqueó la lengua con impaciencia.

—Ya te he dicho que...

—No tiene nada que ver conmigo. Vale, vale, lo pillo. —Jordan echó un vistazo a la habitación vacía y dijo—: ¿Cómo es que sabes todo eso, lo del detective, su novia, el pasado de ella?

—Igual que sé cosas sobre ti, sobre tu coleguita Billy, el senador... Mis nuevos amigos tienen amigos, y a algunos de esos amigos se les dan realmente bien los ordenadores. Ya no hay nada que sea privado, tú lo sabes mejor que nadie. En el instante en que estornudas hay un registro de tu estornudo en la nube y todos tus amigos le han dado *like* o bien lo han compartido con sus propios amigos. La misma gente que se queja de la falta de intimidad es la que sube a Instagram las fotos del cafelito que se toma por la mañana, o de sus hijos; te muestran en tiempo real las fotos de sus vacaciones, y luego van y se preguntan cómo es que los cacos sabían que no estaban en casa. Cuando el detective Cole hizo su anuncio, la mitad de la gente que estaba allí, los que no estaban ocupados refunfuñando, le sacaron fotos con el móvil, y ya se las habían mostrado a todo el mundo antes de que la espuma de su cerveza tuviera tiempo de asentarse.

—¿Y aún está hablando con Charlotte?

Bernie soltó un leve suspiro.

—Percibo tu necesidad de prolongar esta conversación, de tratar de postergar tu elección tanto tiempo como sea posible, pero llevo muy justo el programa de actividades para hoy. Me temo que no puedo seguir esperándote, así que me he adelantado y he decidido por ti.

«¿Le digo a mi gente que mate al detective Cole o escogemos a alguien de su equipo?» Se le formó un nudo en el estómago.

—¿Qué es exactamente lo que has decidido?

—Coge la llamada de la línea 4 —le indicó Bernie.

Billy sacó su móvil, estudió la pantalla un instante y pulsó en algún botón de su panel de control remoto.

Jordan oyó un clic suave en sus auriculares y dijo:

—Estás en directo en el programa de Jordan Briggs. ¿Cómo te llamas?

Se oyeron unos roces por unos segundos, y una voz malhumorada dijo:

—¿Cómo demonios ha conseguido este número?

Jordan entrecerró los ojos.

—Yo... yo no he conseguido nada. Me has llamado tú.

—No, yo no la he llamado. Usted me ha llamado a mí.

Jordan meneó la cabeza en un gesto de frustración.

—¿Quién es?

—Soy el detective Garrett Tresler, del Departamento de Policía de Nueva York. Sé quién es usted, señora Briggs. Estoy muy al tanto de la situación actual.

—Yo no estoy segura de lo que está pasando exactamente —le dijo Jordan—. Bernie nos ha puesto en contacto de alguna manera. Quería que yo hablara con usted, detective. ¿Dónde se encuentra?

Tresler vaciló, quizá sin saber muy bien si quería decírselo.

—Estoy en la puerta de su edificio —le dijo por fin—, con la Unidad de Intervención y el FBI.

Billy le dio unos toques en el hombro y le señaló la pantalla del televisor. Una de las cámaras hizo un rápido recorrido por la multitud de agentes de las fuerzas de la ley en la acera de enfrente del edificio, se acercó y se alejó varias veces y se detuvo sobre un hombre con un mondadientes en la boca y el móvil pegado a la oreja. Cuando volvió a hablar Jordan se percató de un leve retardo entre la imagen de la pantalla y la voz en sus auriculares. Tenía que ser él.

—Nos acaban de decir que va a enviar a uno de los rehenes a la planta baja.

En una esquina de la televisión, la cámara que apuntaba al vestíbulo del edificio acercó la imagen todavía más. Se desenfocó por un segundo y volvió a cobrar nitidez: una toma temblorosa de los ascensores. El texto cambió a: «Nos informan de que los terroristas van a enviar a la planta baja a uno o más de los rehenes». Se intercambiaron las dos imágenes: la del vestíbulo ocupó el espacio principal de la pantalla, y la del detective pasó al recuadro más pequeño. Jordan no activó el volumen del televisor. Sabía que lo más probable era que estuviesen emitiéndola a ella en directo. Dijera lo que dijese.

En la pantalla las puertas de un ascensor se deslizaron y se abrieron.

A la izquierda había algo que parecía una papelera de plástico derretida, y el suelo de alrededor manchado de negro.

«Se ha puesto a quemar cosas. Intenta gasearnos. Es una verdadera molestia.»

El detective Cole, tenía que haber sido él.

No dedicó mucho tiempo a pensar en eso porque en el centro del ascensor había una silla de oficina con ruedas cubierta con una mantita rosa de bebé que tapaba la silueta de un cuerpo pequeño.

62
Cole

Cole había apuntado el arma hacia el helicóptero, pero no había disparado, de eso estaba seguro. Incluso ahora, allí acurrucado detrás de la máquina tan grande de aire acondicionado con el aire ardiente arremolinándose sobre él y a su alrededor, su dedo índice se mantenía bien apretado contra el exterior del guardamonte que protegía el gatillo, no contra el propio gatillo. Y aunque hubiese disparado, él apuntaba al hombre del rifle en el compartimento de los pasajeros, no hacia la cola del aparato. Tampoco hacia el depósito de combustible, y estaba seguro de que las llamas se habían originado allí. Si cerraba los ojos lo veía a cámara lenta: la llamarada en la parte de atrás, que avanzaba hacia delante, la explosión.

Vio el rostro del hombre que sujetaba el otro extremo del rifle, la sorpresa y el aturdimiento en sus ojos. Su cerebro pasó entonces de un salto a un pensamiento concreto...

¿Iba Charlotte en ese helicóptero?

Cole se puso en pie, se palpó los bolsillos de los pantalones y encontró el vigilabebés. Lo sacó y apretó con todas sus fuerzas el botón para hablar.

—Charlotte, ¿puedes oírme?

Nada.

Sintió una punzada de dolor en el bolsillo trasero izquierdo y, cuando metió allí la mano, se dio cuenta de que había aplastado el iPod en la caída. Estaba agrietado por la mitad, la pantalla hecha añicos. Inservible. Lo tiró.

La azotea estaba sembrada de fragmentos del helicóptero, algunos aún ardiendo, otros humeantes. El grueso del aparato se había precipitado por el borde de la azotea y, cuando Cole la cruzó corriendo y se asomó para mirar hacia abajo, vio que la mayor parte del helicóptero había caído sobre la azotea del edificio contiguo, no menos de veinte plantas más abajo de donde se hallaba él. No había manera de que hubiese sobrevivido nadie: si la explosión y las llamas no los habían matado, lo habría hecho la caída.

—¡Charlotte, contéstame, joder!

Entonces recordó que había bajado el volumen del aparato al mínimo. Toqueteó a ciegas el botón, volvió a subirlo, y la voz de la niña surgió del vigilabebés.

—... supone que no debe utilizar ese tipo de lenguaje delante de una niña. Ya sabe que somos muy impresionables.

Cole sintió cómo el aire abandonaba sus pulmones y se mezclaba con el ambiente acre y recalentado a su alrededor.

—Gracias a Dios, estás bien.

—He estado mejor —respondió ella—. ¿Cómo es que no me ha encontrado aún? Creía que era usted detective, ¿no?

Cole se pasó la mano por el pelo, su mirada repasó los destrozos en la azotea.

—Estoy en ello.

—Ya sé que solo tengo once años, pero soy lista. Cuando los malos te atan a una silla en un cuarto a oscuras con un temporizador, lo que sea que vaya a pasar cuando llegue a cero no será nada bueno. Tiene que espabilarse.

—¿Qué dice ahora el temporizador?

—Diecisiete minutos y cuatro segundos.

El cuerpo del joven al que Cole había disparado primero, y al que después había disparado y matado supuestamente uno de los suyos, estaba tirado en el suelo de asfalto de la azotea; en un lado de la cabeza le faltaba la parte superior. Unos seis metros detrás de él, amontonada contra la pared que rodeaba el borde de la azotea, había una media docena de contenedores de plástico iguales que el que cargaba el joven hasta allí arriba con el otro hombre más mayor.

—¿A qué colegio vas, Charlotte?

Pasando por encima de los restos, Cole cruzó la azotea y llegó hasta las cajas.

—¿Esta es la parte donde usted intenta hacerme hablar todo el rato para que no piense mucho en el temporizador y no me ponga de los nervios?

—Justo.

—Ya casi he sacado la mano izquierda de la cinta de plástico, y creo que sería mejor que me concentrara en eso.

Las cajas no estaban cerradas con llave. Unos cierres metálicos grandes mantenían la tapa en su sitio. Uno en cada extremo.

—¿Crees que puedes salir de ahí? —preguntó a la niña.

—A ver, es una pregunta tonta. No estaría perdiendo el tiempo intentándolo si no creyera que sí puedo. Probaría otra cosa.

Cole quitó los dos cierres de la caja que había en lo alto y abrió la tapa con cuidado.

—¡Pero qué cojones...!

—Esa es otra de las palabras que se supone que no debe decir delante de mí, detective. No se le dan muy bien los niños.

Cole se quedó con los ojos clavados en el contenido de la caja.

Paracaídas.

Seis, todos nuevos.

Abrió el resto de las cajas y encontró más de lo mismo. Treinta y seis en total.

—Ay, esto no es bueno —dijo Charlotte.

—¿Qué es lo que no es bueno? —Cole volvió a cruzar la azotea en dirección a la puerta para echar un vistazo al contenedor de plástico que estaban cargando aquellos dos hombres.

—Algo me está goteando en la cabeza, desde el techo. Pero gotea un montón, casi como una ducha.

—He activado los aspersores contraincendios en casi todas las plantas del edificio.

—Alguien se va a enfadar mucho con usted.

—Probablemente.

Cole empujó la puerta, la cruzó, pasó por encima del cadáver del otro hombre y abrió la caja de plástico.

No contenía paracaídas.

—¿Qué pasa, algo va mal? —le preguntó Charlotte.

—¿Eh?

—Ha suspirado, y tampoco ha sido un suspiro de los buenos.

—¿Has oído eso?

—Debe de haber apretado el botón o algo así.

Cole reparó en que el botón estaba bloqueado en la posición para hablar, algún tipo de función que permitía conversaciones bidireccionales. Lo dejó un instante y regresó con la caja.

Era probable que hubiese estado llena en algún momento, y el hecho de que ahora estuviera casi vacía resultaba tan preocupante como los objetos que halló dentro: varios bloques de C-4 y unos cuantos temporizadores. A juzgar por los huecos que quedaban y los envoltorios vacíos que había dentro de la caja, faltaban por lo menos treinta bloques de C-4. También la misma cantidad de temporizadores.

Alguien había estado muy ocupado.

—Mmm, creo que el agua puede estar entrando también por debajo de la puerta.

—¿Todavía oyes la alarma de incendios?

—No, se ha apagado hace unos minutos.

Cole cogió el vigilabebés y se lo guardó en el bolsillo. Cerró el contenedor y echó un vistazo a las escaleras. Necesitaba esconder aquellos explosivos en alguna parte. Allí no había dónde. Intentó levantar la caja, pero incluso medio vacío aquel contenedor pesaba demasiado. Tendría que bajar.

Levantó un extremo y arrastró la caja con tanto primor como pudo hasta el borde del escalón. Se puso delante, tiró de ella y se fue encogiendo en un gesto de dolor cada vez que la caja crujía contra el cemento. Pero no explotó, y Cole sabía con bastante certeza que el explosivo plástico era estable sin alguna clase de dispositivo de ignición que lo detonara. Cuando llegó al descansillo del piso cincuenta tiró de la puerta para abrirla, la sujetó con el pie y comenzó a arrastrar la caja para meterla dentro.

—¡Eh! —gritó una voz masculina desde el descansillo inferior.

Cole se asomó hacia abajo en el preciso instante en que el hombre apuntó hacia arriba con una pistola y abrió fuego. La bala impactó en la pared sobre el hombro de Cole y lanzó por los aires fragmentos de hormigón ligero.

Tendría que soltar la caja para responder a los disparos y, con la pistola metida bajo el cinturón, no tenía tiempo para eso. Lo que hizo fue tirar con fuerza de la caja tan pesada, cruzar la sólida puerta de metal y cerrarla de golpe después de entrar. Otra bala impactó en el marco metálico por el otro lado con un sonoro clac. Como la salida de emergencia que era, carecía de pestillo. Cole se sacó del bolsillo la navaja automática, abrió la hoja y la encajó detrás de la barra antipánico una fracción de segundo antes de que un cuerpo pesado cargara contra la puerta desde el descansillo de las escaleras.

—¡Abre la maldita puerta! —gritó una voz amortiguada.

Cole retrocedió varios pasos. La puerta se sacudió, pero aguantó.

Arrastró la caja de los explosivos hacia el interior de la estancia.

—¡Tenemos que llegar a la puta azotea!

Pensó en el temporizador de Charlotte. No tenía tiempo para esto. La niña no estaba en ese piso ni en la azotea. Eso significaba que estaba en una de las cuarenta y nueve plantas que tenía por debajo. Debía bajar. No podía ir por las escaleras, y las puertas de los ascensores estaban cerradas y soldadas en ese piso.

—Piensa, Cole, piensa —dijo entre dientes.

—¿Y ahora se pone a hablar solo? —respondió Charlotte por el vigilabebés.

—Cosas que hacen los adultos.

—Solamente los que están como un cencerro.

La mirada de Cole se detuvo en los cadáveres cerca de los ascensores. Las puertas soldadas.

Se acercó y las examinó con más detenimiento.

Lo habían hecho a conciencia. La soldadura comenzaba a un par de centímetros de la parte superior y sellaba la rendija prácticamente hasta el suelo.

Ni loco iba a abrir aquello sin...

Dirigió la mirada a la caja grande de plástico que había dejado cerca de la puerta.

—Eso sería una locura —masculló Cole.

—Sigue haciéndolo. Habla solo como un loco de remate.

—Perdona.

Pero sí funcionaría.

Regresó hacia la caja, la abrió, sacó uno de los bloques de explosivo plástico y lo sopesó en la mano. Acto seguido extrajo uno de los temporizadores y lo estudió un instante. No tenía ninguna complicación. Era alguna clase de dispositivo militar pensado para que fuese rápido y fácil de usar. Tenía dos pinchos metálicos que sobresalían por detrás y un par de botones por delante para programarlo, uno grande y verde para ponerlo en marcha y otro rojo para detenerlo.

Si hacía aquello, no tenía ni idea de cuánto explosivo debía utilizar en realidad.

Tampoco disponía de tiempo para ninguna otra cosa.

Cole había enviado el cuarto ascensor a las plantas que iban de la cuarenta y cuatro a la cuarenta y nueve. Si había completado su recorrido, en ese mismo momento se encontraba justo en el piso de abajo. Se llevó un bloque de explosivo y un temporizador hasta aquella puerta, retiró el envoltorio del explosivo y comenzó a rodarlo entre las palmas de las manos. Era más maleable de lo que imaginaba, y cuando le hubo dado la forma de un largo cordón de medio centímetro de diámetro, aproximadamente, lo presionó a lo largo de la soldadura de la puerta, sobre la mayor extensión que pudo. Colocó el temporizador hacia el punto medio y apretó para clavarlo. Los pinchos entraron sin holguras y quedó sujeto. Entonces lo programó en diez segundos.

—Charlotte, a lo mejor oyes una explosión.

—¿Por qué?

Cole no respondió.

Pulsó el botón verde y, cuando vio que el temporizador descontaba del diez al nueve, echó a correr hasta el otro extremo de la planta y se agachó detrás de una viga metálica y varios sacos de cemento.

63
Jordan

—Un momento, señora Briggs, no cuelgue. ¿Me oye? —le dijo Tresler.

En el estruendo del bombeo de la sangre que tenía en los oídos, Jordan apenas lo oyó.

—Sí, claro. —Se acercó varios pasos hacia el televisor, levantó la mano y trazó la silueta de la persona que había bajo la manta en aquella silla—. ¿Esa es mi hija?

—Un momento, señora Briggs.

—Que le den a usted y a su momento de mierda. ¡Que si esa es mi hija!

Tresler habló con otra persona unos instantes y regresó al teléfono.

—Tenemos un robot, lo estamos trayendo. Tiene que darnos un minuto para colocarnos en posición.

La imagen pequeña de la pantalla cambió de la toma del detective a la de cuatro agentes de policía que estaban bajando un robot grande de la parte de atrás de un furgón de la brigada de Artificieros y posándolo en el suelo. Tenía orugas como las de un tanque y varios aparatos en la parte de arriba: cámaras, dos brazos, uno pequeño, otro largo con varias articulaciones y una especie de caja metálica, como un contenedor para tomar muestras. En cuanto estuvo en el suelo, uno de los agentes volvió a subirse en el furgón y se sentó en un puesto de control. Llevó las manos a dos mandos con forma de palanca y alzó la mirada a lo que podría ser una señal de imagen procedente de las cámaras.

El robot viró, giró hacia el edificio y comenzó a avanzar cruzando la calle Cuarenta y siete. El bordillo de la acera no supuso el menor obstáculo para las orugas metálicas, y cuando el robot llegó a la entrada, las puertas de cristal se deslizaron y se abrieron de manera automática.

Jordan se dio cuenta de que estaba apretando la empuñadura de la pistola con tal fuerza que ya no sentía el dedo índice. Se cambió la pistola de mano y se limpió el sudor de la palma en los pantalones vaqueros.

No tenía ni idea de lo ruidoso que podía ser el robot, pero debía de estar haciendo alguna clase de ruido, porque la persona que había debajo de la manta movió la cabeza, la levantó y la giró hacia las puertas del vestíbulo.

El robot avanzaba muy despacio, con una de las cámaras de la parte superior que iba realizando barridos hacia delante y hacia atrás. Pasó por uno de los detectores de metales y cupo por los pelos, tal vez con un par de centímetros de margen por cada lateral. Se detuvo un instante al otro lado del mostrador de seguridad, permaneció inmóvil unos segundos y continuó avanzando.

Dios mío, ¿por qué es tan lento el puñetero cacharro?

Jordan se llevó la mano libre a la boca y golpeó el micrófono que salía de los auriculares. Se dio cuenta de que estaba a punto de morderse los nudillos, algo que no hacía desde que era pequeña. Se metió la mano en el bolsillo.

Le parecía imposible que el robot fuera capaz de desplazarse más despacio, y, sin embargo, el aparato se las arregló para hacerlo. Cuando entró en el plano de cámara que mostraba a la persona en la silla, el canal de noticias suprimió el formato de la imagen pequeña dentro de la más grande y dejó que fuera la del vestíbulo la que llenara la pantalla.

El robot se detuvo a unos sesenta centímetros de la

silla, y el brazo más largo montado en la parte superior se desplegó por medio de las diversas articulaciones y se extendió hacia delante con una garra formada por tres dedos, muy abierta en el extremo. La garra realizó un giro de ciento ochenta grados, se cerró en una esquina de la manta y retrocedió para quitarla.

Jordan se obligó a respirar cuando se retiró la manta. *No es Charlotte.*

Su recepcionista, Sarah Delange, miraba al robot con expresión de horror. Tenía la boca tapada con cinta adhesiva, las muñecas atadas a los brazos de la silla con unas cinchas de plástico, las piernas recogidas hacia atrás y los tobillo sujetos a la base de la silla. Se agitó en el sitio e intentó moverse, pero no pudo.

Al contrario que el chaleco que llevaba puesto William Daly en el túnel Holland, el que llevaba Sarah no contaba con un dispositivo del tipo «hombre muerto» ni con un teléfono móvil, al menos que ella fuese capaz de ver.

Jordan sintió como si le pegaran un puñetazo en el estómago.

Billy no tenía mejor aspecto.

—¿Es su recepcionista? —preguntó el senador.

El detective Tresler continuaba al teléfono. Estaba hablando con otra persona, y Jordan no alcanzaba a entender lo que decía. Cuando regresó con ella su voz había adoptado un tono distinto.

—Señora Briggs, ¿reconoce usted a esa mujer?

—Se llama Sarah Delange. Trabaja para mí.

—Vamos a hacer lo que podamos para ayudarla, señora Briggs.

Una de las cámaras del robot se elevó de la parte de atrás del aparato, giró hacia Sarah y se aproximó muy poco a poco gracias a un brazo similar al largo. Hizo un barrido por todo el chaleco siguiendo un patrón lento y meticuloso: arriba y abajo, y acto seguido el robot se desplazaba no más de un par de centímetros para ir rodeando a Sarah muy poco a poco y lo repetía. Era probable que estuviera generando alguna clase de imagen a modo de mosaico. Tardó unos dos minutos en rodearla por completo.

Apenas audible, una voz cerca de Tresler dijo:

—Parece C-4 de tipo militar. Doce bloques: cinco centímetros, por cuatro, por veintiocho de largo. Si es C-4, eso nos da siete kilos de explosivo. Es posible que tenga más detrás de la espalda, no puedo verlo. No hay detonador a la vista, pero sí tenemos unos cables que salen por debajo de ella, así que podría ser un dispositivo de compresión.

—¿Qué es un dispositivo de compresión? —se oyó preguntar Jordan.

—La mujer podría estar sentada sobre el detonador —respondió Tresler—. Si se levanta, estallará.

—¿Qué van a hacer entonces? ¿Cómo lo desactivarán?

Tresler no respondió.

—¿Detective?

—Señora Briggs, ¿podemos hablar en privado? ¿Fuera de antena?

Jordan miró a Billy, que le dijo que no con la cabeza.

—No tenemos ninguna forma de hacer eso. Ni siquiera sabemos con seguridad cómo nos ha puesto Bernie en contacto.

El formato de imagen con el recuadro pequeño dentro del más grande reapareció en la televisión. La cámara enfocaba a una mujer junto al furgón de la brigada de Artificieros. Otros dos agentes le prestaban ayuda para ponerse un traje voluminoso.

—Vamos a enviar a alguien a desactivarla.

Los dos agentes levantaron un casco grande sobre la cabeza de la mujer, se lo pusieron y comenzaron a ajustar cinchas por todas partes. Uno de ellos se metió en el furgón y salió con un par de guantes gruesos. La mujer los rechazó con un gesto.

—¿No debería ponerse eso?

—Algunos técnicos prefieren no hacerlo —dijo Tresler—. Son muy restrictivos, limitan la destreza.

La mujer del traje de protección contra explosivos hizo un gesto con el pulgar hacia arriba a los dos agentes y empezó a cruzar la calle con un paso lento y pesado como el de un elefante.

Se encontraba a medio camino cuando un estallido atronador sacudió el edificio.

64
Cole

Cole se tragó el polvo e hizo un esfuerzo consciente con tal de ponerse en pie.

Si los hombres que había al otro lado de la puerta continuaban gritando, él no era capaz de oírlos por encima del pitido que tenía en los oídos.

La planta entera se había llenado de una neblina blanca y del olor acre del metal quemado. El aire frío se arremolinaba a su alrededor procedente de las diversas ventanas rotas en el otro extremo de la planta. Las cajas que estaban apiladas en torno al cochecito de bebé se hallaban ahora desperdigadas, varias ardiendo, otras humeando. El cochecito no se había movido; se alzaba desafiante en el centro de la planta entre el humo, el polvo y el fuego, y en aquel resplandor rojo no parecía que pudiera ser obra más que del diablo.

Cole dio varios pasos hacia los ascensores. La puerta del cuarto ya no estaba soldada. Donde antes estaba la soldadura había aparecido un corte de bordes irregulares, con ambas puertas dobladas hacia dentro, hacia el hueco del ascensor, que formaba una abertura de medio metro de ancho aproximadamente. Más allá se veían los cables, los rieles metálicos por la pared del fondo y las laterales.

El contenedor de plástico con los explosivos seguía cerca de la puerta, donde él lo había dejado, y dio gracias por ello: ahora se daba cuenta de que podría haber muerto si hubiese estallado el contenido de aquella caja.

—¿Se encuentra bien? —le preguntó Charlotte con voz temblorosa—. ¡Ha sonado muy fuerte!

Cole se preguntó si eso significaba que la niña estaba en algún piso cercano al suyo, o si el sonido se había propagado por todo el edificio.

—Sí, estoy perfectamente.

La caja de los explosivos estaba caliente, pero no tanto como para no poder moverla. La arrastró hasta el ascensor abierto y se asomó al hueco. Vio la parte superior de la cabina un piso más abajo. Había una escalerilla atornillada a una pared lateral del hueco del ascensor. Podría utilizarla, pero la caja de los explosivos pesaba demasiado para cargar con ella. Tendría que dejarla caer.

A su espalda uno de los hombres volvía a aporrear la puerta metálica.

—¿Qué cojones has hecho?

Cole abrió la caja, partió un cuarto de uno de los últimos bloques de explosivo y cogió otro temporizador. Dejó ambas cosas a un lado y aseguró los cierres de la caja. La deslizó hasta las puertas destrozadas del ascensor, vio cómo se balanceaba en el borde y la empujó al vacío. La pesada caja se estrelló sobre el techo del ascensor con la suficiente fuerza como para abollarlo, pero no lo atravesó.

Agarró el explosivo y el temporizador y corrió de nuevo hacia la puerta de la salida de emergencia.

Otro puño la golpeaba por el lado opuesto.

Cole pegó el explosivo plástico en la rendija sobre la barra antipánico de metal, detrás de la navaja automática encajada, colocó encima el temporizador y lo presionó bien. Programó el aparatito en sesenta segundos, pulsó el botón para ponerlo en marcha y volvió corriendo a los ascensores cuando empezó la cuenta atrás. Expulsó todo el aire de los pulmones, se puso de lado y pasó con dificultad entre los picos irregulares de la abertura con cuidado de no tocar el metal caliente de las puertas. Había una pequeña repisa de metal por el interior, y apoyó un pie en ella con precaución, después el otro, antes de inclinarse hacia delante y agarrarse a uno de los peldaños de la escalerilla. Bajó a toda prisa por la escalerilla hasta el techo del ascensor, abrió de un tirón la trampilla de acceso del techo y se asomó al interior de la cabina.

Vacía.

Se planteó la posibilidad de dejar caer la caja allí dentro, pero se lo pensó mejor. En el techo del ascensor por lo menos estaría oculta. Siempre podría regresar a buscarla y, en ultimísimo caso, lo más probable era que allí nadie la descubriese.

La apartó a un lado y bajó por la trampilla.

Tras poner en marcha el temporizador había intentado llevar mentalmente la cuenta atrás con la esperanza de no perder el hilo, pero lo había perdido en algún momento por el camino. Estiró el brazo y pulsó el botón del piso cuarenta y cuatro: las oficinas corporativas de SiriusXM, un piso por encima del estudio de Jordan Briggs.

No pasó nada.

Recordó que había bloqueado los ascensores con la llave, se metió nervioso la mano en el bolsillo, la encontró, la introdujo en el panel y la giró. Se encendieron todos los botones, y volvió a pulsar el de la planta cuarenta y cuatro. Esta vez el ascensor comenzó a bajar. Sacó ambas pistolas y pegó la espalda contra el rincón.

Cole oyó la explosión menor allá arriba mientras el ascensor bajaba y los números de los pisos iban descendiendo. Se preguntó si aquellos dos tipos estarían cerca de la puerta o no cuando estalló.

65
Jordan

Con la primera explosión Jordan se agarró a la mesa que tenía al lado e inmediatamente lamentó aquel movimiento, cuando el dolor se extendió desde la herida de bala en el hombro, le descendió por el brazo, más allá del codo, y le llegó hasta las yemas de los dedos como cuando alguien mete a la fuerza un cuchillo con una hoja de cinco centímetros de ancho por una manguera de dos centímetros y medio. Se vio mirando a Billy mientras el detective Tresler llamaba a voces a alguien más por la línea abierta, una voz que volvía a sonar distante en sus auriculares.

—¿Qué demonios ha sido eso? —repitió Tresler al ver que no le respondía nadie.

Jordan se forzó a volver a mirar hacia la televisión. La mujer del traje de protección continuaba de pie en medio de la calle Cuarenta y siete, sin moverse, y por un segundo Jordan pensó que se les había congelado la imagen cuando estalló la bomba, pero entonces la mujer se movió. Se dio la vuelta ligeramente para mirar a su espalda, por donde había venido. La otra imagen seguía centrada en Sarah Delange, atada a la silla cerca de los ascensores, y el robot continuaba dando vueltas a su alrededor como quien se dedica a maniobrar con la cámara para sacar una foto desde abajo.

Cerca de Tresler gritó una voz femenina.

—Tenemos humo y ventanas rotas a la altura del último piso.

Una nueva imagen llenó de inmediato la pantalla del televisor con un barrido en ascenso por la fachada del edificio hasta la última planta para detenerse y enfocar cuatro ventanas rotas por las que salía una nube de humo oscuro.

—Alguna clase de explosión secundaria —dijo Tresler—. ¿Alguna idea de qué hay ahí arriba?

—La última planta está vacía —se oyó decir Jordan—. Esa mujer del FBI ha dicho que se estaban organizando ahí arriba. También ha dicho que es ahí adonde habían trasladado a mi personal.

—¿Qué mujer del FBI?

—Ha dicho que se llamaba Allison Varney —le contó Jordan—, pero no era de verdad, ninguno de ellos lo era. Todo ello formaba parte de lo que Bernie... No están ahí realmente, ¿verdad?

—Espere un segundo. —Volvió a apartarse del teléfono.

¿Con quién demonios estaba hablando?

—Me han dicho que tenemos vigilada esa planta y que su gente no está ahí arriba.

La invadió una oleada de alivio, pero solo duró un segundo. En la televisión, la toma del humo en el último piso había quedado relegada al recuadro pequeño, mientras que la imagen principal enfocaba a Sarah Delange en su silla, el robot y la artificiera, que entraba en plano.

—¿Cómo se llama esa mujer? —preguntó Jordan a Tresler.

—¿Quién?

—La mujer del traje de protección.

—No estoy seguro de si debería desvelar...

Jordan lo interrumpió.

—Una persona que hace algo tan peligroso se merece un reconocimiento. ¿Cómo se llama?

Dejó que el silencio se extendiese hasta que Tresler resopló por fin y dijo:

—Bernita Valla.

—Hábleme de ella.

Tresler vaciló, y al principio Jordan pensó que no le iba a dar nada más que un nombre, pero el detective prosiguió:

—Es una de las personas más valientes que he conocido. Se alistó en la Marina nada más salir del instituto y terminó en Irak y en Afganistán, donde ha prestado servicio en incontables periodos durante cerca de diez años, y donde ha desactivado decenas de bombas. No habla mucho de ello. Es una persona callada, pero es probable que haya salvado más vidas ella sola que todos los demás miembros del cuerpo de policía juntos. Y, por añadir algo más, también es oyente de su programa.

—Bueno, nadie es perfecto, ¿verdad?

En la pantalla del televisor, Bernita Valla se había agachado junto a Sarah y, con un espejo, estaba estudiando varios cables que salían de algún lugar del interior del chaleco y desaparecían por debajo de la silla, bajo el asiento. Quien fuera que estuviese a los mandos del robot lo había hecho retroceder más de un metro para que Valla tuviese espacio para trabajar. Había un compartimento abierto en un lateral del robot; la mujer metió la mano dentro y sacó un destornillador pequeño. Acto seguido se tumbó en el suelo bocarriba y se deslizó parcialmente bajo la silla. El cámara trató de acercar la imagen para conseguir una toma mejor, pero el ángulo no era el apropiado.

—Sarah ya lleva conmigo algo más de siete años —dijo Jordan—. Es mucho más que mi recepcionista. Hace de gerente, de árbitro, de guía para los invitados, de niñera a veces, es... una amiga. Y no tengo muchas. Ella es una de las pocas personas en quien confío.

La boca de Sarah tembló tras la cinta adhesiva. Tenía la cabeza hacia un lado, mirando a Valla mientras trabajaba. El rímel le había dejado unos largos regueros en el lado de la cara donde aún brillaban las lágrimas.

Valla salió de debajo de la silla, cogió unas tijeras pequeñas del compartimento del robot y regresó al mismo sitio.

Jordan se acercó al televisor.

—¿Qué es eso? En el regazo de Sarah. ¿Lo ves? Entre las rodillas.

Casi de inmediato la cámara se aproximó un poco más y descendió, pero de nuevo tenía la limitación del ángulo.

—Yo creo que es un biberón —dijo Billy.

Estaba en lo cierto. Solo era visible un pequeño fragmento del biberón, sujeto entre las rodillas de Sarah.

Debajo de la silla Valla cambió de postura siguiendo los cables. Ella también estaba mirando ahora el biberón. Cuando la artificiera se inclinó para acercarse más, Sarah comenzó a agitar la cabeza y a gritar tras la cinta adhesiva. Valla estaba hablando con alguien; debía de llevar alguna clase de micrófono en el casco.

—Detective Tresler, ¿sigue usted ahí? ¿Qué está pasando?

—Me dicen que la bomba tiene tres detonadores distintos. Su recepcionista está sentada sobre uno de ellos y si se levanta, la bomba estallará. Hay un receptor inalámbrico bajo la silla...

—¿Está conectado a un móvil? Ahora mismo no tenemos cobertura en el edificio, así que eso no funcionaría.

—No, va por señal de radio. El robot cuenta con un inhibidor de frecuencia de amplio espectro. La bomba ya no se puede activar a distancia. Si se pudiera activar, no le estaría contando nada de esto. Después tenemos el último detonador, conectado al biberón. Valla está tratando aún de averiguar cómo funciona.

Valla había sacado lo que parecía un tubo negro y estaba metiendo un extremo bajo la pierna de Sarah mientras miraba por el otro.

—¿Es alguna clase de cámara?

Billy dio unos toques en el hombro a Jordan.

—¿Dónde está el senador?

Ya no estaba en la sala verde. Estaban tan centrados en la televisión que ninguno de los dos lo había visto marcharse.

—Sí, es una cámara —dijo Tresler—. De infrarrojos y con aumento. El biberón está medio lleno de leche, y el detonador está flotando dentro. Parece funcionar según el mismo principio de un interruptor de mercurio de un termostato. Si toca...

La deflagración fue mucho más potente que la anterior. Vieron en la pantalla cómo reventaban todas las ventanas del vestíbulo. Una bola de fuego salió disparada hacia la acera opuesta de la calle Cuarenta y siete y engulló el aire. Sarah y Bernita Valla desaparecieron tras un muro de rojo y negro.

66
Jordan

Horrorizada, Jordan vio en primer lugar que una bola de fuego gigantesca engullía el vestíbulo de su edificio, a su amiga, a la artificiera y varios vehículos de emergencias aparcados en la calle Cuarenta y siete, pero acto seguido volaron las ventanas del segundo piso con una explosión similar, y las del tercero inmediatamente después. Con las tres explosiones el edificio se estremeció y expulsó grandes bocanadas de humo negro al exterior, como si tosiera. El estruendo de cada deflagración llegó hasta ella, sacudió el suelo, los cuadros en las paredes y sus dientes, y el edificio se asentó en una calma que Jordan sabía que era falsa, tan solo una máscara creada por la altura a la que se hallaban, su distancia de la masacre de abajo.

Billy fue el primero en hablar, sin apartar la mirada de la televisión.

—Tenemos que movernos. Hay que encontrar una salida.

La línea con el detective Tresler continuaba abierta, y Jordan pudo oír los gritos de decenas de voces —bomberos, policía, gente que miraba—, demasiadas para distinguir lo que decían.

Billy la agarró del brazo.

—Jordan...

—Tenemos que encontrar a Charlotte.

—El senador se ha ido —insistió él.

—Que le den por culo al senador.

Billy hizo un gesto con la barbilla hacia la pistola, que seguía en la mano de Jordan.

—Lo necesitamos.

... para recuperar a Charlotte, pensó Jordan para concluir la frase por Billy.

Vas a tener que disparar a ese hombre si quieres recuperar a tu hija.

—¡Señora Briggs! ¿Todavía puede oírme?

Era Tresler de nuevo. Estaba gritando y salpicaba las palabras con una tos.

Billy gesticuló con los labios un «vamos» y tiró de ella hacia la puerta.

—Sigo aquí —respondió.

—¿En qué piso está?

—En el cuarenta y tres.

—Su marido ha dicho que estaba con otros treinta rehenes, por lo menos. ¿Están con usted?

Jordan miró a Billy, y él supo lo que estaba pensando: no podía decirle la verdad, no sin delatarse ante Bernie.

—No sé dónde están. Nos tienen encerrados en mi estudio.

Siguió los pasos de Billy, y avanzaron muy despacio por el pasillo asomándose a cada despacho abierto por el que pasaban. Allí no había nadie. La planta entera estaba desierta.

—No vemos a nadie por nuestras ventanas. No creo que estén en mi planta —le dijo Jordan a Tresler.

No era toda la verdad, pero algo es algo.

Comprobaron tres despachos más, y Billy se detuvo en seco mirando la pantalla de su móvil. Lo sostuvo en alto para que lo viera Jordan.

Bernie estaba en la línea 1.

—Detective, vuelvo enseguida —dijo Jordan.

Billy pulsó varios botones y asintió.

Bernie no esperó a que Jordan hablara primero.

—Ya sé que has salido de tu estudio, Briggs; no hay razón para seguir disimulando. También sé que se te ha escapado el senador Moretti. Ya es mala suerte, cuando solo te quedan quince minutos, pero todo sucede por una razón, ¿verdad que sí? Eres una mujer con muchos recursos. Espero sinceramente que lo encuentres a tiempo.

—No tenías por qué matar a Sarah. Era una buena persona.

—No la he matado yo, sino tú. Habéis sido el detective Cole y tú. Él va correteando por el edificio, causando todo tipo de problemas. He tenido que adaptar mis planes iniciales.

—¿Volando tres pisos por los aires?

—Por el momento, sí.

—¿Qué se supone que significa eso?

—Significa que los amigos de los que te he hablado antes se han pasado una buena parte de la mañana colocando explosivos en muchos pisos. Es un edificio grande, pero han sido bastante meticulosos. Voy a volar un piso cada minuto.

—¿Y cómo esperas que salgamos?

—Todo cuanto tienes que hacer es seguir las reglas.

—¿Sabes tú dónde está el senador?

—Sí.

Jordan tensó los dedos sobre el arma.

—Dímelo.

—¿Qué tiene eso de divertido?

—Eres un capullo sádico.

Doblaron la esquina y llegaron al despacho de Jordan. La puerta estaba abierta. El material, las lonas y los plásticos de los pintores estaban desperdigados por allí. La muñeca fea de aquella mañana descansaba sobre su mesa.

¿Fue allí donde la dejó ella?

¿Donde la dejó Cole?

Habían sucedido tantas cosas que no era capaz de recordarlo.

Cruzó la habitación y la cogió. La cabeza de porcelana se ladeó, y el único ojo de la muñeca se quedó mirándola: de un azul descolorido y nublado como si tuviera cataratas. Pasó el dedo por la grieta que tenía la muñeca en la cabeza, cosida con puntadas negras para sujetarla a la tela de aquel vestido de satén amarillo que se deshacía con mirarlo. Las puntadas no encajaban. Más concretamente, era el hilo lo que no cuadraba. La muñeca parecía de los tiempos de Maricastaña, pero el hilo era nuevo, reciente.

Se quitó el auricular del oído derecho, levantó la muñeca y la agitó. Oyó que algo tintineaba dentro de la cabeza.

Miró a Billy, pero él estaba ya de vuelta en el pasillo, dándole la espalda.

Agarró con fuerza la cabeza de la muñeca alrededor de la cara y estampó la parte de atrás contra la esquina de su mesa. La porcelana vieja se hizo una decena de añicos, que se desmoronaron y se esparcieron por el suelo.

Billy se dio la vuelta al oír el ruido, se percató de lo que había hecho Jordan y se fijó en el desastre que había en el suelo.

Entre los restos había una llave metálica. Nueva y reluciente.

Billy la recogió y se la guardó en el bolsillo.

—¡No tenemos tiempo para esto! ¡Vamos!

Jordan le vio salir corriendo al pasillo otra vez y desaparecer a la vuelta de una esquina.

—Si disparo al senador —dijo—, tú sueltas a mi hija.

—Sí.

—¿Y qué pasa con el resto de mi equipo? ¿Con mi marido, con toda la gente que queda en este edificio?

—Una bala, y todos quedarán libres.

En el televisor del rincón de su despacho se veían los tres pisos inferiores de su edificio engullidos por las llamas, que ascendían en busca de los pisos superiores. Varios camiones de bomberos se las habían arreglado de alguna manera para atravesar el atasco y se encontraban ya en el escenario, y decenas de miembros del personal de emergencias del Departamento de Bomberos de Nueva York estaban ocupados desplegando las mangueras, aunque pareciese que prácticamente fuera en vano. El fuego se extendía muy rápido.

—Si diera la casualidad de que vuelves a hablar con la policía, es probable que te digan que te quedes donde estás, pero te lo aseguro: no viene nadie a ayudarte. Con el senador en movimiento, cuanto más tiempo te quedes ahí más distancia conseguirá él poner entre vosotros. Ya solo te quedan unos doce minutos. No es mucho, y hay tantos sitios donde esconderse...

Jordan no estaba segura de adónde había ido Billy, pero lo vio regresar de detrás de la esquina y entrar rápidamente en su despacho con una expresión de apremio en la cara.

Le hizo un gesto a Jordan para que lo siguiera y volvió a marcharse corriendo.

Jordan se lo encontró de pie ante las escaleras, cerca del final del pasillo, sujetando la puerta abierta.

Cuando Jordan miró hacia abajo, comprendió por qué.

La mujer a la que conocían como agente especial al mando Allison Varney estaba en el suelo con las piernas estiradas, la espalda contra la pared y una mano presionando una herida ensangrentada en el abdomen.

Cuando se aproximó, Jordan se dio cuenta de que no estaba muerta. Lenta y lánguida, la mirada de Varney deambuló y terminó encontrándose con la de Jordan.

—Ese cabrón me ha disparado —consiguió decir.

—¿Cole?

—No. —Tosió—. Bernie. Se suponía que teníamos que reunirnos todos en la azotea para marcharnos. El helicóptero. Me ha disparado. Ha volado el helicóptero y ha matado a todos los que iban en él. Ha matado al menos a otros dos unos pisos más arriba. Nos está matando a todos. No nos permite marcharnos. A ninguno que le haya visto la cara. El cabrón nos ha utilizado. Nos ha mentido.

Con cada palabra la sangre se filtraba entre sus dedos, le goteaba por la ropa y aumentaba el charco que la rodeaba.

Otra explosión sacudió el edificio.

La cuarta planta.

67
Cole

Cuando las puertas del ascensor se abrieron en la planta de las oficinas corporativas de SiriusXM, el agua de los aspersores salpicó el interior, y una fuerte explosión hizo temblar el edificio, sacudió el ascensor y estuvo a punto de tirar a Cole al suelo. Dio gracias por aquello porque cuando se abrieron las puertas allí había un hombre de pie, empapado, que sostenía un rifle de asalto AR-15, y el estallido repentino le dio a Cole el medio segundo que necesitaba para disparar su 9 milímetros, atravesarle la garganta con una bala y verlo caer al suelo, muerto.

Cole se agachó cuanto pudo y echó un vistazo rápido a izquierda y derecha, pero no vio a nadie más.

Se produjo alguna clase de explosión secundaria, y se apoyó en la pared del ascensor para no perder el equilibrio; acto seguido salió al vestíbulo bajo una lluvia de agua. Se volvió a meter la 9 milímetros bajo el cinturón, cogió el AR-15 del hombre muerto y comprobó el cargador largo: veinte balas.

Las luces estroboscópicas de la alarma de incendios parpadeaban en todas las paredes, pero el sonido se había silenciado, muy probablemente porque habría concluido el tiempo de activación.

Llegó una tercera explosión, un estruendo grave en alguna parte allá abajo.

Cole estuvo a punto de dejar caer el vigilabebés, resbaladizo por el agua, y gritó al micrófono:

—¡Charlotte!

Por favor, Dios mío, que no haya sido ella.

—¡Charlotte!

—¿Qué ha sido eso? —sonó la voz de la niña, llena de miedo.

Cole se forzó a respirar.

No has sido tú. Eso es lo que ha sido.

—¿Te ha parecido que venía desde abajo, o desde arriba?

—Desde abajo, seguro. ¿Está llegando ya, detective? ¡Por favor, dígame que le falta poco!

—¿Hueles un humo o algo parecido?

—Me está asustando.

—Estoy seguro de que no ha sido nada, Charlotte.

—¿Dónde está, detective? ¿Ese hombre está volando el edificio?

Sí.

—No lo sé, no creo que vaya a hacer eso.

—Ya hay mucha agua aquí dentro. Si me estiro, puedo tocarla con la punta de los zapatos. Lo bastante como para chapotear. ¡Tiene que darse prisa!

—Aquí también hay agua —le dijo Cole.

La había, y mucha, más de un centímetro en el suelo. Cole se preguntó cuánto tiempo estarían funcionando los aspersores. Si Bernie estaba detonando bombas en el edificio, ¿serviría tanta agua para frenar el avance del fuego? ¿Importaría eso siquiera, en caso de que dañara la estructura?

—¿Dónde está ahora mismo? ¿Cree que está cerca? Oigo el agua en su lado también, así que a lo mejor está cerca.

Cole echó un vistazo por el vestíbulo desierto.

—Prefiero no decirlo, Charlotte.

—¿No sabe quién está escuchando? ¿Es por eso?

—Claro.

El diseño de aquella planta se asemejaba al del piso del estudio de Briggs. Un suelo de mármol con un gran mostrador para recibir a la gente que salía del ascensor y unos pasillos que partían en ambas direcciones.

Cole recordó las indicaciones que Charlotte le había dado y siguió el pasillo de la izquierda durante veinte pasos; intentó que fuesen pequeños para imitar los de una persona de su tamaño. Al llegar a veinte giró a la izquierda y entró en un despacho vacío, pero allí no había ningún cuartillo, no había más puertas. Comprobó también los demás despachos cercanos, pero no había rastro de la niña.

Ese piso no era el correcto.

Encontró nueve despachos más en aquel pasillo, todos vacíos, pero alguien había saqueado varios de ellos: los cajones estaban abiertos, y su contenido tirado por el suelo.

Con el cañón del rifle de asalto por delante, Cole dio media vuelta y regresó por donde había llegado, dejó atrás los ascensores y continuó por el otro lado.

Encontró otros dos despachos vacíos antes de toparse con una puerta cerrada.

Cole pegó el oído a la madera, pero no pudo oír nada por encima del sonido del agua al caer. Probó con el pomo y vio que no estaba cerrada con llave. Preparado para abrir fuego, giró el pomo y abrió la puerta de una patada.

Una sala de reuniones grande.

Los rehenes formaban una fila, sentados en el suelo contra la pared y las muñecas atadas detrás de la espalda con cinchas de plástico. También tenían atados los tobillos, algunos a una silla, otros a la persona que estaba a su lado, todos ellos inmóviles.

Cubiertas con capuchones de tela negra, no menos de treinta cabezas se levantaron más o menos hacia él.

Varias personas gritaron sorprendidas, voces amortiguadas por la tela.

Cole extendió la mano hacia quien tenía más cerca y tiró del capuchón.

Nick Briggs.

En el lado izquierdo de la cara lucía unas magulladuras horribles. Tenía un ojo hinchado y cerrado. Había recibido una tremenda paliza.

Miró a Cole, el rifle que llevaba en la mano, y al principio no lo reconoció. Entonces encajó alguna pieza.

—Es usted.

—Soy yo —respondió Cole en voz baja. Volvió a mirar hacia el pasillo—. He matado a uno junto al ascensor. ¿Hay alguno más?

Nick hizo un gesto negativo con la cabeza.

—Hace por lo menos treinta minutos que solo quedaba uno. No sé adónde ha ido el resto.

—¿Cuántos? ¿Alguna idea?

—Dos. Se han marchado a cargar con algo hasta la azotea.

Los dos primeros a los que había matado Cole en las escaleras cerca del piso cincuenta.

—Los he abatido. Creo que también he matado al menos a otros dos con un explosivo, hace unos minutos.

—¿Eso lo ha hecho usted? Ha sacudido el edificio entero.

—Eso ha sido otra cosa en uno de los pisos inferiores.

Nick tosió, y el dolor le tiñó el gesto.

—Las costillas —le dijo a Cole antes de que tuviera ocasión de preguntarle—. ¿Alguna idea de cuántos quedan?

Cole no estaba seguro.

—¿Tres, quizá? Es difícil de decir.

—Tenemos que sacar a todo el mundo de aquí antes de que vuelva alguno.

—¿Papá? —susurró Charlotte desde el vigilabebés en el bolsillo de Cole.

A Nick se le iluminó la mirada en el ojo bueno al oír la voz de su hija.

—¿Dónde está? ¿La tiene usted?

Cole negó con la cabeza.

—Charlotte, dame un segundo para hablar con tu padre, ¿vale?

Desconectó el micrófono abierto, se arrodilló junto a Nick y le contó lo poco que sabía. Cuando terminó, aquella chispa había abandonado de nuevo la mirada de Nick.

—¿Puedo hablar con ella?

Cole volvió a conectar el micrófono y le puso el vigilabebés en el regazo.

—Es increíble lo valiente que ha sido su hija —dijo lo bastante alto para que ella lo oyese.

—Papá, el detective Cole habla solo. No sé yo si es de fiar.

Otra explosión, muchas plantas más abajo.

Sobre ellos se detuvo de golpe la constante ducha de los aspersores. Cesó el siseo del agua. La sala se sumió en un horrible silencio.

¿Habría desconectado alguien el sistema? ¿Serían las explosiones? ¿Se podía haber acabado el agua?

Cole no tenía ni idea ni tampoco tiempo para ponerse a pensar en ello.

Señaló las cinchas de plástico en las muñecas de Nick.

—Hable con Charlotte un momento. Yo tengo que encontrar algo que podamos utilizar para cortar eso.

68
Jordan

—¿Sigues viva, Allison? Cuánto lo siento. Me caías bien. Quería que fuese rápido, pero es que has echado a correr antes de que pudiera terminar. No soporto la idea de que estés por ahí, en alguna parte, sufriendo —dijo Bernie—. Tal vez la señora Briggs lo termine por mí.

Durante un breve instante Jordan había olvidado que Bernie seguía al teléfono, que todo aquello se estaba emitiendo.

—¿Estás matando a tu propia gente?

—Han intentado marcharse antes de que el trabajo estuviera acabado. No podía permitirlo. No con el tiempo que se nos echa encima. Si empiezas un trabajo tienes que terminarlo. No puedes coger y largarte en cuanto la cosa se complica. Hoy en día, la seriedad es un rasgo fundamental para Recursos Humanos.

Al oírlo mencionar el tiempo, Jordan no pudo evitar volver la cabeza por encima del hombro para mirar uno de los televisores montados en la pared en sus oficinas, la cuenta atrás del canal de noticias. La pantalla mostraba un plano abierto de su edificio, la parte inferior sumida en un humo negro.

El mensaje de teletipo decía: «Múltiples explosiones en SiriusXM – Graves daños en seis primeras plantas – rehenes aún retenidos».

Once minutos.

—¿Le está hablando por ahí? ¿Puede oírle? —soltó Varney mirando los auriculares de Jordan—. Dígale que está muerto, que los Sentinels le van a dar caza como a un puto perro sarnoso.

—Guau, qué tía tan guerrera —respondió Bernie—. Siempre lo fue. Te quedan balas suficientes para liquidarla a ella y después cargarte al senador, ¿verdad? Nadie te culpará por ello. Quizá deberías hacerlo. Fue ella quien se ha llevado de allí a tu hija en un primer momento. Te la ha arrebatado. La ha maniatado y la ha encerrado en un cuartucho para que muriese sola. Supongo que yo aún estoy en deuda con ella, pero tú desde luego que no. Si te das prisa, todavía estás a tiempo de matarla a ella y de dar con Moretti.

Jordan se llevó la mano al lateral de los auriculares y apretó el botón que silenciaba el micro. Se agachó, presionó con el índice en el centro del caos de sangre que tenía Varney en el abdomen y lo retorció.

Varney chilló e intentó retroceder, pero no tenía adónde ir.

—¿Sabe dónde está Charlotte? —preguntó Jordan.

Varney parpadeó para apartarse la humedad de los ojos y levantó la cabeza para mirarla.

—Sé dónde está, el lugar exacto. Su hija está atada a una silla en un cuartillo, junto a una bomba enorme programada para detonar muy pronto. Si quiere que le diga dónde, tiene que llevarme a la azotea. Sáqueme de aquí.

—¿Por qué a la azotea? —preguntó Billy por encima del hombro de Jordan, observando las escaleras que subían desde allí—. Nos acaba de decir que Bernie ha volado el helicóptero. ¿Cómo vamos a salir de aquí exactamente? No va a permitir que nadie nos rescate.

Varney tosió, apretó los ojos para combatir el dolor y dijo:

—No puedo bajar. Bernie ya se ha encargado de eso con las bombas que ha estado detonando. Yo estaba delante cuando planificó esto. Esos explosivos estaban colocados para cortarnos el paso, para asegurarse de que el personal de emergencias no pudiera entrar desde la calle. Tenemos que subir, no bajar. Si bajamos, estamos muertos. Nos daremos de bruces con la siguiente bomba.

—Y ¿qué hay en la azotea, entonces? —volvió a preguntar Billy.

Varney no le prestó atención y miró a Jordan.

—Si quiere salvar a su hija, tenemos que irnos. Ya.

Jordan volvió a retorcer el dedo.

—Si quiere que carguemos con usted hasta la azotea, primero nos llevará con Charlotte.

—No. —Varney frunció los labios con fuerza y la miró desafiante, como una niña que se negaba a tomarse la medicina.

Bernie carraspeó a través de los auriculares de Jordan.

—¿Dónde estaba usted, señora Briggs? ¿Tengo que incluir una cláusula antisilencio de micro en nuestro acuerdo? Lo quiero todo en antena. Que no haya secretos entre nosotros.

Jordan la fulminó con la mirada.

Le daban ganas de arrearle una patada en la cara a aquella mujer y de pisotearla.

Nada la atraía más en ese instante que utilizar una de las balas que le quedaban para acabar con ella allí mismo.

No iba a sentir el menor remordimiento. Ni por un segundo.

En cambio, se tragó todo aquello y dijo:

—¿Puede andar?

Varney asintió.

Jordan volvió a clavarle el dedo.

—Como le pase cualquier cosa a mi hija antes de que lleguemos hasta ella, yo misma la tiro de la maldita azotea, hija de perra.

Antes de que Varney pudiera responder, Jordan se

levantó y comenzó a subir los escalones hacia el piso cuarenta y cuatro.

—Ayúdala, Billy.

Activó el sonido de su micrófono.

—Lo siento, Bernie, una charla de chicas.

69
Cole

Cole le entregó a uno de los becarios de Jordan, el joven escuálido de la camiseta sucia de Metallica de aquella mañana, las tijeras que había encontrado, y le dijo que se apresurara y cortase el resto de las cinchas de plástico: que liberara a todos los demás. Unos dos tercios de aquel grupo se quedaron de pie alrededor de la mesa de reuniones, frotándose los tobillos y las muñecas. Nick estaba en un rincón, hablando con Charlotte por el vigilabebés, tratando de obtener de ella alguna información que pudiera ser de ayuda para localizarla.

Jules Goldblatt entró a toda prisa en la sala de reuniones. Su mirada de pánico se detuvo en Cole.

—Alguien está intentando entrar por la puerta que da a las escaleras.

Habían atascado la barra antipánico con un abrecartas y se habían asegurado de que no se pudiera abrir el cierre.

AR-15 en mano, Cole volvió a salir corriendo al pasillo que llegaba hasta la salida de emergencia, con Goldblatt detrás.

Alguien estaba sacudiendo la puerta desde el otro lado y haciéndola traquetear. Oyeron tres golpes secos y fuertes, aporreaban el metal con el puño.

Con cuidado de no resbalar con las baldosas húmedas, Cole se agachó sobre una rodilla y apuntó el cañón del rifle de asalto hacia la puerta con el dedo en el gatillo. Hizo un gesto de asentimiento a Goldblatt, que estiró el brazo y extrajo el abrecartas antes de agacharse contra la pared.

No sucedió nada en un principio, y entonces se abrió la puerta y se estampó contra la pared a un escaso centímetro de Goldblatt. Jordan Briggs salió de detrás de la esquina, hablando con alguien a través de unos auriculares voluminosos al tiempo que apuntaba en dirección a Cole con un 38.

Él se volvió y rodó hacia un lado medio segundo antes de que ella apretara el gatillo. La bala partió una baldosa, rebotó y se alojó en la pared a la derecha de Cole.

Jordan lo reconoció y se quedó lívida.

—Pero qué...

Jordan se llevó un dedo a los labios y pidió silencio cuando Billy apareció detrás de ella y cruzó la puerta entre tambaleos y tirando de una mujer ensangrentada. Ambos se dejaron caer junto a Goldblatt, que parecía horrorizado. Jordan vio a algunos miembros de su equipo cerca de la puerta de la sala de reuniones, se dio la vuelta de inmediato y echó a andar a paso ligero en dirección contraria, sin dejar de hablar, hacia los despachos vacíos.

—Tiene a Bernie en antena —dijo Billy sin resuello—. Supongo que no quiere que los oiga a ninguno de ustedes y sepa que los hemos encontrado.

Cole frunció el ceño.

—¿Sigue en antena?

—Bernie no la deja parar. —Miró a Goldblatt y a la gente que había en el otro extremo del pasillo—. ¿Los ha encontrado a todos?

Cole asintió.

—A todos menos a Charlotte.

Le contó lo del vigilabebés y se acercó a la mujer ensangrentada. No la reconoció al principio. Entonces cayó.

Varney. La agente del FBI con la que había hablado a través del iPod.

—¿Qué ha pasado?

Billy se lo explicó rápidamente:

—Bernie no solo está matando a su propia gente, sino que además ese cabronazo acaba de decir que han puesto bombas en todos los pisos, no solo en los tres primeros.

La mujer soltó un gruñido, le temblaron los párpados y se le quedaron los ojos en blanco.

Billy le propinó una bofetada y la trajo de vuelta.

—¡¿Dónde demonios está Charlotte?!

Varney no respondió, tan solo movió los labios intentando decir «azotea».

—¿Cuánta sangre ha perdido? —preguntó Cole.

Había comenzado a retirarle la camisa empapada cuando Jordan regresó por el pasillo con paso airado.

—Me ha vuelto a colgar.

—¿Sigues en antena?

Jordan asintió con la cabeza.

—No creo que funcione siquiera el botón para silenciar el micro. Se está emitiendo todo en directo, lo queramos o no.

Jordan vio entonces a Nick, de pie en el pasillo.

Nick levantó la cabeza del vigilabebés y se aproximó con aire cansado, haciendo fuerza con una mano sobre las maltrechas costillas. Sin apartar la mirada de Jordan, dijo al aparato:

—¿Quieres hablar con mamá?

A Jordan se le iluminó la mirada al recibir de Nick el vigilabebés y cogerlo con la mano temblorosa.

—¿Char?

—¿Mamá?

Los ojos se le llenaron de lágrimas. Echó la cabeza hacia atrás y se obligó a respirar.

—¡Hola, pequeña, vamos a ayudarte enseguida!

—Mamá, el temporizador dice que solo quedan diez

minutos. Creo que huelo el humo. ¿Siguen encendidos los aspersores contraincendios?

Jordan comenzó a tensar la mano que sujetaba la pistola.

Se dejó caer al suelo junto a la mujer y le apretó el cañón en la sien.

—¡¿Dónde coño está mi hija?!

—Azotea —murmuró la mujer semiinconsciente.

Cole trató de quitarle el arma de la mano a Jordan, pero ella la apartó de un tirón. Volvió a ponerse en pie y estudió todos los rostros que la miraban fijamente: su jefe, su personal, sus compañeros de trabajo.

—¿Dónde está el senador Moretti? ¿Está aquí? ¿Ha subido aquí?

De nuevo tensó la mano que sostenía el arma, y eso no le gustó a Cole. No le gustó nada.

—Aquí no está —le dijo él.

Jordan le dio la espalda y empezó a caminar en un lento círculo.

—Mierda, mierda, mierda.

Se estaba poniendo histérica.

Volvió a blandir el arma y lanzó una mirada enfurecida a la mujer que estaba en el suelo.

—Tenemos que llevar a esa zorra a la azotea antes de que se muera. Tenemos que...

Nick le puso una mano en el hombro.

Jordan se hundió en sus brazos y comenzó a sollozar.

—Ese hombre está volando las plantas inferiores —dijo Goldblatt—, nos está obligando a subir.

—Como las putas ratas en un barco que se hunde —señaló Billy.

—He encontrado paracaídas en la azotea —les explicó Cole—. Decenas de ellos. Suficientes para todos.

—¿El tipo quiere que saltemos? —dijo Goldblatt con voz inexpresiva.

—¿Estamos a una altura suficiente para hacer algo así? —preguntó Billy.

—No los he inspeccionado de cerca —le respondió Cole—, pero creo que eran paracaídas de salto base, diseñados para abrirse de forma automática a baja altura. Bernie ha planeado cada segundo de todo esto.

Goldblatt señaló hacia el televisor en un rincón de las oficinas. La cuenta atrás del canal de noticias decía que quedaban poco más de nueve minutos.

—Hagamos lo que hagamos, tendrá que ser rápido.

Cole preguntó a Billy en voz baja:

—¿Puede quitarle esa arma a Jordan?

—Ni loco. Ni lo voy a intentar.

—No podemos permitir que dispare al senador.

Nadie respondió a aquello.

No tuvieron ocasión.

Jordan, en cambio, disparó a Varney.

70
Jordan

El disparo se incrustó en la pared a escasos centímetros de la cabeza de Varney. Todos los que estaban hablando se quedaron en silencio.

Jordan se agachó sobre la mujer mientras un hilo de humo salía del cañón de la pistola. Cuando Cole arrancó, ella apuntó la pistola de inmediato hacia él.

—No.

Se detuvo en seco.

Jordan era demasiado impredecible. No podía arriesgarse a provocar un forcejeo para arrebatarle el arma.

Presionó el cañón de la pistola contra la frente de Varney.

—Me quedan dos disparos, uno para el senador Moretti y otro para usted. Dígame ahora mismo dónde está Charlotte, o la mato. No crea que no lo haré. —Hizo un gesto con la mano hacia uno de los televisores—. No tenemos tiempo suficiente para llevarla a la azotea y volver a bajar a buscar a mi hija. No si esa cuenta atrás es precisa. No tengo nada más que perder si la mato aquí mismo.

Varney cogió aire entre un rechinar de dientes.

—Que te jodan. Dispárame.

Jordan se encogió de hombros, amartilló la pistola con el pulgar y...

—¡No! —gritó Billy—. No lo hagas, todavía no. Tengo una idea.

Jordan apretó la pistola contra la piel de la mujer con la fuerza suficiente como para dejarle una marca.

—¿Qué?

Billy sacó el móvil y fue haciendo clics por su aplicación de panel de control remoto.

—Necesito poner a ese detective otra vez en la línea.

Señaló un botón en la pared y le dijo a Cole:

—Pulse ese botón para que todos lo podamos oír.

Cole lo hizo.

El sonido amplificado de la respiración de Jordan se oyó por un altavoz en el techo.

Billy presionó un botón en la pantalla de su móvil y se inclinó hacia Jordan para que su micro captara su voz.

—Detective Tresler, ¿puede oírme?

—Sí, aquí estoy. Hemos estado a la escucha. ¿Qué necesita que haga?

—Cada planta de este edificio cuenta con repetidores wifi. Necesito que sus técnicos comiencen a apagarlos cuando yo se lo diga, de piso en piso. Que cuenten hasta cinco y que los vuelvan a encender. Como si fuese un apagón en cascada empezando por arriba. Y que usted me vaya cantando los pisos conforme avanzan. ¿Pueden hacer eso?

—Espere un segundo.

Jordan estaba con el ceño fruncido.

—Bernie no nos va a permitir eso.

Billy comenzó a enumerar con los dedos:

—Ha dicho que el personal de los servicios de emergencias no puede entrar en el edificio. No lo están haciendo. Ha dicho que tenemos que permanecer en antena. Lo estamos haciendo. Ha dicho que no podemos cortar la corriente eléctrica del edificio, y no lo hemos hecho. No estamos incumpliendo ninguna regla.

Otra explosión.

Goldblatt bajó la mirada al suelo.

—¿Cuántas más como esta puede soportar el edificio antes de que se venga abajo?

Nadie tenía una respuesta para eso.

Tresler volvió a intervenir:

—Muy bien, estamos listos.

Billy extendió una mano hacia Nick.

—Necesito el vigilabebés.

Nick susurró algo a Charlotte y se lo entregó.

—Charlotte —dijo Billy al vigilabebés—, ¿cuál es tu canción favorita?

Sin vacilar, la niña respondió:

—*Don't Stop Believing*, de Journey.

—Necesito que me la cantes.

—¿Estamos en antena?

—Por favor, Charlotte, es importante.

La niña se quedó callada un momento, y luego dijo:

—Vale, pero no se me da muy bien.

Cuando Charlotte comenzó a cantar, Billy le dijo a Tresler:

—Muy bien, comiencen por la planta más alta y vayan bajando. Desconecten la señal wifi durante cinco segundos, vuelvan a encenderla y repítanlo con el siguiente piso hasta que yo le diga que paren. Sáltense nuestra planta: estamos en la cuarenta y cuatro.

—Recibido —respondió Tresler.

Mientras Charlotte cantaba, Tresler empezó a anunciarle los pisos.

Al llegar al treinta y siete, la voz de Charlotte se interrumpió a media frase.

—¡Alto!

Transcurrieron cinco segundos, y la voz de Charlotte no regresaba.

Jordan miró a Billy preocupada y confundida.

—¿Significa eso que está en la treinta y siete?

—Su voz debería haber vuelto —aseguró él, y dijo al vigilabebés—: Charlotte, ¿puedes oírme?

Charlotte no contestó.

—Detective Tresler, ¿ha pasado algo por ahí?

Tresler tampoco contestó, y cuando Billy volvió a mirar la aplicación del control remoto en su móvil se percató de que el detective ya no estaba en la línea. En las cinco líneas volvía a aparecer el nombre de Bernie.

—Mierda, ha vuelto.

Se produjo otra explosión.

Había volado otra de las plantas inferiores.

Jordan respiró hondo.

—Muy bien, pásamelo.

Bernie tuvo que haber oído el clic de la línea al pasar.

—Eso ha sido inteligente, Billy, pero ha estado al límite de la trampa, así que he tenido que cortarlo. He desconectado la señal wifi en todos los pisos por debajo del vuestro. No deseaba hacerlo. Creo que era importante para Charlotte el poder hablar con sus padres, en especial en estos últimos minutos, pero no puedo permitir que os saltéis las reglas.

—¡Cabronazo de mierda! —gritó Jordan—. ¿Dónde está?

—La pregunta que deberías estar haciendo es «dónde está el senador». Cada segundo que te quedes ahí plantada él está más lejos.

—Tiene que estar subiendo —dijo Billy.

Si Bernie lo oyó, no respondió. Fue como si Jordan se quedara pensando en ello, y mientras lo pensaba iba abriendo y cerrando los dedos alrededor del arma. Estaba mirando la cuenta atrás en la esquina de uno de los televisores.

Cole se sorprendió observándolo también, y cuando pasó de los siete minutos a los seis minutos y cincuenta y nueve segundos, otra explosión sacudió de abajo arriba el edificio. El texto se actualizó rápidamente: «Detonación en el décimo piso de SiriusXM».

La última bomba había estallado cuando quedaban ocho minutos exactos en la cuenta atrás.

Cole cogió un cuaderno de notas y un bolígrafo de

una mesa pegada contra la pared. Garabateó a toda prisa un mensaje y se lo mostró a Jordan y a Billy:

Está detonando una bomba por minuto, piso a piso. Todas van con temporizador. Tiene que ser eso. Esta última ha estallado en el décimo piso a falta de siete minutos en la cuenta atrás. Si la bomba de Charlotte está programada para estallar a las diez y media —con la cuenta atrás—, eso significa que está en el piso dieciocho.

—Eh, chicos, ¿de qué estáis hablando? —preguntó Bernie—. Me ponéis de los nervios cuando os juntáis así, haciendo piña.

Billy recorrió la sala con la mirada y localizó una cámara en un rincón en el techo. Fue hasta ella, la arrancó y sacó los cables de un tirón.

—Vaya, eso no ha estado nada bien —dijo Bernie.

Jordan garabateó en el papel:

¡Yo voy!

Al instante Cole hizo un gesto negativo con la cabeza y escribió:

No, no hay wifi ahí abajo. Tienes que hacer que siga hablando. Mantenlo en antena y llévate a todo el mundo a la azotea.

Billy intercambió una mirada con Jordan durante un segundo, y acto seguido la bajó hacia el arma en un gesto de comunicación no verbal que no habría sido más evidente ni aunque lo hubiera dicho a voces: «El senador ha subido hacia arriba: él es tu plan B si esa cuenta atrás se aproxima demasiado a cero».

Cole le entregó el AR-15 a Goldblatt. No se lo podía confiar a Billy: él tenía tantas papeletas como Jordan de disparar al senador. Se imaginaba que Goldblatt iba a rechazar el arma, pero en cambio comprobó la recámara y el cargador, quitó el seguro y lo volvió a poner. Se percató de que todos lo estaban mirando, y dijo:

—Estuve en la reserva hasta los treinta. Voy al campo de tiro una vez al mes como mínimo.

Jordan los observaba a todos con la boca entreabierta y los ojos moviéndose de aquí para allá. Era evidente que no estaba segura de aquello, y Cole estaba a punto de decir algo para convencerla cuando Nick se inclinó hacia ella, le retiró el auricular del oído izquierdo y le susurró algo. Cuando se separaron Jordan le miró a los ojos y asintió.

Volvió a ponerse el auricular y se llevó el micrófono a los labios.

—Tú ganas, Bernie. Vamos a la azotea. Dile al senador que me espere quietecito.

En ese momento estalló otra bomba.

Cole se fijó en la televisión cuando la cuenta atrás pasó a los cinco minutos y cincuenta y nueve segundos, y salió corriendo por el pasillo. Nick fue detrás de él: con las costillas rotas o no, no tenía ninguna intención de abandonar a su hija.

71
Jordan

Cole solo tenía una llave de los ascensores y, sin una llave, los ascensores ya no funcionaban.

Jordan y los demás no sabían si eso se debía al incendio, a Bernie o a otra cosa, y tampoco disponían de tiempo para quedarse allí a pensar en ello. Cole tenía que llevarse la llave: ellos dos tenían que bajar mucho más rápido de lo que el resto necesitaba subir, y Nick no iba a poder bajar todos esos escalones con las costillas rotas, de ninguna manera.

Jordan se sorprendió paralizada.

Cada milímetro de su ser quería salir detrás de Cole y de Nick y llegar hasta su hija, envolverla entre sus brazos y no volver a soltarla nunca, pero también sabía que Cole tenía razón: con la señal wifi desconectada en las plantas inferiores, lo más probable era que las cámaras y cualquier otra cosa que Bernie hubiera estado utilizando para seguirlos también se hubiesen apagado. No sabría qué estaban haciendo, y esa podría ser su única oportunidad de sacar a Charlotte de allí con vida.

A menos que dispares al senador Moretti.

Sabía que podía hacerlo. Para salvar a su hija.

Jordan no estaba segura de cuándo se había activado aquel interruptor en su cabeza, pero el hecho de saber que a su hija le quedaban menos de seis minutos si ella no le pegaba un tiro a Moretti convertía la toma de aquella decisión en algo muchísimo más fácil de lo que había sido treinta minutos antes. Ni siquiera estaba en cuestión. Si lo veía, lo mataría.

Y Bernie detendría la bomba y liberaría a su hija.

Lo haría, ¿verdad? Detendría la bomba y liberaría a Char, ¿no?

Saltaba a la vista que ese hombre estaba loco, pero no había mentido.

Le había dado a elegir.

Ella había elegido.

Iba a matar al senador.

Jordan encontraría la manera de vivir con eso, y sabía que podría hacerlo siempre que Charlotte estuviese con ella. Si perdía a Charlotte, ya no habría una vida que vivir, no habría nada... Apartó aquella idea de sus pensamientos.

No iba a perder a Charlotte.

Bernie se dedicaba a divagar en sus auriculares. Jordan no había prestado atención a una sola palabra.

Sumida en una especie de desconcierto, vio cómo Goldblatt tomaba el mando con el rifle de asalto colgado del hombro por una cinta y comenzaba a urgir a todos hacia las escaleras para que empezaran a subir. Entre dos miembros de su equipo cargaban con el cuerpo semiinconsciente de la «agente especial al mando» Allison Varney, que daba saltitos a la pata coja mientras la llevaban. De haber podido elegir, Jordan habría dejado que se desangrara en aquel mismo pasillo. De haber tenido más balas, se habría asegurado de que se desangraba en aquel mismo pasillo. Había conseguido quedarse con la pistola y, con dos balas nada más, no iba a desperdiciar ninguna.

Jordan vio cómo desaparecía el último de ellos por las escaleras, echó un vistazo final a la cuenta atrás en la pantalla y se obligó a ir tras ellos.

Olía a humo en las escaleras.

No mucho, tan solo un matiz, pero ahí estaba, y saber que se hallaba más de treinta pisos por encima del fuego no ayudaba a que se le relajara el vello de la nuca, como si una suerte de instinto le estuviera diciendo que saliera de allí.

—Hay algo que debería saber usted, señora Briggs, sobre el senador —dijo Bernie.

Si tú lo puedes oler aquí, cómo será en la planta donde está Charlotte.

Concéntrate, Jordan.

Mantenlo distraído.

—¿De qué se trata, Bernie?

—Hoy no es el primer día en que se ha cruzado con los Sentinels.

—¿Qué quieres decir?

—Quiero decir que ha estado en sus instalaciones. Ha estado con ellos.

—¿Qué? ¿Que fue a casa de unos amigos y se quedó a dormir allí?

—Ya te he dicho por qué me he metido hoy en tu vida. ¿Te ha contado alguien por qué el senador Moretti tenía que salir en antena contigo precisamente hoy? Estoy dispuesto a jugármela porque alguien te ha insistido mucho en que estuviera hoy en tu estudio.

Jordan iba siguiendo los pasos de los demás, subiendo las escaleras un tramo por detrás, más o menos, para que sus voces no se colaran por el micro, y entonces recordó que Goldblatt la había presionado aquella misma mañana; cuánto había insistido en que entrevistara al senador, le pareciese bien a ella o no. Jordan no quería hacerlo, y lo había dejado meridianamente claro. Era como si todo aquello hubiera sucedido hacía toda una vida, cuando en realidad tan solo habían pasado unas horas.

Bernie prosiguió:

—Le has echado una reprimenda, y él ha continuado en antena. Lo has hecho quedar como un completo idiota, y él lo ha aguantado con tal de seguir en antena. ¿No te parece un poco raro? No me refiero a la parte del rapapolvo, se lo haces a tus invitados cada dos por tres, sino al hecho de que se haya quedado, ¿verdad? ¿Cuántos de tus invitados han salido por la puerta tras una sola fracción de ese tipo de maltrato? Él no, sin embargo. El senador Moretti, no. Ha encajado cada golpe y se ha encogido de hombros como si le resbalase. Y ¿qué ha hecho cuando han comenzado a estallar las bombas? Va y se pone a hablar de esa ley suya, que si su ley podría haber arreglado esto, que si lo podría haber impedido...

Jordan se detuvo un instante —en el descansillo del piso cuarenta y seis— mientras asimilaba todo aquello.

—¿Me estás diciendo que, de algún modo, el senador Moretti está metido en todo esto?

—Estoy diciendo que está metido hasta las rodillas. Él ha estado siguiéndolo todo desde la etapa de planificación hasta que el primer taxi ha volado por los aires esta mañana, en su cabeza ha ido tachando de su lista los pasos que se iban dando con cada explosión.

Jordan se había quedado muy atrás, y se puso de nuevo en marcha.

—No, de ninguna manera.

—Sí, de todas las maneras.

—Hipotéticamente hablando, digamos que te creyese. ¿Por qué iban a decir amén a algo así los Sentinels? Una ley como esa les iba a hacer la vida imposible. Las fuerzas de la ley podrían entrar por las buenas en sus instalaciones siempre que quisieran, sin necesidad de órdenes judiciales, registrar lo que les diese la gana. Eso va en contra de todo lo que defienden esos grupos.

—Y justo por eso han dicho amén a esto.

—Me he perdido.

—¿Alguna vez has pasado un tiempo en un sitio como ese?

Jordan giró en el descansillo del piso cuarenta y ocho.

—¿En un complejo vallado en medio de la nada con una panda de pirados que intentan preparar limonada de sobre con una sola mano porque no sueltan el arma que llevan en la otra? No, no es mi primera opción cuando consigo uno o dos días libres.

—Bueno, pues un sitio como ese es un polvorín en busca de una chispa. A la espera de una chispa. Imagínate a un grupo de personas afines que se pasan todas y cada una de las horas del día preparándose para una guerra: reuniendo suministros, entrenando y reclutando a gente... y que se dan cuenta de que es muy improbable que esa guerra llegue jamás. Han visto cómo sus miembros fundadores se hacían viejos y morían... esperando. Sueltan discursos, se encienden, se preparan y tan solo se ven esperando un poco más. Predican el odio hacia el Estado, te cuentan que ese Estado los tiene agarrados por el cuello y que aprieta, pero ellos no hacen nada. Y no hacen nada porque saben que si ellos dan el primer paso, si desencadenan alguna clase de conflicto armado, la ciudadanía en general considerará que ellos son los malos. Ahora bien, si es el Estado el que empieza esto... Si la administración pisotea sus derechos, los derechos de todos los ciudadanos, eso los coloca en un papel defensivo. Eso los justifica.

—Estás diciendo, entonces...

—Estoy diciendo que su relación ha sido beneficiosa para ambas partes. El senador Moretti necesitaba un día como hoy para darle un empujoncito a su ley y llevarla a buen puerto, y los Sentinels saben que, si se aprueba esa ley, alguna agencia gubernamental acabará cometiendo alguna estupidez y dándoles un motivo para declarar la guerra para la que se han estado preparando. No son solo los Sentinels; puedes estar segura de que otras milicias por todo el país se unirían también. Lo que ha sucedido hoy en Nueva York no es el final, solo es el principio.

72
Cole

Cole tenía preparada la 9 milímetros cuando las puertas del ascensor se abrieron en el piso dieciocho. Nick se apartó hacia un rincón cerca del panel de control, ligeramente inclinado hacia delante y envolviéndose el pecho con el brazo izquierdo, presionando las costillas dañadas.

Era él quien llevaba el vigilabebés en la mano derecha, pero aquel aparato no había servido de nada desde que Bernie desconectó la red wifi. Aunque todavía tenían señal en la planta cuarenta y cuatro, se desvaneció en el instante en que el ascensor comenzó a descender. Cole intentó no pensar en Charlotte aislada en la oscuridad, cantando aún, sin saber que ahora se encontraba sola por completo.

Cuando se abrió la puerta, una ondulación se desplazó por el suelo de baldosas —absolutamente quieto en el resto del piso—, llegó hasta la pared del extremo opuesto y regresó. El agua superó el umbral metálico del ascensor desde el pasillo y cayó por la rendija, hueco abajo. Ese era el único movimiento visible. Los aspersores ya no estaban encendidos. El ambiente estaba sumido en una neblina de humo que, sin duda, procedía de los pisos inferiores. Una sola luz de emergencia parpadeaba cerca del techo con una luz roja intermitente a su lado. En la pared, un letrero grande y dorado enfrente de las puertas de los ascensores decía TIERNEY, LUBBOCK Y HOLTON, ABOGADOS.

Cole miró a Nick, se llevó un dedo a los labios y salió muy despacio del ascensor. Hizo un rápido barrido de izquierda a derecha con el arma, pero, con más de un centímetro de agua en el suelo de baldosas, era imposible que hubiese nadie cerca a menos que se hubiera quedado del todo inmóvil y hubiera permanecido así el tiempo suficiente para que el agua se aquietara.

Cole hizo un gesto a Nick para lo siguiese y giró a la izquierda con el arma por delante, mientras iba haciendo memoria de las indicaciones de Charlotte.

Siguió por el pasillo durante veinte pasos cortos, los propios de una niña, y volvió a girar a la izquierda para encontrarse delante de la puerta cerrada de un despacho. Una pequeña placa metálica lo identificaba como el despacho de Gary Tierney, abogado. Cole probó el picaporte: cerrado con llave.

Con la culata de su arma hizo añicos el cristal de un panel lateral junto a la puerta, metió la mano y la abrió desde dentro.

Al contrario que los pasillos, aquel despacho no tenía aspersores, pero había entrado la suficiente agua por debajo de la puerta para empapar la moqueta fina de color gris. Al entrar, cada pisada de Cole sonaba como un chapoteo, sus suelas hacían un efecto ventosa con la moqueta.

—¿Hay alguien ahí? —dijo una vocecilla infantil.

Nick estuvo a punto de abalanzarse y empujar a Cole, pero el detective levantó el brazo que tenía libre y lo retuvo.

—Bernie puede haber colocado trampas en la habitación. Quédese detrás de mí.

Como si quisiera recordarles el poco tiempo que les quedaba, otra explosión retumbó más abajo. El piso entero se sacudió con ella, y Cole se agarró de forma instintiva al marco de la puerta para mantenerse en pie. En una mesa en el lado opuesto del despacho se volcó un soporte para bebidas que estaba lleno de bolígrafos, y un cuadro se cayó de la pared de manera escandalosa. Estaba claro que el edificio no iba a poder soportar muchas más como aquella.

Con la explosión Charlotte soltó un grito; se recuperó y dijo:

—¿Quién está ahí fuera?

—Charlotte, soy papá —respondió Nick desde detrás de Cole, y de nuevo intentó adelantarlo, pero el detective lo retuvo—. Quédate ahí sentada. Estamos delante de tu puerta.

—¡Papá, el temporizador dice que quedan tres minutos y cuarenta y ocho segundos!

—Eso es tiempo de sobra, cielo. Solo queremos comprobar que es seguro entrar ahí.

Nick empujó a Cole en la espalda, trató de obligarlo a adentrarse más en el despacho, pero este no se inmutó. En cambio, señaló con el dedo.

La puerta del cuartillo se encontraba a la izquierda, con una silla colocada delante. En la silla, rodeado con una tira de alambrada, había un conejito de peluche blanco con el hocico y las orejas de color rosa. Era como si aquel juguete los estuviera mirando fijamente con aquellos ojos negros y brillantes. Tenía el pelo apelmazado de polvo, con pinta de estar tieso.

Cole se aproximó con precaución, muy poco a poco, y lo vio mejor. Olía a podrido.

—No veo ningún cable —dijo Nick desde detrás de él.

—Podría haber colocado algo dentro, o tal vez alguna clase de interruptor de presión —respondió Cole, que se agachó y trató de mirar debajo de él.

—No tenemos tiempo para esto —le contestó Nick con impaciencia—. Debemos sacarla de ahí.

—¿Papá? ¿Qué está pasando ahí fuera? Ya sé que no debería, pero tengo mucho miedo.

—No pasa nada por tener miedo. Yo también lo tengo.

—¿Tú tienes miedo ahora mismo?

—Sí.

Charlotte guardó silencio durante un segundo.

—Bueno, pues eso no está bien. Tú eres el adulto. Se supone que has de transmitir confianza.

—Ja, ja.

Si el animal de peluche estaba preparado para estallar de alguna manera, Cole no la veía. No había nada a la vista. Le dio un toquecito con el dedo.

El edificio se sacudió con otra explosión.

Cole se cayó de espaldas. Intentó detener la caída con la mano, pero resbaló sobre la moqueta húmeda.

Charlotte chilló.

Nick se había agarrado a ambos lados del marco de la puerta y consiguió mantenerse en pie.

—Se ha notado como si la tuviéramos justo debajo de nosotros.

Decimoquinta planta, tres pisos por debajo, quedan tres minutos.

—¿Papá?

Nick no pudo aguantar más. Antes de que Cole tuviera oportunidad de incorporarse, pasó corriendo por delante de él, arrojó a un lado la silla y el conejo de peluche y abrió de un tirón la puerta del cuartillo.

El conejo salió rodando hasta el extremo opuesto y se detuvo. La silla se estampó y crujió contra el lateral del escritorio.

Cole esperó a que se produjera otra explosión, pero no la hubo.

Dentro del cuartillo Charlotte levantó de golpe la cabeza y se quedó mirando a los dos con una expresión de sorpresa en el rostro. Tenía rojas las mejillas, con churretes de lágrimas. Cuando vio las magulladuras en la cara de su padre, el ojo hinchado, se quedó boquiabierta.

—Ay, no has ganado tú, verdad...

Aquello sonó más como una afirmación que como una pregunta.

Nick trató de sonreír.

—Estoy aquí contigo. Por supuesto que he ganado.

Charlotte estaba atada a una silla de oficina con las mismas cinchas de plástico que la gente de Bernie había utilizado con Nick y con los demás: las muñecas sujetas a los brazos de la silla, las piernas flexionadas por debajo del asiento y atadas a la barra central del pie, por encima de la base de las ruedas. A su lado, en el suelo, había un capuchón de tela negra.

La bomba estaba en la pared opuesta del cuartillo.

El temporizador decía: dos minutos, veinticuatro segundos.

—Busque algo para cortar las cinchas de plástico —le dijo Cole a Nick.

Quería que el hombre saliera del cuartillo antes de que viese la segunda bomba, esta enrollada alrededor de la cintura de Charlotte, sujeta en su sitio por un cable de acero y atada a la parte de atrás de la silla con un grueso candado metálico.

73
Jordan

Jordan continuó subiendo por las escaleras.

—Bernie, ¿dónde está el senador?

—Cerca. Muy cerca.

Ella sintió un temblor nervioso en los dedos contra el arma.

—Cuando le dispares, apunta a la cabeza. Solo te quedan unos dos minutos, y tiene que estar muerto para que cumplas con tu parte del trato. Lamentaría ver morir a Charlotte tan solo porque apenas lo hayas rozado con un mal disparo. No creo que nadie vaya a detenerse en los tecnicismos a estas alturas de la partida.

Que le den a este tío. Cole y Nick la van a encontrar. Es probable que la hayan encontrado ya. Charlotte estará perfectamente. Charlotte está perfectamente. Todos van a estar perfectamente.

Por delante de ella, desde más arriba, un chillido recorrió el tiro de las escaleras.

—Vaya, eso no ha sonado nada bien —dijo Bernie.

Un momento después Billy bajó dando saltos por las escaleras desde el piso cincuenta, con esa curiosa mezcla de tono pálido y verde en la cara.

—Hay dos muertos ahí arriba, en el descansillo. Parece como si alguien hubiera volado la puerta desde dentro mientras ellos estaban ahí delante.

—¿Dos de los nuestros? —preguntó Jordan.

—Dos de los míos —respondió Bernie antes de que pudiera hacerlo Billy—. Bueno, dos de los Sentinels. Eso ha sido obra del detective Cole. Supongo que me ha hecho un favor: dos menos de los que encargarme yo. Pero, vamos, que suena como si fuera un caos de los gordos. Seguro que también apesta. Es el tipo de olor que se te pega a la ropa y no se va por mucho que la laves. Lo mejor es tirarla a la basura.

Billy se dio la vuelta, decidido, y comenzó a subir de nuevo los escalones.

Jordan lo siguió.

Intentó prepararse para aquello, pero recibió el sopapo del olor. Entonces lo vio, y el desayuno le subió disparado por el esófago. A duras penas consiguió contenerlo.

—Te lo he dicho —dijo Bernie—. Una bomba es una manera horrible de morir. Menudas obscenidades le hace a un cuerpo humano. La verdad es que somos frágiles ante cosas así. Unos globos llenos de agua y de tripas.

Billy cogió a Jordan del brazo y la sostuvo con firmeza. Se situó entre ella y lo que quedaba de los dos hombres en la pared del descansillo.

—Intenta no mirar. Yo te llevo, tú solo mira al frente.

A Jordan no le iba mucho la caballerosidad, pero esta vez no iba a decir que no. Mantuvo la mirada fija al frente, y Billy y ella se pegaron a la pared opuesta, pasaron junto al amasijo retorcido de los restos de la puerta metálica del piso cincuenta, entre diversas pilas de algo —que no iba a permitir que su mente identificara— esparcido por los escalones de cemento y las paredes, y continuaron hacia los dos últimos tramos de escaleras que los iban a llevar hasta la azotea. En lo alto la puerta estaba abierta, y una corriente de aire fresco le corrió por la piel y ayudó a enmascarar el fuerte olor en el ambiente. Jordan lo agradeció. La luz de la mañana entraba a raudales desde arriba, y algo en aquella luz le dijo que todo iba a salir bien. Todo aquello acabaría pronto.

Cuando salió con Billy a la azotea Jordan se percató de que todo aquello era un espejismo.

Aunque podía ver la luz del día sobre ella, al mirar hacia los laterales del edificio se encontró con un muro de humo negro, un ente vivo y denso que respiraba, reptaba ondulante y ascendía por las paredes exteriores desde los pisos incendiados más abajo, se elevaba hacia los cielos como si alguien tirase de aquello con unas sogas, una cortina que los aislaba del resto del mundo. Había un calor seco en el aire, motas de hollín que bailaban sin rumbo, y Jordan comprendió que era ahí donde ella iba a morir.

Se produjo otra explosión y ella se quedó allí de pie mientras el estruendo ascendía por la estructura, una bocanada surgida de abajo. Se quedó allí de pie mientras los demás chillaban, mientras la azotea se mecía bajo sus pies. Se quedó allí de pie mientras todas las miradas se posaban sobre ella, su jefa, su líder: toda esa gente esperando que fuera ella quien los salvara. Ellos iban a morir también allí, a su lado.

—Briggs, te quedan menos de dos minutos —le dijo Bernie—. ¿Qué vas a hacer?

—Si disparo al senador, ¿cesarán las bombas?

En cuanto dijo aquello Billy le soltó el brazo. Jordan imaginaba que le iba a decir algo en señal de protesta, pero no lo hizo. No dijo nada en absoluto.

—Si pegas un tiro al senador, todo se detiene.

—¿Dónde está?

Jordan echó un vistazo alrededor de la azotea, a todos aquellos rostros, pero no vio a Moretti. Tenía que estar allí arriba, no había ningún otro lugar al que ir. Supuso que se habría escondido en alguno de los pisos inferiores, pero aquellas plantas del edificio eran una trampa mortal. Más bombas, más humo allí dentro, la integridad estructural del propio edificio. Y después estaba Bernie. Él quería que Jordan le pegara un tiro al senador. Lo estaba observando todo desde demasiado cerca como para permitir que aquel hombre se acobardara en un rincón y se escondiera de aquello. Bernie quería al senador a la vista de Jordan, así que habría encontrado alguna forma de llevarlo allí arriba, tan seguro como que los había llevado a ellos. Jordan ya no era tan ilusa como para pensar que habían sido ellos, por alguna clase de libre albedrío, los que habían decidido dirigirse a aquella azotea. Ella se hallaba en el punto exacto donde Bernie quería que estuviese.

Quien fuera que hubiese cargado con Varney hasta arriba la había dejado en el suelo, tirada contra la pared oeste del edificio. Sus ojos carentes de vida miraban hacia el otro extremo de la azotea. Jordan no tenía ni idea de cuándo había muerto, pero estaba claro que los había dejado.

Jules Goldblatt salió corriendo de detrás de varias máquinas de aire acondicionado con el rifle de asalto dando botes contra la espalda, mientras sujetaba dos fardos blancos en las manos.

—Hemos localizado los paracaídas. Cajas enteras. Ruban, de contabilidad, ha dicho que ese detective tenía razón: los llaman «paracaídas de salvamento», diseñados para escapar de puntos en altura como este en caso de emergencia. Según las instrucciones, se abren de manera automática por debajo de una altura de treinta metros. Ha saltado. No sé dónde ha aterrizado, ni si lo ha hecho siquiera, no se ve a través de tanto humo, pero ha abandonado el edificio. Eso sí lo he visto. Nos vamos todos. Estos son para vosotros.

Entregó un paracaídas a Billy e intentó darle el segundo a Jordan, pero ella no hizo el menor esfuerzo por cogerlo. En cambio, le preguntó a Goldblatt:

—¿Dónde está el senador?

—Allí. —Billy estaba señalando la esquina noroeste, hacia un grupo de cerca de una docena de personas junto a unas cajas grandes de plástico, pasándose unos paracaídas similares a los que tenía Goldblatt.

El senador se estaba abrochando la última de las hebillas.

—¡No! —Jordan levantó el arma y echó a correr con torpeza en los pies—. ¡No le dejéis saltar!

Aquello no se lo gritó a nadie en particular, y al verla apuntar con el arma hacia ellos todos comenzaron a apartarse del senador, fuera de la línea de fuego.

—¡No le dejéis saltar, maldita sea!

Hizo un disparo, y la bala se incrustó en el murete de seguridad, más de un metro a la izquierda del senador.

Jordan estaba demasiado lejos.

Echó a correr.

El senador Moretti levantó ambas manos y empezó a retroceder a ciegas.

—¡Es mejor que no lo haga, Jordan!

Solo le quedaba un disparo.

Entrecerró los ojos mientras corría: enfiló el pecho del senador con la mira de la pistola. Bernie había dicho que apuntara a la cabeza, pero ella sabía que nunca lo alcanzaría desde aquella distancia si lo intentaba. Apuntó al centro del pecho, la masa más voluminosa.

Las corvas del senador se toparon con el murete de la azotea, sin más que humo y hollín que ascendía a su espalda. Hizo un gesto negativo con la cabeza, echó las manos hacia atrás y las utilizó para auparse al murete. Se puso en pie en la cornisa haciendo equilibrios de manera un tanto precaria. Volvió a alzar las manos, entre ambos, y retrocedió unos milímetros hacia el borde.

Jordan, ahora más cerca, apretó el gatillo.

Su último disparo salió por el cañón de la pistola.

74
Cole

—No es una bomba. El hombre que me ha atado a la silla ha dicho que no lo era. Se supone que se la tengo que dar a mamá —insistió Charlotte mientras Cole estudiaba la caja metálica que la niña tenía en su regazo.

El cable de acero la rodeaba por la cintura, pasaba alrededor de la base de la silla, a través de los brazos, quedaba sujeto en la parte de atrás con un candado y llegaba hasta unos contundentes pasadores soldados a la caja metálica, uno en cada lateral. Sin la llave tendrían que cortar el cable.

Charlotte estaba sangrando por la muñeca izquierda, en la zona donde había intentado sacarla de la cincha de plástico. Cole también le echó un vistazo más atento a aquello. Era superficial, pero tenía que doler. Aun así la niña lo disimulaba bien. Charlotte le miró directamente a los ojos, como si estuviera tratando de acobardar al propio dolor. En ese instante Cole la vio como una adulta, como la mujer en la que se iba a convertir.

Tenía que sacarla de esto.

Nick regresó con unas tijeras y se disponía a cortar las tiras de plástico, moviendo los dedos con rapidez, cuando vio la caja de metal.

—¿Qué demonios es eso?

—Alto —le dijo Cole.

—¿Por qué? —Nick no se detuvo. Cortó la cincha de

la muñeca izquierda de Charlotte y comenzó con los tobillos.

—Ese cable va rodeándolo todo, incluida ella. No podemos quitárselo sin la llave. Eso significa que, aunque corte todas esas cinchas, seguirá sin poder moverse de la silla.

Era como si Nick apenas lo oyese: se afanaba con movimientos febriles. No respondió. Intentó meter a la fuerza la punta de las tijeras en una de las soldaduras de la caja, entre el cierre y el lateral. Consiguió meter la punta, pero, cuando hizo palanca, las tijeras se partieron.

—¡Joder! —exclamó.

Aquel arrebato le hizo toser, y en la camisa de Charlotte aparecieron unas gotas rojas de saliva.

Había estado respirando con dificultad, pero Cole no le había dicho nada. Sin embargo, ahora sí lo hizo.

—No son solo las costillas, ¿verdad? ¿Ha sido muy seria la paliza que le han dado?

Nick miró a Cole en primera instancia, después a su hija, antes de limpiarse los labios con la manga.

—Da igual. —Se apretó para adentrarse más en el cuartillo y echó un vistazo a la parte de atrás de la silla de Charlotte—. Está atada a la silla con el cable, pero no veo nada que sujete la silla a estas cuatro paredes. Podemos sacarla rodando.

En el lado contrario del cuartillo el temporizador pasó de un minuto y un segundo a un minuto, y todo se agitó cuando el estruendo de otra deflagración sacudió el edificio. Esta se había producido claramente en el piso de abajo. Se rompieron varias placas del techo y cayeron contra el suelo del despacho. Reventó una de las ventanas, y una corriente de aire llena de humo oscuro y gris invadió la estancia.

Un calor ácido engulló a Cole, y se le humedecieron los ojos. Frente a él Nick luchaba por reprimir otro acceso de tos. Charlotte permanecía sentada e inmóvil en la silla, con los ojos clavados en el temporizador y ambas manos sobre la caja en su regazo.

Cole no quería moverla. Si aquella caja contenía una bomba, estaba claro que iba a estallar en cuanto la sacaran de aquel cuartillo o en algún otro punto antes de que él pudiera llevar a la niña hasta alguien que fuese capaz de desactivarla. Era posible que aquello fuera el plan de contingencia de Bernie: si conseguían llevar a Charlotte con su madre antes de que ella disparase al senador, él podría sacar un control remoto y detonar lo que fuese que hubiera ahí dentro. Se podía activar incluso por la altitud o la localización y estallar de manera automática en cuanto Charlotte abandonara el edificio. Había un millón de formas de detonar una bomba. No obstante, una cosa sí era segura: si permanecían en aquel cuartillo, los tres estarían muertos en menos de un minuto a causa de la otra bomba. No tenían elección.

—Que no es una bomba —volvió a insistir Charlotte mirando la caja.

Cole se levantó y ayudó a Nick a ponerse en pie.

Sin echar la vista atrás hacia la bomba con el temporizador en marcha, sacaron rodando a Charlotte del cuartillo, salieron del despacho y recorrieron el pasillo hasta el ascensor.

Una vez dentro, Nick tosió con una mano en las costillas, doblado hacia delante para aliviar el dolor. En aquellas toses había un tono húmedo que Cole no había oído la última vez y, a pesar de que Nick se hubiera cubierto la boca con el dorso de la mano y se volviera a limpiar los labios, se dejó un poco de sangre en un diente.

Cole pulsó el botón del piso cincuenta, y no sucedió nada.

Giró la llave, primero a la posición OFF y después de nuevo a la de emergencia, y presionó el botón una vez más.

No pasó nada.

—Pruebe con otro piso —sugirió Nick.

No esperó a que Cole lo hiciese. Extendió la mano y pulsó con un fuerte golpe los botones del cuarenta y cuatro, el cuarenta y seis y el cuarenta y ocho. No pasó nada en un principio. Luego las puertas se cerraron muy despacio, y comenzaron a ascender.

—Tiene que haber sido alguna clase de fallo por...

Las palabras de Nick quedaron interrumpidas cuando estalló la bomba en el piso dieciocho.

La onda expansiva golpeó la parte inferior de la cabina con una fuerte sacudida.

El ascensor dio un salto hacia arriba.

Las luces parpadearon y se apagaron, y se detuvieron en seco.

75
Jordan

La bala no alcanzó su objetivo.

Se fue desviada a la derecha del senador.

Jordan llegó hasta él, lo agarró y con todas sus fuerzas tiró de él, de espaldas, para apartarlo de la cornisa antes de que pudiera abrir el paracaídas.

—¡Le he disparado! —gritó Jordan al teléfono mirando hacia el suelo, al rostro aterrorizado del senador—. ¡Está muerto!

Pronunció aquellas palabras en el momento en que la sacudida de la explosión del piso dieciocho ascendió por el edificio, reventó más cristales, hizo temblar la azotea y estuvo a punto de tirar a Jordan al suelo.

—¡NO! ¡NO! ¡NO! ¡Maldita sea, Bernie, le he disparado!

Bernie no respondió.

—¡Está muerto, Bernie!

—No, Briggs, no lo está. Me temo que has fallado. Has perdido a tu hija, y lo siento, si te sirve de algo.

Jordan lo negaba con la cabeza.

—No, no la he perdido. Lo sabría. Lo percibiría.

—Creo que ya lo percibes, ese agujero en el corazón, esa desazón del vacío en el estómago. Sabes que es verdad. El senador está vivo. Por lo tanto, Charlotte está muerta.

Jordan se asomó por el borde de la azotea haciendo

fuerza con las manos sobre la cornisa. Se encontró de bruces con el humo denso, una vez más renovado por la última explosión.

En el piso dieciocho.

El piso de Charlotte.

En el suelo, a sus pies, el senador alzó la mirada hacia el arma vacía en la mano de Jordan, soltó un gruñido, rodó hacia un lado y se alejó de ella.

—Ya sé lo que viene ahora —dijo Bernie—. Te vas a poner a jugar al «¿Y si...?». Y si le hubiera pegado un tiro cuando aún estábamos en el estudio. Y si le hubiera disparado cuando aún lo tenía en el sofá. Y si no le hubiera dejado escapar... Sabes que lo hiciste, ¿verdad? Lo podrías haber atado. Podrías haber seguido apuntándolo con la pistola. Tenerlo bien cerquita. Pero no lo hiciste. Permitiste que se largara corriendo. Supongo que sería un intento inconsciente de dejarte algún tipo de salida. Tu cerebro, ofreciéndote una excusa para que no tuvieras que vivir con la carga de otra muerte sobre los hombros. De qué te habrá servido. Sigue siendo culpa tuya. Puedes desmenuzarlo y analizarlo de un millón de maneras distintas, pero al final has dejado vivir a ese cerdo y en su lugar has sacrificado a tu hija.

—No.

—¿Crees tú que sus últimos pensamientos serían sobre lo sola que estaba? Sentada en la oscuridad, atada a una silla, viendo el paso de los segundos a su lado como si fuera un medidor del amor de su madre, ¿no? ¿En qué momento se daría cuenta de que nadie iba a ir a por ella? Me pregunto si la niña pensaría en ti en esos segundos finales, en que ocupaba un segundo lugar ante tus ojos, siempre unos cuantos pasos por detrás de tu carrera profesional.

—Eso no es verdad.

—Ya te digo yo que sí. Basta con que te fijes en el día de hoy —dijo Bernie—. Estallaron esas primeras bombas, y el poco consuelo que le diste a tu hija se lo diste en antena. Luego se la has endilgado a otra persona y has vuelto a tu programa. Cuando tú y yo hemos empezado a hablar esta mañana, a conocernos el uno al otro, la has encerrado en una habitación en alguna parte para que dejase de ser una molestia.

—Deja de decir chorradas.

—Incluso después de enterarte de que yo estaba en el edificio, te ha faltado tiempo para aprovechar y encasquetársela a la señora Varney y sus amigos. Lo último que querías era verte con la carga de una niña en medio de todo esto. Charlotte ha sido una molestia para ti.

A Jordan se le llenaron los ojos de lágrimas. Intentó sofocar los sollozos a base de expulsarlos a la fuerza.

—¡Me han dicho que eran del FBI! ¡Se suponía que la iban a llevar a un lugar seguro! ¡Estaba intentando protegerla!

—Lo único que quería tu hija era un abrazo. Quería que su madre la abrazara con fuerza y le dijese que todo iba a salir bien. Nada más. Tú, en cambio, la has apartado de ti. Piensa en esos últimos instantes, Briggs, cuando te has librado de ella y se la ha llevado del estudio esa gente, piensa en la cara que ha puesto Charlotte. Llevaba esa forzada máscara de confianza y ha intentado demostrarte lo fuerte que era, pero lo único que ella quería era a su madre. Y lo único que tú querías era librarte de ella para poder volver conmigo, con tus oyentes y tu programa, todas esas cosas que tú consideras muchísimo más importantes que ella. Esos son los pensamientos que se le han pasado a la niña por la cabeza cuando el temporizador de la bomba que tenía al lado ha llegado a cero. Mientras estaba allí sentada y moría sola.

Jordan sintió que las rodillas se negaban a seguir funcionándole. Se notaba como si le fueran a fallar las piernas, y se descubrió apoyada en la cornisa del murete de seguridad, rodeada de columnas de humo. El aire caliente ascendía cargado de hollín y de mugre que le llenaban los pulmones cada vez que respiraba. Su cuerpo luchaba por expulsarlos, por echarlos a golpe de tos, mientras que su cerebro solo quería que los inhalase, que lo absorbiese todo, que la estrangularan por dentro y acabasen con todo aquello.

Otra explosión sacudió el edificio.

El piso diecinueve. Uno por encima de donde estaba Charlotte.

Muerta ya.

En aquella neblina, en el humo cada vez más denso, vio a Jules Goldblatt y a uno de sus becarios ayudando a los demás a ponerse el paracaídas. Se quedó mirándolos mientras se subían a la misma cornisa contra la que ella se apoyaba en aquel preciso instante y, entre vacilaciones, saltaban al vacío y desaparecían igual que lo había hecho el senador. Uno por uno, todos ellos se iban también. Todos la dejaban, la abandonaban.

—No les importas, Briggs. Ni a uno solo de ellos. Les habrás proporcionado unos ingresos a lo largo de los años, pero nunca te ganaste su respeto, su amor ni su amistad. En el mejor de los casos te aguantaban. El único que ha tenido el detalle de ofrecerte un paracaídas ha sido Jules Goldblatt, el hombre al que probablemente habrás tratado peor de entre todos ellos, y es muy posible que él lo haya hecho más por un cierto sentido de la obligación que por la necesidad de ayudarte como persona. Igual que a todos los demás, no le importas.

—¿Cómo es que nos estás viendo aún?

Jordan observó los pocos rostros que quedaban y su mirada se detuvo en Billy, que estaba a unos tres metros de ella, con dos paracaídas en las manos. Él se dio la vuelta hacia ella con una expresión indescifrable. Casi esperaba ver que sus labios se movían al tiempo que oía hablar a Bernie, una suerte de truco final, pero no lo hicieron.

Mientras Bernie volvía a hablar, Billy se acercó a ella sin más, ofreciéndole uno de los paracaídas.

—Es posible que él sea uno de los pocos que se merecen tu confianza —dijo Bernie—, y aun así lo sigues mirando como a un extraño. Tan centrada en ti misma, jamás has dejado entrar a nadie en tu burbuja: ni a tu exmarido, ni a tu hija, ni a Billy, el hombre que lleva más tiempo a tu lado que cualquiera de los demás.

El sentimiento de culpa comenzó a crecer en su interior, un globo dentro del pecho que amenazaba con reventar porque Jordan sabía que Bernie estaba en lo cierto. Ella había mantenido las distancias con todos ellos, no solo con Billy y con su equipo, sino también con su marido y su hija. Había estado demasiado centrada en su carrera profesional. Estaba tan sola como ella había dejado a Charlotte. Estaba...

—Esas son las personas a las que tú has elegido ayudar mientras tu hija moría sola en un cuartillo, gente que ni pestañearía si tú murieses.

—Charlotte no está muerta. Yo lo sabría —insistió Jordan sin saber muy bien si aquellas palabras pretendían convencerlo a él o a sí misma.

—Jordie, ¿qué te está diciendo? —Billy le ofrecía uno de los paracaídas—. Coge uno de estos y apártate de la cornisa. Yo te ayudo a ponértelo. Me estás asustando.

—Tú crees que Charlotte no está muerta porque el detective Cole y tu exmarido han vuelto a buscarla. Estás dispuesta a agarrarte a ese clavo ardiendo, a esa convicción a la desesperada, porque es mejor que aceptar la verdad: que soy yo quien tiene el control, no tú. Me he preparado para cualquier desenlace posible. Si de algún modo se las han arreglado para llegar hasta ella antes de que estallara la bomba, si vienen de vuelta, no permitiré que tu hija llegue a esa azotea. Volaré los pisos que quedan. Los mataré a todos.

Había pasado otro minuto, y el edificio se sacudió de nuevo.

Esta vez el piso veinte.

—¿Y si...? —se oyó decir Jordan.

—Y si, ¿qué?

—¿Y si yo te diera a elegir a ti?

Bernie se las arregló para que su voz sonara aún más suave:

—¿En qué estás pensando?

Jordan sabía que esa era la única opción que quedaba, lo único que a ella le quedaba por dar. Volvió a levantar la cabeza, y su mirada se encontró con los ojos de Billy. Él seguía allí de pie con el paracaídas puesto y con el de ella en la mano. En silencio, los labios de Jordan gesticularon un «lo siento».

—Mi vida por la de ellos —le dijo a Bernie—. Tú los dejas vivir, y yo me subo a esta cornisa y salto.

76
Cole

Tres bombas más estallaron antes de que Cole y Nick consiguieran meter los dedos en la rendija de las puertas del ascensor y abrirlas mientras Charlotte los observaba desde el confinamiento de su silla, con la caja metálica en su regazo. Ya fuese por las bombas, por los incendios más abajo o por algún acto de Bernie, el suministro eléctrico del ascensor se había cortado por completo. Lo mismo sucedía con el piso en el que se encontraban, fuera el que fuese. Tampoco funcionaban las luces de emergencia. Estaban en completa oscuridad.

Cole sacó el móvil y encendió la linterna.

—Estamos en la cuarenta y cinco.

—Eso es más arriba de lo que creía que habíamos llegado.

Nick volvió a toser, y aquel sonido húmedo empeoró con respecto a apenas unos minutos antes.

—¿Tiene muy mal las costillas? —le preguntó Cole—. ¿Está seguro de que no le han perforado un pulmón? ¿Puede respirar bien?

—Da igual. Tenemos que seguir adelante.

El ascensor se había detenido unos sesenta centímetros por encima del suelo. Cole salió con cuidado, puso los pies en el suelo y estalló otra bomba. Miró su reloj e hizo los cálculos de cabeza.

—Creo que eso ha sido en el piso veintidós.

Con los sistemas contraincendios fuera de servicio, el aire estaba cargado de humo. Incluso veintitantos pisos más arriba apenas era respirable. No se podía imaginar lo que el fuego le estaría haciendo a la estructura del edificio allá abajo. Tras la caída de las Torres Gemelas se habían introducido muchos cambios en los procedimientos de construcción, pero Cole estaba bastante seguro de que aquella en particular se había erigido mucho antes de eso. La mayoría de los edificios altos de esta parte de la ciudad se habían levantado en los años sesenta, antes incluso de que se construyera el World Trade Center original. Con veintidós pisos en llamas, y lo que faltaba, ya no era cuestión de si el edificio se iba a derrumbar o no, sino de cuándo iba a hacerlo.

Cole dejó el móvil en el suelo para iluminar el vestíbulo con una luz tenue y levantó los brazos hacia el interior del ascensor.

—¿Puede acercar a la niña y pasármela?

Nick asintió y aproximó a Charlotte rodando con suavidad hasta el borde. Sujetó el respaldo de la silla y lo mantuvo estable mientras Cole agarraba el asiento y la bajaba al suelo. Se imaginó que Charlotte pesaría unos treinta o treinta y cinco kilos, y la silla pesaba por lo menos otros quince. Observó con atención el rostro de Nick al bajar a su hija, la expresión de esfuerzo.

Nick debió de percatarse de lo que se le estaba pasando a Cole por la cabeza, porque se apresuró a insistir:

—Estaré perfectamente.

Cole estaba pensando que iban por el piso cuarenta y cinco, seis plantas hasta la azotea sin ascensor, y eso significaba que iban a tener que cargar con Charlotte en la silla doce tramos de escaleras, una tarea difícil incluso para dos hombres sanos.

—Lo vamos a conseguir —dijo Nick antes de bajar del ascensor.

Para demostrar lo que decía, recogió el móvil de Cole y se lo entregó a Charlotte.

—Eres la encargada de la luz. —Comenzó a llevarla rodando hacia las escaleras en el extremo del vestíbulo.

Cuando Nick abrió la puerta, irrumpió una bocanada de humo negro, caliente y seco que inundó el pasillo. Volvió la cabeza para apartarla y miró a Cole, cuya cara de preocupación decía todo lo que había que decir: no tenían elección.

Empujó la silla de Charlotte para cruzar el umbral de la puerta, y ambos hombres se estaban colocando, preparándose para levantarla, cuando estalló la siguiente bomba.

Cayó polvo desde arriba, fragmentos de escayola y de cemento.

—¿Es cosa mía o esa ha estallado antes que las demás? —preguntó Nick.

Cole miró su reloj.

—Tiene razón; con esa han sido solo treinta segundos. Está acelerando.

—Cójala por los pies —dijo Nick—. Yo tengo el respaldo.

Las escaleras no eran lo bastante anchas para que fueran ambos de lado, de manera que Nick fue subiendo de espaldas mientras Cole cargaba con la mayor parte del peso en la parte de abajo. Llegaron al piso cuarenta y seis antes de que Nick pidiera un cambio de posiciones. En la cuarenta y siete tuvo que detenerse, tomar aire y descansar.

Cole perdió la cuenta de las bombas que iban estallando allá abajo, pero podía notar que les iban ganando terreno rápidamente. El aire se había ido espesando de humo, y la burbuja de luz generada por la linterna del móvil menguaba a ojos vistas. Cada vez que cogía aire, los pulmones se resistían y trataban de volver a expulsar aquel aire contaminado.

Charlotte se había quedado extrañamente callada. Le habían cubierto la boca con el cuello de la camiseta en un intento por impedir el paso del humo, pero estaba sirviendo de poco.

—Sigamos —masculló Nick apretando los dientes, conteniendo la tos.

Estaba claro que su cuerpo iba a ceder antes que su fuerza de voluntad.

77
Jordan

—Saltaré —repitió Jordan.

—¿Que vas a hacer qué? —Billy se aproximó a ella para tratar de sujetarla.

—Dile que retroceda —ordenó Bernie.

Jordan extendió la mano.

—No, Billy. No te acerques más.

Él se detuvo en seco.

—Si intenta impedírtelo, vuelo el resto de los pisos.

—¿Significa eso que aceptas?

—¿La vida de ellos por la tuya?

—Sí —se oyó decir Jordan.

—Vale.

Rápidamente le contó a Billy lo que Bernie acababa de aceptar.

Billy se quedó lívido.

—No puedes hacer eso. ¿Y si miente?

—¿Y si no?

En los auriculares de Jordan, Bernie dijo:

—Tiene usted mi palabra, señora Briggs. Saldrán sanos y salvos. Yo me encargaré de ello.

Jordan sintió un pálpito en el corazón.

—¡Entonces sigue viva! ¿Dónde está ahora mismo?

Bernie no respondió.

—Bernie, esto es una vía de doble sentido. Si quieres

que confíe en ti, que te crea, tienes que darme una prueba de que mi hija continúa viva.

Otra explosión.

Los últimos miembros de su equipo, las últimas personas en el edificio saltaron al vacío y la dejaron allí sola con Jules Goldblatt y con Billy. Goldblatt se acercó e hizo un gesto con la barbilla a los dos paracaídas que había en el suelo, a los pies de Billy. Él ya tenía puesto el suyo.

—Esos son los últimos.

—Pum —dijo Bernie un momento antes de que estallara la siguiente bomba.

—No son suficientes —indicó Jordan más para sí que para los demás.

Goldblatt frunció el ceño.

—¿Qué quieres decir?

—Son justo los suficientes —contestó Bernie—, si tú saltas.

—¿Qué está diciendo? —preguntó Billy.

—Tiene usted que subirse a esa cornisa, señora Briggs.

—Necesitamos tres paracaídas más, no dos. Nick, Cole y Charlotte siguen vivos..., en alguna parte en esas escaleras —le explicó Jordan a Billy—. Bernie ha dicho que si yo salto, él se asegurará de que llegan sanos y salvos aquí arriba. Tres son suficientes para ellos, no para todos nosotros... A mí no me hace falta.

—Tú no vas a saltar —le dijo Billy—. Ese no era el trato.

—Es la hora —anunció Bernie—. Detonaré las bombas aún más rápido si tengo que hacerlo. La alcanzaré desde abajo.

Jordan pudo oír el fuego. Se dijo que sería su imaginación, que distorsionaba el rugido del viento cargado de humo, el siseo del aire entre los edificios, y que no eran las llamas devorando los pisos inferiores, ascendiendo lentamente en busca de ella y de los demás, pero cada vez que parpadeaba y cerraba un instante los ojos veía el rojo oscuro rizándose por los pasillos negros, veía a su hija dando tumbos allí en medio, en la oscuridad, con los pulmones asfixiados por el aire contaminado, buscando la pared con una mano mientras, con la otra, trataba de encontrar frenética una salida y la llamaba a voces a ella, a la madre que la había abandonado, llamaba a gritos a la única persona que se suponía que había de mantenerla a salvo.

Jordan puso las manos sobre la cornisa de cemento del muro que rodeaba la azotea del edificio y se aupó. Primero las rodillas, luego los pies, y se obligó a levantarse.

Billy estaba negando con la cabeza, pero cuando intentó acercarse ella le dijo que se detuviera. Extendió hacia él las palmas de las manos y se fue aproximando al borde poquito a poco.

—Tengo que hacerlo, Billy.

Aunque se hallaba únicamente a poco más de un metro del suelo de la azotea, el viento era mucho más fuerte. No parecía soplar en una dirección concreta; el calor desde abajo, las fachadas de los edificios de alrededor..., cualquiera diría que todo aquello estaba canalizando aquel aire tan crudo. La golpeaba por todas partes, afilado como una hoja muy pesada.

Otra bomba detonó.

Jordan sintió que el murete se le retiraba de debajo de los pies, percibió el peso de sus hombros y del torso que se giraba hacia el vacío mientras trataba de recobrar alguna clase de equilibrio con las piernas. Se dobló por la cintura, hacia Billy, Goldblatt y la azotea con los brazos estirados, y consiguió recuperar de alguna forma el centro de gravedad y equilibrarse. Todo aquello se produjo en menos de un segundo, pero le pareció otro minuto entero, y sabía que no iba a tardar en estallar otra bomba, cada una más cerca de su hija que la anterior.

—Saltar sería el único acto verdaderamente generoso

que habrás hecho como madre, Briggs. El único acto desinteresado en tu vida. Tu hija crecerá sabiendo que te sacrificaste por ella, lo que diste.

El edificio soltó un gruñido estruendoso. A esto le siguió un estremecimiento, y Jordan supo que algo había terminado cediendo en las profundidades de su estructura.

Su mirada desde la cornisa volvió a encontrarse con los ojos de Billy y, por un breve segundo, regresó a su memoria cada momento que habían pasado juntos.

En lugar de volver a intentar agarrarla, Billy estaba retrocediendo, murmurando, hablando para sí.

Ese no era el trato.

¿Es eso lo que ha dicho?

Billy miró primero a Jordan, después hacia atrás, a las escaleras, de donde también surgía una columna de humo oscuro. Antes de que ella pudiese objetar, Billy esquivó a Goldblatt, cruzó corriendo la azotea y volvió a desaparecer en el interior del edificio en llamas.

78
Cole

Se encontraban medio tramo de escaleras por encima del piso cuarenta y ocho cuando Nick estuvo a punto de soltar a Charlotte. Más que caerse al suelo, se fue arrugando: primero dobló la rodilla derecha; después, su cuerpo se giró a la izquierda en un gesto poco natural al intentar volver a sujetarse las costillas dañadas con el codo en lugar de soltar la silla; la rodilla izquierda golpeó con fuerza contra el borde del escalón de cemento, y consiguió apoyar en el suelo su parte de la silla antes de terminar cayendo debajo de ella.

Cole no se hallaba en mucho mejores condiciones.

Se iba debilitando con cada inhalación de humo acre, se le nublaba la vista y le sorprendió advertir que le temblaban los músculos. Cuando Nick se derrumbó, una parte de su ser que Cole no deseaba reconocer se sintió agradecida en secreto, no por el dolor de aquel hombre, sino porque significaba que se podían tomar un descanso, y no había nada que él deseara más que sentarse e intentar recuperar el resuello. Mientras aquella idea se abría paso en sus pensamientos, su otra mitad argumentaba que sentarse, detenerse un tiempo por breve que fuera, suponía la muerte, y por muchas esperanzas que depositara en que dicha revelación renovase de inmediato sus energías, no encontró ninguna. Se dejó caer en los escalones a un metro escaso de Nick.

—Ya casi hemos llegado —les dijo Charlotte a los dos antes de sufrir un ataque de tos que duró prácticamente un minuto.

Si Cole lo supo fue tan solo porque estallaron dos bombas más. Le fallaron las piernas cuando trató de ponerse otra vez en pie, y se vio tosiendo él también.

Nick no tosía, y fue aquel detalle el que consiguió atravesar la densa neblina que envolvía sus pensamientos: cuando Cole miró hacia él vio que tenía los ojos cerrados, no del todo, sino unos tres cuartos, y por un instante creyó que estaba muerto. El cuerpo de Nick sufrió entonces un espasmo cuando por alguna clase de acto reflejo inhaló aire lleno de humo. Una mueca de asco le llenó el rostro y volvió a abrir los ojos de golpe, giró la cabeza rápidamente a un lado y a otro y se percató de dónde estaba.

Nick miró a su hija, buscó su mano y envolvió sus dedos en los de él.

—Lo siento, cielo.

Un fuerte estruendo ascendió de algún lugar más abajo con la detonación de otra bomba. Cole miró su reloj, intentó hacer el cálculo y averiguar de qué piso se trataba, pero los números se le liaban en la cabeza sin el menor sentido. Sabía que se debía al humo, la cantidad de oxígeno cada vez menor, pero ser consciente de aquello no servía para aclararle el pensamiento.

—En un incendio se supone que hay que bajar, no subir —masculló—. El humo es peor arriba.

No sabía muy bien con quién estaba hablando, pero se sintió muy bien al soltar aquellas palabras, como si hubiera logrado algo.

Alguien le pegó entonces.

Una fuerte bofetada en la cara.

No era consciente de que tuviese los ojos cerrados, pero, en efecto, se le habían cerrado, y cuando los abrió el productor de Jordan Briggs, Billy, estaba de rodillas junto a él, a punto de volver a abofetearle.

79
Jordan

Con cada sonido, el fuego y el viento ascendían en una arremetida desde el edificio. Con cada crujido, cada reventón y cada traqueteo, la estructura daba la sensación de un vaivén, como si se inclinara, como una torre de bloques de juguete que un crío de dos años hubiera apilado de manera precaria y que estaba a punto de venirse abajo. Se produjeron más explosiones, y Jordan supo que el propio edificio sería la bomba final de Bernie: su caída iba a ser la más estruendosa de todas las detonaciones, y lo más probable era que se llevase por delante algún edificio de alrededor.

Ella seguía allí, de pie en la cornisa, al compás del vaivén de aquella estructura herida con unas piernas que apenas era capaz de sentir. Jules Goldblatt continuaba de pie junto a los paracaídas restantes, boquiabierto, mirando hacia la puerta de las escaleras. Cuando por fin se dio la vuelta hacia Jordan, cuando sus miradas se encontraron, ella le dijo lo único que podía decirle, lo único que le parecía apropiado.

—Lo siento, Jules.

Goldblatt puso cara de extrañeza al oír aquello.

—¿Qué es lo que sientes?

—El modo en que te he tratado. La falta de respeto. El dolor que te he causado, la...

—Jordan, no tienes que...

—Sí, tengo que hacerlo.

Él lo negó con la cabeza.

—No, no es así, porque no vas a saltar. No sin ponerte un paracaídas. Alguien enviará ayuda. Nos mandarán un helicóptero, o los bomberos conseg...

En los auriculares de Jordan Bernie dijo en voz baja:

—Él ya tiene su paracaídas. Dile que salte, Briggs. Dile que se largue, o me lo cargo también a él.

Jordan bajó la cabeza.

—No va a venir nadie, Jules. Esto solo puede acabar de una forma. Muriendo yo. Ojo por ojo. Ahora lo comprendo. Esa es la única forma de que Bernie os perdone la vida a los demás. Así es como Charlotte y Nick van a sobrevivir.

Al estallar otro piso allá abajo Jordan no se apartó de la cornisa, sino que se acercó más al borde. Intentó mirar al vacío, pero no se veía nada a través de aquel humo negro.

—Tú tienes una familia, Jules, tienes mujer y dos hijos. Debes irte. Sal de aquí mientras puedas. Cuando llegues ahí abajo busca al detective Tresler, cuéntale todo lo que ha pasado, ofréceles toda la información que les falta.

Jules extendió el brazo como si quisiera coger la mano de Jordan, y ella se apartó de él.

—Vete.

Goldblatt asintió por fin. Comprobó una última vez las hebillas de su paracaídas y se subió a la cornisa a un par de metros de distancia de Jordan. Le ofreció la sombra de una sonrisa, la última, y desapareció en el vacío.

—Por fin solos usted y yo, señora Briggs.

—Solos tú y yo.

—Quiero pensar que tenemos un trato, que puedo confiar en ti, pero creo que es importante que establezcamos las reglas. Lamentaría profundamente ver que sucede algo por culpa de algún malentendido entre nosotros, en el tiempo que nos queda juntos.

—¿Qué tipo de malentendido?

—Charlotte llegará ahí enseguida, y cuando ella salga a la azotea quizá pienses que está a salvo y que ya no tienes por qué saltar, pero te aseguro que no es el caso. Si no saltas, si haces el menor intento de sacarla de esa azotea antes de saltar tú, me llevaré por delante lo que queda de ese edificio, y morirán todos. Las bombas que quedan, todas a la vez. ¿Lo has entendido?

—Sí.

Según respondía Jordan, Billy apareció de espaldas por la puerta abierta de las escaleras, inclinado hacia delante y sujetando el respaldo de una silla de oficina. El detective Cole estaba al otro lado de la silla, cargándola por la base, y, sentada entre ambos y atada de alguna manera al asiento, iba su hija Charlotte.

Sumida en una oleada de alivio que invadió cada milímetro de su ser, Jordan sintió que se le atascaba el aliento en la garganta.

Unos instantes después de que Billy y Cole cruzaran aquella puerta y dejaran a Charlotte en el suelo, Nick llegó detrás de ellos. Terriblemente lívido, con la cara golpeada y magullada en una mezcla de blanco, morado y azul bajo una gruesa capa de hollín. Parecía estar a punto de derrumbarse, como si lo normal fuera que lo hiciese, pero aun así llegó tambaleante hasta ella.

—¿Qué estás haciendo ahí arriba?

—No te acerques mucho —le advirtió Jordan.

Le contó rápidamente lo que había dicho Bernie y vio cómo se desvanecía de los ojos de Nick la escasa vida que aún quedaba en ellos.

Doblado por la cintura y con las manos apoyadas en las rodillas, Nick observaba los paracaídas que quedaban.

—Uno de nosotros podría llevar en brazos a Charlotte, tal vez, pero está encadenada a esa silla con un cable y un candado, con una especie de caja. Tenemos que quitárselo todo, o no habrá forma.

Entre toses, Billy se acercó a los dos paracaídas que

quedaban. Le lanzó uno a Nick, el otro a Cole, y comprobó las cinchas y las hebillas del suyo. Aquellos paracaídas no tenían mucha complicación: eran como una mochila con un par de cinchas adicionales para las piernas.

El edificio se tambaleó con otra explosión.

—¿Qué tipo de candado? —preguntó Jordan.

Nick se lo contó.

Jordan recordó la llave, la que había encontrado dentro de la muñeca.

—Billy, ¿dónde está esa llave?

Billy la rescató de su bolsillo y se la entregó a Nick. Nadie preguntó de dónde la habían sacado. No había tiempo para eso.

—Señora Briggs, debería despedirse usted de ella. Yo nunca tuve oportunidad de decirle adiós a mi mujer ni a mi hija. Puede resultar duro ahora, pero tengo la certeza de que ella lo agradecerá cuando se haga mayor.

Charlotte estaba de espaldas a su madre, y Jordan lo agradeció. No sabía cómo iba a poder mirar a su hija a los ojos y hacer lo que tenía que hacer.

—No puedo.

—Pero deberías, por ella.

Con manos torpes Nick metió la llave en la cerradura y la giró.

El candado, el cable, la caja... Todo se soltó.

Nick cogió a Charlotte en sus brazos y la apretó contra su pecho, la rodeó en un profundo abrazo. Era obvio que el padre estaba sufriendo un fuerte dolor, pero no le importaba. No había nada que Jordan deseara más que participar de ese abrazo.

Otra detonación más abajo. Ya se estaban acercando.

Cole tenía la caja que habían atado a Charlotte. La dejó con suavidad en el suelo de la azotea y abrió los cierres con los pulgares. Estudió el contenido un instante, metió la mano en la caja y sacó con delicadeza un fardo de papeles doblados; los desplegó y echó un vistazo al texto. Enseguida levantó la cabeza con una expresión de alarma.

—¿Qué pasa? —le preguntó Jordan—. ¿Qué es eso?

Algunas de las páginas se desprendieron de las manos de Cole.

—Son registros de visitas de la prisión de Rikers. Casi una década.

—Tendrías que preguntarle a Billy hasta qué punto conoce a Marisa Chapman —dijo Bernie.

80
Jordan

Billy se llevó una mano al oído e hizo un gesto negativo con la cabeza.

—Ay, Bernie. ¿Por qué has tenido que...?

—¡Detenlo, Cole! —gritó Jordan.

Cole estaba ya de pie, llevando la mano hacia la pistola metida por el cinturón, pero Billy fue más rápido. Jordan no tenía ni idea de dónde la había ocultado ni de cómo la había sacado tan deprisa, pero la estaba apuntando a ella con una pistola pequeña.

Billy miró a Cole y le dijo que no con la cabeza.

—No, tío, no lo hagas.

Cole se detuvo en seco.

—Sácala con dos dedos y tírala por la cornisa del edificio. Si haces cualquier otra cosa él me obligará a disparar a Jordan. No quiero hacerlo. No quiero hacer daño a nadie.

Cole siguió sus instrucciones, y la 9 milímetros desapareció en el humo negro.

—¿Tienes tú alguna arma? —le preguntó Billy a Nick.

Nick se situó más cerca de Charlotte, entre Billy y ella, y negó con la cabeza.

Jordan miraba furiosa a su productor, aquel hombre al que conocía desde tanto tiempo atrás.

—Billy, baja el arma. Entrégasela a Cole.

Cuando volvió a mirar a Jordan, Billy tenía los ojos llenos de lágrimas.

—Me dijo que la iba a matar, Jordie. No podía..., tenía que hacer algo.

—Ha estado visitando a Marisa Chapman durante años —dijo Bernie—. Al contrario que tú, Briggs, Billy sí tiene conciencia. Comprendió que estaba mal lo que habíais hecho ambos. Intentó arreglarlo y, al parecer, en algún momento por el camino, se enamoró de la señorita Chapman.

Jordan lo vio entonces, enganchado al bolsillo de los vaqueros de Billy, no más grande que el capuchón de un bolígrafo: algo que tenía que ser una pequeña cámara. Y también llevaba un auricular minúsculo.

—¿Has estado ayudando a este monstruo todo el tiempo?

—Ah, Billy ha sido fundamental —dijo Bernie—. Yo creo que vio en esto la oportunidad de llevar a otro nivel vuestros índices de audiencia.

Billy soltó un bufido de desprecio.

—Eso es una chorrada, Bernie, y tú lo sabes. Me importan una mierda los índices de audiencia. Yo solo quería mantener a salvo a Marisa. Llamar un poco la atención sobre su caso y, tal vez, ayudarla a salir. Tú has llevado todo esto demasiado lejos. Yo no accedí a nada de esto. Se suponía que iban a ser un par de buzones de correos, coches desocupados. Se suponía que no iba a haber ningún herido.

—Este no es el momento de perder las agallas, señor Glueck.

—¿Y por qué fuiste a verla, siquiera? —intervino Jordan.

Billy se volvió hacia ella.

—¡Porque aquello lo hicimos nosotros! ¡Nosotros la metimos ahí dentro! Al contrario que tú, Jordie, yo sí tengo conciencia. No puedo fingir que lo que le sucedió no fue culpa nuestra y pasar página sin más, como hiciste tú. ¡Le arruinamos la vida a esa chica! ¡Murió gente! Escribí cartas, llamé al despacho del gobernador. Hablé con su familia. Pero nada de aquello importaba, no era capaz de hacer absolutamente nada para corregirlo. Al final todo cuanto podía hacer era ir a verla. Visitarla. Ofrecerle ese mínimo consuelo. Llevarle libros. Hacerla reír. Eso es todo lo que podía hacer. ¿Y sabes lo que te digo? Pasado un tiempo eso bastó para ella. Marisa es mejor persona que cualquiera de nosotros dos, joder, eso te lo aseguro. Me perdonó. Maldita sea, si hasta trató de perdonarte a ti durante aquellos primeros años. A lo mejor, si hubieras dejado de mirarte el puto ombligo el tiempo necesario y hubieses ido a verla, a disculparte, quizá ella te habría perdonado. Quién sabe. No voy a decirte que lamento haber ido a la cárcel a visitar a esa chica. Es posible que eso sea lo único honrado que haya hecho con mi vida. Tenía que intentar sacarla de allí.

Dio varios pasos hacia la cornisa y trató de asomarse al vacío, pero el humo y el calor eran excesivos. Se echó hacia atrás.

—El hijo de puta del senador se ha opuesto a cada paso que daba. Con cada carta que enviaba para ayudar a Marisa, su oficina escribía una maldita novela para mantenerla allí dentro. La llamaban «homicida», «terrorista», «asesina despiadada». ¡Pero si el tío ni siquiera la conocía! No creo que dedicara un solo momento a revisar su caso. Lo único que le importaba al senador era promocionar sus propios intereses, utilizarla para dar ejemplo. —Se rascó la sien con el arma—. Cielo santo, Jordie, ¿por qué no le has pegado un tiro a ese capullo y ya está? Todo esto se habría acabado. No hacía falta llegar tan lejos. —Billy volvió a presionar el auricular—: Si hago esto, Bernie, tú la mantienes a ella sana y salva. Esa fue tu promesa, y espero que la cumplas.

—Por supuesto, tienes mi palabra.

—Sí, claro, tu palabra de mierda.

Otra bomba estalló, y la azotea sufrió tal sacudida que Jordan estuvo a punto de perder el equilibrio. Dio varios pasos, extendió un brazo y, de alguna manera, consiguió recuperar la estabilidad antes de que una explosión secundaria agitase el terrado. Fue como si la cornisa se estuviera inclinando, camino de desprenderse del edificio, y Jordan volvió a tambalearse, estuvo a punto de saltar al suelo de la azotea, pero se contuvo.

—Quédate en la cornisa o salta al vacío, pero no vuelvas a poner el pie en esa azotea —dijo Bernie en los auriculares de Jordan—. Eso ha sido en el piso treinta y nueve. Di a todo el mundo que pueden elegir entre hacer lo que les diga Billy y esperar a que lleguen las bombas. —Hizo una pausa de un segundo y añadió—: El detective Cole lleva una segunda pistola, en el tobillo. Dile que la tire por la cornisa igual que la primera.

A Jordan seguían temblándole las piernas, y ya no estaba segura de si eran los nervios, el edificio o una combinación de ambos.

—Sabe que llevas otra pistola —le dijo a Cole—. Tienes que tirarla.

Cole asintió a regañadientes, extrajo la pistola más pequeña de la cartuchera de la pierna y la tiró hacia el otro extremo de la azotea.

—Ya sabes lo que tienes que hacer, Billy —dijo Bernie—. Tal y como hemos hablado. Aunque tal vez quieras avivar el ritmo.

Billy cerró con fuerza los ojos por un instante, se frotó la sien y se dio la vuelta hacia Nick.

—Ponte el paracaídas y utiliza el cable para atarte a Charlotte al cuerpo con seguridad. —Hizo un gesto con la pistola hacia Cole—. Ayúdale primero, y después te pones tu paracaídas. Deprisa.

Cole dejó escapar de entre los dedos el resto de las hojas del registro de Rikers, y se las llevó el viento. Se elevaron revoloteando por encima de la cornisa, hacia el vacío. Lanzó un vistazo fugaz a Jordan, después a Nick. Sabía que ninguno de ellos tenía elección. Estiró el brazo hacia Charlotte.

Nick intentaba soltarla, pero ella no hacía sino aferrarse más a él. Cole tuvo que despegarla de su padre.

—Vamos a bajarte a ti, y a tu padre y a tu madre también —oyó Jordan que le decía Cole a su hija.

Nick encogió los hombros con cuidado para ponerse el paracaídas, se apretó las hebillas y volvió a abrazar a Charlotte. Hizo cuanto pudo con tal de ocultar el dolor físico, y no lo consiguió. Charlotte rodeó el cuello de su padre con ambos brazos e hizo lo mismo con las piernas en la cintura y se aferró como un tornillo de banco. Cole enrolló el cable alrededor de ambos, lo pasó por las piernas de los dos y de nuevo por el cuerpecillo de Charlotte, un par de veces, hasta que no tuvo holgura. Acto seguido utilizó el candado para sujetar ambos extremos del cable a uno de los aros metálicos del paracaídas.

Otra bomba estalló, y todos aguardaron a que pasara la onda expansiva antes de volver a decir nada.

—Ojo por ojo, querida Briggs —se oyó la voz de Bernie por encima del estruendo—. Tú me arrebataste a mi hija. Ya es hora de que te despidas de la tuya. Dile a Nick que salte.

Jordan tenía los ojos llenos de lágrimas.

—No puedo.

—Billy...

Billy hizo un gesto agitando la pistola hacia la pared de humo que se elevaba tras las cornisa.

—Tienes que saltar, Nick... Deprisa, mientras aún puedas hacerlo.

Rodeando a Charlotte con ambos brazos, Nick levantó la cabeza para mirar a Jordan, y ella vio allí algo que no había visto en mucho tiempo. El último año de animadversión se había desvanecido, y el hombre del que ella se había enamorado la estaba mirando de nuevo con una expresión cálida y profunda en los ojos, llenos de aquella ternura que ella creía muerta ya. Él debió de sentir algo también, porque aun en medio de aquel dolor las duras líneas de su rostro se ablandaron y una breve sonrisa asomó a la comisura de sus labios.

—Cuida de nuestra pequeña —consiguió decir Jordan.

Nick equilibró su cuerpo con sumo cuidado, se subió a la cornisa y otra vez se dio la vuelta hacia ella.

—Te quiero, Jordie. Siempre te querré.

Jordan sentía el deseo de ir a su encuentro, formar parte de su abrazo, oler el cabello de su hija. Quería decirle a Charlotte que todo iba a salir bien, y se dio cuenta de que estaba dando un paso hacia ellos.

—No —dijo Bernie desafiante.

Y así desaparecieron, cayeron al vacío y se perdieron entre el humo.

81
Jordan

—Ahora tú —dijo Billy apuntando a Cole con el arma y mirando el paracaídas que el detective tenía aún en la mano.

Sin embargo algo había cambiado en su mirada, le temblaba la voz al hablar, se le quebraba. Se dio la vuelta para fijarse en el borde de la cornisa, el punto donde Nick y Charlotte se encontraban hacía apenas unos instantes. Era como si estuviese intentando ver algo a través de la cortina de humo negro, lo bastante denso ahora como para parecer una pared sólida.

Cole deslizó los brazos a través de las cintas del paracaídas y se ató las otras dos cinchas en las piernas.

—No me voy a ninguna parte a menos que sepa que Jordan está a salvo —dijo en cuanto terminó.

—Ahora tú —volvió a decir Billy como si no hubiera oído a Cole o como si no recordara haberlo dicho ya la primera vez.

Algo iba mal. Agitó la pistola con una expresión nerviosa en la cara.

—¡Que saltes, maldita sea!

Al ver que Cole no se movía, Billy apoyó la espalda en el murete de seguridad y se deslizó hasta el suelo. Bajó la mirada a la pistola que tenía en la mano.

—Ahora tú —repitió entre dientes por tercera vez, unas palabras apenas audibles—. Pero ¿qué he hecho, joder?

Cole intercambió una mirada fugaz con Jordan, dio varios pasos hacia Billy y se interpuso entre ellos dos.

—¿Y si dejas el arma y saltamos todos juntos? Ya hablaremos de todo esto ahí abajo.

Billy se echó a reír al oírlo. Una carcajada fugaz.

—Me mentiste con lo del helicóptero, ¿verdad que sí, Bernie? No va a venir nadie. También me mentiste a mí, joder.

—¿Qué helicóptero? —preguntó Jordan.

Cole se aproximó sin apartar la mirada de la pistola.

—Un helicóptero no serviría por la misma razón por la que no pudieron utilizarlos el 11-S. El humo es demasiado denso, y el calor del incendio genera una corriente ascendente. Los embolsamientos de aire caliente mezclados con el aire frío provocarían que el helicóptero se elevara o cayese de golpe, tal vez entre quince y treinta metros. Es demasiado peligroso. No podrían acercarse lo suficiente. Si quieres bajar, tienes que saltar.

Billy solo oyó aquello a medias.

—¿Cómo cojones he podido confiar en ti? ¿Acaso vas a ayudar a Marisa a salir siquiera, o todo eso también eran patrañas?

—Marisa tiene de víctima en todo esto tanto como mi mujer o mi hija —respondió Bernie—. No te mentí sobre eso. Yo no tengo poder para sacarla, pero ahora el mundo entero sabe lo que pasó. La opinión pública será quien salve a Marisa. Ese peso ya no descansa sobre tus hombros. Tú jamás tendrías que haberte subido a ese coche con ella. Eres tan responsable como Briggs y todos los demás de su programa. Tu muerte colocará todas las piezas en su sitio. Todas vuestras muertes.

La lividez del rostro de Billy era horrible. Levantó la mano libre y se desabrochó las hebillas del paracaídas. Tenía pinta de estar a punto de desmayarse.

Jordan sintió una fuerte tensión en el pecho.

—¿Qué pasa, Billy?

—Ojalá pudiera verle la cara a ese pobre imbécil, el muy crédulo. Espero que os reunáis en el infierno —dijo Bernie.

A medio quitárselo, el paracaídas de Billy cayó a su lado.

La pistola se le cayó de la otra mano.

Jordan abrió la boca para hacerle la siguiente pregunta, pero no pudo pronunciarla. Se le estaba formando un nudo en la garganta, cada vez más grande. No fue necesario que lo dijese en voz alta. Bernie le confirmó el temor que se le había pasado por la cabeza antes de que fuese capaz de hallar las palabras.

—Billy sabe que nos tiramos prácticamente un día entero con los paracaídas. Una cuerda que se corta aquí, una cincha desgarrada allí. El nailon es muy resistente hasta que le metes el cuchillo. Entonces se rasga con mucha facilidad. Eso formaba parte del trato, esa fue su elección. Si quería que a Marisa por fin se le hiciera justicia, todos los demás tendrían que saltar. Todos los que estaban relacionados con ese maldito programa tuyo. —Hizo una pausa brevísima—. Jordan, todos los que han saltado están muertos.

El corazón le latía a Jordan con tal fuerza en los oídos que apenas oyó lo que decía. Cerró con fuerza los ojos y vio a Charlotte atada a Nick, saltando al vacío. Vio a los miembros de su equipo, precipitándose, de uno en uno. Los vio caer haciendo aspavientos con los brazos y las piernas, chillando durante toda la caída y silenciados únicamente por el golpe seco de su cuerpo contra la acera, el asfalto, los coches allá abajo.

Muertos.

Todos muertos.

Por su culpa.

—Tu deuda conmigo queda por fin saldada, Briggs. No me debes nada más. Gracias por entregarme a tu hija y arreglar las cosas.

Jordan sintió que las piernas le desaparecían de debajo del cuerpo, sustituidas por un vacío en el instante en que todo a su alrededor comenzaba a dar vueltas. Oyó que el nombre de Charlotte se escapaba de entre sus labios con una voz que no era la suya y caía también, tan liviano se precipitaba y se esfumaba tras el estruendo del fuego de más abajo.

—Solo hay una manera de ponerle fin a tu dolor. Una única manera de volver a encontrarte con tu hija.

Cuando se produjo la siguiente explosión y sacudió a Jordan de tal forma que le hizo perder el equilibrio por completo, cuando la cornisa se separó de sus pies, ella no hizo el menor esfuerzo por recobrarlo. Se dejó llevar por la inercia con el deseo de que todo se acabara. Cayó de espaldas hacia la pared de humo y se precipitó al vacío.

82
Jordan

Jordan no se había dado cuenta de lo cerca que tenía a Cole. Incluso antes de que la azotea se desvaneciese debajo de sus pies, el detective se abalanzó a por ella por encima del murete. Se arrojó de cabeza al vacío con ambos brazos por delante, a su encuentro. Los pasó por debajo de los de ella, metió a la fuerza las piernas entre las de ella y la apretó en aquel incómodo abrazo en el que ella se sorprendió al volver en sí cuando atronó otra explosión.

Esperaba notar que estaban cayendo, pero lo único que sentía era el viento: el humo era tan denso que no había puntos de referencia. Jordan no veía nada más que el pelo de Cole. A diferencia de las demás explosiones, esta no llegó desde abajo, sino desde un lado conforme caían. ¿El piso cuarenta? ¿El cuarenta y uno? El calor impactó contra ellos como un muro, seguido de un millón de esquirlas de cristal, en el mismo instante fugaz en que Jordan vio estallar y reventar las ventanas en una especie de visión a cámara lenta bajo la influencia de la adrenalina. Estaba segura de que esa explosión los iba a matar, y podría haberlo hecho de no haberse abierto el paracaídas de Cole y haberlos alejado de un fuerte tirón.

Los brazos de Cole tiraron de ella con tal fuerza bajo las axilas que Jordan tuvo la certeza de que se le había dislocado un hombro, o los dos. Y ahora se elevaban, no caían, o al menos esa era la sensación que ella tenía: dos cuerpos entrelazados de tal forma que podrían haber sido uno solo.

Todo a su alrededor se sumió en un increíble silencio.

—¡Contén la respiración! —gritó Cole.

Sin embargo la advertencia llegó demasiado tarde. A Jordan se le llenaron los pulmones de vapores nocivos contaminados por el fuego. Su cuerpo se agitó y expulsó aquel veneno tan solo para volver a tragar más —se iba a asfixiar en él, o lo harían los dos, Cole también estaba tosiendo—, y cada respiración era peor que la anterior conforme descendían y se iban intensificando las llamas. Jordan no se percató de que su paracaídas estaba ardiendo hasta que miró hacia arriba en un intento por orientarse de alguna manera. La tela de la campana era de color blanco con franjas rojas y de forma rectangular. Aunque se había abierto, la parte central había desaparecido. Las llamas iban avanzando lentamente por el nailon, avivadas por el viento, en busca de los bordes exteriores. Localizó dos cuerdas que colgaban hacia abajo, con asas las dos, para servir de timón, pero ninguno de los dos podía agarrarlas sin correr el riesgo de...

Cayeron con un fuerte golpe sobre el techo de una furgoneta blanca de un servicio de lavandería.

La pierna derecha de Jordan recibió el primer impacto, cedió y se golpeó en la izquierda. Rodó hacia un lado con Cole encima de ella. El viento infló parte de la campana del paracaídas y pegó un tirón a Cole que lo arrojó del techo del vehículo; ella rodó con él, cayeron el último par de metros e impactaron contra el pavimento entre la furgoneta y un Toyota. El viento volvió a enganchar la campana, comenzó a arrastrar a Cole por la calle, se trabó con algo y se detuvo.

Jordan se vio tirada bocarriba, no muy segura de cómo había llegado hasta ahí, enredada en una maraña de cuerdas y nailon. Miraba hacia arriba y veía la fachada de su edificio desde algún lugar en la avenida Cuarenta y nueve. El edificio en sí no era visible, tan solo aquel ente con vida y aliento, un monstruo de llamas envuelto en las contorsiones de un manto negro, gris y blanco. Por un breve segundo se preguntó si su coche continuaría donde lo había dejado tirado, en plena calle allí cerca; pensó en el pedazo de multa que se iba a llevar, y todo a su alrededor se oscureció.

—¡Es ella! ¡Es Briggs!

Voz masculina. Con acento. ¿De Carolina del Norte?

—No se mueva. Se ha roto una pierna. Los dos han sufrido una caída muy fuerte.

En el instante en que oyó aquello, un dolor espantoso se propagó desde su pierna derecha, justo por debajo de la rodilla. Le ascendía veloz por el muslo, hacia la espalda, y recorría cada milímetro —cada hueso y cada músculo— hasta las yemas de los dedos, como si buscara un sitio por donde salir.

—Herida de bala, también; hombro derecho. Superficial. Tratada en las últimas horas, pero va a necesitar puntos. Numerosos cortes y abrasiones. Cristales clavados. Señora Briggs, ¿puede oírme? Necesito que abra los ojos.

Jordan no había caído en la cuenta de que tenía los ojos cerrados. Cuando intentó abrirlos fue como si le hubieran metido papel de lija bajo los párpados. Alguien se los abrió a la fuerza con dos dedos, y unas gotas le cayeron en las córneas.

Parpadeó varias veces.

—Los tiene irritados por el viento y el calor. Esas gotas la van a ayudar con la sequedad. —Y le dijo a otra persona—: ¡Córtale el paracaídas a ese hombre!

—... Charlotte.

Jordan consiguió pronunciar su nombre, sorprendida

con lo extraña que sonaba su voz. Aquella misma sequedad en la boca, en la garganta.

Tosió.

Agua, un poco después.

Una botella en sus labios.

Ahora un montón de voces.

Por todas partes a su alrededor.

Cerca.

Lejos.

Por todos lados.

El pinchazo de una aguja en el muslo.

—Eso era para el dolor. Le vamos a entablillar la pierna con una férula hinchable para poder moverla. Puede que sienta frío.

Jordan solo lo vio de refilón: cabello oscuro y corto. Una barba poco tupida y salpicada de canas. Parecía demasiado joven para aquel gris, sin arrugas en la cara bajo el vello. El hombre miró hacia un lado:

—¿Cómo está él?

—Ninguna fractura visible. Parece orientado. Señor, ¿puede oírme?

Jordan oyó a Cole toser varias veces e, inmediatamente después:

—Sí. Tráigame al detective Tresler. Soy policía.

Una corriente de aire gélido ascendió disparada por la pierna de Jordan y fue al encuentro de la insensibilidad creciente que la inyección le había dejado en el muslo. Sintió una presión, y la pierna entera se le quedó rígida.

Jordan intentó vérsela.

—Señora, no mueva la cabeza. Quiero ponerle un collarín hasta que le podamos hacer unas radiografías.

Incluso antes de que el hombre terminara de decir aquello, otro par de manos le deslizó algo alrededor del cuello y se lo abrochó.

—La pasamos a la camilla a la de tres. ¿Listo?

Jordan carraspeó para aclararse la garganta.

—¿Se ha abierto el paracaídas de mi hija? ¿Está con mi marido? ¿Los han visto descender antes de nosotros?

—Uno, dos...

Varias manos la levantaron, la movieron hacia la derecha y la dejaron sobre una camilla con la pericia que da la práctica.

Voz femenina.

—Muy bien, aseguradla con las cintas y llevadla a la número doce...

Jordan se incorporó rápidamente. Se tambaleó cuando la vista se le quedó por unos segundos en blanco y fue a sacar la pierna por el lateral de la camilla.

—Pero qué demonios está...

Intentó apoyarse en la pierna buena, pero la rota también bajó de la camilla, y en el instante en que ejerció presión sobre ella el dolor regresó multiplicado por diez. A Jordan se le crispó el rostro y se impuso el no desmayarse. Se agarró a la chaqueta de alguien con una mano y al retrovisor del Toyota con la otra, y consiguió ponerse en pie.

—¡Charlotte!

Aunque la policía tenía cordones de agentes por todas partes, se veían ampliamente superados por los espectadores, el gentío que se había congregado manzana arriba y abajo. Localizaron a Jordan un momento después de que ella los viera a ellos, y las voces comenzaron a gritar su nombre; había manos levantadas con teléfonos móviles, sacando fotos y grabando vídeos.

Los dos técnicos de emergencias intentaron volver a dejarla en la camilla, pero Jordan se arrancó el collarín, se apartó de ellos y se dio la vuelta en un lento círculo.

Se encontraba en una zona de guerra.

La avenida Cuarenta y nueve estaba a reventar de vehículos abandonados, con los restos calcinados y todavía humeantes de un taxi a poco más de seis metros. Desde arriba caía una lluvia de ceniza y hollín, y el aire estaba cargado de una neblina ácida. A más de un metro a su izquierda Cole hizo un esfuerzo para ponerse en pie mientras una mujer técnico de emergencias trataba de retenerlo en el suelo.

Jordan continuó volviéndose, saltando a la pata coja sobre la pierna buena, estudiando la calle.

—¡Charlotte! —volvió a chillar.

Localizó por fin a Nick, cerca de la esquina de la Cuarenta y nueve y la Séptima Avenida.

Se estaba desenredando el paracaídas del cuerpo.

Estaba solo.

83
Jordan

—¡Suéltenme!

Dos de los técnicos de emergencias intentaban sujetarla, pero Jordan utilizó el Toyota para apoyarse y hacer fuerza y se liberó.

—¡Nick!

Entonces oyó a Bernie, no con esa vocecilla débil en sus auriculares, sino contundente, ensordecedora, que llegaba de todas partes a su alrededor, y se dio cuenta de que eran todas las radios. Era toda la gente en aquella multitud, todos con sus móviles en alto. También eran los coches, todos los vehículos abandonados en la calle con su emisora sintonizada. La voz de Bernie amplificada un millar de veces desde todos los altavoces.

—Ah, señora Briggs. Cómo han caído los poderosos.

Sus auriculares estaban en el suelo, muy cerca del lugar donde ella había aterrizado. Uno de los técnicos de emergencias los recogió, y Jordan se los arrebató de la mano y se los puso.

—¿Dónde coño estás?

—Lo bastante cerca como para olerte el sudor.

—Pero sigues escondido, cobarde de mierda.

La voz de Jordan también sonaba amplificada a través de la emisión, resonando con la de Bernie, pero le dio lo mismo. Siguió moviéndose hacia Nick, avanzando a empujones sobre la pierna buena y apoyándose en los coches para no perder el equilibrio. Cada paso requería de toda la energía que era capaz de reunir, y el dolor prácticamente la dejaba sin habla. Estaba empapada en sudor y comenzaba a marearse. Tomó aire y continuó de todos modos.

Desde detrás del cordón policial la gente le gritaba, le sacaba fotos, algunas personas la jaleaban.

¿Qué está haciendo ahí esa gente?

¿Acaso todo aquello no era más que una especie de espectáculo para ellos? ¿Un divertimento? ¿En eso consistía todo lo que ella era para esas personas? ¿Lo que era su familia?

También había algunas cámaras de televisión, no menos de una docena, todos ellos correteando por las aceras mientras trataban de conseguir alguna clase de plano de Jordan.

¿Cuántos muertos van ya? ¿Y a toda esta gente no le basta con eso?

Algún capullo tenía incluso un letrero que decía: ¡BERNIE ES LA BOMBA!

Apenas unas pocas horas antes, cuando estallaron los taxis, Jordan había querido bajar con un equipo del programa a la calle. Ella no era mejor que ninguno de ellos.

Ese era su espectáculo. Ella era la responsable.

Culpa tuya, Jordan.

Todo aquello era culpa suya, todo. Hasta el último segundo.

Cuando Jordan se acercó a él, Nick alzó la cabeza.

Estaba inclinado hacia delante con una mano en la pierna y la otra sujetándose las costillas, sin aliento, agotado. Tenía el paracaídas amontonado alrededor de los pies. El cable metálico que habían utilizado para atar a Charlotte estaba en el suelo, allí tirado después de haberse deshecho de él.

Jordan miraba a su alrededor frenética.

—¿Dónde está? ¡¿Dónde está mi niña?!

Nick hizo un gesto con la cabeza para señalar hacia la ambulancia, a poco más de cinco metros de ellos.

—¡Dios mío! —exclamó Jordan en un grito ahogado.

Nick levantó una mano para tranquilizarla.

—Charlotte está bien. El golpe al caer ha sido fuerte, pero la peor parte me la he llevado yo. El técnico de emergencias solo quería quitarla de en medio de la calle y hacerle un chequeo, pero el hombre ha dicho que...

Jordan no escuchó el resto. Ya iba camino de la ambulancia, a trancas y barrancas; lo mejor que podía con el roce de los huesos rotos de la pierna a cada paso, el uno contra el otro, que le nubló la vista primero en blanco, luego en rojo. Entre aquella neblina vio a Charlotte sentada dentro, mirando hacia el exterior. Junto a ella había una camilla cubierta con una sábana, y entre ambas un técnico de emergencias sanitarias que se asomaba con una pistola en una mano y una especie de dispositivo en la otra, un detonador idéntico al que llevaba Daly.

Bernie.

Cielo santo, ese era Bernie. Tenía a Charlotte.

La mirada de Jordan se topó con la de Bernie, que se la sostuvo durante unos segundos que a ella le parecieron eternos. Él no dejó de observar cómo Jordan se acercaba tambaleándose antes de tirar de la puerta de la ambulancia y cerrarla para interponerla entre ambos.

Jordan sentía como una cuchillada cada palabra de Bernie, todas y cada una de ellas, la voz de aquel hombre amplificada por cada teléfono móvil, cada altavoz, en sus propios auriculares. Bernie sonaba por todas partes.

—Tras el accidente —dijo él con suma tranquilidad—, cuando Kourtney murió camino del hospital, consiguieron sacar a mi hija. Kimberly vivió durante casi nueve minutos. Nueve minutos, y lo único que vio fue el rostro de su madre muerta y el interior de una ambulancia, exactamente igual que esta. Tu hija no verá tu rostro en esos segundos finales, pero sí oirá tu voz. Algún consuelo habrá en eso, digo yo.

Jordan llegó a la parte de atrás de la ambulancia y tiró de la manija de la puerta.

Cerrada.

Comenzó a aporrear la puerta y, por un breve instante, creyó oír a Charlotte, que la llamaba a gritos desde dentro.

Su vocecilla quedó interrumpida por el disparo.

84
Jordan

La bala perforó la puerta de atrás unos trece centímetros por encima del parachoques y a menos de medio palmo del muslo de Jordan. Impactó contra el asfalto y se desvaneció en una nube de polvo.

—Briggs, esto no es muy distinto del edificio. Diles a los agentes que se están congregando a tu alrededor que no se acerquen más. Si alguien intenta entrar, detonaré manualmente esta última bomba. Perderás esos nueve minutos con Charlotte. Bueno, ocho minutos y doce segundos ya.

Cole llegó por detrás de ella con otro detective. Cuando el segundo hombre se puso a hablar por teléfono, Jordan reconoció su voz.

Tresler.

Tresler hablaba en voz baja, pero aun así lo captaba el micro de Jordan.

—Está en una ambulancia en la esquina de la Cuarenta y nueve con la Sexta. Quiero todas las salidas bloqueadas. Estableced un perímetro. Este tío no se moverá de aquí. Que los francotiradores se pongan en posición. En todos los edificios de alrededor.

—Es una ambulancia de North Bergen —señaló Cole—. Así es como ha huido del atentado en Jersey esta mañana.

—Es como he llegado a todas partes esta mañana

—replicó Bernie—. No son necesarios los francotiradores ni que bloqueen las calles. No me voy a marchar. Esta es mi última parada. Bueno, a lo mejor prefieres decirle a toda esa gente que se aparte un poco. Estáis todos demasiado cerca. Siete minutos y veintitrés segundos.

—He hecho todo lo que me has pedido, Bernie. ¡Todo!

—No has matado al senador. Ni siquiera te has suicidado. En cuanto a hacer trampas, lo único que me has demostrado es que no estás por encima de eso. Pero bueno, tampoco pasa nada. Pensaba que iba a estar solo cuando llegara el final del juego. Es agradable tener compañía en estos últimos instantes.

Tresler se acercó un poco más.

—Bernie, esto se ha acabado. El senador está muerto. La mayoría de los paracaídas se han abierto sin problemas, el suyo no. Se ha enganchado con algo y se ha rajado entero. Una caída de cincuenta pisos sin nada que lo frenase... No creo que a ese hombre le haya quedado un solo hueso intacto. Puedo ofrecerle pruebas de ello. Abra la puerta para que podamos hablar cara a cara y...

—Ya es muy tarde para eso. La señora Briggs no ha seguido las reglas.

—Entonces no has manipulado todos los paracaídas —dijo Jordan—. No has matado a todos, como tú decías.

—No tengo la seguridad de que alguien hubiese manipulado ninguno de los paracaídas —señaló Tresler—. No hemos encontrado ningún indicio de que hubiesen cortado ninguna cuerda. El par que no se ha abierto como debía, como el del senador, ha sido por factores externos: saltar demasiado cerca del edificio, que se los llevara la corriente ascendente, que se les enredara..., por cosas así, no por un sabotaje.

—Así que no has matado a nadie más de mi equipo, ¿verdad, Bernie?

Jordan sentía ganas de moverse y pasearse, pero la

pierna rota la mantenía quieta en el sitio. Aun así el cerebro no paraba, la mente iba a toda máquina.

—Han muerto todos los que se merecían morir. Todos menos tú —respondió Bernie—. He perdonado la vida al resto.

—Vale, pues aquí estoy yo. Permíteme ocupar el lugar de Charlotte.

—No.

—¿Por qué no? Era a mí a quien querías castigar realmente, ¿no?

—Que tú vivieras sabiendo que Charlotte había muerto por tu culpa, que vivieras con esa certeza, esa era la idea original del juego. He cambiado las reglas del juego, y tú me has mentido, las has incumplido. Me has engañado una vez... quizá..., pero ya no sucederá más. Volvemos al juego original. Las reglas originales. Seis minutos y ocho segundos.

—Matar a la jueza de mi caso, a los miembros del jurado, eso es una cosa. Eres un cabrón retorcido y, a tu manera, es probable que resulte perfectamente lógico en ese cerebro malévolo, pero no has sido capaz de matar a mi equipo aunque hayas tenido la oportunidad. Habría sido muy fácil dañar los paracaídas, como has dicho, y no lo has hecho...

Dejó en el aire la última frase con la esperanza de que Bernie mordiera el anzuelo y hablase, pero no lo hizo. No dijo nada. Cuando Jordan retomó la palabra, lo hizo en voz más baja. Miró directamente hacia la puerta de atrás de la ambulancia, como si pudiera ver a través de ella para mirarle a los ojos.

—No creo que seas más capaz de matar a una niña inocente que de matar a mi equipo.

—Cinco minutos y dieciocho segundos.

—Si tu hija hubiera sobrevivido, ¿qué edad tendría ahora, Bernie?

De nuevo, él no respondió.

Jordan lo hizo por él.

—Estaría a punto de cumplir los once años, la misma edad que la niña que tienes a tu lado, esa pequeña que sin duda te estará mirando con una horrible cara de terror. Imagina que es la tuya, Bernie. Por un segundo mírala y haz como si fuera tu hija, esa niña preciosa. Imagínate que es Kimberly a quien tienes ahí sentada a tu lado, preguntándose por qué papá quiere matarla. ¿Podrías mirar a tu hija a los ojos y contarle por qué pensabas quitarle la vida?

—Cuatro minutos, veintiún segundos. Mi hija tenía los ojos azules, Briggs, y si lo sé es únicamente porque lo leí en su certificado de defunción. Jamás tuve la oportunidad de mirarla a los ojos. Nunca tuve la ocasión de oírla reír o llorar, ni de ver su sonrisa.

—Sí lo hiciste. Viste todas esas cosas cada vez que mirabas a tu mujer, cuando te mirabas tú en el espejo, porque, créeme, son las mismas. Nuestros hijos son nosotros. Son los mejores fragmentos de nosotros. Cuando Charlotte me cuenta un chiste, veo a su padre. Cuando me hace un mohín y se planta de brazos cruzados, me veo a mí misma. Y cuando se pone a discutir, joder, te aseguro que me oigo a mí misma.

A su alrededor la policía estaba obligando a la gente a retroceder y creando un perímetro de espacio libre, vacío, en torno a la ambulancia. En varias ocasiones alguien le tiró del brazo e intentó llevársela a ella también, pero Jordan no se movió del sitio. Cole seguía detrás de ella. Sintió su mano en el hombro.

—Jamás conoceré ninguna de esas cosas, por tu culpa. Tres minutos.

—Tu hija sigue viva, Bernie. ¿Sabes por qué lo sé? Por todas esas cartas que me enviaba todos los años. Tal vez las hayas escrito tú, pero han surgido de ella. Son sus sentimientos, sus palabras. Y es una niña especial. Quiero recibir más. Quiero saber qué tal le va en el instituto.

Quiero que me cuente sobre su primer novio, sobre su boda, sus propios hijos. Aquel accidente, porque fue un accidente, quizá se llevara su cuerpo, pero su alma vive en ti.

Cole le entregó una tableta. Jordan no sabía de dónde la había sacado. Había una serie de fotografías: las fue pasando y lo entendió.

—Bernie, estoy viendo unas fotos de tu apartamento, del cuarto de tu hija, la cuna, con todos los juguetes y los peluches. Hay amor en esa habitación, en cada centímetro de ella, y por eso fuiste dejando esos objetos en el escenario de cada asesinato, para recordarle a la gente ese amor. También hay fotos tuyas con Kourtney. En esta, cómo te rodea con sus brazos... ¿Es en el Museo de Arte, cerca del parque? Sí, ¿verdad? Vaya, qué manera de abrazarte, salta a la vista que te quería muchísimo. Nadie debería llegar a conocer nunca el dolor que has sufrido tú, Bernie, nadie, pero hoy nos está escuchando todo el mundo, todos están atentos. Cada madre, padre, hermano, hermana, hija... Todos comprenden tu pérdida, el dolor en tu corazón. Todos ellos saben lo que hice yo, y lo siento, Bernie. Ya sé que el simple hecho de que yo lo diga no arregla las cosas, nada que yo pueda hacer arreglará nada jamás, pero quiero intentarlo. Hazlo conmigo, Bernie. Sal de ahí. Acaba con esto. Busquemos el modo de honrar el recuerdo de tu mujer y de tu hija. No querrás que su legado sea lo que tú has hecho hoy, tanta muerte. Vamos a crear algo especial. No puedo traerlas de vuelta, pero si tú te esfuerzas conmigo, podemos mantenerlas vivas.

Bernie no dijo nada.

Jordan no tenía nada más que decir.

La ambulancia continuaba allí plantada, en medio de la calle, y todas las voces del gentío se habían silenciado.

Transcurrió cerca de otro minuto antes de que Bernie rompiera ese silencio:

—Diles a los francotiradores que se retiren. Quiero que retroceda todo el mundo, vamos a salir.

Cole y Tresler ya habían ido apartando a Jordan de la ambulancia, poco a poco, a más de tres metros, pero en cuanto Bernie dijo aquello, ella quiso volver, y podría haberlo hecho de no haberla tenido sujeta entre los dos. Cuando se abrió la puerta de la ambulancia ambos la agarraron con más fuerza y se negaron a soltarla. Incluso cuando Charlotte salió por detrás del vehículo y bajó al suelo de un salto.

Aturdida, confusa, Charlotte se quedó allí de pie unos instantes. Luego localizó a Jordan y llegó corriendo hasta ella en un segundo. Chocó contra su madre con tal fuerza que estuvo a punto de tirarlos a todos al suelo.

La niña estaba moqueando, tenía los ojos rojos e hinchados, llorosos, y habló con una vocecilla tan frágil que apenas la oyeron.

—Mamá, me ha dicho que corra.

Jordan levantó entonces la cabeza hacia la ambulancia y su mirada se encontró con la de Bernie, que continuaba sentado dentro.

Tresler cogió en brazos a Charlotte; Cole agarró a Jordan por la cintura, le dio un tirón para hacerla retroceder, y los cuatro se arrojaron detrás de una furgoneta de reparto de alfombras que había en medio del atasco. La ambulancia estalló en una atronadora bola de fuego al otro lado, un estruendo de una intensidad igualada tan solo por la explosión del último piso de su edificio a media manzana de distancia.

Una semana después

85
Cole

El Mac's Tavern no era un sitio muy grande. Tan solo tenía un aforo de setenta y cinco personas, pero era uno de los locales fijos de Queens desde hacía noventa y ocho años ya, primero como lugar habitual de reunión de la mafia poco después del final de la Ley Seca, y luego tomado por los miembros del Departamento de Policía de Nueva York en los años sesenta, convertido a la fuerza en un bar de policías. Había sobrevivido a dos incendios, tres recesiones, una oleada de disturbios y unas inundaciones que destrozaron una cocina que ya estaba en unas lamentables condiciones hacia la época de la caída del Muro de Berlín. Habían sustituido aquella cocina y ahora, treinta años después, le hacía falta otra inundación que se llevara toda la mugre y la dejara limpia.

Las paredes estaban revestidas de unos paneles oscuros que nadie deseaba ver con las luces encendidas, y el techo de chapa mostraba una capa de mugre gris por los años de humo de los puros y los cigarrillos, tan gruesa como para desconcharse y caer durante los meses más fríos del año, como una especie de nieve artificial de los pobres.

El Mac's Tavern también había sido el lugar preferido de reunión para las seis generaciones de los Gaff en las fuerzas del orden. Sus fotografías llenaban las paredes con las decenas de menciones honoríficas que habían recibido a lo largo de los años, enmarcadas y colgadas aquí y allá de manera un tanto caprichosa. Sobre la barra había una serie de jarras con sus nombres grabados. Una de las mesas, en el rincón del fondo, estaba reservada para el miembro de la familia Gaff de mayor rango. Nadie más tenía permiso para sentarse allí.

Cuando Cole entró en el Mac's, que ya estaba hasta la bandera para ser un martes a las seis de la tarde, el vocerío se redujo a un suave murmullo. Varias personas se quitaron de en medio, y la mirada de Cole se detuvo en aquella mesa.

La ocupaban tres personas.

Su teniente y oficial al mando, Mitch Gaff.

Joseph Daggett, alcaide de la prisión de Rikers Island.

Milton Gaff, padre de Mitch y antiguo jefe del Departamento de Policía de Nueva York entre 1989 y 1993.

Cada uno tenía delante una cerveza, una Sam Adams sin la menor duda, y cada uno se había bebido cerca de la mitad. En condiciones normales habría habido una fuente de patatas fritas para compartir entre los tres, pero él no se encontraba allí en unas condiciones que fueran normales. Es más, Cole se había pasado los últimos diez minutos en la calle, tratando de decidir si quería entrar siquiera.

Milton Gaff fue el primero en levantar la cabeza y verlo allí, junto a la puerta. Dio un toque a su hijo y a Daggett bajo la mesa, que también levantaron la mirada.

En ese preciso momento Cole supo que había cometido un error al entrar allí. Se planteó la posibilidad de marcharse, pero ya notaba que la gente iba ocupando el espacio a su espalda, entre la puerta y él. Con el rabillo del ojo vio cómo Trey y Darin, los gemelos Gaff, se colocaban también detrás de él.

No iba a salir de allí hasta que ellos estuvieran dispuestos a dejarlo marchar.

Sin mirarle a los ojos, el camarero sirvió otra cerveza

de grifo y la llevó a la mesa de los Gaff. La dejó delante de un asiento vacío frente a los otros tres hombres y regresó al fregadero.

—Ahora o nunca, Cole —dijo él, más para sí que para cualquier otro; se dirigió hacia la mesa y se deslizó en el asiento vacío.

—Tienes la cara como si te la hubiera coceado una mula —dijo Milton antes de dar un sorbo a su cerveza—. No tienes un milímetro sin cortes, arañazos o magulladuras.

—Los turnos de Tráfico pueden ser duros —respondió Cole mirando a su teniente, que no dijo nada.

Milton puso una sonrisa de medio lado y se acomodó contra el respaldo maltrecho de cuero rojo sintético. Daba unos toquecitos con el dedo en el borde de su jarra.

—Bernie dejó una lista. Toda la gente a la que el senador tenía metida en el bolsillo. Mala gente que trataba de allanarle el camino a su ley. Sabes que mi nombre no está en ella, ¿verdad?

—La he visto.

—Yo no estoy en esa lista. Tu compañero tampoco está.

—Pero sí hay muchos nombres.

—Ninguno que esté sentado a esta mesa. Ninguno en este bar.

El teniente Gaff se inclinó hacia delante.

—Todos los que figuran en esa lista se encuentran bajo custodia o bajo investigación. Me han dicho que a Mercer, el que estaba metido con Moretti en esa ley, lo tienen en un piso franco en algún lugar al norte del estado mientras lo interrogan los federales. Lo que me parece a mí es que los Sentinels han utilizado todo esto como una excusa para hacer una demostración de fuerza. Moretti prendió la mecha para dar impulso a su propia causa. Bernie se la jugó a todos ellos, una panda de tontos del culo que se utilizaban los unos a los otros para conseguir lo que querían, y la mitad de ellos han acabado muertos. Todo esto se verá al final, siempre acaba viéndose.

Milton lo interrumpió.

—La cuestión es que al final nos terminaremos imponiendo los que estamos en el lado correcto, siempre lo hacemos. Y siempre lo haremos. Los que estaban detrás de esto, apoyándolo, esos se van a ahorcar con su propia soga.

—Los federales han registrado el campamento de los Sentinels, y estaba vacío —dijo Daggett—. Lo han dejado limpio y han huido.

Milton tomó otro sorbo de cerveza.

—Se van a ahorcar con su propia soga —insistió—. Tú dales tiempo. Va a salir hasta el último de ellos.

Cole giró la jarra entre las manos y miró a Daggett.

—¿Cómo está Marisa Chapman?

—La tenemos en aislamiento —respondió—. La mantendré allí hasta que se calmen las aguas. He estado hablando con el alcaide de Wilcox. Podríamos trasladarla, poner algo de distancia. No lo he decidido aún, pero está a salvo, de un modo u otro, y así la voy a mantener. Hay un gran jurado estudiando su caso, gracias a todo esto. Quizá a ella también se le haga algo de justicia.

El teniente Gaff lanzó una mirada breve a su padre y la bajó después a su cerveza.

—Me pediste la mano de mi hija en matrimonio. Te dije que no. Entiendes el motivo, ¿verdad?

—No la quiere ver casada con un policía.

—No la quiero ver casada con un policía —repitió el teniente.

—Estuviste a punto de morir, hijo —le dijo Milton.

El teniente le puso la mano sobre la muñeca a su padre, lo hizo callar y volvió a mirar a Cole.

—¿Qué crees tú que Gracie ve en ti? Ve a los hombres que la criaron, los hombres que la protegieron y la han mantenido a salvo toda su vida. Te conozco, Cole.

Eres yo. Eres los hombres que están en esta mesa. Los que hay en este bar. Ves un fuego y te lanzas de cabeza. Oyes un grito y acudes a ayudar. Pones a todo el mundo siempre por delante de ti, y eso es una cualidad verdaderamente magnífica, pero...

—Pero no en el hombre que se case con su hija.

—No. No puedo tener a mi hija preguntándose si volverás a casa por la noche. No quiero verla llevarse un susto cada vez que suene el teléfono, cada vez que alguien llame a la puerta.

—Con el debido respeto, señor, esa decisión no le corresponde tomarla a usted. Es de ella.

—Ella es mi niña, mi pequeña. Algún día lo entenderás.

—Es una mujer adulta, más dura que todos nosotros, probablemente.

Cole no había reparado en lo silencioso que se había quedado el bar. Nadie más estaba hablando en aquel instante. Todas las miradas estaban fijas en ellos. Tomó un sorbo de cerveza y midió cuidadosamente sus palabras.

—Quiero a Gracie con todo mi ser. Es lo primero en lo que pienso por la mañana y lo último por la noche. Cuando estaba en ese edificio, cuando peor estaban las cosas, cerraba los ojos y pensaba en ella. Pensé en su sonrisa, sus carcajadas, en esa arruguita en la comisura del ojo izquierdo cuando sonríe. Pensé en el calor de su mano sobre la mía, en la sensación de tenerla entre mis brazos y, más que cualquier otra cosa, en las ganas que tenía de volver con ella. Ella me mantuvo a salvo. Ella me sacó de esa azotea y me alejó del fuego. No hay un solo segundo en que haya algo que se vuelva más importante para mí. Ella siempre estará en primer lugar. —Cole miró al teniente a los ojos—. Me encantaría contar con su bendición, la de ustedes tres, la de todos los de este bar, pero no tenerla no va a servir para separarnos al uno del otro. Hay cosas que son demasiado fuertes. El amor que yo siento por su hija es demasiado fuerte.

Los tres hombres sentados a la mesa se quedaron mirándolo, pero no dijeron nada.

Pasaron varios minutos antes de que alguien volviese a hablar siquiera.

El primero fue el teniente Gaff, que dijo por fin:

—Si alguna vez le haces daño, te haremos desaparecer entre todos los que estamos en este bar. Eso lo sabes, ¿verdad?

Aquello generó un leve murmullo por todo el local.

Cole asintió.

El teniente miró a su padre y al padrino de Gracie, extendió el brazo sobre la mesa y le ofreció la mano a Cole.

—Bienvenido a la familia, hijo.

Dos horas y media, seis cervezas y varios chupitos más tarde, Cole salió por la puerta del Mac's Tavern al gélido aire de la noche. Se quedó unos instantes de pie en aquella esquina, localizó el Firebird negro del 84 de Gracie al otro lado de la calle y se acercó. Puso todo de su parte con tal de caminar en línea recta y fracasó de una manera penosa.

Gracie estaba apoyada en la puerta del conductor en vaqueros, una camiseta blanca de tirantes y una cazadora de cuero marrón. Sonrió al verlo aproximarse, trató de sofocar una carcajada con todas sus fuerzas y tampoco lo consiguió.

—Ya veo que te la han liado buena, ¿eh?

—Estoy bien. Controlo a la perfección.

Su modo de pronunciar aquellas palabras no decía exactamente lo mismo, pero tampoco las arrastró tanto como él se imaginaba. La rodeó con los brazos y apretó, sorprendido como siempre de que ella encajara en él de una forma tan perfecta.

—Te quiero más que a nada en el mundo; tú lo sabes, ¿verdad?

—Yo también te quiero, detective Hundley.

—Te quiero más que a la manteca de cacahuete.

Gracie se rio.

—Ay, madre, voy a tener que llevarte a casa.

—Tenemos que hacer una parada. —Cole sacó el teléfono móvil y le mostró un mensaje de texto en la parte superior de la pantalla.

Gracie asintió.

—Vale, pero después a casa.

Se subieron al coche, y Gracie se inclinó hacia él y le dio un beso en la mejilla.

—¿Le has contado a mi padre que nos casamos ayer sin decírselo a nadie?

—Qué coño, no.

86
Jordan

Jordan oyó que se aproximaba, pero no se dio la vuelta. Descansó el peso del cuerpo sobre la muleta bajo el brazo derecho y sacó de entre la tierra la punta de la otra muleta. Llevaba ya el tiempo suficiente allí de pie, sin moverse, como para que se hundiese cerca de cinco centímetros en el césped. Hizo el sonido de una ventosa cuando la sacó.

—Para ser detective, no se te da muy bien lo de acercarte a hurtadillas a la gente.

—Eso suele ser cosa de los malos —dijo Cole—. A mí nunca se me ha dado bien.

Cuando por fin se dio la vuelta hacia él, Jordan entrecerró los ojos, y una leve sonrisa le asomó a los labios.

—Has estado bebiendo.

Cole le mostró el índice y el pulgar y los juntó en forma de pinza.

—Un poquito.

—¿Celebrándolo?

—Un poquito.

—Lo siento, no pretendía interrumpir.

Cole bajó la mirada a la tierra, tan reciente, el cartel temporal en el sitio donde al final pondrían la lápida.

—¿El funeral no era esta tarde? ¿Llevas aquí desde entonces?

—¿Qué hora es?

—Las nueve pasadas.

—Vaya, supongo que sí. —Jordan se dio la vuelta para echar un vistazo hacia la entrada aquel cementerio católico de Brooklyn, el Holy Cross. *¿Cuándo ha oscurecido?* —. Tenía mucho en lo que pensar, y este sitio es tranquilo. Imagino que he perdido la noción del tiempo.

—Que lo pagaras ha sido un buen gesto por tu parte.

Jordan echó un vistazo a las tumbas que había junto al lugar donde Bernie descansaba para siempre.

Kourtney Bretz a la izquierda, y la tumba de su hija entre ambos.

Las había limpiado al llegar y había puesto un ramo de flores en la vasija metálica sujeta en un lateral.

—El encargado me ha dicho que Bernie venía por aquí tres y hasta cuatro veces a la semana. Debía de pasarse cada vez que se encontraba en la zona. Se sentaba y hablaba con ella durante horas. Ellos dos solos. Durante casi diez años. Parecía importante que estuvieran juntos. Si no le hubiera comprado yo este trozo de tierra, la administración lo habría incinerado. Habrían hecho quién sabe qué con las cenizas.

—Ha sido un buen gesto por tu parte —volvió a decir Cole.

—Bueno, tampoco se lo cuentes a nadie. Me daría mucha rabia que el mundo entero se diese cuenta de que tengo mi corazoncito.

Cole le señaló la pierna con un gesto.

—¿Pica mucho ya?

La escayola iba desde la parte alta del muslo hasta los dedos del pie derecho. Charlotte se la había llenado de dibujos de los personajes de *Los Simpson*.

—Todavía no. Pero ya me han dicho que lo espere con ganas dentro de unas semanas. Ahora mismo solo tengo una sensación rara y pesada en la pierna.

—¿Cómo te desplazas? No puedes conducir, ¿verdad?

Jordan señaló hacia una limusina negra aparcada en

lo alto de una cuesta. Frank estaba apoyado en el guardabarros delantero, inmerso en la luz de la pantalla de un móvil.

—Ese afortunado caballero va a estar paseando a miss Daisy durante una temporada.

Jordan vio en su mirada cómo se asomaba aquella pregunta que solo unos pocos tenían el valor de hacerle, así que ella se anticipó.

—Nick y yo no estamos sin blanca. Eso fue algo que se inventó esa gente para intentar tocarme las narices en antena. Todos los documentos eran falsos.

—¿Nick y tú? ¿Significa eso que...?

Jordan dejó escapar un leve suspiro.

—No hemos vuelto juntos. En realidad, no. Estamos saliendo, o algo por el estilo, pero tampoco veo que eso vaya a llegar a ninguna parte. Creo que queremos que las cosas funcionen, más que nada por Charlotte, pero la verdad es que los problemas que teníamos antes de que sucediera esto tampoco han cambiado. Siguen estando ahí. Hemos hablado sobre volver a vivir juntos, o tal vez hacer un viaje en familia, pero eso únicamente me parece una forma de posponer lo inevitable. Ninguno de los dos quiere darle a Charlotte falsas esperanzas. Hubo una época en que lo suyo era que Nick y yo estuviéramos juntos. Ahora creo que hemos entrado en una fase nueva, en que lo suyo es que estemos separados. —Con la punta de la muleta empujó un terrón de césped de vuelta a su sitio—. Por fin nos vamos a los Hamptons, mañana, a ver a mi madre.

—¿La primera vez de Charlotte?

Jordan asintió.

—Todos estos años la he mantenido apartada solo porque ella es tan cabezota como yo. Supongo que me he dado cuenta de la bobada que era todo eso. Charlotte se merece tener una abuela, y mi madre debería conocer a mi hija. A estas alturas todo lo demás me parece tan secundario que ya no merece la pena ni considerarlo.

—Una gran cantidad de los problemas en la vida lo parecen después de algo como esto —coincidió Cole—. Me alegra saber que estás solucionando las cosas.

Ninguno de los dos abrió la boca durante cerca de un minuto. Una brisa fresca barrió el cementerio con la caída de la noche.

Jordan rompió el silencio.

—He ido a ver a Billy.

—¿Sigue inconsciente?

Jordan asintió.

—Todavía no saben si saltó o si se cayó. Los médicos me dijeron que el humo lo habría matado de no haber abandonado esa azotea cuando lo hizo. Otro minuto o dos, quizá, como mucho. Lo que fuera con lo que se golpeó en el descenso le provocó una grave hinchazón en el cerebro, así que lo tienen en un coma inducido. Es demasiado pronto para saber si hay daños permanentes.

—Se volvió a poner el paracaídas —señaló Cole—. Saltó. Tuvo que ser eso.

Jordan se pensó muy bien lo que venía a continuación. Si no lo soltaba ahora era probable que no lo hiciese jamás.

—Todo lo que hizo Billy ahí arriba, por qué lo hizo, lo que nos dijo... Conozco a Billy desde hace mucho tiempo, más años que prácticamente a cualquier otra de las personas en mi vida, y él no es un mal tipo. Es más, es un gran tipo. Lo manipularon, igual que al resto de nosotros. Le engañaron. No se merece que lo castiguen por ello. No quiero que vaya a la cárcel. —Jordan estaba suplicando ahora, pero no le importó—. Nick, Charlotte, tú y yo... Nadie más oyó nada de aquello, tan solo algún fragmento suelto en antena. Si no decimos nada, entonces...

Cole ya se lo estaba negando con la cabeza.

—Es muy tarde ya para eso, ¿verdad?

—Ya he presentado mi informe —le dijo Cole—. Han venido a hablar conmigo más agencias gubernamentales de las que soy capaz de contar. A estas alturas no podría guardarme nada ni aunque quisiera. Ha perdido la vida mucha gente. La ciudad ha sufrido daños valorados en miles de millones y podría tardar años en recuperarse por completo. El papel que ha jugado Billy, aunque fuese relativamente menor, ha sido una pieza de todo el puzle. No me corresponde a mí determinar a quién se castiga y a quién no.

—Siempre un boy scout —dijo ella en voz baja.

Los dos guardaron silencio durante unos instantes. Cole se movió inquieto, y Jordan vio que volvía la mirada hacia un Firebird aparcado junto a la acera.

—¿Por eso me has pedido que viniera? ¿Para hablar de Billy?

Jordan hizo un gesto negativo con la cabeza.

—Quieren que vuelva al trabajo —le dijo, y vio la expresión de desconcierto en su rostro—. Aquí no. SiriusXM tiene unos estudios en Los Ángeles.

Nadie iba a trabajar en aquel edificio durante mucho tiempo. Aunque no se había venido abajo, no quedó nada recuperable después de que extinguiesen los incendios. Lo más probable era que lo demoliesen con una voladura controlada y lo levantaran de nuevo. Y sería para bien. Jordan no tenía el menor deseo de poner el pie allí nunca más.

—¿Y tú quieres volver al trabajo?

Ella se había planteado aquella misma pregunta en muchísimas ocasiones.

—Tengo la sensación de que aún me queda algo que decir, pero no tengo la seguridad de encontrarme aún en condiciones de hacerlo. Me gustaría aprender a escuchar mejor. Charlotte me contó que si metiese en un cubo cada palabra que digo, debería llenar otro cubo con las que me han dicho a mí, y ambos cubos deberían estar igual. Me dijo que mi cubo de hablar siempre está a rebosar, y que el otro está vacío.

—Esa niña es muy lista.

Jordan suspiró.

—No estoy segura de que nadie quiera volver a escucharme nunca más.

—No sé yo. Creo que te llevarías una sorpresa.

—Ya no soy la misma de antes.

—Ese podría ser justo el motivo por el que tendrían que escucharte.

Jordan soltó una carcajada suave.

—Dios mío, qué triste suena mi forma de hablar. Tú no eres mi terapeuta, no debería estar cargándote con esto.

—Suenas como alguien que tiene muchas decisiones pendientes.

Jordan le sonrió.

—Tú sí que eres uno de los buenos, agente y detective Cole de la Policía de Nueva York. Tu prometida es una chica afortunada.

Cole hizo un gesto con la cabeza hacia el Firebird.

—¿Te gustaría conocerla?

—Digo yo, ¿no te parece? Es más, si me lo permites, creo que me gustaría pagaros la boda en señal de agradecimiento por todo lo que has hecho. ¿Ya habéis puesto fecha?

Cole se echó a reír y dio un puntapié en la arena.

—Pues mira, ahora que lo dices...

Nota del autor

Estoy escribiendo estas líneas el día 25 de marzo de 2020. Son más o menos las ocho y veinte de la mañana. Miércoles. Estoy en casa, en New Castle, en el estado de New Hampshire, en una pequeña isla frente a la costa. Los árboles siguen sin hojas, y nadie les ha dicho que la primavera se ha adelantado este año, así que se ve un atisbo del mar por la ventana de mi despacho. Acaba de pasar un carguero grande camino de los astilleros de Portsmouth, con unas volutas de humo saliendo de las chimeneas. Oigo a mi hija en la otra habitación (ya tiene dos años y medio), que está gritando a Alexa: intenta conseguir que esa cajita de Amazon la entienda lo suficientemente bien para seguir sus instrucciones. Suena algo así como «*¡Lesa, ciende* la tele!», y no funciona. La tele sigue apagada. Mi mujer está en la cocina, preparando algo de desayunar. Huele a tostadas francesas.

En condiciones normales tendríamos la casa llena de obreros. Estamos metidos en plena reforma. Cuando compramos esta casa no se había tocado un solo rincón desde los días en que Reagan era el presidente. Los baños de azulejo rojo, una cocina que en tiempos sería de diseño, hecha un completo caos. Un jacuzzi —sí, un jacuzzi— en el salón, rodeado de una alfombra peluda de color verde; y no un jacuzzi pequeño cualquiera, sino uno de doce plazas. No me quiero ni imaginar las cosas que habrán pasado en esa habitación a lo largo de los años. Supongo que habrá vídeos circulando por ahí, en alguna parte, o quizá utilizasen rollo de película por aquel entonces. He retado a mi mujer, a ver si se atreve a entrar ahí con una lámpara ultravioleta, pero aún no me ha aceptado el desafío.

En condiciones normales tendríamos la casa llena de obreros, pero hoy no tenemos a nadie. Hace unos días los enviamos a todos a casa y les dijimos que se quedaran un tiempo allí tranquilos, sin moverse. Ya los avisaremos cuando podamos tener contacto con ellos, volver a traerlos aquí.

Según los datos de esta misma mañana, 54.968 personas tienen el coronavirus en Estados Unidos. 435.374 personas en todo el mundo. 108 casos aquí, en New Hampshire. Cerca de 30.000 en el estado de Nueva York, donde viven muchos de nuestros amigos. 1.467 en Florida, donde viven nuestras familias. Gran parte del mundo está en una u otra clase de confinamiento, y los lugares que todavía no lo han decretado están considerando muy seriamente seguir ese mismo camino. La mayoría de la gente piensa que todo esto no ha hecho más que empezar. Es una montaña rusa que aún está en el traqueteo de subida de la primera y empinada cuesta arriba.

Cuando leas esto, habrá pasado ya un tiempo. Así es como funciona el mundo editorial. Se tarda mucho en escribir un libro y mucho más en sacarlo a la luz. Si tuviera que hacer un cálculo, diría que estás a mediados de 2021, tal vez a punto de llegar el otoño. ¿Me equivoco mucho? Me gustaría creer que el virus es agua pasada ya y que tú ya sabes cómo nos ha salido todo esto. Para bien o para mal, conocer el desenlace es mucho mejor que verse a este lado del teclado, preguntándote hacia dónde va este absoluto desastre.

Siendo escritor, mi trabajo es preguntarme: ¿y si...? Coger una situación relativamente normal y ponerla patas arriba; buscar la locura en el mundo e iluminarla con la potente luz de un foco; buscar lo aterrador y apagar las luces y darle la oportunidad de salir de su lugar húmedo y oscuro para que sientas su aliento en la nuca. Todo esto es fantástico y maravilloso cuando tengo después la posibilidad de levantarme de la silla, cuando he terminado y puedo salir fuera a pleno sol para darme mi paseo —o mi carrera— de ocho kilómetros diarios, tal vez saludar a los vecinos que están en su porche o arreglando el jardín. Sin embargo, no es algo tan bueno cuando el mundo real resulta más aterrador que el ficticio en la pantalla de mi ordenador. Y es ahí donde estamos hoy.

Soy incapaz de desconectar el gen del «¿y si?».

Mi cerebro tiene ganas jugar a eso tanto si yo quiero participar como si no, y cuando unos sucesos del mundo real como estos alimentan la maquinaria, el resultado puede ser tenebroso.

Verdaderamente tenebroso.

Anoche me desperté hacia las dos y media de la madrugada con la firme convicción de que mi mujer y mi hija habían muerto.

Había una equis roja enorme en la puerta de la casa del vecino. Ellos también habían muerto.

Ya no estaba en mi propio tiempo, sino en el tuyo, dentro de un año, más o menos, mirando al pasado y preguntándome cosas como...

«¿Por qué no nos poníamos todos la mascarilla?»

«¿Guantes?»

«Cuando mi mujer dijo que se iba a buscar las cartas a nuestra pequeña oficina de correos, ¿por qué no le dije que pasara de eso?»

«Cuando me dijo que quería llevarse con ella a nuestra hija, sacarla de la casa un minuto, ¿por qué no me opuse?»

Aquí no tenemos reparto de correos, tienes que ir tú a buscarlo, y a nuestra hija le encanta ir a la oficina postal.

Saluda a todo el mundo: cuando vives en una islita, la oficina de correos es el punto de reunión local, y suele estar abarrotada. El propio edificio tiene varios siglos y está lleno de pequeños recordatorios ancestrales del pasado de nuestra isla. A ella le encanta jugar con todos y cada uno de esos tiradores metálicos tan brillantes de las cajas antiguas, mirar por cada ventanuco, restregar la nariz por el cristal, asomarse a ver qué hay dentro. Al coronavirus (covid-19, según lo llaman ahora) también le encantan esas cosas: puede vivir mucho tiempo en cualquiera de ellas.

Me desperté a las dos y media convencido de que mi mujer y mi hija se habían dado aquel paseo de quinientos metros hasta la oficina de correos tirando de su carretilla roja y se habían traído algo a casa, algo malo.

Algo que me había arrebatado a las dos.

Aquello no sucedió.

Mi mujer sí fue ayer a la oficina de correos a recoger las cartas, pero se puso guantes, una mascarilla, y se duchó en gel hidroalcohólico en cuanto volvió a salir a la calle. Roció con desinfectante cada carta y cada paquete antes de meterlos en casa. Nuestra hija se quedó aquí conmigo. No enfermó nadie.

Pero ese maldito gen del «¿y si?»...

Creo que, en ocasiones como esta, todos empezamos a percatarnos de qué es lo primordial para nosotros. Lo que de verdad importa. Yo he tenido suerte en la vida, y si lo perdiera absolutamente todo lo aceptaría sin más.

Pero no podría perderlas a ellas.

Mi amor hacia ellas, su amor por mí, es algo demasiado valioso.

No hay un yo sin ellas.

Ahora que lees esto en algún momento de nuestro futuro común, tú ya sabes lo que ha pasado. Ya sabes si yo me puse enfermo, si enfermó mi familia, si lo hizo la tuya o la de la casa de al lado. Tú ya has leído la última página de ese libro concreto mientras yo me encuentro aún en alguna parte hacia la mitad de la historia. Te envidio por ello. El optimista que llevo dentro quiere creer que todos tomamos entonces las decisiones correctas y atajamos esto.

Pero ese maldito gen del «¿y si?»...

El gen del «¿y si?» no deja de susurrarme todas las otras maneras de las que podía haber salido esto.

Bueno, el tiempo dirá.

En tu mundo, el tiempo ya lo ha dicho.

Se supone que debería decir algo sobre el libro que acabas de leer. Por eso mis editores tienen la gentileza de concederme estas últimas páginas. Saben que me gusta charlar contigo y poner los últimos puntos sobre las íes y los palitos que me faltan en algunas tes antes de que nos despidamos durante solo unos meses. No hay una manera fácil de pasar del tema que estaba hablando al tema del que pensaba hablar, así que lo voy a hacer así, en frío. A ver qué te parece esto:

[Inserta aquí una transición que suene forzada]

¿Te vale con eso?

Si no, a lo mejor puedes hacer una breve parada. Vete a buscar algo de beber, o ve al cuarto de tu hijo o tu hija —los pequeños—, o prepárate un aperitivo en la cocina y luego vuelves. En serio, no es molestia, yo te espero.

¿Estamos ya? Vale. Pues vamos con ello...

Alguna vez me han dicho que escribo literatura «de comer palomitas», y me parece perfecto. Siempre me lo ha parecido. Cuando lees uno de mis libros nunca te vas a encontrar un código de moralidad ni un mensaje social de profundas raíces. No, no vas a llegar a la página 237 y vas a descubrir de repente el sentido de la vida que te asalta desde el papel entre frase y frase. Cuando escribo un relato, cuando lo comparto contigo, mi único propósito es que te entretenga, que te distraiga un poco de todo cuanto pasa en el mundo, que te ayude a olvidarte de tus propios «¿y si?» durante esos ratitos. Nunca me verás exponer mis propias opiniones personales sobre política o religión, igual que tampoco me pondría a decirte cómo se hace una apendicectomía. Prefiero dejar esas cosas a los expertos. Yo no soy un experto en nada. A mí me pagan por inventarme chorradas, literalmente. ¿De verdad quieres que sea yo quien te dé algún consejo?

Más que cualquier otra cosa que haya escrito en el pasado, es posible que este libro dé la sensación de inclinarse en una dirección o en otra desde un punto de vista político. Ninguna de las opiniones ni de las ideas aquí expresadas son las mías, en realidad. Pertenecen única y exclusivamente a los personajes.

Jordan Briggs es una mujer terca y dogmática. No tiene pelos en la lengua a la hora de decirte lo que piensa ni de decirte lo tú deberías pensar, pero eso no significa que esté en posesión de la verdad ni tampoco la convierte en mí. Igual que en todos mis libros, los personajes me cuentan su historia, y yo la pongo negro sobre blanco. A veces me exasperan y a veces me cabrean, directamente, pero yo jamás los censuro. Si lo hiciese, no estaría cumpliendo con mi trabajo.

Es probable que ahora mismo te estés preguntando cómo funciona eso, ¿no? Al fin y al cabo, todas esas frases han salido de mi cabeza.

Esto es algo difícil de explicar a cualquiera que no haya tratado de ponerse en serio a escribir una novela, pero lo voy a intentar. Cuando esto funciona de verdad, cuando estoy «enchufado» y fluyen las palabras, veo pasar la historia en mi cabeza como si estuviera viendo una película. Los personajes son tan reales para mí como lo eres tú. Me pongo a escribirlo todo y levanto la cabeza una hora después, asombrado con todas esas frases que hay en la página y con la manera en que han llegado hasta ahí. Ese es en parte el motivo de que yo no trabaje con esquemas previos. Cuando intento escribir un libro basándome en una escaleta, los personajes se frustran. La historia deja de fluir, y alguien como Jordan Briggs vendría a ponerme la escaleta delante de la cara y me diría: «No fue así como pasó. ¡Yo te voy a contar lo que pasó!». Al final tengo que escucharlos, y si no lo hago la historia se vuelve forzada, frágil, falsa. El buen relato lo determinan los personajes, no el autor. Cuando es el autor el que lo determina, deja de ser un relato para convertirse en un comentario, y nadie quiere saber nada de mí. Francamente, no tengo tanto interés.

Con toda certeza, yo no haría las cosas que hizo Bernie, y por mucho que Jordan y yo podamos tener opiniones similares sobre ciertos temas, hay muchísimos en los que estamos en desacuerdo. Una conversación con ella me resultaría frustrante y fascinante a partes iguales. Eso es lo que la hace real (al menos para mí), y si no fuera real, no habría relato que contar. ¿Qué sentido tendría?

De manera que sí, Jordan me contó alguna cosa que otra.

Lo mismo que Bernie, Billy, el senador Moretti o Charlotte. Todos tuvieron la deferencia de contarme su historia para que yo la pudiese compartir contigo. Ellos nos han ofrecido a todos esa literatura «de comer palomitas» y nos han permitido atiborrarnos de ella. Eso no convierte sus «¿y si?» en algo más real que los nuestros, pero sí nos han distraído y, al final, ¿no es eso en lo que debería consistir todo buen libro, en realidad? Especialmente ahora.

Voy a finalizar esto igual que he estado despidiéndome en mis correos electrónicos y mis cartas en estos últimos días, con un «cuídate mucho». Si estás leyendo esto, en el futuro, más o menos dentro de un año y medio, está claro que sí te has «cuidado mucho», y me alegra saberlo.

Hasta la próxima,

jd
New Castle, New Hampshire
25 de marzo de 2020

Descubre la trilogía El Cuarto Mono:

Otros títulos del autor en Booket: